Le danger pour héritage

*

Le mystère de Turquoise Canyon

BARB HAN

Le danger pour héritage

Traduction française de
CATHY RIQUEUR

BLACK ROSE

HARLEQUIN

Collection : BLACK ROSE

Ce roman a déjà été publié en 2018

Titre original :
ENDANGERED HEIRESS

HARPERCOLLINS FRANCE
83-85, boulevard Vincent-Auriol, 75646 PARIS CEDEX 13
Service Clients — www.harlequin.fr
ISBN 978-2-2805-1143-8 — ISSN 1950-2753

Édité par HarperCollins France.
Composition et mise en pages Nord Compo.
Imprimé en août 2024 par CPI Black Print (Barcelone)
en utilisant 100% d'électricité renouvelable.
Dépôt légal : septembre 2024.

FSC
www.fsc.org
MIXTE
Papier issu de sources responsables
FSC® C159065

Pour limiter l'empreinte environnementale de ses livres, HarperCollins France s'engage à n'utiliser que du papier fabriqué à partir de bois provenant de forêts gérées durablement et de manière responsable.

1

Madelyn jeta un coup d'œil à son téléphone lorsqu'il se mit à vibrer. Puis la sonnerie retentit et la mention « Correspondant inconnu » s'afficha à l'écran. À son étage, tout le monde était parti déjeuner et elle se sentit soudain vulnérable.

Ses muscles se contractèrent. Elle pria pour que ce ne soit pas son ex qui tentait de ruser pour l'amener à lui parler en utilisant un autre téléphone. Elle n'avait aucunement l'intention d'abandonner les accusations de harcèlement qu'elle avait portées à son encontre ou de demander au juge de lever l'injonction d'éloignement. Elle avait pris ses distances avec Owen dès l'instant où il avait révélé son vrai visage mais, à en juger par ses dernières menaces, elle avait réagi trop tard. Quelle idiote elle avait été de ne pas l'avoir percé à jour dès le début !

Un soupir lui échappa. Toute cette semaine n'avait été qu'une accumulation de problèmes. Et le fait d'être privée de sa voiture le temps que soit effacé du capot le mot « traînée » — une *attention* qu'elle devait à Owen même s'il l'avait nié — lui était aussi pénible que la fois où elle s'était retrouvée sans accès à une salle de bains pendant vingt-quatre heures, lors d'un voyage en car, au collège.

La sonnerie cessa et, tapant nerveusement du pied, elle

attendit que l'icône de la boîte vocale apparaisse à l'écran. Pour tromper l'attente, elle se mit à jouer distraitement avec la petite libellule pendue à la chaîne qu'elle portait autour du cou. Le collier avait appartenu à sa mère et le toucher lui donnait le sentiment d'être en lien avec elle, d'être rassurée, alors que sa vie semblait totalement partir en vrille. Dans des moments comme celui-là, Madelyn regrettait tout particulièrement de n'avoir jamais connu sa mère.

Les dernières paroles d'Owen s'insinuèrent à nouveau dans ses pensées. « Tu penses pouvoir m'échapper ? Tu ne sauras jamais quand je frapperai. »

Un sentiment d'angoisse se mit à ramper le long de sa colonne vertébrale, lui infligeant le choc d'un frisson glacé qui se propagea à travers tout son corps. Soit son ex lui laissait le message vocal le plus long de l'histoire, soit ça avait été un autre de ces agaçants appels de télémarketing.

À nouveau, la sonnerie du téléphone retentit alors qu'elle tenait l'appareil dans sa main. Surprise, Madelyn le laissa échapper et il s'écrasa sur le sol carrelé. Elle soupira de plus belle. Il fallait que cela cesse, qu'elle retrouve son self-control. Un rien la mettait dans tous ses états depuis la réaction d'Owen à leur rupture.

Ouf, son portable n'avait pas rendu l'âme puisque la sonnerie se poursuivait. Elle s'autorisa une bouffée d'optimisme. Cet appel n'avait sans doute rien à voir avec Owen de toute façon. Peut-être était-ce son père qui essayait de la joindre. Elle lui avait laissé trois messages la semaine précédente et un autre aujourd'hui même pour lui faire part de bonnes nouvelles : sa promotion professionnelle ainsi que la cérémonie spéciale que son ancien lycée organisait pour elle.

Madelyn se pencha pour récupérer son téléphone. Mais,

réalisa-t-elle aussitôt, il y avait peu de chances pour que ce soit son père qui la rappelle : on n'était pas le 1er du mois...

— Allô, lança-t-elle avec un soupir excédé, décidant tout compte fait qu'elle devait affronter ce qu'il y avait à l'autre bout de la ligne.

— Excusez-moi de vous déranger, mademoiselle Kensington, mais je vous promets que cet appel vaudra le temps que vous lui consacrerez.

Le léger accent traînant du Sud suggérait que son interlocuteur était texan.

— Je m'appelle Ed Staples.

— D'acco-o-ord.

Elle étira le « o » tandis qu'elle préparait sa réponse à l'argument de vente qui était sans nul doute sur le point de suivre. Le nom de Staples lui paraissait toutefois vaguement familier, mais elle ne parvint pas à le situer. Aussi pivota-t-elle sur son siège de bureau pour l'entrer dans le moteur de recherche de son ordinateur portable.

— Je suis le notaire de famille du domaine Butler, précisa son correspondant.

Elle étudia l'écran de son ordinateur et, oui, reçut la confirmation qu'Ed Staples disait la vérité.

— Connaissez-vous Mike Butler ? s'enquit ce dernier.

— Le non-conformiste, dit-elle à voix haute, sans vraiment en avoir eu l'intention.

À présent, elle était vraiment perplexe. Bien sûr qu'elle avait entendu parler de Mike Butler, alias le non-conformiste. Elle n'était pas journaliste au *Houston Daily News* pour rien ! De toute façon, le parcours de ce self-made-man n'était un secret pour personne. Fils d'un agriculteur désargenté, il avait si bien réussi qu'il était aujourd'hui l'un des éleveurs de bétail les plus fortunés de l'État du Texas. Son ascension sociale était aussi légendaire que sa réputation d'excentrique. Si la rumeur disait vrai, il avait gagné son premier ranch à une table de poker et perdu sa première épouse à cause de son addiction au jeu. Sa seule malchance, apparemment. Car tout ce que l'homme touchait semblait se transformer en or. Le fait qu'il vivait comme bon lui semblait était également connu de presque tous les Texans. La semaine précédente, cette figure de Cattle Barge avait encore plus défrayé la chronique avec la nouvelle de sa mort. Non naturelle.

— Madame, reprit le notaire.

Le son de sa voix la fit sursauter. Madelyn se rendit compte que son correspondant attendait une réaction de sa part.

— Désolée..., monsieur...

— Staples, mais, je vous en prie, appelez-moi Ed.

Exact. Il le lui avait déjà dit. Elle avait de gros problèmes d'attention dernièrement. Maudit soit cet Owen de malheur !

— En quoi puis-je vous aider, Ed ? lui demanda-t-elle en essayant de se concentrer sur l'instant présent.

— Pouvons-nous nous rencontrer demain après-midi, ici, au ranch Butler ?

— Je travaille, alors je ne crois pas que ce soit possible.

— J'ai reçu l'instruction de vous envoyer une voiture, poursuivit son correspondant, nullement décontenancé par sa réponse.

— Y a-t-il une raison pour laquelle nous devions nous rencontrer face à face ? Je veux dire, ne pouvez-vous pas m'expliquer de quoi il s'agit au téléphone ? rétorqua-t-elle, passablement agacée.

— Mes instructions sont claires. Si vous souhaitez connaître la nature de la requête de M. Butler, il vous faudra venir sur la propriété.

— Eh bien, disons que je ne souhaite pas connaître la nature de la requête de M. Butler ! explosa-t-elle.

Elle était déjà suffisamment contrariée comme ça, elle n'avait pas besoin qu'une autre personne lui fasse perdre son temps. Par ailleurs, ce n'était pas comme si elle pouvait tout laisser en plan sans une raison précise à donner à son patron.

— Cela ferait-il une différence si je vous disais qu'il est vraiment dans votre intérêt de venir ?

L'homme était tenace. Et horripilant, avec son message énigmatique.

— Cattle Barge n'est pas exactement à quelques minutes de route. Si vous voulez que je fasse tout ce trajet, il me faut des arguments à invoquer. En général, les articles que j'ai à écrire pour le *Houston Daily News* ne me font pas quitter Houston. De toute façon, ajouta-t-elle, il doit y avoir déjà des dizaines de journalistes qui font le pied de grue devant le portail du ranch, dans l'attente d'une information à relayer. Alors pourquoi moi ? Il vous suffit de sortir choisir quelqu'un si vous voulez faire paraître votre histoire.

— C'est personnel, précisa-t-il. En fait, vous pourriez prendre quelques jours de congé.

Quelques jours de congé ! Et puis quoi, encore ?

— D'accord, voyons si j'ai bien compris, fit-elle en essayant de cacher son exaspération. Vous voulez que je m'absente de mon travail sur un claquement de doigts pour un homme que je n'ai jamais rencontré et une raison que vous refusez de me donner. C'est bien cela, n'est-ce pas ?

Et d'ajouter, sans attendre de réponse :

— Qui souhaite ma présence là-bas ?

En abordant la question sous un autre angle, peut-être en saurait-elle davantage ?

— Votre présence a été sollicitée par M. Butler lui-même.

Même si son interlocuteur ne pouvait pas la voir, Madelyn leva les yeux au ciel.

— M. Butler est… dé-cé-dé, repartit-elle lentement comme si elle s'adressait à un demeuré. Comment pourrait-il requérir ma présence ?

— Je comprends que vous soyez interloquée. On le serait à moins. Mais cette affaire est urgente maintenant que…

Attends… Ne venait-elle pas de lire que la fille aînée de Mike Butler avait fait l'objet d'une tentative de meurtre ? Pourquoi avait-on attenté à la vie d'Ella Butler après que son père avait été assassiné ? Madelyn fronça les sourcils. Pour intriguée qu'elle soit, elle ne voyait toujours pas en quoi elle était concernée. Elle n'avait pas l'habitude de couvrir les affaires criminelles. Non, sa spécialité à elle, c'était plutôt de dénoncer les dysfonctionnements dans les établissements hospitaliers ou les maisons de retraite, ou encore la fraude dans les entreprises.

À moins qu'elle ne soit pas requise en tant que journaliste… Le notaire n'avait-il pas d'ailleurs précisé qu'il s'agissait d'une affaire personnelle ? Elle haussa les épaules. Non, ça ne collait pas non plus. Si tel était le cas, elle aurait rencontré Mike Butler de son vivant. Or, elle ne le connaissait que par voie de presse. Et, d'après ce qu'elle avait lu sur lui, ils ne fréquentaient pas exactement les mêmes cercles…

— Je crains de ne pouvoir vous aider, déclara-t-elle pour en finir. Je peux vous recommander…

— Votre refus vous coûtera cher, mademoiselle Kensington.

Il s'était exprimé d'un ton ferme… menaçant, presque. *Il suffit !* Elle avait déjà assez d'un Owen Lockwood pour lui pourrir la vie !

— Je sais parfaitement ce qui est important pour moi, rétorqua-t-elle sèchement.

— Je vous prie de m'excuser, je n'avais pas l'intention de vous offenser.

Il semblait contrarié de ne pouvoir trouver les mots

justes pour la convaincre. Quelques instants de silence s'ensuivirent sur la ligne. Puis il ajouta d'une voix douce :

— Êtes-vous sûre de vouloir renoncer à savoir ce qu'un homme tel que Mike Butler voulait que vous appreniez ?

Eh bien, ainsi formulée, cette demande était autrement plus convaincante, Madelyn devait bien le reconnaître. Plus elle songeait à ce que Mike Butler pouvait bien avoir à lui révéler, plus sa curiosité était aiguisée, sans compter qu'un gros scoop pourrait relancer sa carrière. Elle pourrait prouver à son patron qu'il avait eu raison de lui donner cette promotion.

— Très bien, je vais parler à mon rédacteur en chef. Je pense pouvoir obtenir un congé.

— Je vous envoie par mail les détails de votre séjour, dit le notaire, qui parut soulagé.

— Je prendrai mes propres dispositions, s'empressa-t-elle de préciser. Tant en ce qui concerne l'hébergement que le déplacement.

Elle avait depuis longtemps appris à ne pas s'en remettre à une source. Et c'était précisément ainsi qu'elle traiterait cette demande inopinée, comme n'importe quel autre sujet qu'elle couvrait.

— Prévoyez plusieurs jours. Je vous suggère un minimum de trois.

Pourquoi cela ? Que de mystères, décidément ! Madelyn remercia Ed Staples et mit fin à l'appel en se disant qu'à chaque jour suffirait sa peine. C'était devenu son nouveau mantra.

Durant le reste de sa journée de travail, elle eut l'impression qu'on l'observait et, malgré tous ses efforts pour se concentrer sur ce qu'elle avait à faire, elle ne réussit pas à chasser son sentiment de malaise.

À 6 h 30 le lendemain matin, Madelyn avait pris son petit déjeuner, récupéré sa décapotable au garage et elle était sur la route. Elle voulait avoir quitté Houston avant que la circulation ne soit trop dense. Elle se creusait toujours les méninges à propos de l'appel téléphonique d'Ed Staples et son imagination galopait. Des dizaines de scénarios s'étaient emparés de son esprit au moment où elle aurait dû dormir. Mais, de toute façon, le sommeil était devenu un concept aussi peu réaliste que la vue d'une licorne depuis qu'Owen avait proféré ses menaces…

Ses pensées se reportèrent sur l'appel d'Ed Staples. Le notaire avait spécifié que c'était personnel, mais ce n'était pas précisément une tactique nouvelle pour retenir l'attention d'une journaliste. Il en avait résulté qu'elle avait accepté le rendez-vous sans poser trop de questions. Son esprit tournait en boucle tel un hamster dans sa roue.

Elle ne put trouver non plus une raison logique à la nécessité de rester là-bas quelques jours. Qu'est-ce qui pouvait être tellement important ? Et pourquoi elle, bon sang ! Ces questions, ainsi que d'autres, l'avaient maintenue éveillée une bonne partie de la nuit, et maintenant, alors qu'elle roulait sur l'autoroute, la fatigue se faisait cruellement sentir.

La monotonie du paysage ne l'aidait pas non plus à garder les yeux ouverts. Des tours de forage à perte de vue… Pour lutter contre le sommeil, elle fit défiler toutes les stations de radio afin de trouver une musique plus entraînante. De toute façon, se persuada-t-elle, c'était une très bonne chose qu'elle s'absente de Houston quelques jours. S'éloigner de la ville l'aiderait à ne plus penser à Owen Lockwood. Et permettrait peut-être à ce dernier de se calmer… Elle l'espérait vivement, en tout cas, car ses méfaits avaient gagné en intensité ces derniers temps. Et, depuis, elle scrutait les visages où qu'elle aille, s'attendant à ce qu'il surgisse à l'épicerie, à la station d'essence ou dans tout autre endroit qu'elle visitait.

Le fréquenter avait été une terrible erreur. Owen était issu d'une famille fortunée du pétrole, ce dont elle s'était promis de ne pas lui faire grief quand ils s'étaient rencontrés. Il s'était montré charmant et courtois lors de leurs deux premiers rendez-vous. Puis le travail l'avait encore davantage accaparée, la menant à cette promotion. Avant qu'elle se fasse vraiment à l'idée qu'elle sortait avec quelqu'un, Owen avait voulu célébrer leurs six mois ensemble. Lui offrir un énorme bouquet de fleurs ne lui avait pas suffi. Non, bien sûr que non... Il l'avait solennellement conviée à un dîner dans un restaurant huppé, pour pouvoir « parler de leur avenir ».

Leur avenir ? Elle lui avait pratiquement ri au nez en l'entendant énoncer... cette énormité. Travaillant d'arrache-pied, c'était tout juste si elle trouvait le temps de se doucher certains jours. Alors, la dernière chose dont elle avait besoin, c'était la complication d'une véritable relation. Son refus, sa peur de s'engager sur du long terme, était peut-être dû au fait qu'elle travaillait pour un titre de presse quotidienne, avait-elle d'abord pensé. Pour elle, demain était un autre jour...

Quand elle lui avait demandé, lors de ce fameux dîner, pourquoi ils ne pouvaient pas, dans l'immédiat, se contenter d'apprécier les bons moments qu'ils partageaient, il avait explosé. Sa réaction lui avait paru excessive. Elle le lui avait signalé. C'est à partir de cet instant que leur relation s'était dégradée.

Owen avait commencé à devenir possessif quand ils se voyaient et qu'un autre homme lui souriait ou regardait dans sa direction.

Madelyn serra plus fort le volant de la main gauche et elle porta la droite au collier, orné d'une libellule, de sa mère. Elle sentait poindre une migraine, ce qui lui rappela encore plus ces dernières semaines avec son ex. Le fait qu'elle avait fréquemment la migraine lorsqu'elle était avec Owen aurait pourtant dû lui mettre plus tôt la puce à l'oreille. Il avait d'abord regretté qu'elle passe autant de temps au travail, insinuant que c'était parce qu'elle préférait sans doute la compagnie de son collègue, Aiden Creed. Puis il avait exigé qu'elle lui consacre tout son temps libre. Ensuite, il lui avait appris qu'il l'avait suivie. Cette déclaration lui avait fait l'effet d'une bombe, elle s'était sentie pulvérisée.

Ils s'étaient disputés. Elle lui avait dit que c'était fini et il avait pété les plombs. Un homme comme Owen avait l'habitude d'obtenir ce qu'il voulait. Il n'avait pas bien pris qu'elle soit à l'initiative de la rupture.

Elle avait porté plainte contre lui lorsqu'il avait brisé la fenêtre de sa chambre. Puis elle avait déposé une autre plainte lorsqu'il avait bombé le mot « traînée » sur le capot de sa voiture neuve. Elle avait économisé pendant toute une année pour verser l'acompte de cette décapotable deux portes bleue. Contrairement à Owen, rien n'avait été d'emblée acquis pour elle, mais cela lui convenait. Elle avait appris dès le plus jeune âge à se suffire à elle-même.

Elle n'avait découvert le passé d'Owen Lockwood qu'à l'occasion du dépôt de sa deuxième plainte, la semaine précédente. Le policier qui l'avait reçue l'avait regardée droit dans les yeux et lui avait demandé si elle cherchait, elle aussi, à lui faire perdre son temps. Il s'était avéré que des accusations similaires avaient été portées contre Owen, puis abandonnées avant que quiconque mette le pied au tribunal.

Passé les quelques premières minutes de stupéfaction,

Madelyn avait été indignée par l'insinuation de l'agent de police. Pour qui la prenait-il ? Non seulement elle ne céderait pas sous la pression des menaces reçues, mais elle était encore plus déterminée à agir en justice. Cette fois, Owen Lockwood ne s'en tirerait pas comme ça. Elle avait la ferme intention de camper sur ses positions, pour elle et pour les autres femmes qui n'en avaient pas été capables, ainsi que pour les femmes qui rencontreraient ce sinistre individu à l'avenir.

À ce seul souvenir, la colère se mit à bouillonner en elle tandis qu'elle enserrait plus étroitement le volant de ses doigts. Oui, passer quelques jours à plusieurs centaines de kilomètres de Houston allait lui procurer un dérivatif salutaire.

Par ailleurs, elle était vraiment curieuse de savoir pourquoi elle avait été convoquée chez Mike le non-conformiste. Tout en gardant les yeux fixés sur la portion de route devant elle, elle sentit le frisson d'excitation qui accompagnait toujours le fait de travailler sur quelque chose d'important… Et ceci devait être énorme. Tout ce qui impliquait Mike Butler l'était. Son emploi de journaliste au *Houston Daily News* lui avait valu nombre de missions intéressantes au fil des années, mais cette demande, pour le moins inattendue, battait les records. Elle n'avait jamais eu à écrire sur un milliardaire excentrique. En fait, de près ou de loin, elle n'avait absolument aucun lien avec Mike Butler, bien qu'elle soit sans doute l'une des rares femmes du Texas à être dans ce cas, songea-t-elle, goguenarde. L'homme avait en effet une réputation sulfureuse.

Même son rédacteur en chef, Harlan Jasper, à qui elle avait relaté son entretien téléphonique avec Ed Staples, n'avait pas pu en savoir plus. Il avait passé quelques coups de fil pour voir s'il pouvait exhumer quelque chose, mais il avait fait chou blanc. Levant les bras au ciel, il l'avait déchargée de sa mission en cours, une enquête sur la véritable motivation de la campagne anti-alcool menée à l'échelle du district dans les lycées locaux, et lui avait donné carte blanche pour tirer de son séjour à Cattle Barge un article vendeur.

À mesure qu'elle se rapprochait de sa destination, Madelyn voyait le paysage changer. Les champs de pétrole s'étaient raréfiés, remplacés par de grasses prairies où paissaient plus de vaches qu'elle n'en avait vu réunies en un seul lieu. Elle se rendait dans le ranch d'un éleveur, se railla-t-elle. Il y aurait forcément du bétail.

Elle fronça les sourcils. La circulation avait brusquement ralenti, les véhicules roulaient au pas à présent, sans qu'elle en comprenne la raison. Il lui restait deux villes à traverser avant d'atteindre Cattle Barge. Se pouvait-il que cet encombrement soit à mettre en lien avec l'affaire Butler ?

Si oui, alors, même mort, Mike le non-conformiste continuait à faire le buzz.

Quelle différence avec son propre père ! songea-t-elle. Et, même si sa relation avec ce dernier était... distendue — une formulation généreuse étant donné qu'elle ne lui avait pas parlé depuis trois semaines —, elle appréciait le fait qu'elle savait à quoi s'attendre avec lui. Il vivait toujours dans la banlieue de Houston, dans la maison de style pavillon où elle avait grandi. Il tondait invariablement la pelouse à 8 h 30 chaque dimanche... En dépit du nombre de fois où les voisins lui avaient demandé de repousser ce moment ne serait-ce que d'une demi-heure. Et il ne s'était jamais remarié après que la naissance de sa fille lui avait coûté son épouse. Il était aussi prévisible que le football d'automne au Texas. Et, pour le prouver, son père l'appelait immanquablement, rituellement pourrait-on dire, le 1er de chaque mois ; selon lui, toutes les nouvelles — si importantes puissent-elles être pour elle, sa fille — pouvaient attendre jusqu'à ce fameux coup de fil mensuel.

De toute façon, même si elle avait hâte de lui faire part de bonnes nouvelles, son père ne réagissait jamais avec un enthousiasme comparable au sien. Outre sa promotion professionnelle, elle avait appris quelques jours plus tôt par l'entraîneur de natation du lycée où elle avait fait ses études secondaires qu'elle était citée au tableau d'honneur de l'établissement. Et qu'à ce titre on comptait sur elle pour présider la cérémonie que l'école organisait chaque année grâce à de généreuses donations. Tous les anciens élèves y étaient conviés, avec leur famille. Bien qu'elle ait aussitôt appelé son père pour l'en informer, Madelyn attendait toujours sa réponse. Mais elle doutait sérieusement qu'il modifie son emploi du temps. Il n'aimait pas bouleverser ses habitudes.

Madelyn n'aurait su dire pourquoi elle souhaitait, à l'âge de trente ans, que son père l'accompagne à cette manifestation. Peut-être était-ce parce qu'il n'était plus tout jeune et que le temps pour améliorer leur relation leur était compté. Elle n'arrivait toujours pas à déterminer exactement pourquoi ni comment cette relation s'était distendue. À sa façon, son père l'aimait. De cela, elle était sûre. Son collègue et ami Aiden pensait que c'était parce qu'elle ressemblait un peu trop à sa mère. Lui rappelait-elle ce qu'il avait perdu ?

Agacée de rouler au pas et craignant de ne pas trouver à se loger à Cattle Barge si, comme il fallait s'y attendre, la mort de Mike Butler avait attiré des organes de presse provenant de tout le pays, elle prit la première sortie d'autoroute venue et s'engagea sur le parking d'un petit motel.

Elle avait désespérément besoin d'un endroit où retrouver son calme et se recentrer avant le rendez-vous avec Ed Staples. Il faisait très chaud. Un trajet qui aurait dû prendre quatre heures avait duré six bonnes heures et elle n'avait pas encore atteint sa destination finale.

Même s'il existait une réelle possibilité qu'elle puisse rentrer directement chez elle le soir même, elle avait depuis longtemps appris que mieux valait jouer la prudence quand un cirque médiatique s'était mis en place.

Une histoire à sensation était sur le point de se divulguer. Tous ces reporters à l'affût ne pouvaient pas être dans l'erreur.

En général, il n'y avait pas de fumée sans feu. Et elle était curieuse de connaître l'ampleur du brasier.

2

La chambre de motel était dépouillée, mais elle offrait tout ce dont Madelyn avait besoin ; des draps propres, une connexion wi-fi décente et un lit moelleux. Elle posa son petit sac de voyage, entra dans la salle de bains et s'aspergea d'eau le visage. Il y avait huit appels manqués sur son téléphone portable. Aucun n'émanait de son père. Bien sûr, elle n'en était pas surprise, mais impossible pour autant de ne pas être déçue.

Non, les messages provenaient tous de l'avocat de son ex-petit ami. Madelyn poussa un profond soupir. À quoi rimait ce soudain intérêt que lui portaient les hommes de loi ? Concernant l'avocat d'Owen, aucune quantité d'appels ou de requêtes ne l'arrêterait. Elle avait la ferme intention de maintenir les plaintes qu'elle avait déposées. La prochaine fois qu'elle verrait Owen Lockwood, il aurait à s'expliquer devant un juge. Et à leur présenter des excuses à elle ainsi qu'à toutes les autres femmes qu'il avait tenté de manipuler et de persécuter. Elle regarda ses mains et se rendit compte qu'elle serrait les poings en pensant à lui.

Elle s'essuya le visage à l'aide de la serviette de toilette blanche, puis, soupirant de plus belle, quitta le motel pour reprendre la route.

Cinq minutes plus tard, elle s'était réinsérée dans la

circulation laborieuse. Selon son GPS, elle atteindrait sa destination en trente-sept minutes. Un regard à la file de voitures avançant lentement devant elle lui inspira la réflexion qu'il lui en faudrait un nouveau capable d'ajuster l'heure d'arrivée en fonction des embouteillages. Dans la situation présente, elle aurait de la chance si elle parcourait un demi-kilomètre en une demi-heure.

Pour ne rien arranger, les voitures ralentissaient, s'arrêtaient puis accéléraient sans raison apparente. Il en fut ainsi pendant quarante-cinq minutes, durant lesquelles elle pianota des doigts sur le volant. Pour comble d'agacement, un énorme pick-up noir était pratiquement collé à son pare-chocs arrière. Elle changea de voie. Il se replaça aussitôt derrière elle. Elle reprit sa position initiale et jeta un coup d'œil dans le rétroviseur. À nouveau il était là. Craignait-il de manquer quelque chose ? Parce qu'elle pouvait lui assurer qu'il ne se passait rien devant. Dix minutes plus tard, ils se prêtaient toujours au même petit manège et elle commençait sérieusement à s'en lasser.

Madelyn freina, laissant un grand espace libre entre la voiture qui la précédait et elle. Le pick-up la doubla et, lui adressant un geste de mécontentement, lui fit une queue de poisson. Elle rabattit sa deux-portes décapotable bleue sur la voie de droite pour éviter la collision.

Avant qu'elle puisse se féliciter de s'être débarrassée du pick-up, une berline blanche vint fondre sur elle. Plutôt que de se livrer au même petit manège avec un autre conducteur énervé, elle mit son clignotant afin de lui faire savoir qu'elle lui laissait la place.

Alors qu'elle tentait de changer de voie, il fonça à sa hauteur. Comme elle se tournait vers lui, elle aperçut un reflet métallique. Le choc la pétrifia. Le conducteur avait une arme. Pointée droit sur elle. Un sentiment de panique l'envahit, et elle freina brusquement. La berline blanche l'imita.

Bon sang, que lui voulait ce type ? Il était fou, ou quoi ? Elle chercha à discerner ses traits, mais découvrit qu'il était encagoulé...

Mon Dieu ! Braquant brusquement vers la droite, Madelyn, éperdue, s'engouffra sur la bande d'arrêt d'urgence. Des coups de klaxon retentirent et elle n'eut pas besoin de regarder dans le rétroviseur pour savoir que la berline blanche l'avait suivie. Le cœur cognant dans sa cage thoracique, elle chercha à tâtons son portable de la main droite. Il fallait qu'elle appelle la police.

Du moins ce tronçon de route était-il droit. C'est alors qu'un pick-up surgit devant elle, lui bloquant la route, et elle dut enfoncer la pédale de frein pour éviter la collision. Ses pneus peinèrent à adhérer au revêtement, projetant force gravillons.

À l'arrière, la berline blanche se rapprochait. Entre l'alignement de voitures progressant pare-chocs contre pare-chocs totalement à l'arrêt à sa gauche et ce fichu pick-up devant elle, Madelyn n'avait nulle part où aller. Excepté à droite, mais c'était un champ. Elle fit tourner le volant, ne sachant à quoi s'attendre une fois qu'elle ne serait plus sur le macadam. Son véhicule n'était pas vraiment conçu pour le tout-terrain. La panique lui comprima la poitrine tandis qu'elle s'efforçait de recouvrer suffisamment son calme pour prendre quelques profondes inspirations.

Elle regarda dans le rétroviseur tandis qu'elle quittait la route. Bon sang, la berline blanche avait fait de même... !

Hudson Dale était sur son cheval, Bullseye, quand il remarqua quelque chose qu'il n'avait pas vu depuis qu'il avait emménagé à la périphérie de sa ville natale de Cattle Barge, un an plutôt : de l'action !

Soulevant un nuage de poussière, une deux-portes décapotable bleu pâle traversait en trombe les terres de son voisin, suivie de près par une berline blanche plus imposante. D'ordinaire, il évitait de se mêler des affaires des autres mais, là, tout portait à croire qu'il ne s'agissait pas d'une course-poursuite pour le plaisir. Par ailleurs, il devait reconnaître que, ces derniers temps, sa vie lui semblait d'un ennui mortel.

Retrouvant son instinct de policier, il comprit que la décapotable était prise en chasse et qu'elle avait besoin qu'on lui vienne rapidement en aide. À en juger par les longs cheveux blonds qui fouettaient le visage de la personne au volant, c'est une femme qui conduisait. Elle était drôlement secouée dans sa petite berline.

Hudson plissa les yeux pour mieux voir le conducteur du véhicule qui la poursuivait. Quand il se rendit compte que la silhouette — masculine ? — était encagoulée et armée, il sortit immédiatement son fusil de sa sacoche de selle. Et chargea une cartouche.

— Allons-y, mon pote, dit Hudson à Bullseye.

Il l'avait baptisé ainsi en raison des marques marron qui entouraient son œil gauche et le faisaient ressembler au centre d'une cible.

Hudson émit un sifflement sonore, semblable à celui qui était utilisé pour rameuter le bétail, et il fit signe à la conductrice de la décapotable de se diriger vers son portail. Puis, pointant son fusil, il l'arma, et tira un coup de feu dans le pneu arrière de la berline blanche.

Le véhicule partit tout de suite en vrille.

Hudson se rengorgea un peu en constatant qu'il avait fait mouche. Il avait continué de s'entraîner au tir, conservant des compétences affûtées, même s'il projetait de ne plus jamais en avoir besoin pour le travail.

La deux-portes bleue franchit le portail à toute allure, et Hudson mit Bullseye au galop pour aller refermer la barrière derrière elle. Puis, rassuré sur le sort de la conductrice, il revint vers la berline blanche, en restant prudemment sous le couvert de grands chênes.

Alors, il vit le véhicule s'éloigner en cahotant. À cette distance, et avec la poussière soulevée dans son sillage, le numéro de la plaque d'immatriculation était impossible à déchiffrer. Hudson marmonna un juron en voyant disparaître le suspect.

Que faire ? Le poursuivre ? Ou aller éclaircir l'affaire avec la personne qui avait été prise en chasse ? Il se tourna en direction de la décapotable bleue, qui se trouvait toujours dans son allée, le moteur tournant au ralenti. Bah, autant faire au plus simple…

Une fois revenu chez lui, Hudson sauta à bas de son cheval et marqua une pause, le temps de le mettre à l'attache. Puis il s'approcha de la décapotable.

— Levez les mains, que je puisse les voir, lança-t-il d'un ton autoritaire.

L'occupante de la voiture était peut-être armée, elle aussi. Savait-on jamais…

— Puis-je les bouger pour ouvrir la portière et sortir ? demanda-t-elle.

Quelque chose dans sa voix fit se propager en lui une onde malvenue de désir sexuel. Bon sang. La dernière fois qu'il avait eu de la compagnie féminine ne remontait pourtant pas à si loin, si ? À vrai dire, cela faisait trop longtemps qu'il n'avait pas eu une compagne intéressante. Les femmes qu'il avait fréquentées depuis son retour à Cattle Barge l'avaient laissé indifférent. Qu'y avait-il, chez celle-ci, de si spécial ?

— Oui, répondit-il en s'avançant vers le véhicule.

La portière du côté conducteur s'ouvrit, et une jeune femme éblouissante s'offrit à son regard.

Ses cheveux blonds retombaient sur ses épaules en ondulations soyeuses. Son corps était tout aussi galbé et, nom de Dieu..., terriblement sexy. Elle avait de longues jambes, que gainait un jean rentré dans des bottes de cow-boy rouges. Sa poitrine pulpeuse s'élevait et s'abaissait rapidement, sans doute sous l'effet de l'adrénaline et de la peur. Ses yeux brillants étaient d'un bleu-violet limpide. Elle avait quelques taches de rousseur sur le nez, et sa bouche était une invite aux baisers...

Arrête de la fixer comme ça, bon sang, s'admonesta-t-il.

Elle avait gardé les mains en l'air. Un bon point pour elle. Hudson remarqua alors qu'elle ne portait pas d'alliance. Cela ne signifiait pas toujours que quelqu'un n'était pas marié, mais ce n'était pas un mauvais indicateur.

À ce propos, songea-t-il, la scène de rodéo à laquelle il avait assisté sentait à plein nez le petit ami furieux.

— Merci de m'avoir aidée, murmura la belle d'une voix tremblante.

Il y perçut un accent traînant. Elle était du Texas, à n'en pas douter.

— Je ne comprends pas ce qui s'est passé. Cet homme a surgi de nulle part, pointant une arme sur moi.

Elle semblait complètement ébranlée. Ses yeux — dont la teinte était presque parfaitement assortie à celle de sa décapotable — étaient écarquillés et elle avait ce regard désespéré, incrédule, qu'il avait vu de trop nombreuses fois chez les victimes, et en particulier chez Misty quand...

Stop ! Hudson se refusait à ressasser de nouveau. Et surtout pas maintenant...

— Et, vous, avez-vous une arme ? reprit-il d'un ton bourru.

— Non.

Elle pivota sur elle-même, et il en obtint la confirmation en posant les yeux sur les poches arrière de son jean. Une grossière erreur, estima-t-il, car un courant électrique parcourut son corps, immédiatement suivi d'un puissant élan de désir.

Il exhala un soupir. De telles émotions n'avaient pas leur place dans cet interrogatoire. Le mieux qu'il avait à faire, c'était d'appeler le shérif et, une fois sa visiteuse partie, de reprendre le cours de sa journée.

— Au fait, je m'appelle Madelyn Kensington.

Elle lui tendit la main.

Il la prit et fit de son mieux pour ignorer que sa peau était aussi satinée qu'elle en avait l'air.

— Hudson Dale.

— Dans quelle division de la police travaillez-vous ? lui demanda-t-elle en laissant retomber ses bras le long de son corps.

Sa question le prit au dépourvu.

— Qu'est-ce qui vous fait penser que je suis autre chose qu'un propriétaire de ranch ?

Elle regarda ses jambes.

— Votre posture. La façon dont vous tenez votre fusil. Vous marchez avec les bras légèrement écartés, comme si vous portiez encore un holster, et votre tir avec ce fusil a été bigrement précis.

D'un geste, il l'interrompit.

— Je ne suis rien de tel. Mais, vous, quel genre de travail faites-vous pour remarquer la manière dont un homme se tient ?

— Moi ? Je suis journaliste à Houston et je me rends chez les Butler.

À cette distance, Hudson pouvait percevoir les battements désordonnés de son cœur à la base de son cou.

La dernière chose dont il avait besoin, c'était que quelqu'un capable de mener des recherches mette le nez dans ses affaires, et en particulier dans son passé. Et, selon lui, il y avait déjà bien assez de journalistes comme ça dans le coin depuis la mort de Mike Butler.

— Eh bien, dans l'immédiat, madame Kensington...

— C'est mademoiselle, rectifia-t-elle.

Il hocha brièvement la tête, même si cela éveilla une réaction inappropriée dans sa poitrine.

— Y a-t-il une chance que cette berline blanche appartienne à votre petit ami ?

— Je n'ai pas de petit ami. Seulement un ex insistant, admit-elle.

Pourquoi se sentit-il envahi par un profond soulagement en entendant ces paroles ? Il avait remarqué son absence d'alliance une minute plus tôt et s'était efforcé de rester indifférent au fait qu'elle en porte une ou non.

— L'homme qui vous poursuivait a pris la fuite.

Hudson sortit son portable de sa poche arrière, gardant un œil sur la journaliste.

— Si cela ne vous ennuie pas, je vais passer un appel au bureau du shérif pour lui signaler l'incident. Vaudrait mieux que l'individu soit arrêté avant que quelqu'un d'autre soit blessé.

— Oui, vous avez raison.

Elle recula et appuya une hanche contre le côté de son coffre. Quand elle croisa les bras, ce mouvement fit se tendre contre ses seins le coton du T-shirt vert prairie qu'elle portait.

Maintenant qu'elle était plus calme, la jeune femme avait une voix aussi crémeuse et douce que sa peau.

Hudson se força à détacher les yeux de cette beauté aux cheveux blonds. Les émotions n'avaient plus leur place dans sa vie. Il n'avait aucunement l'intention de reproduire les erreurs du passé.

3

Madelyn sentit son cœur battre contre ses côtes. Hudson Dale ressemblait sans doute à un cow-boy avec ce jean taille basse, ce T-shirt bleu marine aux manches retroussées et ce stetson blanc, cependant quelque chose — disons l'intuition journalistique associée à un sens aiguisé de l'observation — lui disait qu'il dissimulait un secret. Ce secret risquait-il de la mettre plus encore en danger ?

L'homme dont la démarche trahissait une expérience de policier ne s'était pas identifié comme tel. Sa façon même de lui ordonner de descendre de voiture de cette voix autoritaire qui avait fait descendre le long de son dos un frisson sensuel inapproprié évoquait un policier.

Quand elle lui avait directement posé la question, il avait nié avoir jamais exercé ce métier. Elle avait passé suffisamment de temps à côtoyer les policiers lorsqu'elle avait travaillé plus tôt au cours de sa carrière sur des affaires criminelles pour reconnaître la voix de l'autorité qu'ils employaient pour s'adresser à quelqu'un. Cet homme paraissait beaucoup trop jeune pour être retraité. Il ne devait guère avoir plus de trente ans, le même âge qu'elle…

Soit il travaillait sous couverture, soit…

Il pouvait avoir été licencié. Se cacher. Pourquoi sinon habiter à la périphérie d'une petite ville ?

Elle haussa les épaules. Après tout, peut-être recherchait-il la paix et la tranquillité.

Madelyn s'efforça de ne pas laisser s'emballer son imagination. Quoi qu'il en soit, elle lui était reconnaissante d'avoir été là pour l'aider à échapper à son poursuivant. Elle n'avait pas besoin d'en savoir plus à son sujet.

Difficile, en tout cas, de s'empêcher de remarquer que cet homme était beau à se damner. Il se tenait debout juste devant elle. Deux mètres à peine les séparant, il lui fut aisé de noter qu'il avait les yeux bruns les plus foncés qu'elle ait jamais vus, rehaussés par des cheveux blond-roux et une fossette au menton. Et, si son corps réagissait de façon déplacée à la vue de sa carrure d'athlète, c'était sans doute parce qu'elle avait les nerfs à fleur de peau.

Elle tenta aussi de se convaincre que la seule raison pour laquelle elle contemplait son torse et ses bras musclés était un élémentaire instinct de survie. À un niveau primaire, elle avait besoin de savoir que cet homme était assez fort pour la défendre si la berline blanche revenait pour un second round. Le fait qu'il parût plus que capable de la protéger avait fait baisser sa panique de quelques degrés.

— Le shérif est en chemin, déclara son sauveur.

Et de désigner sa maison de style ranch.

— Après ce que vous venez de vivre, je pense qu'une tasse de café ne vous fera pas de mal.

Elle hocha la tête. L'homme faisait preuve d'un calme troublant si l'on considérait qu'il venait de tirer dans les pneus de quelqu'un pour l'obliger à quitter ses terres.

— Laissez votre voiture là où elle est, reprit-il, son cheval toujours attaché dans l'ombre près du portail.

— Merci.

Elle suivit le séduisant cow-boy à l'intérieur de sa maison. L'agencement de la pièce qui s'offrit à son regard lui parut confortable. Un canapé et un large fauteuil assorti entouraient une cheminée en pierre avec une grande étoile rustique au-dessus du manteau. Il y avait une statue de bronze qui représentait un homme chevauchant un taureau sur la table d'angle et des lampes jumelles qui semblaient éclairer suffisamment pour lire.

Le coin cuisine était simple : des placards blancs, des appareils ménagers en acier inoxydable et du granit marbré. Madelyn s'appuya contre le bord du plan de travail, s'efforçant d'assimiler tout ce qui venait de se produire.

— Ça vous ennuierait de m'expliquer ce qui se passe ? lui demanda Hudson en lui offrant une tasse du café qu'il venait de préparer.

Madelyn prit le mug et elle s'y cramponna des deux mains, constatant qu'elle tremblait encore. Elle mit ce fait sur le compte de l'adrénaline. Un jour, Owen avait failli la faire sortir de la route en essayant d'attirer son attention. À l'époque, il lui avait semblé plus désespérément avide de lui parler que désireux de la tuer. Toutefois il conduisait un Escalade, pas une berline blanche. Bien sûr, la logique lui souffla qu'il pouvait en avoir loué une.

— J'ai vécu une rupture difficile et il se pourrait que mon ex me suive, dit-elle sans y croire.

Mais elle devait envisager cette possibilité. Riche comme il l'était, Owen avait pu engager quelqu'un pour lui faire peur.

Elle vit la mâchoire du cow-boy se contracter. Il battit des cils, qu'il avait épais.

— La justice est-elle au courant ?

— Un juge de Houston a prononcé une injonction d'éloignement à son encontre.

Elle porta la main à son collier et trouva du réconfort dans le fait de tenir la libellule de sa mère.

— Le conducteur était encagoulé, je n'ai donc pas réussi à savoir si c'était lui. Ce n'est pas sa voiture, en tout cas.

— Serait-il assez bête pour conduire sa propre voiture s'il commettait ce genre de méfaits ? s'enquit Hudson.

— Non.

Owen n'était pas stupide. Ça, non !

— Il a beaucoup d'argent. Assez pour engager quelqu'un et se faire discret.

— A-t-il déjà eu des démêlés avec la justice ?

Hudson haussa les sourcils.

— Oui, reconnut-elle à contrecœur.

Elle but le café à petites gorgées, appréciant la brûlure sur sa langue.

— Je ne l'ai découvert que lorsqu'il a été trop tard. Je suis sûre qu'il essayait seulement de m'effrayer auparavant. Ceci est quelque chose de totalement différent. J'espère que ce n'est pas lui.

Le regard soutenu du cow-boy la mettait mal à l'aise.

— À quoi pensez-vous ? lui demanda-t-elle, prenant conscience qu'elle agrippait tellement son mug que les articulations de ses doigts étaient exsangues.

— Que c'est votre ex et qu'il monte en puissance, affirma-t-il sans la quitter du regard.

— C'est un sale type, je vous l'accorde, mais il n'est pas… Je veux dire, « cet homme » semblait vouloir me tuer. Owen m'a menacée, mais il essayait de m'intimider afin que je revienne vers lui. Chose que je ne pourrais faire une fois morte.

Le cow-boy ne répondit pas, et Madelyn sentit son malaise s'accroître. Se pouvait-il qu'Owen ait décidé que, s'il ne pouvait l'avoir, personne d'autre ne l'aurait… ? Le sang se mit à lui battre aux tempes. Owen pouvait-il la haïr autant… Au point de commettre l'irréparable ? Il était vrai qu'il avait plusieurs fois transgressé la loi et qu'il s'en était jusqu'à présent sorti. Mais irait-il jusqu'à vouloir sa mort ? Hélas, force lui était de reconnaître qu'elle avait couvert des faits divers qui la faisaient encore frémir rien qu'en y repensant et dont le contexte était le même que celui de sa relation avec Owen...

On sonna à la porte avant qu'elle puisse réfléchir à cette idée terrifiante. Aussitôt Hudson Dale posa son mug et reprit son fusil. Il engagea une balle dans la chambre du fusil et il épaula.

— Qui que ce soit, il ne s'en prendra pas à vous sous ma garde.

Madelyn sentit une nouvelle décharge d'adrénaline pulser dans ses veines. Mais, sans même voir que le cow-boy avait abaissé son fusil, elle comprit que le nouvel arrivant était le shérif.

Celui-ci se présenta sous le nom de Clarence Sawmill. C'était un homme d'âge mûr et sa peau hâlée portait, autour des yeux, la marque des lunettes de soleil. De profonds sillons lui marquaient le front, et il avait des rides d'expression autour de la bouche. Il était considérablement plus petit que Hudson Dale, qui devait mesurer au moins un mètre quatre-vingt-dix ; il était également loin d'être en aussi bonne forme physique.

— J'aurais préféré que nous nous rencontrions en de meilleures circonstances, shérif Sawmill, dit Madelyn en lui donnant une vigoureuse poignée de main.

— J'aimerais que vous me disiez ce qui s'est passé, répondit-il avec un hochement de tête courtois.

Madelyn s'exécuta, tout en s'efforçant de ne pas remarquer l'attention que le cow-boy semblait porter au moindre détail de son témoignage. Avait-il été enquêteur ? Elle sentit sa curiosité s'accroître concernant ce cow-boy ô combien énigmatique.

— Le conducteur a-t-il tiré sur vous ? reprit le shérif.

— Non.

— Nous avons eu quelques incidents similaires sur l'autoroute, récemment. Les cas de violence routière ont redoublé avec le soleil du mois d'août, et la ville est toujours en effervescence depuis la mort de l'un de nos résidents.

Sawmill semblait avoir les épaules affaissées en permanence et sa posture trahissait sa lassitude. Il ne faisait aucun doute qu'il était pour la première fois confronté à un meurtre aussi médiatisé, perpétré sur un territoire qu'il considérait comme étant sous « sa surveillance ». L'intensité de son expression révélait qu'il avait à cœur de bien faire son travail.

Pouvait-elle pourtant croire qu'il s'était agi d'un « cas de violence routière » ? Elle pria pour que ce soit aussi simple parce que l'autre interprétation, qu'Owen puisse être à l'origine de l'agression, était inconcevable. Et trop horrible.

— Y a-t-il un numéro où je puisse vous joindre si j'ai d'autres questions ? demanda Sawmill.

Madelyn lui transmit son numéro de portable.

— Je séjourne au motel Le Cordon Rouge durant quelques jours si vous avez besoin de me trouver.

Le shérif hocha la tête.

— Je le noterai dans votre dossier.

— Merci du temps que vous m'avez accordé, ajouta Madelyn en le suivant à l'extérieur.

Elle balaya du regard l'horizon, un frisson glacé parcourant son corps, comme si des yeux étaient posés sur elle. Mais il n'y avait personne aux alentours.

Une fois le shérif sorti de son champ de vision, elle tendit son mug vide au cow-boy, qui l'avait rejointe.

— Merci pour votre aide. J'ignore ce que j'aurais fait si vous n'aviez pas été là.

Il inclina son chapeau, mais resta silencieux tandis qu'il la raccompagnait jusqu'à sa voiture.

— Soyez sur vos gardes pour le cas où il reviendrait.

— Vous pensez qu'il va revenir ? répliqua-t-elle d'une voix blanche tandis que son cœur se mettait à cogner dans sa cage thoracique.

— Pas dans l'immédiat, en tout cas. Il va devoir faire réparer son pneu et se réorganiser, dit-il. Mais soyez vigilante.

Madelyn remercia à nouveau le cow-boy avant de se remettre au volant. Elle avait les paumes des mains moites et son cœur battait toujours la chamade, mais elle avait déjà été menacée dans le cadre de son métier. Il en faudrait plus qu'une expérience stressante de « violence routière » — si tant est que le shérif ait pris la juste mesure de la situation — pour l'empêcher de découvrir ce que lui voulait Mike le non-conformiste.

À présent qu'elle avait presque rejoint le ranch Hereford, sa curiosité était exacerbée. Pour quelle raison ce diable d'homme avait-il bien pu la convoquer ?

Il devait y avoir une vingtaine de camionnettes de presse garées le long de la rue devant le ranch Hereford, en raison du meurtre de Mike le non-conformiste. À nouveau, Madelyn se demanda ce qu'elle faisait là. S'il y avait sujet à article, l'un de ces journalistes ne l'aurait-il pas déjà flairé ? Un agent de sécurité baraqué gardait le portail attenant à une palissade blanche. Il portait un short bleu marine et une chemisette assortie à col boutonné ainsi qu'une arme à la hanche.

Elle baissa sa vitre et donna son nom ainsi que celui du journal où elle travaillait.

Les sourcils foncés du colosse se haussèrent.

— Je suis attendue, précisa-t-elle.

— Répétez-moi votre nom, je vous prie ? dit-il en consultant sa tablette.

— Madelyn Kensington.

Elle ne put pas bien voir ses yeux à travers ses lunettes de soleil à effet miroir. L'homme faisait manifestement de la musculation, mais il n'était pas aussi sexy que le cow-boy rencontré plus tôt.

Le colosse pencha la tête de côté.

— Le bâtiment principal est juste devant. Allez-y.

— Merci.

Elle s'éloigna, soulevant un nuage de poussière tandis qu'elle se garait sur l'une des places du parking jouxtant l'entrée du bâtiment principal. Elle saisit son sac et descendit de voiture, époussetant son jean et songeant combien elle aimait vivre en ville. Le ranch était magnifique, elle le reconnaissait volontiers, mais vérifier qu'il n'y ait pas de scorpion dans ses bottes avant de les enfiler n'était pas précisément sa conception d'une vie sereine.

Le bâtiment principal ressemblait à une cabane en rondins surdimensionnée. Il évoquait un hôtel haut de gamme soucieux d'épouser les canons typiques de l'Ouest. Elle glissa la bandoulière de son sac à l'épaule et se dirigea vers la porte d'entrée. Avant qu'elle ait pu l'atteindre, celle-ci s'ouvrit en grand. Elle dut lever une main pour éviter de la recevoir en plein visage.

— Mes excuses.

L'homme, portant un costume taupe, des bottes de cow-boy et un stetson, lui adressa un sourire approbateur.

— Nous nous sommes parlé plus tôt, au téléphone. Je suis Ed.

Madelyn se présenta tout en prenant sa main tendue. La poignée de main d'Ed Staples était ferme et vive, son expression, prévenante.

— Désolée, je suis en retard. J'ai eu… quelques soucis avant d'arriver ici aujourd'hui.

— Mon Dieu ! Rien de grave, j'espère ! s'écria-t-il en haussant un sourcil.

Madelyn s'émut de sa sollicitude. Puis elle songea qu'Ella Butler venait de survivre à une tentative de meurtre et qu'Ed avait donc toutes les raisons d'être inquiet. Elle secoua la tête.

— Non, ce n'est rien. Le shérif pense qu'il s'agit d'un cas de violence routière.

Elle ne voulait pas évoquer avec un étranger le fait qu'il puisse s'agir de son ex-petit ami.

— Vous êtes sans nul doute au courant de la situation à laquelle est confrontée la famille Butler, répondit-il avec un regard compatissant.

Elle ne put s'empêcher de remarquer qu'il scrutait son visage. Dans quel but ? Il semblait fixer intensément l'arête de son nez et cela la mettait un peu mal à l'aise. Elle avait toujours eu une petite bosse sur le nez et, étant adolescente, elle s'était juré de se le faire refaire un jour.

Ed hocha la tête et ses lèvres s'incurvèrent en un léger sourire. Il la regardait comme si elle était une œuvre d'art à examiner, comme s'il cherchait quelque chose.

— Oui. Je suis désolée pour la mort de Mike Butler et pour ce qu'a subi l'un de ses enfants, dit-elle en toute sincérité.

Elle ne connaissait pas la famille, toutefois une recherche rapide sur Google menée la veille au soir lui avait donné un aperçu de ce qu'ils avaient traversé. Personne ne méritait ce genre d'attention.

— Excusez ma perplexité, reprit-elle, agacée par la façon dont Ed Staples continuait à la fixer, mais qu'y a-t-il de si urgent pour que vous ayez eu besoin de me voir sans délai ?

Il sembla réaliser qu'il se montrait grossier à la fixer autant.

— Je préférerais avoir cette conversation en privé, fit-il en tournant la tête dans la direction opposée, vers un bureau à la porte-fenêtre en bois et en verre.

Regardant autour d'elle, Madelyn ne vit pas âme qui vive. Jusque-là, elle avait été victime d'un chauffard, eu à connaître un cow-boy dont le comportement serein avait mis ses nerfs à rude épreuve, et voilà qu'elle se trouvait en présence d'un notaire qui l'avait convoquée, mais semblait peu pressé d'en venir au fait. Elle n'avait aucune idée de quelle mouche piquait les gens ce jour-là, mais elle avait quant à elle atteint les limites de sa patience.

Elle suivit le notaire dans le bureau. Des étagères remplies de livres couvraient les murs du sol au plafond. Si elle n'avait pas vécu une telle journée, elle aurait vraiment pu apprécier la beauté des lieux, et se laisser distraire par la collection de livres rares. De toute évidence, elle se tenait dans ce qui avait dû être l'antre de Mike Butler. Sérieusement, cet homme était une légende et combien de fois au cours de sa vie aurait-elle l'occasion de se trouver dans le bureau d'un homme aussi illustre, prospère et excentrique ?

Le problème était qu'elle avait encore les nerfs à vif après sa sortie de route forcée et que ses pensées ne cessaient de s'égarer en direction du séduisant cow-boy qui s'était littéralement précipité à son secours sur son fier destrier et qui l'avait sauvée. Peut-être était-ce la nostalgie de l'époque du Far West, mais le simple fait de penser à lui faisait s'emballer son cœur.

Ed s'assit dans le fauteuil de Mike Butler et chaussa ses lunettes. Il lui désigna un fauteuil club en cuir de l'autre côté de l'imposant bureau. Elle y prit place, croisa les jambes et joignit les mains sur ses genoux, estimant que cette journée ne pourrait pas être pire.

Il marmonna de nouvelles excuses avant de localiser une enveloppe avec un « ah ah » solennel. Il remonta ses lunettes à monture noire sur l'arête de son nez.

Madelyn prit conscience qu'elle avait porté la main au collier de sa mère et qu'elle épousait de ses doigts les détails de la libellule. Un étrange sentiment s'empara d'elle. Elle ne put déterminer exactement ce que c'était, toutefois l'expression qu'elle vit dans les yeux d'Ed Staples fit se propager un frisson le long de sa colonne vertébrale, un peu comme quand on dit que quelqu'un a marché sur votre tombe.

Ignorant le picotement sur ses bras, elle s'attendait presque que le notaire se lève et sorte de la pièce sans mot dire quand il lança soudain l'enveloppe dans sa direction. Plus d'une piste d'investigation lui avait été « remise » de manière similaire, songea-t-elle.

— Il vous incombe de conserver ce qui se trouve dans cette enveloppe, déclara-t-il en se renfonçant dans son fauteuil et sans cesser de l'observer. J'ai reçu du défunt M. Butler la consigne de vous conseiller de bien y réfléchir avant d'en briser le sceau. Il n'y aura pas de possible retour en arrière une fois que vous saurez ce que contient cette enveloppe, et je tiens à souligner que cette information changera à jamais votre vie.

Hein ? Elle s'efforça de percevoir dans le ton d'Ed Staples quelque chose lui indiquant qu'il s'agissait d'une sorte de plaisanterie. L'intensité de son regard lui affirma le contraire. À présent, sa curiosité atteignait vraiment son paroxysme.

— J'en doute, monsieur Staples.

Elle ramassa l'enveloppe blanche.

— N'en soyez pas si sûre. Vous devriez prendre un moment pour estimer si, oui ou non, vous êtes prête.

Exaspérée, elle ouvrit le rabat d'un geste vif et sortit le feuillet format lettre. Il était plié en trois, elle étala donc la page.

— Tout ce pour quoi je suis prête, c'est un bain chaud, un verre de vin et une…

Madelyn se figea. Le souffle lui manqua soudain.

C'était impossible. Il devait s'agir d'une blague de mauvais goût. Elle leva les yeux, cherchant les caméras. Était-elle la victime de l'une de ces émissions canulars ?

— Je peux vous assurer que le document est authentique, lui dit Ed.

Madelyn n'écoutait plus. Le vacarme qui retentissait dans sa tête l'isolait de tout le reste.

Elle serait forcément au courant d'une telle chose. Quelqu'un lui en aurait déjà parlé.

— Je sais qui est mon père et ce n'est pas Mike Butler.

Ses paroles furent à peine audibles, même pour elle, tandis qu'elle rejetait le document juridique qui la déclarait son enfant légale.

Madelyn s'éclaircit la gorge.

— Il y a eu une erreur.

Ed Staples prononça alors les mots qu'elle craignait le plus d'entendre.

— Je crains que non. C'est la vérité.

Madelyn agrippa le feuillet. Le bord se froissa dans sa main.

— Je n'ai même jamais rencontré cet homme. Cela ne peut être…

Ed demeura assis là, donnant l'impression d'avoir des trésors de patience à déployer. Puis il lui dit :

— Qui croyez-vous qui ait donné à votre mère ce collier que vous portez ?

Ces mots résonnèrent dans sa tête. Avant même d'avoir pu commencer à les analyser, elle fut debout et se précipita vers la porte. Le jour où son père lui avait donné le bijou resurgit dans ses pensées. Il avait paru tellement peiné quand elle avait ouvert le cadeau de son quinzième anniversaire. C'était sa mère, lui avait-il appris, qui avait laissé des instructions sur son lit de mort pour s'assurer qu'elle le reçoive ce jour-là. Il avait semblé tellement affligé quand elle avait ouvert l'écrin. Jusque-là, Madelyn avait toujours cru que ce collier lui rappelait sa mère. L'expression de son père avait-elle pu avoir un autre sens ? Lui rappelait-il la liaison que son épouse avait eue ?

Madelyn ne prit pas la peine de regarder derrière elle pour voir si Ed Staples l'avait suivie. Tout ce dont elle avait besoin, à présent, c'était d'une chambre calme et de l'occasion de se remémorer cette folle journée.

À chaque pas en direction de sa décapotable bleu pâle, un peu plus de vie s'échappait d'elle. La décharge d'adrénaline était la seule chose qui permettait à ses jambes de continuer de bouger, la réaction qui s'était imposée à elle étant celle de la fuite. Sa poitrine était comprimée, et elle eut l'impression que ses poumons cessaient de fonctionner.

Les mains tremblantes, elle s'y reprit à plusieurs fois pour décoller la lettre de ses doigts moites et s'emparer de sa clé de voiture.

Elle n'aurait su dire comment elle parvint à introduire la clé dans le contact et à faire démarrer la voiture. Tout était confus. Sa vie entière était-elle un mensonge ? Un secret aussi énorme ne pouvait être gardé pendant trente ans... *N'est-ce pas ?*

Les larmes lui brouillèrent la vue. Elle les chassa du mieux qu'elle put pour quitter les lieux.

Tenant le volant d'une main, elle toucha distraitement la délicate libellule d'argent pendant à sa chaîne alors que la maison de style cabane en rondins disparaissait progressivement dans le rétroviseur.

Par chance, la circulation était fluide dans l'autre sens. Une fois garée devant sa chambre, au motel, elle réussit, malgré ses doigts qui lui semblaient peser des tonnes, à se saisir de son téléphone et à composer le numéro de son père.

Bien sûr, il ne décrocha pas. *Pourquoi se mettrait-il à le faire maintenant ?* songea-t-elle, amère.

Dès l'instant où elle pénétra dans sa chambre, quelque chose lui parut bizarre. N'avait-elle pas posé son ordinateur portable sur le second lit plutôt que sur celui qui était le plus près de la porte ? La fermeture Éclair de son petit sac de voyage était ouverte et une partie de son contenu avait été renversée. Sur le miroir du mur du fond avaient été gribouillées de grandes lettres, apparemment à l'aide d'un rouge à lèvres.

« Va-t'en ou meurs. »

Reculant de quelques pas, elle trébucha sur son sac de voyage. Alors, dans un état second, elle réunit toutes ses affaires et les fourra pêle-mêle dans son bagage.

Quelques instants plus tard, haletante, elle était à l'intérieur de sa voiture. Elle verrouilla les portières et jeta son sac sur le siège arrière. Quitter les lieux, s'éloigner de Cattle Barge, c'était la seule chose à laquelle elle pouvait penser.

Mais pour aller où ?

4

Madelyn donna un coup de poing sur le volant, refusant de pleurer. Les questions se mirent alors à affluer. Qui était derrière cette menace ? Comment quelqu'un avait-il découvert qu'elle séjournait au motel Le Cordon Rouge ? Comment diable avait-on pu entrer dans sa chambre ?

Était-elle suivie ? C'était une question idiote. Bien sûr que quelqu'un l'avait suivie... Avait-elle donc déjà oublié l'épisode de la berline blanche, plus tôt dans la matinée ? L'impression qu'un regard était posé sur elle la poussa à scruter le parking du motel.

Les voitures qui s'y trouvaient semblaient vides, mais les apparences pouvaient être trompeuses. Elle roula jusqu'à l'entrée du motel et, une fois garée, verrouilla sa portière et entra d'un pas raide, refoulant autant que possible ses peurs sous la surface. Mais, tel le contenu d'une marmite sur le feu, ses émotions risquaient de déborder sans prévenir.

Plus tard, elle analyserait cette horrible journée. Pour l'instant, son unique préoccupation était de découvrir qui se trouvait à l'origine de cette menace. Elle avait été tellement prompte à accuser Owen d'être celui qui l'avait fait sortir de la route, tout à l'heure. Mais, à présent, une dizaine de scénarios se disputaient son attention.

Il était évident que quelqu'un voulait l'éloigner de Cattle Barge. Mais dans quel but ?

Les enfants de Mike Butler étaient-ils au courant de son existence ? Savaient-ils que leur père était aussi… le sien ?

Et qu'en était-il d'Ed Staples ? Pouvait-elle lui faire confiance ? Pour autant qu'elle sache, il était le seul informé de sa venue au ranch. Mais pourquoi l'y aurait-il convoquée pour ensuite essayer de s'en prendre à elle ? Il connaissait son numéro de téléphone, et donc probablement son adresse. Pourquoi ne pas simplement l'avoir agressée sans se faire connaître ? Cela ne le disculpait pas, mais le plaçait en bas de sa liste de suspects potentiels.

L'enveloppe qu'il lui avait remise était scellée. Mais, à en juger par sa façon d'étudier ses traits quand elle était arrivée et par sa connaissance de l'origine du bijou de sa mère, il devait en connaître le contenu. À part ça, force lui était de reconnaître qu'elle ne savait rien d'Ed Staples. Elle ne pouvait donc pas le cerner. Était-il un employé loyal envers Mike Butler ? Un ami personnel ? Ou était-il plus proche de la famille ? Avait-il décidé de prendre les choses en main, par égard pour les enfants légitimes du milliardaire — et dans l'intérêt de ces derniers ?

Elle secoua la tête, accablée et totalement désemparée. On avait failli lui tirer dessus pendant une folle course-poursuite, et maintenant elle avait reçu des menaces. Les deux événements étaient-ils liés ?

Un carillon tinta lorsqu'elle ouvrit la porte de l'entrée et qu'elle pénétra dans le vestibule.

— Où est Trent ? demanda-t-elle d'emblée à la femme souriante qui se tenait derrière le comptoir.

Un badge métallique épinglé à son chemisier lui indiqua qu'elle se prénommait Kelsey.

— C'est la relève, lui signala l'employée, l'air un peu

décontenancée par cette question directe. En quoi puis-je vous aider ?

Madelyn jeta un coup d'œil à sa montre. 13 h 15 paraissait une heure bizarre pour une relève. Elle débattit intérieurement de la tactique à adopter. Se montrer aimable lui permettait généralement d'obtenir l'information qu'elle voulait. Ce qui s'était produit dans sa chambre l'avait déstabilisée et elle se sentait violée. Il n'y avait pas de meilleur moyen de décrire ses émotions. Elle n'arrivait toujours pas à déterminer qui pourrait avoir un problème avec elle.

Ed Staples lui avait paru honnête et même attentionné, mais peut-être était-ce de la comédie. En tant que journaliste, elle avait vu des milliers de fois des personnes essayer d'en manipuler d'autres en usant de leur charme. Son métier lui avait également enseigné que les gens ont deux visages, celui qu'ils affichent en public et celui qu'ils gardent pour eux-mêmes. Et que l'on ne pouvait jamais interpréter avec certitude celui qu'on voyait…

— Qui a accès à ma chambre ?

— Personne, rétorqua Kelsey en battant des paupières.

— Pas même la direction ? insista Madelyn.

Cattle Barge était une petite ville. Si la nouvelle avait transpiré qu'elle était la fille de Mike Butler, quelqu'un pourrait alors essayer de protéger la famille. Tout le monde devait désormais être considéré comme suspect. Peut-être Trent, l'employé auquel elle avait eu affaire en arrivant au motel, était-il ami avec l'un des enfants Butler et avait-il estimé leur rendre service en l'effrayant pour qu'elle déguerpisse ?

C'était probablement le meilleur scénario…

— Eh bien, évidemment, nous avons acc…

Madelyn ne la laissa pas finir.

— Et pour ce qui est du ménage ? aboya-t-elle.

Les bras le long du corps, elle serra les poings alors que la contrariété et la peur montaient en elle, gagnant en intensité.

Et si elle avait été présente dans sa chambre ? La personne qui avait gribouillé sur son miroir l'aurait-elle agressée physiquement ?

L'employée leva les yeux au ciel.

— Oui, bien sûr, le personnel affecté au ménage a accès aux chambres.

— Et la maintenance ?

Kelsey hocha la tête.

— Donc, vous ainsi que de nombreuses autres personnes avez accès à ma chambre.

À présent, Madelyn frisait presque l'hystérie. Elle prit une lente inspiration qui sonna comme le sifflement d'une bobine de chauffage.

— Est-il arrivé quelque chose ? s'enquit Kelsey.

Enfin, une lueur de compréhension animait le regard de l'employée.

Madelyn aurait aimé mettre toute cette situation sur le compte d'un accès de folie, d'une journée à marquer d'une pierre noire. Elle avait besoin d'une minute pour digérer la journée qu'elle était en train de vivre. Par-dessus tout, elle avait envie d'entendre la voix de son père — enfin, si Charles Kensington était toujours son père. Mais ce n'était pas envisageable. Quel que soit le nombre de fois où elle essayait de le joindre, il ne la rappelait que le 1er de chaque mois. Or, on était le 9…

Tournant le dos à la réceptionniste, Madelyn sortit son téléphone portable de son sac.

— Madame, que faites-vous ? lui demanda Kelsey d'une voix sourde.

— J'appelle le shérif.

— C'est inutile.

La voix de Kelsey était empreinte de calme, et Madelyn sentit sa colère monter d'un cran.

— Qu'en savez-vous ? Je ne vous ai pas encore dit pourquoi j'étais là.

— Je suis désolée, expliqua Kelsey. Vous étiez tellement fâchée et vous hurliez contre moi. Alors j'ai appuyé sur le bouton d'alarme que mon patron a installé sous le comptoir. La police ne va pas tarder à arriver.

À présent, l'employée semblait nerveuse.

— Mais... pourquoi vous ferais-je du mal ? s'écria Madelyn, stupéfaite.

Elle releva l'ironie de la situation. C'était elle qu'on harcelait, mais c'était Kelsey qui avait appuyé sur le bouton d'alarme pour quelques paroles un peu... directes.

Cette fois, elle exhala un soupir plus lent qui ressemblait moins à un sifflement.

— Ça n'a pas d'importance. Quelqu'un s'est introduit dans ma chambre et je veux porter plainte de toute façon.

Hudson ne pouvait s'empêcher de penser à Madelyn Kensington. Selon lui, le shérif avait trop facilement mis l'incident de la course-poursuite sur le compte de la violence routière, sans prêter suffisamment attention au fait que la victime avait un ex-petit ami furieux.

Tout en se disant que cela ne le regardait plus, il mit Bullseye au paddock, puis monta dans son pick-up. Sawmill avait l'esprit ailleurs et n'importe qui pouvait voir qu'il était débordé par l'affaire Butler. Hudson n'avait aucunement l'intention de manquer de respect au shérif. Non, il lui faudrait trouver une manière diplomatique de semer le doute dans l'esprit de Sawmill concernant l'ex de la belle Madelyn.

Vingt minutes plus tard, il se garait sur le parking du bureau du shérif. Les médias étaient partout et un essaim de journalistes se rua sur son pick-up. Quand ces fouille-merde se rendirent compte qu'il n'était pas un Butler, ils se dispersèrent.

Il se fraya un chemin dans la foule jusqu'à la porte d'entrée et fut soulagé de trouver le hall dégagé. Un bourdonnement constant de conversations s'élevait d'une pièce adjacente et Hudson soupçonna qu'il s'agissait d'un centre opérationnel mis sur pied pour recevoir les pistes et tuyaux relatifs au meurtre de Mike Butler.

— Comment vas-tu, Hudson ? lui demanda Doris en levant les yeux au ciel devant la folie qui régnait sur place.

La standardiste avait dans les quarante-cinq ans et était du genre à s'assigner comme mission personnelle de connaître la situation de tout le monde en ville — et, dans son cas, à la périphérie de la ville. Elle avait aussi été une très bonne amie de sa mère et, au vu de ce qu'il s'apprêtait à faire, Hudson se dit que c'était peut-être une bonne chose que sa mère soit décédée : il ne la mettrait pas une fois de plus dans l'embarras. Il chassa aussitôt cette pensée inopportune de son esprit. Il n'était pas venu là pour ressasser ses vieilles histoires.

— Mieux maintenant que j'ai la chance de te voir.

La repartie était ringarde et éculée, mais ça ne sembla pas gêner Doris.

Ses joues s'empourprèrent.

— Tu es un flatteur, lança-t-elle d'un ton malicieux sans cesser de sourire.

Hudson se tourna vers le poste de commandement improvisé mis sur pied dans la salle de conférences adjacente. Il entendit le bourdonnement des voix des bénévoles qui prenaient les appels entrants.

— On dirait que vous êtes très occupés.

— Et comment ! Un meurtre suivi d'une tentative de meurtre sur un autre membre de la famille, cette ville n'a jamais rien vu de tel depuis que je suis née. Je ne me rappelle pas la dernière fois où le shérif est allé dormir plus de quatre heures d'affilée. À ce rythme-là, son cœur ne tiendra pas longtemps.

Des stylos étaient alignés en rangées bien nettes sur son bureau près des crayons de bois. Elle avait un bloc-notes posé devant elle et son ordinateur était placé à l'écart, sur le côté. Une femme telle que Doris était de la vieille école et elle préférait écrire les choses plutôt que de passer des jours scotchée à un écran. Hudson était sûr qu'elle adhérait à l'idée désuète que regarder trop longtemps un écran de télévision pouvait rendre une personne aveugle.

— Essayes-tu de me convaincre que vous laisseriez les choses échapper à tout contrôle ? dit-il en se perchant sur le bord de son bureau.

Elle l'en chassa aussitôt.

— Et toi, insinuerais-tu qu'il y a, en ville, d'autres personnes, plus qualifiées, qui pourraient intervenir en tant que consultantes si elles le jugeaient bon ?

Fine mouche, la Doris ! En effet, ayant exercé dans une grande ville, Houston en l'occurrence, Hudson se sentait plus à même de traiter l'affaire Butler que Sawmill. Mais il se garda bien de s'en vanter. Après tout, ses années dans la police étaient derrière lui.

— Qu'est-ce qui t'amène en ville ? reprit Doris.

Elle le regarda en clignant des yeux comme si elle s'attendait à ce qu'il lui dise que le ciel leur tombait sur la tête.

— Je ne peux pas venir prendre des nouvelles de ma personne préférée de temps en temps ? éluda-t-il.

Il n'était pas disposé à abattre ses cartes. À en juger par le chaos qui régnait dans le bureau, le shérif ne disposait pas des moyens pour s'occuper convenablement de l'incident impliquant Madelyn Kensington. Et, pour des raisons qu'il ferait mieux d'ignorer, cela l'inquiétait terriblement. Il avait fait son devoir en jouant le rôle du bon Samaritain. S'il avait une once de bon sens, il tournerait les talons, franchirait cette porte et éviterait de s'en mêler.

Au lieu de ça, il se pencha vers Doris.

— Au fait, merci pour les piments habanera. Ce matin, j'en ai coupé quelques-uns en dés et je les ai jetés dans la poêle avec deux œufs. Ça a été mon meilleur petit déjeuner depuis des mois, dit-il.

— Il y a quelque chose, quand on les cultive soi-même, qui leur donne cette saveur supplémentaire.

Son regard s'éclaira. Sa mère avait coutume de dire en plaisantant que son amie cultivait un jardin non pas tant pour se nourrir que pour avoir le prétexte de passer prendre régulièrement des nouvelles de ses amis.

— Si tu venais plus souvent me rendre visite, tu repartirais chez toi avec tout ce que tu veux. Je produis toujours plus que je ne peux utiliser pour le cas où quelqu'un serait dans le besoin.

— Me voilà devenu le bénéficiaire d'une œuvre de charité ? plaisanta Hudson en éprouvant néanmoins une pointe de culpabilité.

Il était content de se cloîtrer dans son ranch. Bon sang, il se ferait livrer ses courses si cela lui permettait de ne jamais quitter sa propriété. Cet endroit était la seule chose qui préservait sa santé mentale depuis qu'il avait quasiment tout perdu.

Une fois encore, il se demanda pourquoi diable il se trouvait là.

— Le patron est dans le coin ? fit-il en lançant un regard en direction du couloir.

— Je crains que non. Tout va bien ?

La sollicitude creusait le front de Doris.

— Pour moi ? Oui. Je venais seulement aux nouvelles concernant l'affaire d'une amie.

— Depuis quand as-tu une amie ?

Elle haussa vivement les sourcils.

Le téléphone sonna. Elle s'excusa pour prendre l'appel.

Hudson, qui s'apprêtait à battre en retraite le temps que Doris traite son appel, se ravisa en l'entendant prononcer le nom de Madelyn Kensington.

— Où se trouve-t-elle ? demanda Doris.

Hudson se rapprocha de son bureau.

— Le motel Le Cordon Rouge, c'est compris, dit-elle à voix basse dans le combiné. J'en parlerai au shérif quand il reviendra. D'ici une demi-heure environ.

Était-il arrivé quelque chose à Madelyn ?

— Comment ça, elle est hystérique ? À quel sujet ? continuait Doris dans le téléphone. D'accord. Je comprends. Je lui en ferai part et...

De peur que Doris ne le retarde avec des questions intempestives, Hudson sortit avant qu'elle ne mette fin à la conversation.

Madelyn avait des problèmes. Il l'avait compris au ton de la voix de Doris. D'après son GPS, le motel était à dix-huit minutes de là. Il regarda la route, confiant dans le fait qu'il pourrait y arriver en moins de dix.

Tout en zigzaguant entre les voitures, Hudson songeait à une excuse valable pour se présenter sur les lieux. La police n'apprécierait aucune interférence dans son enquête ; et mentionner Doris risquerait d'attirer des ennuis à cette dernière, ce dont il n'était absolument pas question.

Rien de particulier à noter sur le parking du motel, constata-t-il une fois arrivé sur les lieux. Il marcha sans attendre vers la réception, tout en cherchant du regard Madelyn à travers les baies vitrées du hall. Son pouls ralentit d'un cran quand il la vit — quand il vit qu'elle allait bien. Il ne voulait pas se sentir autant concerné. Il se dit que c'était l'action qui lui manquait et non la personne qui avait occupé ses pensées depuis qu'elle était repartie en voiture de chez lui.

Le carillon trahit sa présence dès l'instant où la porte s'ouvrit.

— Je n'arrivais pas à vous joindre sur le portable ! s'écria-t-il en fonçant droit vers Madelyn, en faisant mine qu'ils se connaissaient bien.

Le regard de la jeune femme se porta sur lui, et il ne put immédiatement déceler si sa présence lui faisait ou non plaisir.

— Que faites-vous là ?

Le ton de sa voix lui donna la réponse... Elle n'était pas ravie.

5

Hudson vit aussitôt le shérif adjoint Hank Harley s'avancer dans sa direction, s'interposant entre lui et Madelyn. L'agent avait levé la main gauche, tandis que la droite restait fermement posée sur la crosse de son Glock. Il était prêt à prendre en une fraction de seconde la décision de dégainer ou non. Hudson n'en fut pas surpris.

La plupart des policiers gardaient une main sur leur arme durant ce que de nombreuses personnes considéreraient comme des contrôles de routine. Y compris pour les contrôles routiers. Les policiers savaient que les contrôles routiers étaient au même niveau que les appels pour violences conjugales en termes de menace pour leur sécurité. Hudson ne connaissait pas personnellement Harley. Il avait fait de son mieux pour garder sa présence aussi discrète que possible depuis son retour à Cattle Barge, un an plus tôt, ce qui signifiait que Harley ne le connaissait pas non plus et n'était pas informé de son passé. Alors mieux valait ne pas foncer tête baissée, songea Hudson. Il s'arrêta donc et s'assura que ses mains soient visibles de l'adjoint du shérif.

— Je vais devoir vous demander de partir, monsieur, dit Harley en faisant un nouveau pas dans sa direction.

— Je suis un ami de Mlle Kensington. Je veux seulement m'assurer qu'elle va bien.

Il leva les mains pour montrer qu'il ne portait pas d'arme. Le port d'arme était autorisé au Texas et cela rendait certaines personnes nerveuses.

Harley s'écarta, et tout en le gardant dans sa ligne de mire sembla chercher confirmation de sa déclaration auprès de Madelyn.

— Un ami, c'est bien ce dont j'ai besoin en ce moment, fit-elle d'une voix blanche.

Elle ne lui posa pas la question évidente : comment avait-il su qu'elle se trouvait là ?

Hudson prit son encouragement comme un bon signe.

— Que se passe-t-il ? demanda-t-il en prenant garde à ne pas empiéter sur l'enquête de Harley.

N'importe quelle personne s'inquiétant du sort d'un ou d'une amie poserait la même question, non ?

— Quelqu'un a pénétré dans ma chambre et y a laissé un message qui...

Elle avait les yeux écarquillés. Elle n'eut pas besoin de terminer sa phrase, il comprit aussitôt qu'elle avait été menacée. Il remarqua aussi combien elle semblait épuisée. Il ignora l'onde d'attirance inappropriée, l'attribuant à son instinct surprotecteur. Oui, il se montrait chevaleresque, voilà tout. Il se fustigea intérieurement. Avec un argumentaire aussi fallacieux, il ne pourrait même pas vendre de l'eau dans le désert. Mais ce n'était pas le moment de s'en inquiéter.

— L'homme à la berline blanche ? s'écria-t-il à mi-voix.

Il s'avança résolument vers elle, et le shérif adjoint ne protesta pas, ce qui était le second bon signe depuis qu'il était arrivé.

— Je n'en suis pas sûre. Je veux dire, je suppose. La personne de la berline semble un suspect logique.

Les mots lui avaient échappé tous en même temps, un peu comme s'ils trébuchaient les uns sur les autres.

— Y a-t-il une vidéosurveillance du parking ?

Hudson vint se placer près d'elle sans protestation de la part de Harley. Il avait l'intention de poser une main sur l'épaule de la jeune femme afin de lui apporter un peu de réconfort, mais son comportement alla au-delà de ses espérances : elle se jeta pratiquement sur lui. Il dut même la retenir pour amortir le choc contre son torse, et elle enfouit immédiatement son visage dans son cou.

Le contact de son corps contre le sien envoya un coup de foudre directement au centre de sa poitrine. Ce n'était pas la réaction habituelle qu'il avait quand une femme était aussi proche de lui, mais ce n'était pas le moment de disserter à ce sujet. Il sentit son cœur se mettre à battre la chamade, et tenta de se persuader que c'était dû à la décharge d'adrénaline qui accompagnait la perspective d'une véritable action.

— Il n'y a pas de vidéo de ce côté du parking, précisa l'employée du motel.

— Je vérifierai les enregistrements des sites voisins, dit le shérif adjoint.

Ils savaient tous deux que cela pourrait prendre des jours. Hudson remercia néanmoins Harley.

Le shérif adjoint leur ordonna alors de ne pas bouger, tous autant qu'ils étaient, le temps qu'il aille inspecter la chambre de Madelyn.

— Que disait le message ? fit Hudson au creux de l'oreille de la jeune femme.

Elle s'écarta aussitôt de lui, confuse. Et Hudson regretta d'avoir rompu l'enchantement.

— En gros, que si je tenais à la vie je devais partir. C'était gribouillé sur le miroir de ma chambre.

Le regard qu'elle lui décocha envoya une nouvelle décharge électrique droit dans son cœur. Se trouver aussi près d'elle lui faisait l'effet de se tenir sur des fils sous tension pendant un orage.

— Je suppose que l'employée nie avoir donné une clé de votre chambre à qui que ce soit, marmonna-t-il en lançant un regard en direction de la réceptionniste.

— Oui. En fait, c'est elle qui a appelé la police pour qu'elle m'appréhende.

Un nouveau regard furtif de ses yeux bleu-violet. Elle était effrayée, mais il y avait là beaucoup plus et Hudson ne put mettre le doigt sur ce que c'était. De l'épuisement… oui. De la peur… absolument. Du désespoir… et une autre émotion…

— Je suppose que vous avez mentionné au shérif adjoint la course-poursuite dont vous avez été l'objet ce matin. D'après lui, ces deux incidents sont-ils liés ?

— Il a dit que tout cela paraissait suspect et que ça semblait pouvoir être en lien, répondit-elle.

Malgré sa voix éteinte, il décela une lueur de défi dans son regard.

— « Pouvoir » être en lien ? Difficile d'être plus prudent ! ironisa-t-il.

Le carillon de la porte se mit à tinter. Le shérif adjoint était déjà de retour.

— Je crains que nous ne devions nous rendre au poste de police, dit-il aussitôt à Madelyn.

Hudson n'aima pas la façon dont Harley la regarda.

— Oh ! entendu, balbutia-t-elle.

Elle ne semblait pas saisir que ce n'était pas bon signe.

— Mon amie est fatiguée, intervint Hudson. Elle a eu une longue journée.

Il consulta sa montre.

— L'heure du déjeuner est passée depuis longtemps. Elle meurt probablement de faim. Nous pourrions aller manger un morceau et je la conduirais ensuite au bureau du shérif.

— Ça ne devrait pas lui prendre longtemps de répondre à quelques questions supplémentaires, insista Harley.

— Y a-t-il une raison pour laquelle je ne peux pas y répondre ici ? intervint Madelyn en haussant les sourcils.

Comme le shérif adjoint ne répondait pas, Hudson s'avança vers lui.

— Puis-je vous poser une question ? fit-il à voix basse.

— Oui, monsieur.

— Qu'avez-vous trouvé dans sa chambre ?

— En dehors de l'inscription, rien, dit le shérif adjoint. Absolument rien.

Madelyn tendit l'oreille pour entendre ce que Hudson disait au shérif adjoint, mais elle n'y parvint pas. Il lui aurait d'ailleurs été difficile d'entendre quoi que ce soit par-dessus le son des battements de son cœur. Oui, parce que ça avait été une journée effroyable. Mais aussi à cause du séduisant cow-boy qui se tenait dans la pièce, même s'il était totalement inapproprié de penser à cela en cet instant. Elle écarta donc ces pensées improductives.

— Qu'a-t-il dit ? demanda-t-elle lorsque Hudson s'avança vers elle.

Son haussement d'épaules ne fut pas des plus rassurants.

— Avez-vous faim ? demanda-t-il.

— Je doute de pouvoir manger quoi que ce soit, déclara-t-elle.

Puis, agacée qu'on ne réponde pas à ses questions, elle reprit en haussant le ton :

— Le shérif adjoint vous a-t-il expliqué pourquoi je dois me rendre au poste de police ?

Le regard compatissant du cow-boy la rendit perplexe.

— Pourquoi ? Tout simplement parce qu'il veut évaluer votre témoignage et vous poser les mêmes questions de différentes manières pour voir s'il peut vous prendre en défaut.

Un regard d'excuse s'ensuivit, mais elle lui fut reconnaissante de son honnêteté.

— Hein ? Croit-il donc que je suis folle ou que… ?

La conclusion la frappa de plein fouet telle une bombe tombant du ciel par une claire journée d'été.

— Il me pense coupable de quelque chose, c'est ça ? Ça alors ! Pourquoi aurais-je gribouillé une menace sur le miroir de *ma* chambre ?

Elle lança un regard furieux au shérif adjoint, le plaçant dans la même catégorie que l'employée du motel. Cette journée était non seulement horrible, mais aussi complètement loufoque. Qu'avait-elle fait pour mériter ces derniers temps une telle poisse ? D'abord, elle avait vécu une rupture difficile. D'accord, « difficile » était un euphémisme. Puis un fou furieux l'avait prise en chasse sur l'autoroute, l'obligeant à quitter la route au péril de sa vie… Peu après, elle avait appris que son père pourrait ne pas être son… Peu importait. Elle ne voulait même pas penser à ça pour l'instant. Et, pour finir, elle avait fait l'objet de menaces directes. Rien n'aurait pu être pire, non ? Eh bien, si ! Le shérif adjoint *la* soupçonnait de quelque chose. C'était tout bonnement incroyable !

Avoir crié sur la réceptionniste n'était pas précisément un crime, n'est-ce pas ?

Trop, c'était trop ! Madelyn fonça droit sur le policier.

— Que faites-vous *ici*, quand le cinglé qui m'a menacée est *là-dehors* ? explosa-t-elle, hors d'elle. La personne qui a fait ça est peut-être en train de nous observer en cet instant même, et vous êtes ici... à faire quoi ? À penser que je suis folle ?

Hudson semblait penser la même chose, car il se tenait à la fenêtre, scrutant le secteur.

— Madame, déclara calmement le shérif adjoint, nous allons envoyer quelqu'un analyser minutieusement la scène et nous découvrirons la vérité.

Il n'employa pas l'expression « scène de crime ». Si Kelsey n'avait pas appuyé sur le bouton d'alarme, Madelyn douta qu'il se soit même présenté sur place si elle avait porté plainte.

— Suis-je en état d'arrestation ? demanda-t-elle ouvertement.

— Non, madame.

— Dans ce cas, je ne vous accompagnerai pas au poste de police.

Madelyn connaissait ses droits ; elle n'avait à tolérer rien de tout cela.

À cet instant, Hudson fit volte-face et, comme il dirigeait son attention sur elle, elle sentit un frisson de désir parcourir son corps.

— Je n'ai pas l'intention de perdre mon temps avec un shérif adjoint — ou d'ailleurs avec qui que ce soit — qui ne me croit pas, ajouta-t-elle avant que Harley n'ait le temps d'ouvrir la bouche. Appelez le shérif. Il pourra vous expliquer ce qui est arrivé plus tôt avec une berline blanche. Ça n'a pas pu être le fruit de mon imagination puisque l'homme ici présent à côté de vous a assisté à toute la scène. J'ai été suivie, prise pour cible, et j'en ai assez de jouer à ce petit jeu. Je vous ai déjà dit et répété ce qui s'est passé ici. Vous pouvez me croire ou non. C'est votre choix. Mais maintenant, sauf à être menottée, je vais franchir cette porte et monter dans ma propre voiture.

— Restez en ville afin que je puisse vous joindre, grommela le shérif adjoint.

Madelyn connaissait assez bien la loi pour savoir qu'il n'avait rien pour la retenir. En lui décochant un regard furieux, elle avisa soudain les cernes foncés sous ses yeux. Il était visiblement surmené et à bout de nerfs. Était-ce parce qu'il était dépassé par l'affaire Butler — l'assassinat de Mike le non-conformiste et la tentative de meurtre dont avait été victime Ella Butler — qu'il s'acharnait autant sur elle ?

— Connaissez-vous un hôtel où je serais en sécurité ? riposta-t-elle en décochant à Kelsey un regard qui en disait long.

— J'ai un endroit en tête, répondit aussitôt Hudson Dale.

Le cow-boy se tenait bien campé sur ses pieds, dans une posture athlétique. Il était d'une taille presque intimidante, et Madelyn sentit à nouveau une inopportune onde sensuelle lui effleurer la peau.

— Mon ranch. Vous pouvez rester chez moi jusqu'à ce que tout ceci soit réglé.

Être en compagnie de Hudson vingt-quatre heures sur vingt-quatre, sept jours sur sept... ? Était-ce vraiment une bonne idée ? La raison lui criait de ne pas donner suite à cette proposition, mais elle se sentait vraiment trop épuisée pour trouver un autre point de chute.

— Vous avez un problème avec ces dispositions ? demanda-t-elle au shérif adjoint.

— Je suppose que non, répondit ce dernier.

Bon, alors, l'affaire était entendue, non ?

— Racontez-moi tout ce qui s'est passé après l'incident routier, dit Hudson.

Il replit une tasse du café qu'il venait de préparer et la lui tendit.

Madelyn trouvait bizarre d'être de nouveau dans sa cuisine, étant donné qu'elle le connaissait à peine. Mais, après ce qui s'était avéré l'une des journées les plus longues de sa vie, elle préférait ne pas trop creuser le sujet. La tasse lui réchauffa les mains, et elle se délecta de la brûlure que lui causa la première gorgée.

Devait-elle lui parler de ce qu'elle avait appris concernant Mike Butler ? Non, c'était prématuré, songea-t-elle. Il fallait d'abord qu'elle vérifie cette information… et surtout qu'elle la digère !

Ce pourrait cependant être important, lui souffla une petite voix dans sa tête.

Et puis, d'ailleurs, pourquoi ouvrirait-elle son âme à un homme qui, lui, gardait secrète son identité ? Elle avait eu son compte de duperies pour la journée. Rectification, pour la vie entière. Tout ce qu'elle pensait savoir n'était peut-être que mensonges. Cet homme était propriétaire de ranch autant qu'elle était chef de cuisine. Pour être claire, la seule chose qu'elle sache faire dans une cuisine, c'était les toasts, et encore… il n'était pas garanti qu'elle ne fasse pas brûler le pain. Elle était néanmoins capable de préparer une tasse de café grâce aux capsules et aux machines qui, en gros, faisaient tout le travail.

— Ne me mentez pas et ne me cachez rien, reprit-il.

Sa voix la fit sursauter.

— Je ne vois absolument pas de quoi vous voulez parler, protesta-t-elle mollement.

Il semblait savoir qu'elle le jaugeait, qu'elle était en train de se demander qui il était réellement. Des inconnus se confiaient sans cesse à elle, du fait de son métier. Mais cet homme ? Tout dans sa posture indiquait qu'il était un sphinx.

Alors, comment pourrait-elle se confier à quelqu'un qui n'avait pas confiance en elle ?

6

— Concernant le conducteur de la berline blanche, des détails vous sont-ils revenus ? reprit-il.

Il avait besoin de savoir si elle était décidée à lui faire confiance. « Faire confiance » était sans doute un peu exagéré. « Se confier » convenait mieux.

— Non, rien, à part le fait qu'il portait une cagoule.

— Ce que personne ne porte au Texas, encore moins par une journée où la température atteint presque les quarante degrés, ironisa-t-il.

— Et je n'ai remarqué aucune voiture blanche sur le parking du motel.

Elle fit rouler la tasse entre ses mains avant d'ajouter :

— Il y avait seulement deux pick-up et un minivan qui s'y trouvaient garés quand je me suis dirigée vers la réception… après avoir découvert l'inscription dans ma chambre.

Hudson avait espéré que le café ramènerait un peu de couleur sur son visage. Mais elle était toujours affreusement pâle, et ses traits crispés.

— Lors de notre première rencontre, vous avez fait mention d'une rupture difficile avec votre petit ami. Vos soupçons sont-ils toujours orientés dans cette direction ?

Pendant une fraction de seconde, elle pinça les lèvres.

— J'aimerais en être sûre, dit-elle avec un haussement d'épaules.

Que gardait-elle pour elle ?

— Pour quelle autre raison une personne inconnue voudrait-elle vous déstabiliser ou vous forcer à quitter la ville ?

— Qu'est-ce qui vous fait penser que cette personne ne veut pas ma mort ?

L'éclairage fluorescent de la cuisine faisait briller le blanc des yeux de Madelyn.

— A priori, je pense que…

Il lui lança un regard.

— … Pardonnez mon franc-parler, mais le conducteur de la berline blanche aurait fort bien pu vous tuer sur la route.

— Exact.

— Donc, il craignait de blesser des personnes innocentes, dit-il.

— Ou bien il attendait d'avoir un bon angle de tir, argua-t-elle.

Oui, c'était aussi une possibilité, Hudson pouvait le lui concéder. Il but une autre gorgée de café, le temps de couver cette pensée.

— J'ai vraiment dans l'idée qu'il voulait seulement vous faire peur, conclut-il.

— Mission accomplie ! s'exclama-t-elle, amère.

Restait à savoir pourquoi on avait voulu l'effrayer. Le conducteur de la berline blanche avait-il estimé qu'elle n'avait pas compris la leçon après qu'il lui eut fait quitter la route ? L'avait-il, sans qu'elle le sache, suivie jusqu'au motel la première fois qu'elle s'y était arrêtée pour déposer ses affaires, puis, pendant qu'elle se trouvait justement chez lui pour relater l'incident routier au shérif, s'était-il introduit dans sa chambre pour y gribouiller son message de menace ?

Hudson fronça les sourcils. L'expérience lui avait enseigné qu'en son for intérieur la victime savait toujours pourquoi elle était menacée. Souvent, c'était l'ouverture de l'enquête qui l'aidait à en prendre conscience.

— Pourquoi avez-vous dit que vous vous rendiez au ranch Hereford ? reprit-il.

— L'ai-je dit ?

Hudson prit une profonde inspiration.

— Je pensais que vous vouliez mon aide, dit-il sèchement.

— Vous m'avez offert votre protection et je l'ai acceptée. Ce n'est pas la même chose.

Puis d'ajouter :

— Puis-je vous poser une question ?

Il hocha la tête.

— Pourquoi vous sentez-vous concerné ?

— Ce n'est pas le cas, prétendit-il d'un ton bourru.

La jeune femme lui décocha un regard glacé.

Hudson aurait dû lui être reconnaissant de lui battre froid, car il s'engageait sur une pente glissante. Il n'avait pas envie de se sentir concerné par ce qui lui arrivait... Par ce qui arrivait à quiconque, d'ailleurs. Et il se considérait comme assez avisé pour battre en retraite quand il se rendait compte qu'il livrait une bataille perdue d'avance.

Mais ce regard qu'elle lui avait lancé lui avait infligé une douleur cinglante.

Et un profond besoin de briser quelques-unes de ses défenses se développa en lui. Pour des raisons qu'il se refusa à disséquer ou à combattre, il s'avança vers elle d'un pas raide. Il s'arrêta à quelques centimètres d'elle. Elle était plus petite que lui de près de trente centimètres et, de nouveau, il eut tout le loisir d'admirer ses traits délicats.

Il la vit lever une main vers son torse, comme pour l'arrêter. Mais, loin de le repousser, elle empoigna son T-shirt pour l'attirer à elle. Et ses sublimes yeux bleus semblaient le défier de passer à l'étape suivante.

Alors il baissa la tête et il l'embrassa.

De nouveau, il s'attendit à ce qu'elle le rejette. Mais elle l'attira plus près encore et entrouvrit les lèvres. Il introduisit la langue dans sa bouche et goûta sa saveur mêlée à celle du café.

Les mains de la jeune femme, qui étreignaient son T-shirt, lâchèrent le tissu pour venir se placer sur ses épaules. Alors, Hudson l'enlaça, et l'air se mit à crépiter autour d'eux avec l'intensité de braises incandescentes.

Ce baiser, destiné dans son esprit à établir un rapport de confiance, le déstabilisa totalement. Il tendait un rameau d'olivier, n'est-ce pas ? C'était tout ce qu'il faisait, et non satisfaire un désir primaire qu'il avait éprouvé dès la première fois où il avait posé les yeux sur elle.

Quel que soit son motif, la terre se mit à bouger sous ses pieds et son cœur envoya un signal d'alarme. *Continue comme ça et tu t'attireras de sérieux ennuis.* Faire machine arrière était difficile mais nécessaire. Ce baiser avait été une erreur, mais il l'avait commise de toute façon. Bon sang, pourquoi pas ? Il accumulait les erreurs de jugement aujourd'hui. Il n'en était plus à une près.

— Ça n'aurait pas dû arriver, se crut-il obligé dc dire en s'écartant.

Elle le regarda comme si elle se demandait qui il essayait de convaincre, elle ou lui.

— Ça ne se reproduira pas, répondit-elle avec une conviction similaire.

— Revenons-en à l'affaire.

Il recula d'un pas et chercha sa tasse de café sur le plan de travail, songeant qu'il en préférait le goût sur la langue de Madelyn. Quelque part en chemin, il avait posé sa tasse, toutefois il ne pouvait absolument pas se rappeler ni quand ni où. Il la repéra près de l'endroit où il s'était tenu avant le baiser... Un baiser dont il tenta de se convaincre qu'il ne signifiait rien. Qu'il aille dire cela à l'organe qui battait dans sa poitrine, cognant furieusement contre ses côtes ! Hudson reremplit sa tasse à ras bord.

— Où en étions-nous ?

— J'étais sur le point de vous dire quelque chose qui ne devra pas quitter cette pièce, murmura-t-elle sans croiser son regard.

Les aveux sont souvent plus faciles à faire quand on est bien installé. Aussi la pria-t-il de s'asseoir à la table ronde hors de l'espace cuisine.

Elle semblait rassembler toutes ses forces pour dire ce qu'elle avait sur le cœur, et il n'avait pas l'intention d'interférer. Elle avait ce regard qu'avaient les victimes avant de raconter leur histoire. Hudson sentit son estomac se révulser en pensant à elle en ces termes. Il n'aimait pas l'évoquer autrement que comme la femme forte, capable et intelligente qu'il voulait qu'elle soit.

— J'ai été pressée de me rendre à Cattle Barge par Ed Staples, le notaire de Mike Butler. Selon lui, ce qu'il avait à m'apprendre... m'intéressait au premier chef.

Sa voix était neutre, et le fait de parler ainsi semblait mobiliser toute son énergie tandis qu'elle regardait par la fenêtre.

— Je pensais qu'il allait me livrer un scoop, vous savez, une exclusivité. Avec le recul, je présume que j'aurais dû me rendre compte que je me faisais piéger.

Elle se tut et Hudson se garda bien de faire le moindre bruit. S'il l'effrayait en cet instant, elle risquerait de disparaître dans les bois comme une biche traquée et de ne jamais revenir. Et, pour des raisons que Hudson ne souhaitait pas examiner, il avait besoin de savoir pourquoi Ed Staples l'avait contactée.

Un soupir déchirant s'échappa de ses lèvres avant qu'elle poursuive :

— Ce que je suis sur le point de vous dire n'a pas été confirmé ou, du moins, je n'ai fait procéder à aucune analyse pour le confirmer ou l'infirmer.

D'un hochement de tête, Hudson l'encouragea à continuer.

— Alors ça ne doit pas quitter cette pièce, répéta-t-elle. Je veux dire, ça finira par s'apprendre et par faire la une des journaux, mais j'ai besoin d'avoir votre parole que vous garderez cela pour vous pour l'instant.

— Vous l'avez, lui répondit-il en captant son regard.

Il fallait qu'elle sache avec quel sérieux il tenait ses promesses.

— Voici, si j'en crois Ed Staples, Mike Butler est mon... vrai père.

Ce disant, Madelyn s'était crispée. Son visage avait perdu toute expression, et Hudson comprit qu'elle se distanciait de cette vérité, comme il avait vu de si nombreuses victimes le faire pendant qu'elles racontaient leur histoire. Toute l'ardeur, l'intensité qui l'avait animée un peu plus tôt, pendant leur étreinte, s'était évanouie. Une version fade d'elle était assise devant lui, et pourtant elle était toujours superbe.

La confession plana entre eux, trop pesante pour être développée dans l'immédiat. À en juger par son expression pendant qu'elle lui apprenait la nouvelle, Madelyn n'avait rien vu venir. Et si elle la lui confiait à présent, c'est parce qu'elle comprenait que cette révélation dérangeait quelqu'un — pour des motifs financiers bien sûr. L'argent était toujours en tête de liste des mobiles. L'avidité se classait au premier rang, avec les crimes passionnels.

— Qui est au courant ? fit-il.

— En dehors de nous deux ?

Son regard absent se posa sur lui.

— Ed Staples.

— Donc, Staples, le notaire de la famille Butler, vous a convoquée à Cattle Barge pour vous apprendre que Mike Butler était votre vrai père, reprit Hudson au bout d'un moment.

— Oui.

— Et, alors que vous étiez en chemin pour recevoir la nouvelle, quelqu'un vous a contrainte à sortir de la route.

Hudson semblait réfléchir à voix haute, car il fixait sa tasse de café.

— Et ensuite… vous êtes revenue dans votre chambre et vous y avez trouvé un message de menace.

— C'est exact.

Hudson écarta sa chaise de la table et il se pencha en avant, les coudes posés sur les genoux.

— Reprenons au début. Quand je vous ai rencontrée, il y avait une possibilité que votre ex soit impliqué dans l'incident routier. Est-il concevable, à votre avis, qu'il puisse aussi être à l'origine du message de menace ?

Son regard croiser le sien, et elle dut lutter de toutes ses forces pour ne pas laisser voir combien le contrôle qu'elle gardait sur ses émotions était ténu. Le lien, si menu soit-il, qui la rattachait à la logique et à la raison était un filin de sécurité qu'elle ne pouvait se permettre de rompre.

— Qu'aurait-il à y gagner ? répondit-elle. Il ne connaît pas les Butler.

— Bonne question. Pour l'instant, nous l'écarterons donc de la liste des suspects.

Il but une gorgée de café avant de poser sa tasse sur la table.

— En tout cas, je doute que ce soit Ed Staples, reprit Madelyn. Il connaissait mon numéro de téléphone, et mon adresse figurait sur la lettre qu'il m'a donnée. S'il avait voulu se débarrasser de moi, il n'avait pas besoin de me faire venir. Encore moins de m'appeler. Non, mon opinion est que quelqu'un d'autre est au courant de cette... possible filiation.

Elle ne put s'empêcher de grimacer ce disant. La vie qu'elle avait connue durant trente ans était terminée si cela était vrai. Quoique, après tout, ne serait-il pas typique d'un milliardaire égocentrique de mentir à seule fin de manipuler la vie des autres ? Mais à quoi cela lui servirait-il à présent qu'il était décédé ?

— Avant toute chose, j'ai besoin d'avoir la confirmation que Mike Butler est bien mon père biologique, ajouta-t-elle d'un ton résolu.

— Ed Staples ne vous en a pas fourni de preuve ?

Il paraissait stupéfait.

— Je n'ai pas l'intention de m'en remettre à sa seule parole. Ni à la lettre qu'il m'a remise. Je veux procéder à la vérification selon mes propres conditions. Mais je ne suis pas encore sûre de la façon dont je vais m'y prendre.

Quelque part en elle germait une petite graine d'espoir que tout ceci puisse être un mauvais rêve.

— Et votre mère ? Ne pouvez-vous pas le lui demander ?

— Elle est décédée quand je suis née.

La tristesse de sa voix la prit au dépourvu. Sa main vint jouer distraitement avec le collier à la libellule. Si toute cette histoire était vraie, cela signifiait qu'elle en savait encore moins à propos de sa mère. Son... père — pouvait-elle encore l'appeler ainsi jusqu'à ce qu'elle soit fixée, d'une manière ou d'une autre ? — avait interdit que l'on évoque le sujet, mais savoir que sa mère était morte du fait d'un grave dysfonctionnement au sein de la maternité avait guidé nombre de ses choix. Elle n'avait pas besoin de Freud pour comprendre pourquoi elle avait pris un emploi de journaliste d'investigation. En dénonçant inlassablement dans ses articles le manque de personnel dans les hôpitaux, les maisons de retraite, la dégradation de leurs conditions de travail, elle souhaitait éviter aux autres familles le genre de souffrances dont elle avait fait la cruelle expérience.

— Je suis désolé, dit Hudson d'une voix douce, avec une gentillesse qui manqua de fissurer l'armure qu'elle s'était forgée.

Il y avait eu, au cours de sa vie, d'innombrables occasions où elle avait regretté l'absence de sa mère. Petite, elle jouait le plus souvent à ce que ce serait d'avoir une vraie mère pendant quelques heures, quelques jours. Et il y avait eu des moments où elle aurait donné des années de sa propre vie, juste pour passer quelques minutes avec sa mère. Elle avait grandi en croyant que sa mère avait été une sainte. Elle l'avait élevée au statut d'ange. De ses yeux d'enfant, sa mère ne pouvait rien faire de mal, et elle avait maintenu cette croyance jusqu'à l'âge adulte.

Aussi cette « trahison » la faisait-elle atrocement souffrir et une part d'elle avait-elle envie de continuer à s'accrocher au fantasme que sa mère était parfaite.

Une pensée lui vint — une pensée sombre — et son visage dut trahir son abattement, car Hudson avança sa chaise vers elle et il prit l'une de ses mains dans la sienne.

— Qu'y a-t-il ? s'enquit-il.

— Si ma mère a eu une liaison extraconjugale, je me demandais si mon père savait que je pourrais ne pas être son enfant.

Des larmes lui échappèrent. Cela expliquerait tellement de choses à propos du peu de tendresse que son père lui témoignait. Oui, s'il savait la vérité la concernant, ce pourrait être la raison pour laquelle il l'avait gardée à distance durant toutes ces années. Lui en voulait-il de ne pas être son enfant ? D'avoir causé la mort de sa femme ?

Madelyn sentit soudain un frisson se propager dans son ventre comme Hudson s'était penché vers elle pour sécher ses larmes de son pouce.

— Votre père… est-il lui aussi… ?

Madelyn comprit aussitôt où il voulait en venir.

— Non. Il est parfaitement en vie.

Si elle pouvait appeler cela ainsi. Du plus loin qu'elle se souvienne, il conservait la même routine ennuyeuse : lever à 5 heures, petit déjeuner, travail au jardin ou dans son atelier, dans le garage, jusqu'à 19 h 30 passées. Dîner. Télévision. Coucher.

— Alors qu'attendez-vous pour lui poser la question ?

À nouveau, il paraissait surpris.

— C'est compliqué.

Elle poussa un soupir.

— Alors concentrons-nous sur qui aurait à y perdre si vous restez dans les parages, reprit-il comme elle restait silencieuse.

Elle lui fut reconnaissante de ne pas insister.

Elle gérerait ses émotions plus tard et, si cette révélation était exacte, elle songea qu'elle devrait continuer à les gérer durant le restant de ses jours. Comment assimilait-on ou acceptait-on une tromperie de cette ampleur ? Son identité entière avait volé en éclats au moment où Ed Staples lui avait tendu cette lettre.

Son téléphone portable se mit à sonner et le bruit la fit sursauter. Elle balaya du regard le plan de travail à la recherche de son sac. Où l'avait-elle posé ?

— Le raffut vient de là-bas, dit Hudson en faisant mine de se lever.

« Raffut » ? De toute évidence, le cow-boy n'avait pas les mêmes goûts qu'elle en matière de musique…

Ayant localisé son téléphone, Madelyn découvrit qu'elle avait six messages de son ex.

— Pas de mauvaises nouvelles, j'espère ? fit Hudson.

— Non. Tout va très bien, s'empressa-t-elle de répondre.

— Hum… J'en suis venu à apprendre que ces mots signifient bien souvent tout le contraire.

Il s'appuya contre le comptoir tandis qu'il étudiait son visage.

Elle n'avait pas envie de subir ce regard insistant en cet instant. Épuisée comme elle l'était, il lui était difficile de se forcer à sourire, voire de soulever le téléphone.

— Vous avez faim ? reprit-il, sans doute pour la mettre à l'aise.

— Ne vous donnez pas de mal pour moi. Je doute de pouvoir avaler quoi que ce soit, de toute façon.

— Je ne suis pas très doué en cuisine, mais je peux jeter quelque chose sur le gril. Ça prendra moins d'une demi-heure et ça vous donnera le temps de vous rafraîchir et de vous reposer avant le dîner.

— En cet instant, une douche me séduit plus que tout, c'est vrai, reconnut-elle.

En d'autres circonstances, elle aurait savouré le regard appréciateur dont il l'enveloppa.

Était-ce pour l'empêcher de devenir hystérique qu'il l'avait embrassée un peu plus tôt ? Ou était-ce parce qu'il éprouvait, lui aussi, à son égard une irrésistible attirance ?

C'était le cas, non ?

Ou voyait-elle seulement ce qu'elle avait envie de voir ?

Après que sa relation avec Owen eut évolué comme elle

avait évolué, elle avait cessé de se sentir des plus confiantes dans sa capacité à prendre des décisions concernant le sexe opposé. Par ailleurs, elle s'était brûlé les ailes. Et elle n'avait pas l'intention de renouveler de sitôt l'expérience. Pas même pour un homme qui faisait s'emballer son cœur juste en étant dans la même pièce qu'elle.

Le pire dans tout ça ? Elle songeait toujours combien le monde lui avait paru parfait quand Hudson Dale avait pressé ses lèvres contre les siennes et que tout le bruit de fond avait disparu…

— Madelyn ?

La voix du cow-boy était douce, attentionnée, comme s'il craignait de la faire sursauter s'il parlait trop fort.

Elle sursauta néanmoins, maîtrisant aussitôt ses émotions.

— Il est plus que probable que la police scientifique trouve une empreinte dans votre chambre et l'affaire sera résolue plus vite que vous ne pensez, dit-il. Vous serez la bienvenue ici aussi longtemps que nécessaire mais, pour l'heure, si vous ne bougez pas, je vais être tenté de vous embrasser à nouveau.

— De quel côté avez-vous dit qu'était la douche ? balbutia-t-elle.

Chaque maison de style ranch où elle était allée avait la même disposition ; elle avait donc simplement posé la question pour vérifier que sa voix ne tremblait pas, pour s'assurer qu'elle gardait la tête froide. Parce qu'elle avait terriblement envie de sentir à nouveau les lèvres du cow-boy sur les siennes… Mais ce n'était pas raisonnable, si ?

Il lui désigna le couloir derrière elle. Ramassant son petit sac de voyage, elle fit volte-face et s'avança dans cette direction.

7

La douche eut un effet bienfaisant sur elle, et l'aida à recouvrer ses esprits. Elle se sécha et entra dans la chambre adjacente.

À en juger par l'odeur délicieuse qui flottait jusque dans le couloir pendant qu'elle s'habillait, Hudson ne plaisantait pas au sujet de son talent pour les grillades. Après s'être brossé les dents et avoir enfilé des vêtements propres, elle se sentit de nouveau elle-même. Presque. Une part d'elle se demanda si elle redeviendrait un jour cette personne.

Étant donné que ressasser ces pensées avant d'avoir la preuve de sa filiation était aussi improductif qu'utiliser une branche morte pour prendre des notes, elle consulta son téléphone portable. Toujours aucun appel de son père, ce qui, bizarrement, la réconforta. Enfin, elle supposait qu'il était toujours son père. Et s'il ne l'était pas ? Si Mike Butler était son père biologique, il ne lui resterait plus personne ; ses deux parents seraient morts. Bien sûr… elle héritait du coup de demi-frères et sœurs… mais elle doutait sérieusement que les quatre enfants légitimes du milliardaire soient ravis de son existence.

Bon sang, l'un d'eux, voire tous, pouvait être à l'origine de la menace qu'elle avait reçue ! Les Butler avaient-ils engagé quelqu'un pour la chasser ?

En voyant à quel point ses articulations avaient blanchi, Madelyn s'avisa qu'elle serrait son téléphone convulsivement. Elle s'efforça de se détendre puis, inspirant une dernière fois profondément, elle rejoignit Hudson dans la cuisine.

Sur la table étaient posées deux assiettes de steak, des asperges et des champignons grillés, ainsi que ce qui ressemblait à des galettes de pommes de terre. Ainsi, non seulement ce cow-boy était beau à tomber, mais il savait en plus cuisiner. Comment un « gros lot » tel que lui pouvait-il encore être célibataire ?

— Oh ! j'adore les galettes de pommes de terre ! s'exclama-t-elle avec plus d'enthousiasme qu'elle ne s'y était attendue.

Et d'ajouter, confuse :

— Désolée, je dois avoir plus faim que je ne le pensais.

— Vous m'en voyez ravi, dit-il avec un sourire qui pourrait séduire d'un coup une pièce remplie de femmes — elle-même incluse, à en juger par la façon dont son cœur se mit à palpiter.

Elle se morigéna. Il lui fallait refréner ses émotions, car une attirance pour un homme qui avait des secrets équivalait à demander à être ligotée et jetée dans l'océan.

— Avez-vous toujours deux steaks prêts à être servis ?

— Non, pas habituellement.

D'un geste il l'invita à prendre place à la table, tirant une chaise pour elle. Elle prit alors conscience qu'il s'était attendu à avoir de la compagnie. Évidemment… Il était très séduisant et avec cette voix… Une voix grave et sensuelle, juste assez rythmée pour trahir le fait qu'il était un Texan de pure souche. Elle se rendit compte alors que son nom lui paraissait familier, cependant elle ne put en cerner la raison et elle en conclut presque que c'était le fruit de son imagination.

— Je suis désolée si j'ai gâché vos projets, ajouta-t-elle

aussitôt avec un sourire d'excuse tandis que ses joues s'enflammaient.

Il se montrait gentil, mais il avait une vie et probablement une petite amie. Elle balaya la pièce du regard, cherchant le signe d'une présence féminine.

— Pas de problème.

Il avait vraiment l'art de cultiver ses secrets. Comment cet homme pouvait-il en savoir autant sur elle alors qu'elle en savait aussi peu sur lui ?

Le repas fut silencieux, et Madelyn qui doutait d'être capable de manger la moitié de son assiette fut la première surprise quand elle constata, un peu plus tard, qu'elle n'avait rien laissé.

— Je suppose que le steak était bon, déclara Hudson d'un air malicieux.

— Mieux que ça. Il était délicieux.

Le sourire qu'il lui adressa communiqua un plaisir sensuel à des parties de son corps qu'elle ne pouvait se permettre de laisser s'éveiller. Voilà au moins quelque chose qu'elle ne souhaitait pas approfondir chez cet homme mystérieux : sa capacité à la troubler.

— Laissez-moi au moins faire la vaisselle, protesta-t-elle comme son hôte débarrassait la table.

— Pas ce soir. C'est moi qui invite, dit-il avec ce sourire qui creusait des fossettes dans chacune de ses joues.

Madelyn avait appris très tôt que rien n'était gratuit.

— J'aimerais apporter ma contribution, d'une façon ou d'une autre, riposta-t-elle.

— Alors que diriez-vous de préparer le petit déjeuner demain ?

— Je... Je peux essayer.

Le grondement sourd qui prit naissance dans la poitrine de Hudson et s'échappa de ses lèvres fut bigrement sexy.

Il lui fallut un instant pour se rendre compte que c'était d'elle qu'il riait.

— Qu'ai-je dit de tellement drôle ? s'enquit-elle, un peu indignée.

— C'était l'expression de votre visage quand j'ai suggéré que vous fassiez la cuisine, comme si je venais de vous demander de lécher la semelle de mes bottes, dit-il en s'esclaffant cette fois franchement.

— Vous pourriez ne pas avoir envie de manger quelque chose provenant d'une cuisine où j'officie, avoua-t-elle.

— C'est ce que j'ai cru comprendre.

Son expression changea ensuite.

— Pendant que vous étiez sous la douche, j'ai appelé le bureau du shérif.

— Oh ! vraiment ? Qu'avait-il à dire ?

Madelyn le rejoignit à l'évier.

— Il s'est excusé pour l'attitude de son adjoint. Je n'ai pas besoin de vous rappeler combien ils sont surmenés avec tout ce qui se passe par ailleurs.

— Ce n'est pas précisément rassurant, déclara-t-elle en toute sincérité.

— Ça fait que vous êtes beaucoup moins en sécurité que je ne l'aimerais, convint-il. Mais tout ira bien aussi longtemps que vous serez ici.

Elle hocha la tête.

— Merci infiniment, au fait. Pas seulement pour le dîner et pour m'avoir offert un endroit où passer la nuit, mais pour tout ce que vous avez fait jusque-là.

Il éluda son commentaire d'un haussement d'épaules. Sa gentillesse ne signifiait sans doute pas grand-chose pour lui. Elle songea qu'aider une femme en détresse devait faire partie de son code d'honneur. Mais, pour elle, ça faisait toute la différence. Il semblait être un homme respectable et il était certainement son seul ami en ville.

— Café ? lui proposa-t-il.

— Oui, volontiers, mais à condition que vous me laissiez le préparer.

Elle lui lança un regard sévère tandis qu'il commençait à rejeter une fois de plus son offre.

— Ça me permettra de me sentir plus à l'aise, d'accepter votre hospitalité, si vous me laissez faire quelque chose pour vous.

Un sourire ambigu naquit sur les lèvres du beau rancher, et Madelyn se focalisa aussitôt sur le baiser… passionné qu'ils avaient échangé plus tôt.

Elle s'adjura de penser à autre chose en mettant la cafetière en route. Mais les pensées qui se présentèrent à son esprit furent encore plus inopportunes. *Owen… !* L'évoquer lui semblait, comment dire, déplacé, alors qu'elle passait du temps avec Hudson.

Elle servit le café. Le cow-boy la remercia en prenant sa tasse et il y eut de l'électricité dans l'air quand leurs doigts se frôlèrent.

— Connaissez-vous les Butler ? demanda-t-elle pour revenir en terrain plus sûr.

— Seulement par le biais de l'actualité, à laquelle je ne prête guère attention, à vrai dire… Alors on ne peut pas dire que je sache grand-chose de cette famille, ajouta-t-il après avoir pris une gorgée de café.

Elle reprit sa place à la table.

— Moi non plus, si ce n'est que Mike Butler a quatre enfants. Des jumeaux et deux filles. Ella Butler est l'aînée et Cadence, la cadette, précisa-t-elle.

Il lui lança un regard hésitant avant de déclarer :

— Peut-être cinq…

Elle ignora le martèlement dans sa poitrine. Elle n'avait pas l'intention de s'attribuer le nom de Butler tant qu'elle n'aurait pas de preuve formelle de sa filiation. L'idée lui traversa l'esprit que Mike Butler aurait pu offrir à sa mère les meilleurs soins médicaux au monde pour son accouchement. Avait-il su à l'époque que l'enfant que sa maîtresse portait était le sien ? La colère se mit à bouillonner en elle à la perspective de cette éventualité et elle porta la main au collier pour se rassurer.

Et, si tant est qu'elle parvienne à joindre son père pour lui demander ce qu'il savait, comment aborderait-elle le sujet ? *Excuse-moi, papa... Mais es-tu vraiment mon père ?* Ou *savais-tu que maman te trompait ?*

Plus de questions encore lui vrillaient le crâne et il n'y avait aucune chance qu'elle obtienne les réponses le soir même. À ce rythme, elle finirait la nuit avec un mal de tête carabiné.

— Tout va bien ? demanda Hudson, l'arrachant à ses pensées moroses.

— Oui, éluda-t-elle un peu trop sèchement.

Il haussa les épaules comme si c'était sans importance. Ce n'était pas le cas. D'ordinaire, elle ne se montrait pas grossière envers quelqu'un qui cherchait à l'aider.

— Désolée, s'empressa-t-elle d'ajouter plus doucement. Trop de choses me sont arrivées et je suis encore en train de les assimiler.

— Ce que vous avez eu à absorber aujourd'hui, ça fait beaucoup, en effet.

— Vivez-vous ici depuis longtemps ? reprit-elle, soulagée qu'il la comprenne si bien.

— Pas vraiment.

— Avez-vous grandi ici ?

Elle avait envie d'en savoir plus sur Hudson et, pour tout

dire, elle voulait parler d'autre chose que cette journée de folie.

Il vida sa tasse et se leva.

— Vous avez déjà vu votre chambre et vous savez où se trouve la salle de bains. Si vous avez besoin de serviettes ou de couvertures supplémentaires, vous les trouverez dans le placard du couloir. J'aime faire fonctionner la climatisation quand je dors. C'est tout ce que vous avez besoin de savoir pour passer la nuit.

Sur ce, il quitta la pièce.

D'accord. C'est ce qu'on appelait « se faire renvoyer dans les cordes » !

Elle rinça les deux tasses avant de jeter un nouveau coup d'œil autour d'elle, cherchant quelque chose qui lui en dirait plus sur Hudson Dale. L'endroit semblait plutôt normal. Même s'il n'y avait pas beaucoup de décorations, le peu que le cow-boy possédait était simple et bien disposé.

Le bruit de la douche qui se mettait à couler dans la pièce voisine parvint à son oreille, et la vision de Hudson nu s'imposa avec force à elle.

Elle soupira. Elle n'avait déjà eu aucun contrôle sur cette journée, alors la dernière chose dont elle avait besoin était de laisser vagabonder son imagination. Certes, c'était son imagination qui faisait qu'elle était douée dans son travail. Elle était capable d'appréhender un sujet sous chaque angle jusqu'à ce qu'elle assemble toutes les pièces du puzzle. Mais cette même imagination l'amenait à présent à se demander si elle était en sécurité, seule dans la maison d'un inconnu.

Madelyn faillit se mettre à rire tout haut. Elle connaissait les statistiques. Pour une femme, la plus grande menace émanait des personnes qu'elle connaissait et, dans la plupart des cas, de celles qu'elle aimait. Elle trouva ironique l'idée qu'elle serait plus en sécurité avec un parfait inconnu.

Néanmoins, elle vérifia s'il y avait une serrure sur la porte de sa chambre. *Aïe*, il n'y en avait pas... Elle chercha comment bloquer la porte. La commode était un meuble en bois massif, imposant et probablement trop lourd pour qu'elle le déplace seule. La chaise dans l'angle pourrait faire l'affaire. Elle repositionna le dossier sous la poignée comme elle l'avait vu faire à d'innombrables reprises dans les films. On pourrait la traiter de folle, mais cette journée avait été l'une des pires de sa vie et, si effroyable qu'elle ait été, elle pourrait encore empirer si elle baissait sa garde.

Une ridicule part d'elle lui soufflait qu'elle avait été bien plus en difficulté quand elle avait embrassé avec fougue le séduisant cow-boy. Ne menaçait-il pas d'amener à la vie une part d'elle que personne n'avait jamais éveillée ?

Jamais le sens de l'expression « ne dormir que d'un œil » ne lui était apparu aussi clairement.

Ce n'était pas entièrement exact, en fait, car elle n'avait pas dormi du tout — c'est du moins l'impression qu'elle avait. Au lieu de ça, elle n'avait cessé de se tourner et de se retourner dans son lit, ruminant des pensées sombres et s'attendant presque à ce que quelqu'un fasse irruption dans la chambre à tout moment.

Aussi sentit-elle un profond soulagement l'envahir lorsque le soleil darda enfin ses rayons entre les lames des mini-stores. Elle allait pouvoir se lever sans déranger son hôte.

Un coup léger fut frappé à la porte à peu près au moment où elle se redressait dans son lit. Elle tira les couvertures jusqu'à son menton tandis que son pouls s'accélérait.

— Le café est prêt, annonça la voix forte et virile de Hudson.

Sa voix fit palpiter son cœur.

— J'arrive tout de suite, dit-elle d'un ton éraillé.

Son regard se reporta vivement sur son corps, s'assurant que chaque centimètre carré de sa peau en dessous de son menton était couvert. Et c'était idiot quand elle y songeait, parce qu'elle était de l'autre côté d'une porte fermée. L'émotion avait momentanément pris le dessus sur la logique. Si c'était une indication sur la qualité du fonctionnement de son cerveau ce jour-là, ça promettait.

Elle étira ses muscles endoloris, s'habilla et releva ses cheveux en queue-de-cheval, s'efforçant de se recentrer avec des techniques de respiration profonde qu'elle avait apprises en cours de yoga à l'université. Constatant que ça ne marchait pas, elle décréta qu'elle avait besoin de caféine. Là, maintenant. Au plus tôt.

— Bonjour, lui lança Hudson, l'air frais et dispos, tandis qu'elle déboulait dans la cuisine.

— B'jour, grommela-t-elle.

Elle n'était vraiment pas du matin.

— Bien dormi ? lui demanda-t-il en lui tendant un mug de café qui sentait si incroyablement bon que c'en était surnaturel.

— Pas vraiment.

Il était inutile de mentir. La nuit précédente, elle avait continuellement ressassé la possibilité qu'elle soit une Butler. Et si elle l'était ? Et si elle ne l'était pas ? Comment quoi que ce soit de tout cela pourrait-il être vrai ? D'accord, son père n'avait jamais été du genre chaleureux et câlin, mais il avait toujours été présent pour elle et elle savait sans le moindre doute qu'il l'aimait. N'est-ce pas ? Était-il obstiné ? Certes. Esclave de la routine ? Absolument. Une mauvaise personne ? En aucun cas. Et pourtant une agaçante petite voix à l'intérieur de sa tête s'entêtait à lui rappeler qu'elle avait toujours eu l'impression qu'il était sur la réserve, la gardant à distance.

— Vous n'avez pas aimé le lit ?

Le fait que son hôte semble se préoccuper de son confort était aussi charmant que surprenant.

— Non, c'est moi. Je n'ai pas arrêté de ressasser tout ce qui s'est passé hier.

Elle réprima un bâillement. Dans quelques minutes, la caféine produirait son effet et sa journée pourrait commencer. Dans des moments comme celui-là, elle regrettait de ne pouvoir s'injecter le liquide brun en intraveineuse.

— Vous êtes-vous rappelé quelque chose d'autre à propos des événements d'hier ?

Elle secoua la tête.

— Je continue à tourner en rond. La berline blanche m'a effrayée. Le fait d'apprendre que Mike Butler pourrait être mon père m'a stupéfiée. Et puis, il y a le message « de bienvenue » sur le miroir. Ajoutez à tout cela la pression que m'a fait subir mon ex, et j'ai l'impression que ma vie est partie en vrille.

— Ça ferait beaucoup à digérer pour n'importe qui.

Il tambourina des doigts sur son mug de café.

— Je n'arrête pas de me demander : « Pourquoi ? » « Pourquoi moi ? » « Pourquoi maintenant ? » C'est un peu comme si mes défenses s'effondraient.

Elle ne put le regarder directement en parlant. La culpabilité, ou peut-être était-ce de l'embarras, l'assaillit.

— De mauvaises choses arrivent à de bonnes personnes tous les jours.

Elle décela dans sa voix quelque chose qu'elle ne put définir. Parlait-il d'expérience ?

— Je n'ai rien demandé aux Butler, alors pourquoi l'un d'eux me prendrait-il pour cible ?

— Vous n'avez encore rien demandé, nuance. Mais vous le pourriez, en particulier si la paternité est prouvée.

Il marquait un point.

— Je ne le ferai pas, objecta-t-elle.

— Ils n'en savent rien.

À nouveau exact.

— Je vous l'accorde, ils n'ont aucune idée de qui je suis mais, si l'on doit en croire Ed Staples, ils ne devraient rien savoir à mon sujet.

C'était un fait et ils l'avaient occulté en raison du stress de la veille.

— L'enveloppe qu'il m'a donnée était scellée et il m'a dit qu'il ignorait même ce qu'elle contenait jusqu'à ce qu'il pose les yeux sur moi.

Au contraire du cow-boy qui affichait un calme olympien, Madelyn ressentait le besoin de bouger. Elle avait les nerfs à fleur de peau.

— Je vous ai promis un petit déjeuner, dit-elle en se levant. J'espère que vous avez un grille-pain en état de marche.

Son hôte écarquilla les yeux.

— À en juger par votre réaction d'hier soir à l'idée de cuisiner, je pensais que nous pourrions sortir manger des tacos pour le petit déjeuner.

— Bien vu ! s'exclama-t-elle avec un large sourire.

Elle reprit sa place à la table. Et retrouva intactes ses préoccupations...

— Selon moi, le notaire ne peut pas être mis hors de cause, reprit Hudson. Il est le seul qui savait quand vous arriviez et que vous veniez.

— Oui, mais j'étais avec lui quand la note a été écrite sur le miroir, objecta-t-elle.

— Il a peut-être glissé quelques dollars à l'un des employés du motel.

Hudson vida sa tasse et se leva.

— Allons découvrir qui travaillait en dehors de Kelsey et qui aurait pu avoir accès à votre chambre. Nous prendrons le petit déjeuner en chemin.

— Je suis quasiment certaine que Kelsey refusera de me parler à nouveau, rétorqua Madelyn en lui emboîtant le pas. Elle appuiera très probablement sur le bouton d'alarme si elle me voit ne serait-ce que me garer sur le parking.

— Vous pourriez attendre dans le pick-up, bien sûr, mais je préférerais vous avoir près de moi.

Elle frémit. Était-elle donc à ce point en danger ?

— Et ensuite nous irons parler au notaire, suggéra-t-il. Je verrai le genre d'impression qu'il me fera.

— Qu'aurait à gagner Ed Staples en s'en prenant à moi ?

Elle suivit Hudson jusqu'au garage, où il lui ouvrit la portière côté passager du pick-up.

— Quelqu'un essaye de vous chasser en vous faisant peur, de vous faire taire et, pour l'instant, je ne suis disposé à écarter personne de la liste des suspects.

Il se glissa derrière le volant d'un mouvement fluide tandis qu'elle s'installait maladroitement sur le siège passager. Il se déplaçait avec une grâce athlétique.

— Si le notaire ne voulait pas de moi ici, il ne m'aurait pas convoquée. S'il n'était pas d'accord avec les dernières volontés de son patron, il aurait très bien pu les... ignorer, non ?

— Bien vu. Toutefois, il aurait pu se dire que la nouvelle finirait par se faire jour. Ou alors il pourrait être innocent et quelqu'un pourrait espionner ses appels. Je présume qu'il utilise un téléphone portable.

— L'appel semblait venir d'un portable, en effet.

Elle avait l'habitude de relever ce genre de choses dans son travail.

— Le domaine Butler vaut une fortune. Des milliards de dollars sont en jeu. Quelqu'un a pu surveiller l'activité de son téléphone.

Il passa le portail et Madelyn sentit un frisson glacé descendre le long de sa colonne vertébrale tandis qu'elle repensait à la folle course-poursuite qui s'était déroulée en ce lieu la veille.

— Il faut que je récupère ma voiture.

Elle n'aimait pas l'idée de laisser sa décapotable, exposée au regard de tous, sur le parking du motel.

— Vous pourrez la rapporter ici et la mettre en lieu sûr dans le garage.

— Je vous remercie, mais il faut que je trouve un autre endroit où séjourner. Je vous ai déjà assez importuné.

Elle sortit son téléphone portable. Elle pourrait trouver un autre hôtel en utilisant l'appli de son téléphone.

— C'est à vous de voir, mais vous êtes la bienvenue au ranch. D'ailleurs, je me sentirais plus tranquille si vous restiez chez moi. Il est clair en effet que quelqu'un ne veut pas de vous à Cattle Barge, et que le bureau du shérif est trop débordé pour traiter votre affaire.

Elle avait pensé que louer une chambre d'hôte pourrait convenir, toutefois elle savait que la sécurité y serait trop relâchée. Ensuite, il y avait l'option de l'hôtel, qui serait onéreuse. Son budget était serré, mais elle ne trouvait pas juste non plus de profiter de la générosité d'un inconnu. Par ailleurs, l'expérience lui avait enseigné que dépendre des autres était une erreur.

— C'est gentil à vous de le proposer, mais…

— Prenez au moins la peine d'y réfléchir. Les hôtels ne sont pas des plus sûrs et votre voiture serait exposée. Nous n'avons aucune idée de qui peut se trouver derrière tout cela.

Elle songea à l'inscription qu'Owen avait bombée sur son

capot. Elle voulait pour le moins éviter qu'il la retrouve et lui joue un nouveau tour de ce genre. Une injonction d'éloignement n'était pas une garantie gravée dans le marbre qu'il ne se montrerait pas.

Son portable se mit à vibrer dans sa main, la faisant sursauter. Elle regarda l'écran, ne sachant si elle devait répondre.

— Qui est-ce ? demanda Hudson.

— Ed Staples.

— Répondez et informez-le qu'il est sur haut-parleur.

Il avait employé son ton de policier. Et, une fois de plus, elle s'interrogea sur le passé de Hudson Dale. Elle décrocha, tremblante.

— Madelyn ?

— Je suis avec un ami et vous devez savoir qu'il peut entendre cet appel, commença-t-elle.

— Est-ce que vous allez bien ?

La voix du notaire semblait empreinte d'une réelle sollicitude.

— Pourquoi ne serait-ce pas le cas ?

Elle n'avait pas l'intention de parler du message sur le miroir. S'il était impliqué, elle devrait pouvoir le confondre.

— Vous êtes partie de façon plutôt précipitée hier, déclara-t-il.

Elle ne put le nier.

— Est-ce la raison de votre appel ? Savoir comment je vais ?

— Je m'inquiète de la façon dont vous prenez la nouvelle. Je peux à peine imaginer combien ce doit être perturbant.

Il paraissait sincère et honnête. Cependant, après Owen, elle ne se fiait plus précisément à son instinct pour juger les gens et en particulier les hommes. Elle s'efforça de ne pas songer à l'ironie de cette pensée, considérant qu'elle venait de séjourner dans la maison d'un homme inconnu.

— Tout ce que j'ai, c'est un morceau de papier prétendant que Mike Butler est mon père. Pour le moment, cela ne change rien pour moi, dit-elle aussi froidement qu'elle le put.

— Oh.

Qu'était-ce dans sa voix ? Le choc ? Oui. Mais quoi d'autre ? De l'incrédulité.

— Quel est le problème, monsieur Staples ? Êtes-vous surpris que je ne saute pas sur l'occasion de revendiquer la fortune de Mike Butler ?

Elle tendit l'oreille aux bruits de fond pour déterminer le lieu où il se trouvait. Il n'y avait rien permettant de le localiser. L'endroit était silencieux et il appelait très certainement du même bureau, situé à l'intérieur du fief des Butler, où ils s'étaient entretenus moins de vingt-quatre heures plus tôt.

— Pour être honnête ? Eh bien, non, je ne suis pas vraiment surpris, déclara-t-il.

— Qu'est-ce que cela est censé signifier ? demanda-t-elle, méfiante.

Staples hésita. Puis il dit :

— C'est exactement ce qu'aurait dit votre père.

8

— Jusqu'à preuve du contraire, mon père est Charles Kensington.

Le léger tremblement dans la voix de Madelyn contredisait son aplomb. Elle voulait paraître forte, sûre d'elle. Mais Hudson voyait bien qu'elle était sur le point de s'écrouler comme un château de cartes. Elle s'en rendait compte, elle aussi, raison pour laquelle elle jouait les dures à cuire.

— Pourriez-vous passer aujourd'hui pour discuter de ce qu'implique cette… nouvelle ? s'enquit Ed Staples.

Hudson n'était pas prêt à rayer le nom du notaire de la liste des suspects mais, pour l'instant, Staples lui paraissait plutôt sincère. Et honnête.

— Je dois d'abord m'occuper de quelques petites choses, balbutia Madelyn, prise de court.

— Appelez-moi quand vous serez prête et j'arrangerai une entrevue avec les autres.

« Les autres » ? Le notaire parlait-il des enfants légitimes du milliardaire ? Ou bien d'autres personnes dans le même cas que Madelyn ? Bien que n'ayant pas connu personnellement Mike le non-conformiste, Hudson n'ignorait pas que l'homme avait été un coureur de jupons. C'était de notoriété publique…

— D'accord, murmura Madelyn avant de raccrocher.

Tandis qu'elle fixait un point loin devant elle, Hudson nota combien elle restait crispée. Elle se tenait raide, sans s'appuyer contre le siège. Et il eut mal pour elle.

— Comment votre père a-t-il réagi à la nouvelle ? demanda-t-il au bout d'un instant.

— Je ne lui ai pas encore parlé, répondit-elle.

— Hein ?

La logique aurait voulu que ce soit à lui qu'elle s'adresse en premier pour découvrir si Butler était son père biologique, non ?

— Je l'ai contacté à plusieurs reprises, hier. Il ne m'a pas rappelée. Ce n'est pas comme si je n'avais pas essayé.

Il y avait tellement de frustration dans sa voix que Hudson devina qu'il y avait là autre chose. Une chose qu'elle n'était pas prête à raconter. Il était assez intelligent pour ne pas remuer le couteau dans la plaie ; il abandonna donc le sujet. De toute façon, ils arrivaient en vue du petit bar à tacos.

Une fois restaurés, ils reprirent la route, direction le motel cette fois.

Hudson se gara près des portes vitrées de l'entrée du Cordon Rouge.

— Demandez Trent, lui dit Madelyn en restant derrière lui. C'est lui qui était à la réception quand j'ai pris la chambre hier.

— À quoi ressemble-t-il ?

— Des cheveux noirs. Des yeux marron. Assez grand, un mètre quatre-vingts, peut-être. Plutôt jeune. Il a un grain de beauté vers le bas du menton, à gauche.

Son sens aigu de l'observation lui rappela qu'il avait affaire à une journaliste. Il devrait garder cette idée en tête quand l'envie pressante de l'embrasser tenterait à nouveau de l'emporter sur sa raison, songea-t-il.

De toute évidence, ce n'était pas Trent qui se trouvait

derrière le comptoir, constata Hudson comme ils pénétraient dans le hall du motel. L'employé, bien qu'assez jeune, commençait déjà à perdre ses cheveux.

— Trent est-il présent ? demanda-t-il en prenant la main de Madelyn.

Une vibration électrique remonta aussitôt le long de son bras. Il fit de son mieux pour l'ignorer, d'autant que le souvenir du baiser de la veille avait hanté son esprit toute la nuit.

— Il a téléphoné pour prévenir qu'il était souffrant, dit le réceptionniste. Je m'appelle Robert. En quoi puis-je vous aider ?

Tiens tiens ! Hudson se mit aussitôt en alarme et, à en juger par la manière dont les doigts de Madelyn se crispèrent, elle eut la même réaction.

— Pouvons-nous voir le directeur ? s'enquit-il.

Robert leur lança un regard surpris.

— Vous l'avez devant vous. Que puis-je faire pour vous ?

— Il y avait aussi une employée du nom de Kelsey, hier, poursuivit Hudson en s'interrogeant sur la présence du directeur derrière le comptoir.

Mais, après tout, le Cordon Rouge semblait être une petite structure, alors chaque employé devait être polyvalent.

— Des cheveux brun-roux ? À peu près de cette taille ? répliqua le directeur en plaçant la main sous ses yeux.

Hudson se tourna vers Madelyn. Elle acquiesça d'un signe de tête.

— Oui, c'est bien elle, dit-elle. Travaille-t-elle aujourd'hui ?

— Je crains qu'elle ne revienne pas, répliqua le directeur en fronçant les sourcils.

— Qu'est-ce qui vous fait penser cela ? s'écria vivement Madelyn.

Le directeur grimaça.

— Kelsey a donné sa démission hier soir. Son motif est qu'elle ne supporte plus ce travail.

— Il est difficile de trouver des employés fiables de nos jours, intervint Hudson, de plus en plus intrigué.

— Ne m'en parlez pas. Tout ça pour une sorte de problème que lui a causé l'une de nos clientes hier.

Hudson pressa la main de Madelyn, espérant qu'elle comprendrait qu'il valait mieux passer sous silence le fait que, la cliente en question, c'était elle. Aussi s'empressa-t-il de déclarer :

— Mon amie et moi voulions la remercier. Ainsi que Trent. Tous deux se sont montrés tellement obligeants pendant notre séjour.

Robert ne tiqua pas. Apparemment, il n'était pas au courant de ce qui s'était passé. Hudson décida de continuer à courir sa chance.

— Vous serait-il possible de nous donner leur adresse afin que nous les remerciions de vive voix avant de quitter la ville ?

Déjà, le directeur secouait la tête.

— Désolé. Nous ne pouvons communiquer les informations personnelles concernant nos employés, précédents ou actuels. La société obtiendrait ma tête sur un plateau.

— Avec tous les procès en cours, je comprends, dit Hudson, tâchant de se montrer solidaire.

— Mais vous pouvez laisser un message à leur intention, proposa Robert. Comptez sur moi pour le leur remettre.

— Pour Trent, d'accord. Mais, pour Kelsey, ce n'est pas possible puisqu'elle n'est plus employée ici.

Hudson avait pris soin de prendre un air navré. Hélas, le directeur avait encore une solution à lui proposer :

— Nous recevrons la paie après-demain. Kelsey est l'une des rares salariés à encore l'encaisser par chèque, par conséquent je suppose qu'elle passera. Je pourrai alors lui transmettre votre message.

Bon, mieux valait ne pas insister. Et jouer le jeu jusqu'au bout pour ne pas éveiller les soupçons de Robert.

— Dans ce cas, nous laisserons une note, dit Hudson.

Puis, se tournant vers Madelyn :

— Tu t'en charges ?

Elle hocha la tête et il put presque voir tourner les rouages dans son cerveau.

— Y a-t-il un stylo et une feuille que je puisse utiliser ?

Robert lui fournit les deux, ainsi que des enveloppes. Et se tint poliment en retrait le temps que Madelyn rédige ses missives.

Après avoir remercié le directeur, ils regagnèrent rapidement le parking.

— Ça alors ! s'exclama aussitôt Madelyn. Vous ne trouvez pas curieux que Kelsey ait démissionné et que, dans le même temps, Trent soit malade ?

— Oui, la conjonction des deux événements me semble suspecte, à moi aussi.

Le téléphone de Madelyn se mit à sonner, et Hudson la vit lever vers lui un regard où se mêlaient peur et anxiété après qu'elle eut consulté l'écran.

— Je ne reconnais pas le numéro, mais c'est la seconde fois qu'il appelle. Au début, j'ai cru que c'était… *lui*, mais…

« Lui » ? Parlait-elle de son ex ?

Comme Madelyn, tétanisée, ne décrochait pas, la sonnerie cessa au bout de quelques instants.

— Votre correspondant a-t-il laissé un message ?

— Je ne crois… Ah, si !

Elle s'immobilisa alors qu'elle écoutait l'enregistrement.

— Mais que… ?

Elle marqua une pause.

— Oh ! ce doit être une plaisanterie.

— De quoi s'agit-il ? s'enquit Hudson en se réinstallant au volant de son pick-up.

Madelyn prit place à ses côtés. Elle était livide.

— C'était l'avocat de Kelsey. Elle me poursuit pour l'avoir menacée hier ! s'exclama-t-elle, indignée.

— Je suppose que la nouvelle que vous êtes une Butler a fuité.

— Que je « pourrais » être une Butler, rectifia-t-elle.

— Bon sang de bon sang ! grommela Hudson en frappant le volant. Je regrette encore plus qu'on n'ait pas pu obtenir l'adresse de cette Kelsey.

Un espoir naquit soudain en lui.

— Attendez... Je connais quelqu'un qui pourra peut-être nous aider.

Il mit le contact et, quelques virages et minutes plus tard, il se garait devant le bureau du shérif.

La nuée de journalistes était partout et quelques-uns se précipitèrent, déferlant sur son pick-up. L'un d'eux s'écria :

— Laissez tomber, les gars ! Personne d'important.

Et tous de se disperser en direction de leurs camionnettes, l'air déçu.

— Cet endroit est un véritable cirque ! s'éxclama Madelyn, éberluée. Que venons-nous faire ici ?

— Faire semblant de donner suite à votre plainte d'hier soir.

Hudson lui prit la main, essayant d'ignorer une fois de plus la décharge électrique provoquée par ce contact. L'absence d'intérêt des journalistes à leur égard lui suggérait que la nouvelle de la filiation de Madelyn n'avait pas encore transpiré. Cela signifiait-il que les menaces dont Madelyn avait fait l'objet émanaient du clan Butler ?

En entrant dans les locaux, Hudson nota immédiatement

combien Doris avait l'air fatiguée. Elle devait faire de sacrées journées, en ce moment…

— Coucou ! lança-t-il d'une voix forte pour couvrir le bourdonnement de l'activité.

Elle leva aussitôt les yeux et lui sourit.

— Comment va mon habitant préféré de tout Cattle Barge ?

Puis, se tournant vers Madelyn :

— Et qui est cette jolie jeune dame qui t'accompagne ?

Il fit les présentations.

— Enchantée, dit Madelyn, rompant le lien qui les unissait pour serrer la main tendue de la standardiste.

— Que me vaut l'honneur de ta visite ? Deux fois en deux jours, c'est l'événement ! déclara Doris avec une mimique perplexe.

— Ça concerne mon amie, en fait. C'est à cause de ce qui lui est arrivé sur l'autoroute, hier après-midi. Et de la plainte qu'elle a déposée ensuite contre le motel.

Se pouvait-il qu'il ne connaisse Madelyn que de la veille ? La côtoyer lui paraissait si naturel, comme s'ils se connaissaient depuis des années plutôt que depuis vingt-quatre heures.

Doris secoua la tête.

— Le shérif m'a appris ce qui s'était passé lors de notre briefing, à la première heure ce matin, dit-elle en se tournant vers Madelyn. Notre ville est en principe un endroit très accueillant. Je suis désolée que vous en ayez eu une tout autre expérience.

C'était bien que Sawmill communique sur les affaires en cours, se dit Hudson. Y affecter des moyens était une autre histoire…

— Avec l'enquête sur le meurtre de Mike Butler, vous ne devez pas avoir beaucoup de temps de reste à consacrer aux incidents mineurs, commença-t-il. Alors je me suis dit que je pourrais procéder moi-même à quelques recherches concernant l'affaire de Madelyn, et...

Il se pencha vers Doris pour continuer, plus bas :

— ... Et ça m'aiderait beaucoup si tu pouvais me donner les noms et adresses des employés du motel.

— Je ne peux pas faire ça, objecta Doris avec un clappement de langue.

Aïe.

— La fille qui travaillait là-bas hier soir, Kelsey Shamus, enchaîna Madelyn. Eh bien, elle me poursuit en justice, car elle estime que je l'ai traumatisée. C'est insensé, non ?

Doris parut interloquée.

— Qu'est-ce que ça signifie ? D'après ce que j'ai compris, c'est vous qui êtes la victime. Pourquoi voudrait-elle... ?

Elle haussa les épaules avant de reprendre :

— Les gens me surprendront toujours. Pourtant, je ne devrais plus être choquée par quoi que ce soit de nos jours.

— Kelsey m'a affirmé que personne n'avait eu accès à ma chambre, poursuivit Madelyn. Pourtant, la personne qui a écrit cette menace sur mon miroir n'a pas pu pénétrer dans ma chambre sans en avoir eu la clé.

Doris émit un nouveau clappement de langue.

— Et les agents affectés au ménage ? Ils...

— Exactement. C'est une des questions que je lui ai posées. J'avais eu une dure journée et je me suis probablement exprimée avec un peu trop de véhémence.

Le tact et le talent de conspiratrice de Madelyn semblèrent produire leur effet, car Doris était à présent indignée.

— Qui ne l'aurait pas fait ? s'exclama-t-elle.

Madelyn prit un air contrit.

— J'ai probablement été un peu trop dure avec elle, mais ce n'est pas comme si je l'avais insultée.

— Vous en aviez pourtant le droit, grommela Doris.

Sans préjuger de ses talents de journaliste, Hudson se dit que Madelyn aurait fait une excellente actrice. Ou une excellente avocate.

— Un homme nommé Trent était en poste quand je me suis présentée la première fois à la réception. Le connaissez-vous ? s'enquit-elle.

— Trent ? Mais c'est le fils Buford, lâcha Doris.

Bingo !

— Habite-t-il en ville ? insista Madelyn.

Doris regarda autour d'elle puis elle se pencha en avant.

— Il loue une maison avec le fils Mackey sur Pine, à côté de la pharmacie.

— Merci infiniment, Doris. Vous nous avez été d'une grande aide, dit Madelyn avec un sourire satisfait.

Hudson sentit sa jubilation se teinter d'inquiétude. Le fait que Madelyn soit habile à user de son charme sur commande pour obtenir ce qu'elle voulait ne risquait-il pas de le desservir ? Déjà, la veille au soir, elle avait cherché à savoir des choses sur lui. Sa curiosité le concernant finirait par l'emporter, et elle fouillerait dans son passé. Les journalistes étaient encore plus caméléons que les détectives quand le besoin s'en faisait sentir. En plus, ils n'avaient pas à respecter la loi, ce qui les plaçait, de son point de vue, dans la même catégorie que les criminels.

Il se crispa quand Madelyn lui reprit la main. Il se força à sourire, continuant à jouer la comédie pour Doris. Mais, dès l'instant où ils auraient tous deux quitté le bureau du shérif, il avait la ferme intention de prendre ses distances vis-à-vis de cette jeune femme redoutable.

Et ce fut exactement ce qu'il fit.

Madelyn venait de remporter une victoire majeure pour leur équipe, aussi fut-elle surprise que Hudson lui lâche la main dès l'instant où ils quittèrent le bureau du shérif.

Le trajet jusqu'à Pine Street fut silencieux, et elle se demanda ce qui avait changé entre eux. Car quelque chose avait changé. Le séduisant cow-boy ne pipait mot et elle n'eut pas la force de l'interroger. Il faisait déjà beaucoup pour l'aider, inutile de le pousser dans ses retranchements.

Pine Street affichait de belles maisons d'apparence historique. Leur loyer devait être exorbitant, songea Madelyn, étant donné l'engouement actuel pour l'ancien — équipé toutefois à l'intérieur de tout ce qu'il y avait de plus moderne en matière d'électroménager et de confort.

Hudson s'avança d'un pas et frappa à la porte de Trent avec la véhémence des forces de l'ordre. Quoi qu'il se soit passé plus tôt au bureau du shérif, cela l'avait fait basculer en mode policier.

Elle mit de côté ces réflexions pour l'instant. Le frisson d'excitation familier qui accompagnait la découverte d'un scoop lui titilla l'estomac. Son pouls s'accéléra également et elle eut une poussée d'adrénaline.

Si Trent était réellement souffrant, il devait forcément être chez lui, non ?

Mais personne ne vint ouvrir la porte et il n'y avait aucun signe de mouvement dans la maison.

Madelyn consulta sa montre. Il était dix heures et quart ; par conséquent Trent pouvait être endormi et son colocataire, le fils Mackey mentionné par Doris, était sans doute au travail. Les gens n'occupaient-ils pas pour la plupart leur emploi de 9 heures à 17 heures ? Une amplitude horaire qui ne s'appliquait pas à elle, hélas... Et Hudson, en tant que propriétaire de ranch, faisait-il lui aussi des grosses journées ?

Hudson fit retentir une nouvelle volée de coups qui ébranlèrent la porte.

Elle entendit alors le parquet craquer, un son divin. Mais, ensuite, plus rien.

Hudson appuya son visage contre la vitre et il marmonna un juron en même temps qu'elle.

— C'est lui, dit-elle.

Trent tentait de s'enfuir. Son pouls se mit à battre plus fort.

— Restez ici. Je vais couvrir l'arrière ! s'écria Hudson de cette voix autoritaire typique des personnes qui portaient un insigne.

On lui avait dit que les mères employaient le même ton, mais elle devait le prendre pour argent comptant étant donné qu'elle n'avait jamais connu la sienne.

C'est alors qu'elle entendit Hudson crier contre quelqu'un. Et, sans réfléchir, elle s'élança à sa suite.

Elle força sur ses jambes pour essayer de rattraper les deux hommes courant devant elle. L'imposante silhouette de Hudson l'empêchait de voir Trent.

Ses poumons crièrent grâce lorsqu'ils tournèrent au coin de la rue, lui rappelant combien elle avait peu souvent utilisé cet abonnement à la salle de sport qu'elle s'était offert à Noël, et le manque de sérieux avec lequel elle s'était tenue à sa résolution de la nouvelle année de faire régulièrement de l'exercice.

Malgré ses cuisses brûlantes, elle persévéra tandis que Hudson taclait le fugitif.

Lorsque, enfin, elle parvint jusqu'à eux, haletante, elle s'écria, stupéfaite :

— Mais… ce n'est pas lui ! Ce n'est pas Trent !

— Je vous avais ordonné de ne pas bouger ! s'exclama Hudson, furieux.

Il semblait à peine affecté par son sprint. Il jura tandis

qu'il reportait son attention sur sa prise : un jeune homme blond âgé d'une bonne vingtaine d'années qui, lui, respirait avec peine.

— Qui êtes-vous ?

— Qu'est-ce que ça peut vous faire ? répondit le blondinet.

— Vous n'avez pas répondu à ma question.

Hudson leva le poing. Aussitôt, tournant la tête et plissant les yeux, le jeune homme s'exécuta.

— Je m'appelle Brayden Mackey.

— Où est Trent ?

— Il est parti. Il m'a dit de m'enfuir par la porte de derrière et d'aller aussi loin que je pourrais pendant qu'il sortait par l'avant.

Ils s'étaient fait avoir.

9

Une conversation de dix minutes avec Brayden leur apprit combien ce dernier était peu au courant des activités de Trent. Tandis qu'elle écoutait, Madelyn se sentait taraudée par la frustration de voir leur seule piste leur glisser entre les doigts. Apparemment les deux garçons étaient colocataires depuis un an. Brayden croyait que Trent avait changé ses jours de repos.

— J'ignore dans quoi vous pensez qu'il est impliqué, mais Trent est un type bien, affirma Brayden.

— D'après mon expérience, les gens qui n'ont rien à se reprocher ne prennent pas la fuite, objecta Hudson entre deux respirations régulières.

Madelyn, pour sa part, souffrait encore du point de côté occasionné par le violent effort qu'elle venait de fournir. Un effort doublement contre-productif, qui plus est, puisque, ce faisant, elle avait laissé échapper Trent. Et elle fut reconnaissante à Hudson de ne pas l'avoir accablée d'injures pour non-respect de sa consigne…

— Il ne fait pas la fête si vous voyez ce que je veux dire, expliquait Brayden. C'était ma principale exigence pour que nous soyons colocataires. Je ne suis pas un mordu de drogue et de fêtes déjantées.

— Vous semblez être quelqu'un de réglo. Ça vous ennuierait si je jette un coup d'œil chez vous ? demanda Hudson.

Brayden haussa les épaules.

— Je n'ai rien à cacher, maugréa-t-il.

Hudson tendit la main au jeune homme pour l'aider à se redresser.

La maison semblait plus propre qu'une garçonnière type, constata Madelyn. Comme bien souvent dans ce genre de constructions anciennes, des murs avaient été abattus afin de faire du rez-de-chaussée un espace ouvert. Le mobilier était simple et moderne. Un immense téléviseur à écran plat flanquait l'un des murs, et un jeu vidéo fonctionnait encore.

— Nous étions en train de jouer quand vous avez frappé à la porte, expliqua Brayden en désignant l'écran.

— Un jeu populaire, lâcha Hudson.

Un homme en treillis militaire brandissait une arme au centre de l'écran. Une carte était affichée dans le coin supérieur droit. Madelyn avait déjà entendu parler de ce jeu, mais elle ne se rappelait pas son titre. On y était censé poser des bombes et mener des attaques antiterroristes.

Deux tasses à café vides étaient posées sur la table basse près d'une assiette contenant quelques miettes.

— Vous ne trouvez pas bizarre que quand quelqu'un frappe à la porte votre ami s'enfuie ? reprit Hudson.

— Sur le coup, si, bien sûr. Il m'a dit qu'il n'y avait rien de grave, mais qu'il voulait que je sorte en courant par la porte de derrière pour faire diversion. Il m'a expliqué qu'il pourrait avoir oublié de payer une facture et qu'il s'en occuperait plus tard.

— Et vous l'avez cru ?

Brayden se frotta le menton.

— Jusqu'à présent, il ne m'a jamais donné de raison de ne pas lui faire confiance, marmonna-t-il.

Il ne devait pas avoir plus de vingt-cinq ans, songea Madelyn.

— Êtes-vous des policiers ou quelque chose comme ça ?

— Vous avez une bien jolie maison, dit Madelyn pour détourner la conversation.

Brayden sourit. De toute évidence, il partageait son point de vue.

— Où est la chambre de Trent ? s'enquit Hudson.

— Les chambres sont à l'étage. Suivez-moi.

Brayden s'arrêta au sommet de l'escalier.

— Ça m'ennuie de vous laisser pénétrer dans l'espace privé de mon colocataire. Je n'y vais pas moi-même. C'est la raison pour laquelle nous nous entendons bien. Nous n'empiétons pas sur nos zones personnelles respectives.

— Dites-lui que je ne vous ai pas laissé le choix. Si, comme vous le prétendez, il est quelqu'un de bien, nous ne trouverons absolument rien et vous serez débarrassé de nous en dix minutes.

Hudson maintenait le contact visuel avec Brayden tandis qu'il lui parlait, nota Madelyn. Se redressant de toute sa taille, les épaules rejetées en arrière, il inspirait confiance.

— Une chose que vous avez dite m'a ennuyé, reconnut Brayden. Les gens qui n'ont rien à se reprocher ne prennent pas la fuite. J'ai vu ça dans les séries policières. Quoi qu'il en soit, je vous demande seulement de ne pas mettre la pagaille. Mais, si vous trouvez quelque chose dont il y ait lieu de s'inquiéter, dites-le-moi.

— Marché conclu.

Hudson lui tendit la main. Brayden la lui serra puis il s'effaça pour leur faire de la place sur le palier.

Madelyn sentit alors Hudson lui prendre la main, et

une décharge électrique parcourut son corps à ce contact. Ce n'était ni le moment ni le lieu, songea-t-elle. Il faisait seulement semblant qu'ils étaient ensemble et cela ne signifiait rien pour lui.

Il y avait deux chambres à l'étage ainsi qu'une salle de bains commune. La chambre de Trent était plus en désordre que le rez-de-chaussée, mais pas exagérément. Son portefeuille était posé sur sa commode avec ses clés. Hudson l'ouvrit et y trouva le contenu habituel : cartes de crédit, permis de conduire, quelques billets de vingt et un de deux dollars. Un ordinateur portable était posé sur le lit et il y avait des vêtements en tas, par terre. Dans toutes les chambres de garçon où elle était entrée, c'était la même chose. C'était quoi leur problème avec ça ?

Les draps du lit de style plate-forme étaient défaits. Il y avait une poignée de monnaie sur la table de chevet ainsi que des chargeurs. Hudson avait balayé la pièce du regard en entrant et, à présent, toute son attention était concentrée sur l'ordinateur portable.

— Connaîtriez-vous son mot de passe ? demanda-t-il à Brayden qui était resté à la porte, mal à l'aise.

Son air pincé était-il en rapport avec ses soupçons que son locataire ait pu faire quelque chose de mal ou avec le fait qu'il venait d'autoriser des étrangers à violer leur pacte de respect de la vie privée ? Brayden semblait être un garçon honnête. Madelyn opta pour cette dernière raison.

— Là, je ne peux pas vous aider, dit-il. Nous ne partageons pas ce genre d'informations.

Elle n'en fut pas étonnée.

— Quelle est sa date d'anniversaire ? demanda-t-elle, se disant que les mots de passe de la plupart des gens utilisaient ces chiffres.

Brayden lui décocha un regard incrédule.

— Il est plus futé que ça.

Elle n'en douta pas. Il semblait que la majeure partie des jeunes de vingt et quelques années en savait dix fois plus qu'elle concernant la technologie.

— La plupart des gens utilisent un schéma de verrouillage aujourd'hui, dit Hudson en se penchant.

— Avez-vous une idée de l'endroit où votre ami a pu aller ? s'enquit Hudson après trois tentatives infructueuses pour trouver le mot de passe de Trent.

Brayden secoua la tête.

— Pas la moindre.

— Il a une petite amie ? fit Hudson, penché sur l'ordinateur.

Comme il est grand. Et intimidant, s'avisa-t-elle une fois de plus.

— Ce n'est pas le genre de sujets qu'on aborde ensemble, rétorqua Brayden.

— Vous seriez sans doute au courant s'il avait une relation sérieuse, fit observer Hudson. N'amènerait-il pas son amie ici ?

Brayden haussa les épaules.

— Je suppose. Il sort pas mal et, en plusieurs occasions ces derniers temps, il n'est pas rentré.

Puis, se tournant vers elle :

— Je me suis dit qu'il avait dû rencontrer quelqu'un. Mais, comme je vous l'ai dit, quand on se trouve à être là ensemble, on s'installe au rez-de-chaussée pour faire des jeux vidéo. On ne parle pas d'autre chose.

Étant donné leur âge, Madelyn trouva cela vraisemblable.

— Ça vous ennuierait de me dire où vous travaillez ? reprit Hudson.

— Je travaille au service informatique de L'Entrepôt du Jeu Vidéo. Tout ce que vous avez vu au rez-de-chaussée, nous l'avons eu gratuitement.

— Sympa, dit Hudson.

Elle vit que Brayden se détendait un peu. Hudson gagnait sa confiance petit à petit, et elle ne put s'empêcher de se dire qu'il aurait fait un sacré journaliste.

Une fois qu'ils furent redescendus au salon, Brayden se montra même très à l'aise.

— Vous voulez bien transmettre un message à Trent de notre part ? lui dit Hudson.

— Bien sûr, mec.

Brayden s'était penché légèrement vers Hudson, mimant son langage corporel. Ce mouvement était totalement induit au niveau de son subconscient, et Madelyn sut que Hudson gagnait du terrain. Il avait vraiment l'art de mettre son vis-à-vis en confiance, un talent qui n'était pas à la portée du premier venu, et elle l'en admira encore plus.

— Dites-lui de m'appeler. Nous voulons seulement lui poser quelques questions. Notre but n'est pas d'obtenir le paiement d'une facture. Nous voulons juste éclaircir ce que nous pensons être un malentendu.

Hudson demanda un stylo et du papier et il griffonna son numéro de portable.

— Je lui transmettrai le message, promit Brayden.

— Oh ! et une chose encore. Quel genre de voiture conduit-il ? demanda Hudson sur le pas de la porte.

— Une jeep blanche, pourquoi ?

— Juste pour savoir. Nous ne sommes pas de la police. Nous ne sommes pas venus ici pour arrêter votre ami ou lui pourrir la vie. Il ne nous doit pas d'argent. Tout ce que nous voulons, c'est lui poser quelques questions.

Au moment de sortir, Hudson ajouta, l'air de rien :

— Au fait, vous a-t-il paru souffrant ce matin ?

Brayden lui lança un regard perplexe.

— Pas du tout. Pourquoi ?

— Il n'est pas malade ?

— Il m'a paru en forme.

— Son patron dit qu'il s'est fait porter malade au travail aujourd'hui.

Sur ce, ils quittèrent les lieux.

Super travail d'investigation, estima Madelyn. Brayden avait à présent des doutes à propos de son colocataire. Dorénavant, il remarquerait des choses. Elle présuma que Hudson reviendrait à la charge si Trent n'appelait pas. Et, d'après son expérience, il y avait cinquante pour cent de chances qu'il ne le fasse pas.

Mais, la prochaine fois, Brayden ne laisserait pas Trent s'enfuir.

Madelyn appela le numéro de son père trois fois d'affilée ; elle avait besoin d'entendre le son de sa voix en attendant de recevoir des nouvelles d'Ed Staples. Bien sûr, il ne décrocha pas. Elle appuya le téléphone contre son oreille, se contentant d'écouter son message enregistré.

— Tout va bien ? lui demanda Hudson.

Elle essuya furtivement une larme avant qu'il ne voie qu'elle était à bout d'émotion.

— Oui. Je me sens juste un peu raplapla. C'est toujours comme ça quand je n'ai pas eu mon compte de sommeil.

Il n'y avait aucune conviction dans ces paroles. Elle était incapable de feindre d'aller bien. Cependant, alors qu'elle contemplait la vaste propriété de Hudson, une sensation de calme l'envahit. L'endroit était paisible. Elle devait le lui accorder. Ils étaient retournés au ranch afin que Hudson puisse s'occuper de ses animaux, et elle ne l'avait pas entendu s'avancer derrière elle jusqu'à ce qu'il soit à sa hauteur. Il croisa les bras et posa les coudes sur la barre du haut de la clôture en bois.

— N'avez-vous jamais eu le sentiment que vous êtes dans un cauchemar qui ne veut pas prendre fin et que vous ne pouvez pas vous réveiller ? murmura-t-elle.

— Tous les jours, répondit-il.

Il y eut une telle intensité dans sa voix, comme une rivière qui se serait frayé un chemin dans le granit et y aurait creusé son lit.

— Où avez-vous vécu auparavant ? demanda-t-elle.

— Ce n'est pas important, marmonna-t-il.

Ça l'était pour elle.

Il était hors de sa portée, comme l'avait été chacun des hommes importants de sa vie. Était-ce ce qui l'attirait en lui ? La raison pour laquelle son cœur se mettait à palpiter chaque fois qu'il se trouvait à proximité ?

Madelyn tendit son visage vers le soleil et ferma les yeux. Elle aimait la chaleur.

— Je dois présider prochainement la cérémonie annuelle qu'organise tous les ans mon ancien lycée. Parce que j'ai été citée au tableau d'honneur en raison de mes performances en natation. C'est pourquoi je cherche à joindre mon père pour l'inviter à m'y accompagner, expliqua-t-elle.

— Ça semble être un événement important.

— Ça l'est. Mais mon père ne me rappelle pas. Je n'en suis pas très surprise, d'ailleurs, ajouta-t-elle tristement. Il m'appelle chaque 1er du mois, jamais entre-temps.

Les larmes la prirent au dépourvu, lui brûlant le coin des yeux.

— Il semble être… fiable.

Hudson essayait de la réconforter.

— Ça, il l'est. Sauf si l'on considère qu'il m'a sans doute caché un énorme secret durant toute ma vie.

Tellement de choses de son enfance s'expliquaient si elle n'était pas une Kensington, mais une Butler.

— Je suis vraiment désolé pour votre mère.

Et d'ajouter, au bout d'un instant :

— Votre père s'est-il remarié ?

— Non.

Elle s'attendait à ce qu'il se fende d'une remarque sans fondement, comme l'avaient immanquablement fait les rares personnes auxquelles elle s'était confiée au fil des années. Elles avaient dit des choses telles que « je suis sûre qu'il t'aime », ou « les hommes sont parfois ainsi ».

Des paroles creuses n'amélioraient jamais une situation difficile.

Le cow-boy mit le bras autour de ses épaules et elle s'abandonna à son étreinte.

— Les enfants devraient se sentir aimés chaque jour de leur vie. Ils grandissent déjà trop vite, en particulier quand ils perdent aussi jeunes un être cher.

Sa voix dans ses cheveux ne fut pas plus qu'un soupir, pourtant elle trouva un immense réconfort dans ses paroles.

— Merci, lui répondit-elle, respectant le même rythme.

Puis elle se surprit elle-même en se tournant pour lui faire face et en se hissant sur la pointe des pieds pour l'embrasser. Elle fit glisser ses doigts le long de ses muscles puissants et elle leva les yeux vers lui.

Alors elle vit le regard de Hudson s'assombrir sous l'effet du désir tandis qu'il se passait la langue sur la lèvre inférieure. Madelyn ne put s'empêcher de la lui mordiller.

— Je ne suis pas sûr que ce soit une bonne idée, dit-il en inspirant vivement.

Le mystère qui l'entourait était très probablement pour moitié dans l'attirance qu'il exerçait sur elle. Elle se dit que s'ils s'engageaient sur cette voie — celle où ils s'adonneraient sans réserve au sexe — cela atténuerait l'attirance qui les liait. Ou peut-être cherchait-elle seulement à se rassurer, à s'accorder une nuit de distraction dans ce monde désordonné et fou qu'était devenue sa vie. Elle n'avait pas vraiment eu l'impression d'être à sa place dans les bras de quelqu'un depuis... depuis... N'était-il pas triste qu'elle ne puisse se souvenir depuis combien de temps ? Peut-être n'était-ce jamais arrivé.

Et, pourtant, c'était précisément de ce type de sentiment que le fait d'être avec Hudson la rapprochait le plus.

Elle recula d'un pas, s'efforçant de maîtriser ses émotions exacerbées. Voir sa vie chamboulée était vraisemblablement la cause de ces sentiments intenses qui se bousculaient en elle, songea-t-elle.

— Je sais que je viens de dire que ce n'était pas une bonne idée d'explorer ce qui semble se passer entre nous, mais ne pas le faire c'est...

Sa voix était grave, râpeuse, et Madelyn sentit le brasier ardent qui s'était allumé dans son bas-ventre la ravager encore plus.

— ... J'ai peur que nous le regrettions si nous ne le faisons pas, acheva-t-il dans un murmure.

— Alors, dites-moi quelque chose à propos de vous. Quelque chose que même Doris ignorerait. Parce que je ne veux pas m'aventurer sur cette voie avec vous, un inconnu, sans avoir l'impression de savoir qui vous êtes ! s'écria-t-elle impulsivement, d'un ton qui sonna comme plus désespéré qu'elle ne l'aurait voulu.

Allait-elle avoir tout gâché ?

Elle ne souhaitait pas le mettre mal à l'aise, seulement l'amener à parler de ce qu'il avait traversé, de ce qui lui avait fait préférer la compagnie des animaux à celle des hommes.

— Ma mère est morte alors que je venais de terminer le

lycée. Et je n'ai jamais connu mon père, dit-il sans rompre le contact visuel.

Ils avaient donc bien plus en commun qu'elle ne l'aurait pensé. Sauf en ce qui concernait leur père...

Mais, elle, son père, pouvait-elle affirmer qu'elle le connaissait bien ? Que savait-elle d'autre à propos de Charles Kensington en dehors de choses superficielles, comme le fait qu'il regardait le football chaque dimanche en mangeant des chips et en buvant de la bière blonde ?

— J'ai vécu avec mon père sept jours sur sept pendant dix-huit ans de ma vie et je n'ai aucune idée de quelle est sa couleur préférée, ne put-elle s'empêcher de constater. C'est comme si nous avions vécu côte à côte, en tandem, mais pas en phase.

Elle détourna le regard, luttant contre les larmes qui menaçaient de couler. Les émotions la submergeaient et la gêne de se montrer aussi directe avec un quasi-inconnu lui enflamma les joues. Excepté que Hudson ne lui donnait pas le sentiment d'être un inconnu.

— De toute évidence, je me pose trop de questions.

— Ce n'est pas trop demander que de vouloir connaître de petites choses sur la personne qui est censée vous aimer le plus, murmura-t-il.

Et d'ajouter :

— Ma couleur préférée est le bleu pastel, comme le ciel de printemps au petit matin ou vos yeux.

Un frisson de désir glissa sur sa peau. Tous deux restèrent là debout, pendant plusieurs secondes, et elle fut certaine qu'il éprouvait la même chose. Le courant qui passait entre eux, éveillant ses sens et l'attirant vers l'homme fort qui se tenait devant elle, était quasiment palpable. Elle ignorait peut-être qui il était réellement, mais son corps s'en moquait bien.

— Vous a-t-il parlé de votre mère durant votre enfance ou votre adolescence ? lui demanda-t-il, posant sur elle un regard grave et intense.

— Presque jamais. Il me laissait garder une photo d'elle près de mon lit et je lui parlais tout le temps quand j'étais petite, espérant qu'elle allait apparaître comme par magie.

Son sourire lui donna l'impression de marcher dans une nappe d'eau fraîche naturelle et d'échapper à la chaleur alors que le soleil commençait à lui brûler la peau.

— Tout ceci m'amène à me demander si je pourrai vraiment jamais faire confiance à quelqu'un. Est-ce que je sais réellement quoi que ce soit de mon passé ? Ou tout n'a-t-il été qu'un mensonge ? À présent, je doute de tout, conclut-elle.

Elle trouvait étrange qu'elle puisse ne pas vraiment connaître l'information la plus fondamentale la concernant : l'identité de son père.

— Pourquoi ne pas faire une analyse d'ADN ?

— Mike Butler a été incinéré. Il est à présent impossible de procéder à une analyse. J'ai demandé à Ed Staples si les enfants de Mike Butler accepteraient de s'y prêter. Il en doute, mais il va leur poser la question, m'a-t-il dit. En cas de refus de leur part, je n'aurai d'autre choix que de saisir le tribunal.

— Et ça demandera du temps, renchérit-il.

— Et aussi de l'argent, ajouta-t-elle. Avec la fortune des Butler à sa disposition, la fratrie pourrait faire traîner les choses en justice pendant des années.

— Vous laissant à la case départ, sans plus de réponse.

Il se tourna vers le pâturage et joignit à nouveau les mains.

— Nous pourrions appréhender cela sous un angle différent. Pourquoi Mike Butler mentirait-il sur le fait que vous soyez son enfant ?

— Il n’aurait rien à y gagner, en effet, car mon existence fait honte à ses enfants. J’ai à peu près le même âge que sa fille aînée. Alors nous savons ce que ça signifie.

— Qu’il trompait sa jeune épouse avec votre mère.

Elle se détourna, agrippant la clôture.

— Ça signifie également que mes deux parents sont morts et que j’appelle un étranger « papa ».

10

Madelyn décida qu'il était temps d'informer son patron qu'elle ne reprendrait sans doute pas le travail avant un moment. Harlan décrocha à la première sonnerie alors qu'elle débattait encore de la somme d'informations qu'elle devait lui communiquer.

— Quel est le scoop à la ferme Butler ? lui demanda-t-il aussitôt.

Elle identifia dans sa voix l'excitation qu'elle avait elle-même éprouvée deux jours plus tôt.

— Le ranch, rectifia-t-elle, surtout pour gagner du temps.

Si son patron cherchait à être drôle, sa plaisanterie tombait un peu à plat.

— Alors, c'est un scoop ou une perte de temps ?

— Il s'avère que je suis directement concernée, dit-elle d'un ton aussi neutre que possible.

Il y eut un blanc sur la ligne.

— Une histoire avec Mike le non-conformiste te mettant en vedette ? Je ne suis pas sûr de suivre.

— Il prétend que je suis sa fille depuis longtemps perdue de vue, déclara Madelyn tout en ayant l'impression que ce n'était pas elle qui parlait.

— Bon sang, attends une minute. Es-tu en train de me dire que tu es l'héritière de l'une des plus grosses fortunes du Sud — non, rectification, des États-Unis — et que tu viens de le découvrir ?

Harlan semblait on ne peut plus admiratif.

— C'est une information qui demande à être vérifiée. Tu comprends, je ne veux pas me faire de faux espoirs, prétendit-elle.

La vérité était qu'elle ne voulait pas de cette possible nouvelle vie. Même si son père et elle n'entretenaient pas une relation parfaite, elle avait l'impression qu'il l'aimait, à sa propre manière. Sa vie actuelle avait un sens pour elle. Il y avait là-dedans de la simplicité. De la stabilité. À présent la terre s'était mise à basculer, bougeant sous ses pieds et déséquilibrant tout.

— Comment ta mère a-t-elle connu Mike Butler ? lui demanda son patron.

— Bonne question.

Elle en savait plus à propos de son soi-disant père que concernant sa propre mère, et cette révélation mettait encore plus de distance entre la réalité et elle. En fait, Madelyn avait été tellement absorbée par tout cela qu'elle n'avait pas laissé s'exprimer la rage qu'elle éprouvait envers Mike Butler. Le peu qu'elle savait au sujet de sa mère était qu'elle était morte en lui donnant naissance. Ce fait l'avait toujours accablée parce qu'elle avait eu le sentiment d'avoir été responsable de la mort de sa mère. Or, sa mère était morte parce que, financièrement parlant, elle n'avait pu se permettre d'accoucher dans le bon hôpital, en ville — un comble, non, si l'homme censé être responsable de son état était milliardaire ? Elle était allée à l'hôpital du comté, où les machines n'étaient pas fiables, où les infirmières étaient débordées, et elle s'était vidée de son sang.

Si Madelyn pouvait croire le récit qu'on lui avait fait, sa mère avait forcé Charles à suivre le bébé parce qu'elle ne faisait pas confiance aux infirmières. Pendant ce temps, elle avait fait une hémorragie et il avait été trop tard lorsque son mari était revenu voir comment elle allait. Madelyn avait toujours cru que son père se l'était reproché... Mais à présent ? Elle devait se demander si ce n'était pas plutôt à elle qu'il le reprochait.

Si elle restait dans les parages et que sa filiation était avérée, pourrait-elle en apprendre davantage sur sa mère ? Pour l'heure, c'était sa seule motivation.

— Inutile de préciser que j'ai besoin d'un congé plus long afin de tirer au clair cette affaire, dit-elle.

— Continue à m'envoyer des reportages et je maintiendrai ton salaire, déclara Harlan.

Il n'était pas tant un homme conciliant qu'un journaliste dans l'âme. Si cette nouvelle se confirmait, ce serait un véritable scoop.

— Je vais y réfléchir mais, pour l'instant, ce que je t'ai dit devra rester entre nous.

À elle seule de décider si elle voulait que sa vie soit étalée à la une des journaux.

— Donne-moi ta parole que tu garderas le secret jusqu'à ce que je te donne le feu vert, insista-t-elle comme son patron restait coi.

— À condition que tu me donnes autre chose de correct à imprimer, riposta-t-il en riant.

Et d'ajouter, sérieusement :

— Madelyn, tu sais bien que je n'agirais jamais dans ton dos.

Son ton était plus doux, le côté humain de Harlan transparaissant derrière le journaliste endurci qui avait pratiquement tout vu en deux décennies d'exercice.

— D'accord, capitaine.

Il lui avait dit ne pas aimer qu'elle l'appelle ainsi, mais

elle savait, en son for intérieur, qu'il plaisantait. Il adorait ce genre d'attentions.

— Madelyn, reprit-il à voix basse, comme s'il prenait soudain conscience de ce qu'impliquait la nouvelle, veux-tu que j'enquête un peu sur ta famille ? Il se passe beaucoup de choses en ce moment à Cattle Barge et je ne suis pas sûr d'aimer te savoir là-bas après ce que tu viens de m'apprendre.

— Ne t'inquiète pas, tout va bien.

Elle décida que ce n'était pas le bon moment pour lui parler de la course-poursuite et de la menace qu'elle avait reçue, étant donné le rare accès de sollicitude paternelle dont Harlan venait de faire preuve à son égard. Il était divorcé, avait trois enfants et, de son propre aveu, il avait été trop occupé à faire la chasse aux articles pour les regarder grandir.

— Ce type te laisse tranquille au moins ? demanda-t-il.

Madelyn tressaillit, et son cœur se mit à palpiter. Comment savait-il que… ? Puis elle comprit de qui Harlan voulait parler.

— Owen s'est calmé. Dieu merci.

— Fais gaffe quand même, lui recommanda-t-il.

Sans doute Harlan n'avait-il pas été présent pour ses propres enfants, mais il semblait se rattraper avec ses journalistes. Elle songea combien les gens savaient peu de choses les uns des autres. Étrange, quand elle pensait au nombre d'heures que ses amis du lycée et elle passaient à s'enquérir de chaque détail des préférences de chacun, du parfum de crème glacée favori à la question de savoir si l'un d'eux quitterait l'école pour devenir une rock star.

— Tu peux compter sur moi. Euh… sinon, Harlan, pourrais-tu te renseigner sur le passé d'un certain Hudson Dale ? Il possède un ranch à la périphérie de Cattle Barge et je suis pratiquement certaine qu'il travaillait dans la police.

Elle sentit la honte l'envahir à peine ces mots prononcés. Et s'empressa de rectifier le tir :

— En fait, non, attends un peu avant de lancer cette recherche.

— Tu en es sûre ?

— Oui. Absolument.

L'était-elle ? Elle dormait dans la maison d'un homme qu'elle connaissait à peine mais, après tout, si elle se référait aux récentes révélations, dans quelle mesure connaissait-elle qui que ce soit ?

— Harlan, quelle est ta couleur préférée ?

— Hein ?

La question était totalement impromptue et la réaction de son patron indiqua qu'elle l'avait pris au dépourvu.

— Simple curiosité.

— Le orange, je suppose. Pourquoi cet intérêt soudain ?

— Sans raison.

Elle marqua une pause.

— Mais merci de m'avoir répondu.

Un coup léger frappé à la porte lui fit mettre fin à la conversation.

— Le dîner est prêt, annonça Hudson.

Le son familier de sa voix apaisa ses nerfs à vif.

— Avec tout ce qui est arrivé aujourd'hui, nous avons oublié d'aller récupérer ma voiture, dit-elle après avoir ouvert la porte.

— Nous pourrons y aller après avoir mangé, lui répondit-il alors qu'elle passait devant lui.

Un autre repas fantastique cuisiné par Hudson Dale, et elle n'avait toujours pas idée de l'endroit où il avait développé ses talents culinaires. Elle était dévorée par la curiosité. Elle avait envie — non, elle avait « besoin » — d'en savoir plus sur lui, même si elle garda ses questions pour elle lors du trajet les menant au motel.

Un regard à sa voiture tandis qu'il se garait à côté de sa décapotable la fit hoqueter. Il y avait un trou de la taille d'une brique dans la vitre du côté passager. Elle bondit hors de la cabine du pick-up.

Ah non ! Ça n'allait pas recommencer !

Durant une fraction de seconde, ses pensées s'orientèrent vers Owen. Avait-il pu la retrouver ?

Non. Elle avait pris la précaution de s'assurer que seul Harlan sache où elle était allée. Et elle mettrait sa vie entre les mains de Harlan. Littéralement, elle l'avait d'ailleurs fait à maintes reprises et il l'avait toujours épaulée. Une petite voix lui rappela que, si elle ne connaissait même pas son propre père, elle ne pouvait connaître personne d'autre, pas même son patron. Elle la fit taire et se dit que la raison pour laquelle elle restait dans les parages était en partie son désir d'en apprendre plus sur sa mère. Un mensonge de plus. Ils s'accumulaient. Parce qu'elle avait besoin de savoir la vérité sur tellement d'autres choses de sa vie.

Mike Butler avait manifestement été au courant, la concernant. Avait-il même été triste en apprenant la mort de sa mère ? Soulagé ? Avait-il rompu après l'avoir mise enceinte, refusant d'endosser ses responsabilités ? Était-il resté à ne rien faire pendant que Charles et sa mère se débattaient dans les difficultés financières alors que les enfants Butler légitimes grandissaient avec tous les avantages à leur disposition ? Argent. Éducation. Respect. Si Mike Butler avait offert de régler les frais médicaux, et il avait eu tout l'argent nécessaire pour les couvrir, sa mère serait-elle toujours en vie ?

La colère fit de nouveau rage en elle. Et la nouvelle

dégradation infligée à sa voiture était la goutte d'eau qui faisait déborder le vase.

— Il est choquant de voir le peu de cas que font les gens du travail acharné d'autrui ! s'écria-t-elle, amère. J'ai dû économiser longtemps pour m'offrir cette voiture, et c'est la seconde fois qu'elle est vandalisée.

Elle leva les yeux à temps pour voir Hudson hausser les sourcils. Il méritait de savoir dans quoi il mettait les pieds. Elle lui parla donc d'Owen, des menaces et de l'horrible mot qu'il avait bombé en travers du capot de sa voiture.

Hudson lui pressa le bras, compatissant. Puis, dardant les yeux sur elle :

— Votre ex est-il la seule raison pour laquelle vous ne faites pas confiance aux gens ?

Son commentaire fit mouche et elle se demanda ce qui, chez Hudson, lui faisait le même effet. Chaque fois qu'elle tentait de l'amener à évoquer quelque chose le concernant, il se fermait ou changeait de sujet. Curieusement, même si elle le connaissait à peine, elle se sentait vraiment à l'aise avec lui.

— Il est l'une des nombreuses raisons, oui.

Chaque fois qu'ils se touchaient, ses sens s'embrasaient et des frissons sensuels remontaient le long de ses bras, mais cela non plus ne la déroutait pas. Ça semblait… naturel. Ce qui prouvait à quel point l'esprit pouvait se persuader de croire tout ce qu'il désirait ardemment. Comme la conviction que sa mère avait été une femme respectable. Sérieusement, quel genre de personne trompait son petit ami de longue date puis revenait vers lui pour qu'il l'aide à élever l'enfant conçu avec un autre ?

D'accord, le fait de mourir n'avait évidemment pas fait partie du plan. Par conséquent, Madelyn ne pouvait adresser de reproches à sa mère sur ce point, même s'il y avait encore un peu de colère en elle. Cela n'avait clairement pas été le choix de sa mère de l'abandonner, mais toutes ces révélations en disaient long sur la raison pour laquelle son père ne lui avait jamais été attaché émotionnellement.

Elles en disaient long aussi sur ce qu'avait enduré Charles Kensington. Il était tombé amoureux de sa mère, et l'avait épousée alors qu'il la savait enceinte d'un autre. Mais sa femme était morte en couches, le laissant seul pour élever… quoi ? Le rappel constant de son infidélité.

Madelyn était-elle trop dure envers sa mère ? Ou envers l'homme qu'elle connaissait comme étant son père ? Voire *envers elle-même* ? demanda une petite voix.

— Êtes-vous capable de conduire un pick-up ?

— Oui. Pourquoi ? demanda-t-elle, surprise, comme Hudson faisait irruption dans ses pensées moroses.

Elle plongea le regard dans la nuit, le souffle coupé. C'était seulement une vitre de voiture, se raisonna-t-elle, une chose qui pouvait être remplacée. Les cicatrices internes qui s'accumulaient ne seraient pas aussi faciles à effacer.

Alors pourquoi avait-elle la sensation que quelqu'un lui avait dévasté l'âme ?

— Tant mieux parce que je veux que vous rameniez mon véhicule à la maison pendant que je conduirai le vôtre.

Elle se tourna vers lui.

— Puis-je vous demander quelque chose ?

— Je vous écoute.

— Pourquoi m'aidez-vous ? Vous n'y êtes pas obligé. Personne ne semble vouloir de moi ici, alors ça risque de vous desservir après mon départ. De plus, vous ne me connaissez même pas. Je suis une parfaite inconnue, ajouta-t-elle précipitamment.

— Ça vous paraîtra sans doute étrange, ça l'est même pour moi, mais, d'une certaine manière, j'ai l'impression de vous connaître, lui répondit-il, haussant légèrement les épaules.

— Comme si nous étions des âmes sœurs ?

— Quelque chose comme ça. Vous avez une expression perdue qui m'est familière.

— Je n'ai nul besoin de votre pitié, rétorqua-t-elle, plus affectée par ses paroles que si elle avait reçu un coup.

Il leva les mains en l'air en signe d'apaisement.

— La pitié n'a rien à voir là-dedans. C'est plutôt une question d'affinités. Je reconnais en vous la personne que j'étais quand je suis revenu ici il y a un an.

— Vivre dans un ranch a-t-il chassé vos démons ? s'enquit-elle, avide d'en savoir plus.

— Pas autant que je l'avais espéré.

Toujours des réponses sibyllines. Elle haussa les épaules, excédée.

— Vous savez quoi ? Je vais faire mes bagages, rentrer chez moi et oublier tout ce qui s'est passé. Depuis mon arrivée ici, les choses ne font qu'empirer.

— Travailler la terre, prendre soin de mes animaux, c'est un bon dérivatif. Ça me donne le sentiment de faire quelque chose de bien, reprit-il avec une telle force qu'il était impossible qu'il mente. Mais je suis encore réveillé par les cauchemars. Ils me poursuivent où que j'aille. Et les vôtres en feront autant.

— En ce cas, que suggérez-vous, car je suis à court de solutions ? laissa-t-elle échapper dans un soupir frustré.

— Restez dans le coin. Allez au bout de cette affaire. D'après ce que vous m'avez dit, plus tôt, de votre ex, rentrer chez vous ne vous accordera pas de répit.

Il se tut durant quelques instants.

— Par ailleurs, il n'y a qu'un moyen de découvrir ce que pensent les Butler.

Elle comprit où il voulait en venir et elle ne fut pas sûre que cela lui plaise.

— Je suis la dernière personne qu'ils auront envie de voir.

— Vous devez leur parler en face à face. Si vous le souhaitez, je peux vous accompagner et nous pourrons ensuite nous concerter pour voir ce qui en ressortira.

Les enfants Butler n'accueilleraient pas à bras ouverts la fille illégitime de leur père, et Madelyn n'était pas sûre de connaître la dose de rejet qu'elle pourrait encore encaisser.

— Je ne sais pas si c'est une bonne idée.

— Le meilleur moyen de vaincre un ennemi est de le regarder dans les yeux.

Hudson avait raison, elle ne le savait que trop.

Sans répondre toutefois, elle s'installa au volant du pick-up. Et, vérifiant dans le rétroviseur que Hudson la suivait, reprit le chemin du ranch.

Seul dans la petite décapotable bleue, Hudson réfléchissait à ce qu'avait dit Madelyn. Elle serait folle de partir maintenant, il y avait trop en jeu et ils n'avaient toujours pas mis la main sur Trent ou Kelsey.

Et surtout, lui souffla une petite voix intérieure, Madelyn lui plaisait beaucoup, et il voulait la garder encore un peu près de lui.

Non, il *ne tenait pas à elle*, rectifia-t-il. C'est juste que son instinct de policier s'était réveillé, avec l'excitation qui allait avec.

S'occuper de son élevage de chevaux, sur ses terres, lui convenait. N'est-ce pas ?

Plutôt que de revenir sans cesse sur son choix de carrière, il se concentra sur des problèmes pratiques, songeant à où il pourrait se rendre pour faire remplacer au plus vite la vitre de la décapotable.

Se sentir utile à quelqu'un était agréable, constata-t-il. Et Madelyn lui procurait un répit bienvenu dans la monotonie de son quotidien. Sa vie était devenue trop routinière et, bien sûr, il n'était pas indifférent au charme de la jeune femme.

Il avait eu des liaisons depuis son retour à Cattle Barge, mais l'endroit manquait de femmes intéressantes, estimait-il. Houston lui avait offert à cet égard une vie plus palpitante. Ou alors c'était lui qui, en plus d'être inconstant, était devenu aigri, ne s'intéressant plus à rien ni à personne. Il s'ennuyait même au ranch, à présent.

Bref, depuis peu, il songeait à vendre. À se rapprocher de la ville. Pourquoi ne pas s'installer à Dallas ou Austin ? Un changement ne pourrait que lui faire du bien.

La seule chose qui le dissuadait de mettre son projet à exécution, c'était son cheval. L'idée de ne pas passer tout son temps avec Bullseye lui déplaisait souverainement. Et, s'il était honnête avec lui-même, il devait admettre que la terre exerçait sur lui un attrait puissant.

Mais il devait admettre aussi qu'en emménageant ici il avait espéré mettre fin à ses cauchemars.

Or, ça n'avait pas été le cas. Il entendait toujours Misty hurler alors que la balle transperçait son ventre de femme tout juste enceinte.

Étant coéquipiers au sein du service de police, ils avaient caché leur relation à leur supérieur. Dire que l'annonce de cette grossesse avait été un choc pour lui était un euphémisme. Il n'était déjà pas très chaud pour le mariage... alors, devenir père, c'était une autre histoire !

C'était lui qui avait suggéré d'attendre qu'ils aient chacun un poste sûr. Les collègues entretenant une relation étaient mal vus par le service, la nouvelle d'une grossesse et un mariage précipité porteraient préjudice à leurs carrières respectives, avait-il fait valoir à Misty.

Cette dernière lui avait alors fait part de ses craintes : elle ne voulait pas être enceinte et toujours célibataire, car sa mère, qui s'était trouvée dans la même position, lui avait assez souvent reproché d'avoir été une nuisance pour elle, un fardeau. Misty ne voulait pas la même chose pour son propre enfant.

Hélas, avant que Hudson se soit fait à l'idée d'assumer ses responsabilités, une balle qui ne lui était pas destinée avait tué Misty d'un coup. Ainsi que la jeune vie qu'elle abritait.

Et, depuis, Hudson vivait avec la culpabilité.

11

— Alors, qu'avez-vous décidé ? dit Hudson à Madelyn aussitôt qu'elle descendit de son pick-up et referma la portière. Partir maintenant serait une erreur que vous pourriez bien regretter.

— En quoi mes choix vous importent-ils ? rétorqua-t-elle en faisant volte-face pour se diriger vers la porte d'entrée.

Hudson se crispa. Qu'en avait-il à faire, en effet ? De toute façon, il ne devrait pas souhaiter la compagnie d'une journaliste. Il voyait bien déjà que la jeune femme s'agaçait qu'il ne réponde pas à ses questions. Si elle creusait dans son passé, elle pourrait provoquer une véritable tourmente, dont il n'était pas prêt à discuter. Quand il avait avoué à son chef que Misty était enceinte de lui, ce dernier avait pris pitié de lui et, pour ne pas lui infliger une double peine, ne l'avait pas cité dans son rapport. Cependant, si quelqu'un voulait vraiment fouiner, le lien serait facile à établir.

Il attrapa Madelyn par le bras pour l'empêcher de s'éloigner. Il fallait pourtant qu'elle entende ce qu'il avait à dire. Ensuite, si elle décidait de partir, qu'il en soit ainsi. Il aurait fait son possible et il aurait la conscience tranquille. Il faillit rire tout haut à cette pensée. Si Madelyn partait, il était certain d'aller encore moins bien…

— Ce qui m'importe, c'est que vous semblez déterminée à être blessée ou tuée.

Madelyn et Misty n'auraient pas pu être plus différentes. Ce qu'il y avait entre Misty et lui était plutôt de l'ordre de la camaraderie alors qu'entre Madelyn et lui, c'était l'émoi de la passion. Misty et lui avaient été des collègues partageant une alchimie sexuelle suffisante pour que se retrouver ensemble au lit soit agréable. Y avait-il eu l'embrasement des sens ? L'étincelle ? Pas vraiment. Misty était drôle, sexy, cependant leurs interludes amoureux avaient eu davantage à voir avec le fait qu'ils étaient en poste la nuit, quand tout le monde dormait, et qu'ils avaient les mêmes périodes de repos.

À moins que... Se pouvait-il que Misty ait nourri des sentiments plus profonds à son égard ? Avait-elle d'autres attentes ? Il avait été choqué quand elle était tombée enceinte, parce qu'elle prenait la pilule. Du moins était-ce ce qu'elle avait prétendu.

Mais le fait que sa relation avec Misty lui semblait davantage relever d'une passade entre *sex friends* ne lui avait pas épargné la souffrance quand elle avait été tuée ; les perdre, le bébé et elle, avait laissé un immense vide béant dans sa poitrine. Misty comptait pour lui, et il avait commencé à aimer son bébé et à se faire à l'idée qu'il allait faire ce qui était juste et attendu : épouser la jeune femme.

Le seul moyen qu'il connaissait de combler ce vide, et surtout la culpabilité qui était la sienne, était de se refermer sur lui-même. Et c'était exactement ce qu'il avait fait. Il avait quitté son emploi. Avait emménagé à Cattle Barge. Il s'était coupé du monde.

Madelyn se tenait là, le dévisageant, l'air interrogateur. Il avait basculé dans le passé et elle semblait savoir qu'il était mentalement absent.

Il eut l'envie soudaine de la plaquer contre sa poitrine et de l'embrasser jusqu'à ce qu'ils oublient tous deux quel jour on était. Ainsi, d'ailleurs, que tout le reste. Si cela avait suffi à tout résoudre, il n'aurait pas hésité. Hélas, il savait bien que cela n'effacerait pas les problèmes concrets auxquels ils étaient confrontés.

Alors, cela lui parut le bon moment pour lui dire :

— Vous ne pouvez pas partir avant de savoir ce qui se passe. Vous vous devez au moins ça. Cette affaire vous suivra où que vous alliez. Allons ensemble parler aux Butler demain et, si ça ne vous aide pas, vous pourrez ensuite faire vos bagages et repartir à Houston. Mais, si vous partez sans avoir cette conversation, vous vous interrogerez toujours.

Elle croisa les bras sur sa poitrine et elle poussa un bref soupir. Signe qu'il progressait ?

— Qu'avez-vous à perdre ? insista-t-il. La vitre de votre voiture a besoin d'être réparée. Je connais un gars qui peut s'en charger dans la matinée pendant que nous irons au ranch des Butler.

Hudson n'aurait su dire pourquoi il était si important pour lui de mener à bien cette enquête avec elle. Une petite voix dans sa tête lui susurra qu'il ne voulait pas qu'elle parte. Que la perdre raviverait des sentiments qu'il avait depuis longtemps enfouis, avant même la disparition de Misty. Mais ça n'avait pas de sens. Il s'était convaincu qu'il était immunisé, que ses émotions étaient mortes avec Misty, et il refusait d'envisager d'autres possibilités.

— Je suis d'accord pour que vous m'accompagniez demain chez les Butler. Je vais appeler Ed Staples pour voir si c'est possible, répondit lentement Madelyn. Pour le reste, je ne sais pas...

Il lui fut reconnaissant de le distraire de ses pensées. Ressasser le passé ne changerait absolument rien, il le savait bien. Il l'avait fait des centaines de fois au cours de l'année précédente...

— Je vais préparer du café, dit-il en se dirigeant vers la maison.

— Gardez-m'en pour demain matin.

Elle leva vers lui un regard extrêmement triste tandis qu'elle brandissait son téléphone.

— Je vais passer l'appel, puis prendre une douche et me coucher. Bonne nuit.

Hudson marmonna un bonsoir dans son dos. C'était probablement pour le mieux qu'elle ait pris congé, car ses bras ne demandaient qu'à l'étreindre.

Tout en préparant le café, il réfléchit aux questions que Madelyn devrait poser aux Butler.

Mais, quand il entendit l'eau se mettre à couler dans la pièce voisine, ses pensées prirent un autre cours. Et, à l'idée de la peau nue et satinée de Madelyn sous la douche, il resserra son étreinte autour du mug de café, tentant de réprimer la vague de désir qui montait en lui.

« J'aurais aimé que tu répondes à mes appels. Tu me manques, Madelyn. »

Ainsi commençait le message d'Owen.

« J'ai aussi compris quel sale type j'avais été. J'étais blessé et je ne m'en sers pas comme d'une excuse, mais ce doit être un peu attendrissant, tu ne trouves pas ? »

— Tout autant que d'être brûlée sur le bûcher, marmonna Madelyn tandis qu'elle écoutait la suite.

« Si tu me donnes une autre chance de te prouver que je ne suis pas... *cet homme*, je te promets que tu ne le regretteras pas. Nous nous sommes bien amusés, tous les deux, non ? Il n'y a aucune raison que ça s'arrête parce que j'ai dérapé. »

— Tu sais vraiment parler aux femmes, toi, dit Madelyn au téléphone alors qu'elle effaçait le message.

Un coup frappé à la porte de sa chambre la fit sursauter.

— Un instant, répondit-elle aussitôt, se levant d'un bond et s'assurant d'un coup d'œil que sa serviette couvrait tout. C'est bon, entrez.

La porte s'ouvrit, toutefois Hudson n'entra pas.

— Qu'a dit le notaire ? s'enquit-il.

Rien qu'en le voyant debout à la porte, ses bras puissants appuyés contre le chambranle, toutes sortes de frissons sensuels se mirent à courir sur sa peau réceptive. Elle eut pleinement conscience de sa nudité sous cette serviette et un élan de désir parcourut son corps, se logeant entre ses cuisses.

— Il organisera un déjeuner demain.

Ayant encore les messages d'Owen présents à l'esprit, Madelyn ne put s'empêcher de noter combien ce dernier était physiquement différent de Hudson. Son hôte était grand, fort et athlétique. Il ne se livrait pas beaucoup, mais quelque chose couvait en lui, qu'elle brûlait de découvrir. Owen, lui, parlait trop et trop facilement de choses sans importance.

Elle tenta de se convaincre que c'était son instinct parfaitement aiguisé de journaliste et sa curiosité professionnelle qui l'incitaient à vouloir en apprendre davantage sur le séduisant cow-boy, mais ça allait bien au-delà.

— Bien. Vous avez réfléchi à ce que je vous ai dit plus tôt ?

Il avait autre chose en tête, mais semblait incapable de trouver les mots pour le formuler.

— Quel que soit le temps que je passerai ici, je veux que vous sachiez combien je vous suis reconnaissante de tout ce que vous avez fait jusqu'à présent, dit-elle, ressentant le besoin de l'exprimer. Sans vous, je ne serais sans doute plus en vie.

— Si, vous le seriez. Car vous êtes intelligente.

Il s'apprêta à tourner les talons, mais il se ravisa.

— J'aimerais que vous restiez, Madelyn.

Elle aima le son doux de son prénom sur ses lèvres, et son cœur s'emballa.

— Parce que je me sens concerné par ce qui vous arrive, Madelyn. Plus que je ne le devrais.

— Avez-vous eu des nouvelles de l'avocat de Kelsey ? demanda Hudson à Madelyn le lendemain matin.

Son jean tombait sur ses hanches et il ne portait pas de chemise. Madelyn ne put s'empêcher de remarquer la cascade de muscles s'étendant de son torse jusqu'à cette petite touffe de poils au-dessus de sa fermeture Éclair.

— Pas encore, reconnut-elle, cherchant le café comme un missile se dirige sur sa cible.

En regardant par la fenêtre de la cuisine, elle vit que la vitre de sa décapotable avait été réparée. Ça alors ! Déjà ? Quelle heure pouvait-il bien être ? Elle avait peiné à s'endormir la veille au soir, mais il faisait grand jour quand elle s'était réveillée. Il faut dire qu'elle avait du sommeil en retard, ayant passé une nuit blanche l'avant-veille.

Elle remercia Hudson de s'être occupé de sa voiture.

— J'ai regardé les actualités hier soir et personne n'y a annoncé que j'étais une Butler.

— À présent, il ne nous reste qu'à découvrir qui est au courant.

Le temps qu'elle boive son café, et ils prirent la route. Quarante minutes plus tard, un garde les invitait à franchir le portail de Hereford.

Hudson se gara devant le ranch, et Madelyn s'annonça à l'interphone :

— Madelyn Kensington. Je suis attendue par Ed Staples.

— Je viens vous ouvrir, répondit une voix féminine.

Madelyn, le cœur battant, se trouva bientôt en face d'Ella Butler.

Bien que cette dernière se soit présentée, Madelyn l'aurait identifiée sans problème car Ella Butler ressemblait exactement aux photos d'elle publiées dans les pages de la rubrique mondaine. Pour l'heure, cette femme qui avait grandi au sein du un pour cent le plus aisé de la population la toisait d'un air peu amène, et Madelyn s'efforça de se persuader que ce qu'elle avait lu à son sujet faisait d'elle quelqu'un de bienveillant. Si ces informations étaient exactes, Ella Butler passait d'innombrables heures à s'investir dans des projets communautaires et dans le bénévolat. Elle s'était aussi fortement impliquée dans l'ouverture d'un nouveau refuge animalier, ce qui l'avait placée dans la ligne de mire d'un homme déterminé à l'arrêter parce qu'il voulait acquérir le terrain. Il s'en était fallu de peu qu'il ne l'abatte pour s'assurer de l'obtenir.

Madelyn avait lu aussi ce qui lui était arrivé tout dernièrement, après que Mike Butler avait été assassiné. Ella avait été agressée sauvagement sur un secteur retiré du ranch alors qu'elle y faisait de la randonnée. Elle n'avait pas vu son agresseur et, pour le moment, la police ne détenait aucune piste sûre ni ne pouvait affirmer qu'il y avait un lien entre les deux affaires.

La veille au soir, Madelyn avait fait des recherches approfondies via Internet sur chacun des autres membres de la famille Butler. Elle voulait avoir une idée de ce qui l'attendrait aujourd'hui. Il y avait quatre enfants — connus de tous —, deux filles et deux garçons, des jumeaux. Tous étaient devenus des adultes productifs et motivés, à tous égards, bien que tout leur ait été acquis.

— La famille veut vous rencontrer, annonça Ella Butler. Tout le monde est là, sauf ma sœur Cadence. Tout ce cirque médiatique s'est avéré trop lourd pour ses nerfs. Elle est repartie par le premier vol ce matin.

Bizarre, songea Madelyn. Elle tenta de discerner dans le regard d'Ella si cette dernière disait vrai. Une pensée lui traversa alors l'esprit. Du fait de l'attention des médias braquée sur la famille Butler, chacun de ses membres ne craignait-il pas à présent d'être repéré isolément et pris pour cible ?

Madelyn présenta Hudson. Ella se montra courtoise mais réservée tandis qu'elle le saluait.

Se trouver dans la maison de Mike le non-conformiste était plutôt perturbant, notamment du fait de la tension irradiant d'Ella. Cependant, Madelyn ne s'était pas précisément attendue à ce que cette dernière la prenne dans ses bras et l'appelle sa sœur. Elle avait été une enfant unique toute sa vie, aussi l'idée d'avoir des frères et sœurs ne lui procurait-elle pas non plus vraiment des sentiments chaleureux. Par ailleurs, elle n'était pas venue là pour une réunion de famille. Elle était venue découvrir la vérité.

Se glisser dans son rôle de journaliste et prendre ses distances par rapport à ses propres émotions était chez elle une seconde nature. Elle l'avait déjà fait des centaines de fois, mais il était beaucoup plus facile de jouer un rôle que d'admettre qu'elle était personnellement impliquée. Bon sang, tout ça était un peu trop réel pour elle.

— Ces gens, là, dehors, sont comme des vautours, reprit Ella Butler avec dédain en se tournant vers la rue où stationnaient les camionnettes des journalistes. Ils sont prêts à arracher la viande d'une carcasse et à se battre pour le dernier petit lambeau. Entre eux et les personnes prétendant être des Butler, cette ville a perdu la tête.

Hudson s'avança d'un pas.

— Il n'y a aucune raison de vous montrer insultante envers Madelyn Kensington, madame. C'est Ed Staples qui l'a convoquée. Elle n'avait aucune idée de sa filiation avant cela. Et elle n'a certainement pas demandé à faire partie des vôtres.

Madelyn lui sut gré d'avoir volé à son secours. Ce n'était pas si souvent que quelqu'un prenait sa défense. Comme Ella semblait sur le point de répliquer, elle s'interposa, un sourire forcé sur les lèvres :

— C'est bon, Hudson, fit-elle en posant une main sur son bras. Je suis sûre qu'Ella ne parlait pas de moi.

Puis elle ajouta à l'adresse de cette dernière :

— Pouvez-vous m'annoncer à M. Staples ?

Ella sembla la jauger.

— Je vais le chercher.

Au même moment, des pas résonnèrent dans le couloir.

— Ah, Madelyn, merci d'être venue, lança Ed depuis le seuil. Veuillez excuser mon retard. J'ai été retenu.

Son téléphone portable était posé dans la paume de sa main.

— Cette chose ne cesse de sonner, précisa-t-il en fronçant les sourcils.

Madelyn lui présenta Hudson, tandis qu'Ella Butler tournait les talons sans dire un mot de plus.

— Les garçons nous attendent dans la salle à manger, déclara le notaire. Suivez-moi, je vous en prie.

La salle à manger était magnifiquement meublée. Une longue table trônait dans la pièce. Elle paraissait rustique et sculptée à la main. Les couverts avaient été disposés avec soin pour six personnes. Mais il n'y avait pas un Butler en vue et Madelyn n'avait aucune idée de l'endroit où Ella avait disparu.

— Je constate que personne ne veut de moi ici, dit Madelyn, prête à revenir sur ses pas et à partir loin du ranch Butler.

Se trouver en ce lieu lui donnait la chair de poule. Elle n'y avait pas sa place, c'était évident. De plus, tout dans cet endroit la rendait nerveuse.

— Accordez-leur une chance, argua Hudson, ce qui la surprit. Je veux seulement dire que ce doit être un choc pour eux autant que ça l'est pour vous.

— Restez. Je vous en prie. Je vais rassembler tout le monde, renchérit Ed.

Il semblait être le seul désireux d'établir la communication entre le clan Butler et eux. Madelyn fut reconnaissante aussi à Hudson de l'avoir accompagnée à ce rendez-vous. Elle se serait sentie bien seule sans lui à cet instant précis.

— Asseyons-nous en attendant.

Hudson avança une chaise pour elle avec un large sourire... Ce sourire qui parvenait si bien à faire s'accélérer son pouls et à emplir sa poitrine d'un délicieux émoi.

— Après tout, puisque je suis ici, dit-elle, lui renvoyant son sourire et espérant qu'elle produisait sur lui le même effet.

Après avoir fait un pas en direction de la chaise, elle se ravisa.

— À la réflexion, je les affronterai sans doute mieux en restant debout.

— Comme il vous plaira.

Il prit place sur la chaise voisine de celle qu'il avait

avancée pour elle et saisit le verre de citronnade posé sur le set de table.

— Elle est bonne ?

— Elle serait bien meilleure si c'était du café, déclara-t-il avec un sourire en coin.

Madelyn se mit à rire. La nervosité, sans doute. Son corps était habité d'une telle tension qu'elle avait l'impression que ses muscles risquaient de se rompre.

Le cliquètement des sandales à talons abrégea ce moment de légèreté. Madelyn se raidit tandis qu'elle croisait les bras, s'armant de courage.

— Je vous demande pardon pour m'être montrée grossière tout à l'heure, dit Ella sitôt entrée dans la pièce.

La tension marquant son visage ne s'était pas dissipée, toutefois une certaine chaleur animait son regard.

— Cette « situation » est déplaisante et vous voir l'a rendue encore plus réelle. Je pensais être mieux préparée et je me rends compte que rien de ceci n'est votre faute.

— Vous êtes tout excusée. J'aurais réagi pareil dans votre cas, murmura Madelyn.

Sa mère savait-elle qu'elle entretenait une relation avec un homme marié ? songea-t-elle alors.

— Si ça peut vous rassurer, je ne veux pas de votre argent, ajouta-t-elle.

— Ce n'était pas vraiment ce que j'avais à l'esprit.

Les rides creusant le front d'Ella confirmaient qu'elle était sincère.

— Aurons-nous l'occasion de rencontrer votre mère ?

— Elle est morte en me mettant au monde, répondit Madelyn d'un ton neutre. Sachez en tout cas que je ne suis pas fière de la liaison qu'elle a eue avec votre père… S'il s'avère que je suis bien sa fille.

— Toutes mes condoléances.

Ella lui adressa un regard compatissant. Soudain son expression changea.

— Attendez une minute, reprit-elle. Vous ne revendiquez pas le nom des Butler ?

12

— Je sais bien que « Butler » est un nom prestigieux mais, non, je n'aspire pas à le porter, déclara Madelyn avec un peu trop d'indignation.

Être incapable de faire taire ses émotions était son talon d'Achille. Quand elle avait sa casquette de journaliste, elle parvenait plutôt bien à contrer ce handicap. Mais, quand il était question de sa vie privée, c'était vraiment une autre affaire…

Ella décocha un regard à Ed Staples, et Madelyn vit dans celui qu'il lui adressa en retour une expression signifiant « Je vous l'avais dit ».

Deux hommes entrèrent alors dans la pièce, traînant des bottes sur le carrelage. Ils semblaient presque identiques. Grands, un mètre quatre-vingt-quinze probablement, et que la plupart des gens décriraient comme incroyablement séduisants avec leurs cheveux blond-roux et leurs yeux bleus.

Le premier se présenta comme étant Dalton et le second, Dade. Ils se montrèrent polis, quoique circonspects, tandis qu'ils étudiaient tous deux ses traits. Elle se dit qu'ils cherchaient le signe d'un air de famille. Elle aussi était à l'affût d'une ressemblance. Et celle-ci lui sauta aux yeux. Leurs couleurs de cheveux étaient toutes similaires et chacun d'eux avait une version différente du même nez. Chez les hommes, elle était masculine, légèrement plus prononcée. Mais c'était le même nez. Une photographie de Mike Butler entouré de ses enfants accrochée au mur lui confirma qu'ils avaient tous hérité de son nez. Et Madelyn se rappela alors avec quelle insistance Ed Staples avait fixé son nez lors de leur première rencontre.

Elle porta distraitement la main droite à son pendentif en forme de libellule. Sa main gauche, quant à elle, chercha celle de Hudson sous la table. Elle mit de côté le soulagement qu'elle éprouva quand leurs mains se joignirent. Hudson, un quasi-inconnu pour elle, lui était plus proche que... sa famille ? C'était pour le moins une notion singulière.

— Je vais aller chercher les petits-fours. Je suis sûre que tout le monde a faim et nous aurons beaucoup à discuter après avoir mangé, dit Ella.

— Je peux vous aider, proposa Madelyn.

— Oh ! d'accord, répondit Ella, apparemment prise de court.

Elle avait probablement l'habitude d'être aux commandes et de faire les choses à sa manière, devina Madelyn.

Elle la suivit dans la vaste cuisine. L'endroit évoquait une ferme d'antan avec son évier surdimensionné, ses placards blancs et son plan de travail en granit. Il s'y trou vait une table en bois, apparemment sculptée à la main, qui s'étendait d'un bout à l'autre de la pièce. L'un des côtés de l'immense table semblait être utilisé pour préparer les repas et le reste, avec les tabourets de bar glissés dessous, pour manger. Des plateaux chargés de petits-fours étaient disposés dessus.

— Vous voulez prendre celui-ci ? lui dit Ella avec un grand sourire.

— Est-ce parce que je ne veux ni de votre argent ni de

votre nom que vous vous montrez à présent aussi aimable ? ne put s'empêcher de s'écrier Madelyn.

Ella reposa son plateau.

— Depuis la mort de mon père, des personnes ont surgi d'un peu partout, prétendant être l'un des nôtres, expliqua-t-elle.

— Et c'est ce que vous pensiez que j'étais. En gros un termite venant dévorer votre maison de l'intérieur, riposta un peu froidement Madelyn.

— Vous déformez mes propos. Je me suis rendu compte, un peu tard certes, que c'est aussi difficile pour vous que pour nous. Voilà tout. Ne confondez pas cela avec le fait que je vous accueille à bras ouverts dans ma famille.

Puis, ayant repris son plateau, Ella ajouta :

— Quand Ed nous a dit qu'il avait une annonce surprise, je n'ai pas pu voir au-delà de mon propre intérêt. La nouvelle nous a tous pris au dépourvu. Ed est un vieil ami de mon père. Il appartient à une autre génération. Celle qui ne parle pas beaucoup. Il ne m'a pas tout dit de votre histoire et je m'inquiétais à propos de vos intentions jusqu'à ce que je prenne conscience que vous ne sembliez pas souhaiter cela plus que nous.

Madelyn acquiesça d'un signe de tête. Ella poursuivit, un ton plus bas :

— Bien sûr, papa n'était pas un saint, et il s'est fait une belle réputation de coureur de jupons au fil des années. Mais tromper notre mère dès le début de leur mariage ?

Elle marqua un temps d'arrêt avant de reprendre d'une voix étranglée :

— J'ai toujours reproché à notre mère de nous avoir abandonnés, de disparaître sans garder le contact. À présent, je me dis que peut-être elle avait une bonne raison de partir sans regarder en arrière.

Madelyn lui lança un regard empli de compassion.

— Je ne peux nier que les familles soient complexes.

Quant à elle, elle n'avait toujours pas déterminé quoi dire à son... à Charles Kensington. Elle prit le plateau qu'Ella lui avait désigné et quitta la pièce à sa suite.

Madelyn n'avait pas dit grand-chose depuis qu'elle était allée plus tôt dans la cuisine avec Ella Butler. Hudson avait espéré qu'elles y concluraient une sorte de trêve, toutefois Madelyn était revenue l'air encore plus stressé. Il avait hâte, pour sa part, que ce déjeuner prenne fin car personne ne semblait à l'aise et il ne s'échangeait autour de la table que des banalités.

Le café était servi, et Hudson indiqua d'un regard à Madelyn qu'il était temps d'aborder le fond du problème.

Ed Staples devait s'être dit la même chose car, après s'être éclairci la gorge, il déclara soudain, d'un ton solennel :

— Je sais qu'il a fallu beaucoup de courage à Madelyn pour venir ici aujourd'hui et je sais aussi qu'elle a quelque chose à demander à la famille.

Les jumeaux affichèrent alors au même moment cette expression signifiant « nous y voilà ».

— J'aimerais une analyse d'ADN pour clarifier les choses, dit Madelyn d'une seule traite.

Le jumeau qui s'était identifié comme étant Dalton émit un petit rire et Madelyn lui lança un regard sévère. Hudson jeta un coup d'œil à la photographie de Mike Butler accrochée au mur. Il y avait indéniablement une ressemblance entre les Butler et Madelyn.

Dalton leva les deux mains en signe de reddition.

— Hé. Ne vous fâchez pas contre moi. Simplement ça

me fait rire que vous pensiez notre père capable d'avoir fabulé à ce sujet.

— Je ne connaissais pas votre père. Je n'ai donc aucune idée de ce qu'il aurait pu faire ou de ses motivations ! s'écria Madelyn.

— Alors, permettez-moi de m'excuser. Je dirai seulement que mon... *notre*... père n'aurait pas lancé ce genre d'affirmation à la légère, précisa Dalton. S'il prétend que vous êtes l'une des nôtres, je serais choqué qu'une analyse d'ADN prouve le contraire.

Madelyn prit le temps de boire une gorgée de café, avant de reprendre plus calmement :

— J'aimerais néanmoins en avoir la certitude. Je ne veux pas de votre argent ni ne revendique quoi que ce soit concernant le ranch. Je veux seulement savoir.

L'autre jumeau, qui était resté jusque-là silencieux, se pencha en avant, posant les coudes sur ses genoux.

— Ne le prenez pas mal mais, une fois qu'il sera établi que vous êtes une Butler — et d'ailleurs mon frère a raison, notre père ne l'affirmerait pas si c'était faux —, vous aurez droit à tout ce qui vous sera dû concernant l'argent et le ranch. Et aucun de nous ne s'y opposera.

Dalton balançait la tête en signe d'acquiescement.

Les jumeaux semblaient des hommes de parole. Quant à Ella Butler, elle paraissait irritée que Madelyn refuse aussi facilement son héritage.

— Duquel d'entre nous voulez-vous obtenir un prélèvement ? demanda-t-elle. Ou en voulez-vous un de chacun d'entre nous pour être absolument certaine ?

— Un seul devrait suffire. Mais comment allons-nous procéder ? Je veux m'assurer que les résultats ne seront pas falsifiés et je n'ai pas vraiment eu le temps de réfléchir à tout ça.

Cette remarque lui valut quelques regards courroucés.

— Nous n'allons pas saboter votre analyse, dit Dalton. Nous ne sommes pas les tristes individus égocentriques que décrivent les médias.

Madelyn se raidit.

— Nous ne sommes pas tous, dans les médias, tels que ces gens, là-dehors. Certains d'entre nous révèlent des vérités qui doivent être connues, qui aident les autres.

— Attendez un instant, intervint Dalton. Vous êtes l'une des leurs ?

— Je ne suis pas un paparazzi mais, oui, je suis journaliste.

Dalton repoussa sa chaise et se leva.

— Alors comptez sur moi pour ne pas ajouter un mot de plus. Et, pour votre gouverne, tout ce que nous venons de dire est officieux. Si je vois un seul mot de tout ça dans la presse...

Aïe. Hudson n'aimait pas la tournure que prenaient les choses.

— Madelyn n'est pas venue ici pour cette raison et nous le savons tous, intervint-il en se redressant sur sa chaise. Son métier n'entre pas en ligne de compte dans cette histoire.

Les trois enfants Butler étaient crispés, comme prêts à livrer bataille. Hudson pouvait leur accorder une chose : ils se serraient les coudes. Il poursuivit, d'un ton calme :

— Elle veut quelque chose que tout le monde mérite : savoir qui est son père. Avant qu'Ed Staples l'appelle et chamboule sa vie, elle croyait que c'était l'homme qui l'avait élevée. Sa mère est décédée, elle ne peut donc pas le lui demander, ajouta-t-il. Par conséquent, c'est vous qui détenez la réponse.

Ella Butler se leva à son tour. Son expression était calme, mais Hudson soupçonna qu'elle était comme la surface de l'eau sur la cuisinière juste avant qu'elle n'atteigne le point d'ébullition.

— Nous allons faire tout de suite les prélèvements buccaux.

Puis, fixant Madelyn, elle ajouta :

— Je ne doute pas non plus que vous êtes une Butler, Madelyn. Aussi, si vous le désirez, je peux dès à présent vous faire préparer une chambre au ranch.

Hudson se tourna vers Madelyn. Pourquoi cette proposition lui nouait-elle le ventre ?

— Voulez-vous rester ici ? murmura-t-il.

13

— Ma voiture est chez vous, répondit Madelyn à Hudson.

Elle ne parvenait pas à déchiffrer son expression. Avait-il envie qu'elle reste chez les Butler ? C'était lui qui l'avait poussée à venir ici pour trouver des réponses... Des réponses qu'elle désirait, mais qui menaçaient également de saper les fondements même de son existence.

— Ce n'est pas un problème en soi, marmonna-t-il.

Elle scruta son visage et ne trouva rien qui trahisse ses pensées.

— Je pourrais rester, si c'est plus simple pour vous, dit-elle, sachant pertinemment qu'il n'était pas sûr pour elle de se rendre dans un motel en ville.

Mais serait-elle davantage en sécurité si elle acceptait l'invitation d'Ella Butler ? Bien sûr, elle et ses frères paraissaient sincères et tout aussi surpris qu'elle l'avait été d'apprendre la nouvelle de sa possible filiation. Mais... n'importe lequel d'entre eux pouvait jouer la comédie. Elle ne les connaissait pas suffisamment pour exclure l'éventualité qu'ils complotent dans son dos pour se débarrasser d'elle.

— À propos de voiture, reprit Hudson, il vous faut signaler l'acte de vandalisme dont elle a fait l'objet.

Ah... Oui, c'est vrai, elle avait complètement oublié ce

dernier incident tellement sa tension était grande depuis qu'elle se trouvait au ranch Hereford.

— Il serait sans doute plus simple que vous restiez chez moi puisque toutes vos affaires y sont déjà, dit encore Hudson.

À ces mots, Madelyn sentit son cœur faire un bond dans sa poitrine.

— Que s'est-il passé ? s'enquit Ella, l'air visiblement préoccupé.

Après ce que cette dernière avait traversé, il était logique qu'elle soit inquiète, songea Madelyn.

Elle lança un regard à Ed. Elle n'avait pas non plus informé le notaire des différentes menaces dont elle avait été l'objet.

— Quand avez-vous parlé de moi à tout le monde ? lui demanda-t-elle.

— Hier soir. Pourquoi ? intervint Ella.

— Quelqu'un a tenté de m'empêcher de venir ici, la première fois, après qu'Ed m'a contactée par téléphone, dit Madelyn, son attention à présent fixée sur Ella.

Cette dernière tressaillit.

— Est-ce que vous allez bien ? S'est-il agi d'une agression physique ?

Madelyn leur rapporta les détails de l'incident sur la route ainsi que la menace gribouillée sur le miroir de sa chambre, au motel.

— Est-ce la raison pour laquelle vous avez quitté le motel ? lui demanda Ed.

Madelyn haussa vivement les sourcils. Comment savait-il qu'elle avait quitté le motel ?

— J'étais inquiet quand vous êtes partie si précipitamment après la… révélation, alors j'ai essayé à plusieurs reprises de vous appeler pour savoir comment vous alliez, expliqua le notaire. Comme vous ne répondiez pas sur votre portable, j'ai appelé la réception du motel et on m'a appris que vous n'étiez plus chez eux.

Madelyn avait dû sans s'en rendre compte porter un regard accusateur sur les enfants Butler, car Dade leva les bras au ciel.

— Nous n'y sommes pour rien. Nous sommes confinés ici. Ella pique une crise chaque fois que l'un de nous tente ne serait-ce que de quitter le ranch.

— Nous devons prendre cela au sérieux, dit Ella, l'angoisse creusant des rides sur son front. J'aimerais que vous restiez ici, où nous pourrons être sûrs que vous soyez en sécurité.

— Avec tout le respect que je vous dois, votre père a été tué sur cette propriété, intervint Hudson. Et vous-même y avez été agressée.

— Pas dans la maison principale. Et nous avons, depuis lors, renforcé la sécurité, argua Ella.

Son comportement à son égard avait encore plus changé depuis qu'elle était au courant des menaces qu'elle avait reçues, s'avisa Madelyn.

— Cela ne signifie sans doute pas grand-chose, venant de ma part en cet instant, mais j'aimerais vous savoir en sécurité, poursuivit Ella. Quoi que révèle l'analyse d'ADN — et je suis bien sûre qu'elle prouvera ce que vous n'avez pas envie d'entendre — j'ai le sentiment que nous sommes responsables.

— Comment cela ? s'écria Madelyn, interloquée.

— Vous avez dit que tout cela avait commencé après qu'Ed a pris contact avec vous. Si cet appel téléphonique a été l'élément déclencheur, il se pourrait que quelqu'un surveille nos communications.

Elle consulta ses frères du regard.

— C'est fort possible, répondit Dade en haussant les

épaules. De nos jours, grâce à la technologie, on peut tout faire. Je vais en parler à Ray Canton.

Et d'ajouter :

— C'est le chef de la sécurité de Hereford. Il sera en mesure de nous dire si le signal peut être déchiffré.

— Si quelqu'un a espionné l'appel d'Ed, ça veut dire que...

Madelyn, bouleversée, ne put terminer. Elle vit Hudson tendre la main vers la sienne, et elle mêla ses doigts aux siens.

— Je ne lui ai pas donné l'information au téléphone, objecta Ed. Votre père gardait une enveloppe dans le coffre de son bureau. Madelyn est la seule à avoir eu connaissance de son contenu après l'avoir ouverte.

— Mais vous étiez déjà au courant, non ? souligna Madelyn.

— Je le soupçonnais. Mike Butler et moi nous connaissions de longue date. Et j'ai connu votre mère, dit-il, adressant un regard d'excuse à Ella et aux jumeaux.

Madelyn ne put retenir un cri.

— Hein ? Vous avez connu ma mère ? répéta-t-elle, abasourdie.

Il sembla choisir avec soin les mots qu'il prononça ensuite.

— Dès l'instant où je vous ai vue, mes soupçons ont été confirmés. Vous ressemblez exactement à la représentation que je me fais d'une enfant qui serait la leur.

Madelyn n'était pas sûre que ce soit un compliment, et elle sut gré à Hudson de continuer à lui tenir la main. Cette connexion était la seule chose qui garantissait son équilibre, en ce moment.

— En avez-vous une preuve ?

— Non. Seulement ce que mes yeux ont constaté.

— Donc, il est encore possible que je ne sois pas sa fille, murmura Madelyn. Excusez-moi, je... j'ai besoin d'air frais.

Elle se rua à l'extérieur. Le soleil d'août sur son visage lui réchauffa la peau. Elle entendit le chuintement de pas bottés derrière elle et fut rassurée par le fait que Hudson l'avait suivie.

Elle se tourna vers lui, elle avait tant à dire, tant de choses qu'elle avait refoulées depuis qu'elle avait appris la nouvelle... Une nouvelle qui semblait encore trop insensée pour être vraie.

— Toute ma vie, on m'a dit que ma mère était une véritable... « sainte » et je l'ai élevée jusque-là.

Elle leva la paume de sa main aussi haut qu'elle le put au-dessus de sa tête.

— J'avais d'elle l'image d'un ange qui veillait sur moi.

— Les enfants ont coutume d'idéaliser un parent qui est décédé, dit-il d'une voix sourde.

Il se tenait juste derrière elle. Elle sentit ses mains puissantes se poser sur ses épaules et son corps réagit à leur contact.

— C'est clair, soupira-t-elle, amère. Chaque fois que j'avais une mauvaise journée — et il y en a eu beaucoup, en particulier au lycée quand une fille a besoin de sa mère — je me roulais en boule sous les couvertures et j'imaginais qu'elle me tenait dans ses bras. Je me la représentais portant littéralement des ailes pour tout dire. À présent, je me sens bête. Non seulement ma mère n'était pas une sainte, mais elle a eu une liaison avec un homme marié et elle a berné un autre homme en le persuadant de l'épouser.

— Comment pouvez-vous être aussi sûre que votre père l'ignorait ?

— J'en suis de moins en moins sûre, hélas... S'il sait qu'il n'est pas mon père biologique, ça expliquerait bien des choses... Notamment pourquoi il m'appelle seulement une fois par mois. Pourquoi il est aussi peu chaleureux avec moi.

Son pouls se mit à battre plus fort, du fait de sa colère

et aussi du contact des mains puissantes lui agrippant les épaules.

Hudson l'obligea à se tourner pour lui faire face, mais elle ne put se résoudre à le regarder dans les yeux. Elle avait trop peur d'y lire de la pitié.

— Je n'ai pas rencontré cet homme, aussi réserverai-je mon jugement. Mais, s'il vous a tourné le dos, c'est lui qui y perd et non vous.

Ses paroles lui firent l'effet d'une couverture chaude par une nuit glacée.

— Vous êtes intelligente et déterminée, poursuivit Hudson. Et, en plus, vous êtes d'une beauté à couper le souffle.

Hudson la trouvait belle ? Son cœur s'emballa tandis qu'elle luttait contre les larmes qui lui montaient aux yeux.

De son pouce, Hudson dessina le contour de sa mâchoire, et Madelyn sentit un frisson sensuel ébranler tout son corps. Cette fois, elle osa lever les yeux et le regard de Hudson sembla la transpercer.

— Je... m'étais promis de ne pas le refaire, mais j'aimerais avoir la permission de vous embrasser, dit-il d'une voix rauque, et ses yeux bruns s'assombrirent sous l'effet du désir.

Pour toute réponse, Madelyn se haussa sur la pointe des pieds et elle pressa les lèvres contre les siennes.

Hudson intensifia le baiser, sa langue plongeant plus avant pour goûter sa saveur, et il poussa un gémissement. Madelyn sentit le désir se mettre à pulser en elle.

Puis, comme s'il se rendait compte qu'ils se tenaient sur la pelouse en façade de la maison des Butler, à la vue de la famille, il s'écarta, gardant seulement les mains en coupe sur son visage.

Ils se tenaient là, conscients que cela ne pouvait aller plus loin et cependant réticents à laisser ce moment prendre fin. Il était tellement près qu'elle pouvait sentir le café dans son haleine et cela lui en rappela le goût quelques instants plus tôt. Il appuya le front contre le sien et prit une profonde inspiration.

— Si je pouvais m'aventurer sur cette voie avec quelqu'un… *vous*, je le ferais. J'espère que vous le savez. Mais il y a beaucoup trop de choses de mon passé dont je n'arrive pas à me débarrasser.

— Je ne…

— Je n'ai pas été amoureux depuis un long moment, ajouta-t-il avant qu'elle n'ait eu le temps de préciser sa pensée. Et, à présent, j'en suis incapable.

— Je peux comprendre beaucoup de choses, vous savez, balbutia-t-elle.

Il lui leva le menton jusqu'à ce que leurs regards se croisent.

— Vous méritez tellement plus.

Il était inutile de tenter de le convaincre qu'ils pourraient sans doute s'accorder une chance. Elle avait déjà essayé de se faire aimer de quelqu'un… Mais, trente ans plus tard, force lui était de reconnaître que ça n'avait pas marché. D'accord, c'était une tout autre sorte d'amour, mais cela ne lui parut pas important sur le moment.

Pourtant, une part d'elle avait envie de se perdre en Hudson, d'oublier tout ce qui était arrivé dernièrement. Hélas, elle ne pouvait davantage faire cela qu'elle ne pouvait changer son identité après une soudaine révélation de Mike Butler le non-conformiste. Quelles que soient les protestations de son cœur.

— Retournons voir les Butler, dit-elle en prenant une grande inspiration.

Alors qu'elle se dirigeait vers la porte, celle-ci s'ouvrit. Ella apparut sur le seuil, entourée de ses deux frères.

— Nous avons procédé aux prélèvements, annonça Ella.

Et d'ajouter aussitôt en la voyant froncer les sourcils :

— Si vous voulez que nous le fassions à nouveau en votre présence, nous le pouvons.

— Non, ce ne sera pas nécessaire, s'empressa de dire Madelyn.

Elle avait besoin d'établir une certaine confiance. La relation était, au mieux, hésitante des deux côtés, mais les Butler semblaient faire un effort et elle le devait, elle aussi. Elle ne pouvait pas en effet ignorer qu'ils étaient peut-être liés pour le restant de leurs jours.

— Il y a un kit qui vous attend dans le bureau d'Ed. Il propose de s'occuper lui-même de l'analyse d'ADN, reprit Ella. Il pense pouvoir faire accélérer le processus. Je suis sûre que vous ne souhaitez pas rester plus longtemps que nécessaire dans les limbes.

Madelyn acquiesça d'un signe de tête.

— Ça me convient très bien qu'Ed prenne les choses en main, dit-elle.

Le notaire n'avait aucun intérêt personnel dans le résultat et semblait sincèrement désireux de respecter les souhaits de Mike Butler.

— Alors je vais m'acquitter moi aussi sans attendre du prélèvement, ajouta-t-elle.

Et, en compagnie de Hudson, Madelyn rejoignit le bureau d'Ed.

— Ed, pouvez-vous m'en dire plus sur ma mère ? demanda-t-elle d'entrée de jeu.

Elle avait envie — non, elle avait besoin — d'en savoir le plus possible sur elle.

— Elle avait vos cheveux et vos yeux.

Une photographie pouvait lui en apprendre autant, s'impatienta Madelyn.

— Oui, mais encore ?

Comme Ed lui lançait un regard interloqué, elle s'expliqua :

— Mon père… euh… son époux ne m'a jamais dit grand-chose d'elle.

— Le deuil a probablement été trop difficile, fit Ed sans grande conviction.

— Comment était-elle ? Avait-elle le sens de l'humour ? insista-t-elle, remettant la conversation sur ses rails.

Ed regarda vers le haut et la droite comme s'il cherchait des souvenirs d'Arabelle Kensington. Puis il reporta les yeux sur elle.

— Vous avez son sourire. Je le sais parce qu'elle l'affichait en permanence. Son rire illuminait une pièce et elle était tellement jolie qu'il était difficile de reprendre son souffle quand elle apparaissait.

Madelyn ne s'était jamais considérée comme étant aussi belle. Excepté en présence de Hudson. Là, elle avait l'impression d'être la plus belle femme de la pièce.

— Pardonnez-moi de vous le dire, mais elle ne prenait pas la vie au sérieux autant que vous le faites, ajouta-t-il.

Pouvait-on faire autrement quand on avait été élevée par quelqu'un de rigide ? Elle avait appris, très jeune, à travailler dur et on ne lui avait autorisé aucune fantaisie. Selon son père, la couver aurait fait d'elle une enfant gâtée. Il la préparait à devenir une adulte. Et cela avait commencé du plus loin qu'elle s'en souvienne.

Le contraste entre Charles Kensington et sa mère, Arabelle, la frappa. Ne disait-on pas que les opposés s'attirent ? Si sa mère était vraiment ce genre d'esprit libre, alors Charles, avec sa vision rigide de l'existence, ne pouvait pas lui être plus opposé.

— Allait-elle à l'église ?

Ed se mit à rire.

Madelyn se demanda si cette partie de l'histoire avait été inventée afin qu'elle pose moins de questions. Elle avait vu sa mère comme une sainte et Charles, son père, avait choisi la voie de la facilité en lui disant exactement ce qu'elle avait eu envie d'entendre. D'une certaine manière, le fait de savoir combien sa mère avait été imparfaite enlevait une partie du poids qui pesait sur ses épaules quand elle se reprochait ses propres erreurs.

— Désolé. Je ne voulais pas lui manquer de respect, mais votre mère n'était pas du genre religieux. Elle était pleine de joie de vivre et l'Église lui aurait imposé de trop nombreuses règles. Elle aurait trouvé ça beaucoup trop restrictif.

Il y avait une telle admiration dans ses yeux quand il parlait de sa mère.

— Qu'en est-il de ceci ? Pourquoi Mike Butler le lui a-t-il offert ?

Elle joua avec la libellule du collier qu'elle portait.

— Ah, je me demandais quand vous me poseriez la question, dit-il avec un sourire en lui tendant un bâtonnet ouaté pour le frottis buccal.

Madelyn le prit et le frotta soigneusement contre la paroi interne de sa joue pour recueillir le plus de salive possible. Elle n'avait pas envie que le résultat de l'analyse ne soit pas concluant.

Ed ouvrit un sac plastique zippé. Elle y laissa tomber l'échantillon et il le scella immédiatement.

— Elle adorait les libellules, poursuivit-il. Elle n'arrêtait pas de disserter sur leur vertu magique. D'après elle, les libellules permettaient de mieux se comprendre soi-même, de mieux appréhender le sens de la vie. Elle les voyait comme des êtres à la fois puissants et gracieux.

Il lui fit un clin d'œil.

— Un peu comme vous, si vous me permettez de le dire.

Madelyn s'efforça de ne pas laisser cette pensée la réconforter. Elle la réconforta néanmoins. L'idée que sa mère ne l'ait pas vue comme une déception laissa pénétrer la lumière du soleil dans les recoins sombres de son cœur.

— Elle rayonnait quand elle les évoquait, continuait Ed, très disert à présent. Elle disait combien elles pouvaient se déplacer rapidement, à quelque chose comme cinquante ou soixante kilomètres-heure. Mais qu'elles pouvaient aussi effectuer un vol stationnaire comme un hélicoptère et voler en arrière si elles le voulaient vraiment. Cependant la chose qu'elle aimait le plus chez elles était leur simplicité et leur élégance, semblables à celles d'une ballerine. Elle pensait qu'elles possédaient une sorte de sagesse mystique et qu'elles lui apporteraient toujours la lumière.

— Dans son cas, ça n'a pas été si probant, objecta Madelyn.

Elle regretta aussitôt en voyant l'expression fugace de tristesse sur les traits las d'Ed.

— D'après ce que j'ai entendu dire, on lui a interdit de le porter pendant l'accouchement, reprit-il.

— Ainsi, mon père... je veux dire Charles Kensington, savait ?

— À propos du collier ? Oui. Pour le reste aussi.

Ed la regarda dans les yeux et elle vit qu'il était honnête. Même si, pour le moment, elle n'avait pas trop envie de creuser ce que « le reste » signifiait...

— Et pour ce qui est de Mike Butler ? A-t-il connu mon existence tout de suite ou l'a-t-il découverte plus tard ?

— Mon hypothèse, et ce n'est qu'une hypothèse, est qu'il savait depuis le début.

Madelyn sentit sa colère revenir. Un homme tel que Mike Butler aurait pu offrir à sa mère les *meilleurs* soins médicaux, la *meilleure* clinique d'accouchement. Elle pourrait être encore en vie s'il ne l'avait pas abandonnée. Il avait également tourné le dos à sa fille — si tant est que le test de paternité s'avère positif. Il l'avait laissée à la charge d'un homme qui avait du mal à joindre les deux bouts, alors que ses quatre enfants légitimes n'avaient manqué de rien.

— Donc, il n'aimait pas ma mère ? balbutia-t-elle.

— Mon ami était un homme compliqué. Je crois qu'il aimait vraiment votre mère. Il avait parlé de quitter Mary-Ann, son épouse.

Il baissa les yeux.

— Leur mariage était au bord du gouffre et, avec le recul, je dirais que c'était autant sa faute que celle de sa femme. Il aimait boire et il avait encore besoin de jeter sa gourme. Mary-Ann est tombée enceinte et je pense que ça a été la raison pour laquelle il est resté avec elle. La seule chose que mon ami m'ait jamais confiée concernant votre mère est qu'elle lui avait dit être amoureuse d'un autre homme.

— Et Mike Butler, un homme habitué à obtenir tout ce qu'il voulait, en est resté là ?

Elle ne le crut pas un instant.

— Il ne semblait pas être le genre d'homme à laisser quelqu'un d'autre se mettre en travers de son chemin.

— Elle a épousé Charles Kensington. Que pouvait-il faire d'autre ? conclut Ed avec un soupir songeur.

Vraiment pas convaincante, cette explication !

— Mais, ensuite, elle est morte et Mike s'est contenté de laisser un autre homme élever son enfant ! s'écria-t-elle vivement.

Sa douleur transparut dans le ton de sa voix.

— Il a rendu visite à Charles et a demandé à vous voir. Les deux hommes ont eu une explication que je n'ai pas eu le privilège d'entendre et Mike s'en est tenu là, déclara Ed.

Quoi ? Mike Butler avait rendu visite à son père ? Elle ne pouvait imaginer le tour qu'avait pris la conversation. En tout cas, son espoir que Charles ignore qu'elle n'était pas sa fille tombait maintenant complètement aux oubliettes.

De nouvelles questions se présentèrent aussitôt à son esprit. Pourquoi Charles l'avait-il gardée ? Qu'avait-il à gagner à élever l'enfant d'un autre homme ? Mike le non-conformiste avait-il soudoyé son père ? S'était-il déchargé d'elle en la lui laissant ?

Elle songea ensuite à la petite affaire de Charles. Elle n'avait prospéré que pendant une courte période, et ils avaient vécu avec un budget restreint. Il lui avait fallu des années pour régler intégralement la facture de l'hôpital. Madelyn avait elle-même financé ses études universitaires, et elle disposait des prêts étudiant pour le prouver.

Il n'y avait qu'une seule personne capable de répondre à toutes ces questions. Cette fois, la conversation qu'elle avait besoin d'avoir avec Charles Kensington ne pourrait attendre.

— Merci infiniment pour toutes ces informations, dit-elle à Ed.

Puis, se tournant vers Hudson :

— Prêt à partir ?

— Oui.

Il posa la main contre le bas de son dos et elle se défendit d'admettre le réconfort que ce contact lui procura.

Ignorant le courant électrique fusant entre eux, elle le suivit jusqu'à son pick-up garé en façade. Elle agrippait tellement son téléphone portable que sa coque de protection aurait dû se briser. Elle monta sur le siège passager et regarda sa liste de contacts. Son doigt hésita au-dessus du mot « Papa ».

Elle appuya sur la touche tandis que Hudson s'installait sur le siège du conducteur.

Le téléphone sonna une, deux puis trois fois. Cette fois, elle n'avait pas l'intention de laisser son père s'en tirer aussi facilement.

Le message enregistré sur sa boîte vocale débuta et elle appuya sur la touche pour ne pas l'écouter.

— Je sais qui est mon vrai père, énonça-t-elle clairement.

Elle mit fin à l'appel avant que sa voix ne se brise.

Elle attendit trente secondes et renouvela son appel.

— Rangez-vous, dit-elle à Hudson lorsque son père décrocha.

14

Hudson se gara aussitôt sur un parking vide, près d'un champ. Dès que le pick-up fut à l'arrêt, Madelyn en descendit d'un bond et elle se mit à faire les cent pas. Elle ne pouvait rester en place pour prendre cet appel. Elle avait besoin d'être en mouvement.

— Je sais tout, papa. Ou devrais-je dire « Charles » ? demanda-t-elle sans prendre la peine de masquer son amertume.

Il avait eu de trop nombreuses occasions de le lui dire, de rectifier le tir, au cours des années, et il avait choisi de la garder dans l'ignorance.

La ligne resta silencieuse.

— Comment ? N'as-tu rien à me dire après toutes ces années ? Trente années de mensonge éhonté.

Son corps se mit à trembler d'une frustration refoulée qui cherchait à se libérer sans trouver d'exutoire.

Un rapide coup d'œil à Hudson lui apprit qu'il était appuyé contre le pick-up, bras et chevilles croisés.

— Pourquoi ne viendrais-tu pas dîner ce soir afin que nous puissions parler de tout cela ? lui répondit son père, sa voix calme à la fois réconfortante et exaspérante.

Charles Kensington n'était pas un homme émotif.

— Quelqu'un s'en prend à moi parce que je suis une

Butler et, le pire dans tout ça, c'est que je ne savais même pas que j'étais une Butler. Durant tout ce temps, j'ai pensé comme une idiote que j'étais une Kensington ! s'écria-t-elle d'un souffle.

La ligne était tellement silencieuse qu'elle crut que son père avait raccroché. Elle eut envie de crier, de hurler, pour obtenir de cet homme quelque chose prouvant qu'un cœur battait dans sa poitrine glacée.

— Tu ne sembles pas aller bien, dit-il enfin. Nous devrions parler quand tu seras remise.

Elle éprouva un grand plaisir en percevant une petite fêlure dans le ton de sa voix.

— Pourquoi pas après que je serai morte, comme ma mère ? rétorqua-t-elle, incapable de maîtriser la colère qui l'habitait.

— Ce n'est pas de très bon goût, se contenta-t-il de lui faire remarquer.

— Comment ça, « papa » ?

Elle agitait un chiffon rouge devant un taureau déterminé. Dans le cas de son père, le taureau était déterminé à ne montrer aucune émotion. Quoi de plus normal, c'était une preuve supplémentaire qu'il ne l'aimait pas.

— Dois-je prévoir une place supplémentaire à table, ce soir ? demanda-t-il.

— Ne prends pas cette peine. Je ne reviendrai jamais à la maison. Parce que tu n'es pas mon père et que je ne veux rien avoir à faire avec des mensonges.

Cela aurait dû le rendre furieux.

Ce ne fut pas le cas.

— Fais comme tu voudras. Appelle si tu changes d'avis. Pour le moment, il n'y a pas grand-chose de plus à dire.

La ligne devint muette, et Madelyn raccrocha le cœur lourd.

C'est alors qu'une détonation déchira l'air.

Il lui fallut quelques instants pour comprendre que quelqu'un avait tiré sur eux. Hudson, par chance, avait saisi plus rapidement car, avant même que l'assaillant fasse feu une deuxième fois, il la plaqua, la couvrant de sa taille imposante tandis qu'elle volait sur le béton inhospitalier.

— Restez baissée, lui dit-il en la protégeant de son corps. Nous allons ramper pour rejoindre le pick-up.

Madelyn eut à peine conscience de la douleur dans ses mains alors qu'elle progressait sur la route jonchée de petits cailloux pointus. Ce n'était pas non plus le moment de s'inquiéter de celle qui lui transperçait les genoux.

Hudson proféra un juron tandis que retentissait un autre coup de feu. Le bruit métallique d'une balle percutant la carrosserie du pick-up fit remonter un frisson glacé le long de sa colonne vertébrale. La peur l'envahit, alors que le bras de Hudson lui ceignait la taille, se posant sur son ventre et la hissant sur le siège passager.

— Gardez la tête baissée, les yeux sous le niveau du tableau de bord, dit-il d'un ton bref.

La portière se referma derrière lui et, l'instant d'après, il faisait ronfler le moteur.

— Connaissez-vous quelqu'un qui possède un fusil ? lui demanda Hudson.

— Oui... Plus de la moitié de l'État du Texas, d'après les statistiques.

Elle se rappela alors qu'il y avait un fusil glissé derrière le siège. Elle pourrait l'atteindre et tirer quelques cartouches, pour mettre leur agresseur en déroute.

— Je vous ai dit de rester baissée ! s'écria Hudson en la voyant se contorsionner.

— Vous ne pouvez pas conduire et tirer. Je ne suis pas impotente. Je ne vais pas me tapir sur le plancher alors que je peux faire la différence, déclara-t-elle. Où sont les munitions ?

— Là, dans la boîte à gants.

Elle réussit à agripper la crosse du fusil. Ensuite, elle trouva une cartouche et la chargea.

— Sur qui est-ce que je tire ?

— Berline blanche. C'est le seul véhicule derrière nous.

Les mains tremblantes du fait de la décharge d'adrénaline, Madelyn ouvrit la petite fenêtre séparant la cabine du plateau du pick-up, elle visa et tira.

La berline fit une embardée et le conducteur dut freiner brusquement, car le capot s'affaissa tandis que la voiture ralentissait. Elle chargea une autre cartouche et tira à nouveau, espérant cette fois faire éclater un pneu.

Apparemment, elle échoua complètement, mais l'objectif principal, qui était de ralentir le conducteur afin qu'ils puissent s'éclipser, avait été atteint. Leur poursuivant battit en retraite et se rangea sur le bas-côté.

Elle garda le regard fixé sur la berline jusqu'à ce qu'elle disparaisse totalement de sa vue.

— Appelez le shérif, reprit Hudson d'un ton non dénué d'admiration. Dites-lui de venir au ranch dès que possible.

Lorsqu'il se gara dans son allée, elle avait obtenu du shérif la promesse qu'il passerait prendre leurs dépositions au ranch après qu'elle l'avait informé en deux mots de ce qui venait de se passer.

Et ce fut probablement parce qu'elle avait failli mourir — une fois de plus ! —, que ses pulsations cardiaques crevaient le plafond, qu'elle se jeta au cou de Hudson lorsque ce dernier coupa le contact.

Avant qu'il lui rappelle que c'était une mauvaise idée ou qu'il les ramène tous deux à la raison, elle l'embrassa.

L'ardeur de ce baiser lui coupa le souffle alors qu'elle plongeait les doigts dans ses cheveux épais.

Un tel désir consumait son corps que c'en était douloureux. Elle avait besoin de sentir Hudson bouger en elle, de l'extase qui s'ensuivrait quand elle s'abandonnerait à lui sans réserve. Elle avait besoin de sentir sa propre peau nue au contact de son corps puissant et musclé. Il avait un goût de café, de grand air et d'épices. Rien que sa saveur l'excitait et l'incitait à en vouloir plus. Plus de lui. Plus de ce moment. Plus, tout simplement, jusqu'à ce qu'ils atteignent le septième ciel et retrouvent ensuite le monde réel, éreintés et comblés.

Elle sentit les mains de Hudson explorer son corps, s'attardant sur son ventre.

L'instant d'après, elle entendit la portière du pick-up s'ouvrir et se sentit soulevée par des bras puissants. Aussitôt elle enroula les jambes autour de ses hanches.

Hudson la porta jusqu'à la porte d'entrée et s'impatienta en mettant la clé dans la serrure. Une fois à l'intérieur, il referma la porte d'un coup de pied puis fit volte-face, lui plaquant le dos contre le battant. Madelyn trouva la serrure à tâtons et s'assura qu'ils étaient en sûreté. Le corps de Hudson épousait le sien, et elle sentit peser sa puissante érection à travers la double barrière de leurs jeans.

— Tu es superbe, dit-il, tout en plantant des baisers le long de son cou.

Son souffle chaud s'insinua en elle, faisant croître son impérieuse envie de lui.

— Toi aussi, répondit-elle, ce qui le fit rire, sa poitrine vibrant contre son corps.

Les lèvres de Hudson s'emparèrent des siennes et elle plongea la langue dans sa bouche. Il poussa un gémissement rauque tandis que ses mains lui empoignaient les fesses et qu'il se pressait plus encore contre elle.

— Nous portons beaucoup trop de vêtements, murmura-t-elle dans son cou.

— Tu es sûre que c'est une bonne idée ? demanda-t-il avec dans le regard une avidité presque prédatrice.

Sa voix était sourde, rauque et sexy.

Pour toute réponse, Madelyn mit pied à terre et fit passer son chemisier par-dessus sa tête.

Hudson grommela tandis que ses yeux emplis d'une envie impatiente erraient sur son corps. Il leva la main et dessina de son index le contour de son soutien-gorge en dentelle. Ses tétons se hérissèrent à ce contact.

Il prit ses seins dans ses mains, puis fit glisser les bretelles sur ses épaules, poussant un nouveau gémissement quand sa poitrine fut libérée. Il baissa la tête et, de sa langue, traça un sillon brûlant autour de son téton, puis il le prit dans sa bouche.

Madelyn tira sur l'ourlet de son T-shirt, et il l'aida à l'enlever d'un mouvement vif. Et, se laissant tomber à genoux, elle agrippa son sexe après qu'il eut enlevé son jean. Elle en titilla l'extrémité de sa langue, lui arrachant un gémissement guttural venu du fond de sa poitrine. Elle en caressa toute la longueur tandis qu'elle le léchait et l'agaçait alternativement, faisant se nouer ses muscles.

— Ça va aller trop vite, grogna-t-il.

Elle relâcha son étreinte, faisant glisser sa main de haut en bas à l'unisson avec sa langue. Et, quand elle l'eut amené jusqu'au point de rupture, il l'aida à se relever et à enlever son jean.

— Un instant, dit-il, disparaissant brièvement dans le couloir avant de revenir avec un préservatif.

Son corps était la perfection même, ses muscles se

fléchissant et se relâchant à chacun des pas déterminés qui le ramenaient à elle.

Madelyn avait déjà enlevé son slip, qu'elle avait envoyé rejoindre la pile de vêtements au sol.

Hudson l'enveloppa d'un long regard admiratif. Puis, venant tout près, il la souleva de terre. Elle s'attendait à ce qu'il la pénètre mais, au lieu de ça, il l'emmena jusqu'à la table, qu'il débarrassa d'un geste. Lui posant le dos contre celle-ci, il déposa une succession de baisers le long de son cou, autour de ses seins puis plus bas encore, descendant le long de son ventre jusqu'à son sexe humide. Il introduisit sa langue en elle tandis qu'il titillait sa vulve de ses doigts. Son dos s'arqua tandis que le plaisir se propageait en elle, de ses cuisses au sommet de son crâne, et qu'elle frôlait le point de basculement.

Lorsqu'elle ne put en supporter davantage, elle l'attira au-dessus d'elle, se délectant du contact de son corps musclé sur elle, lui appuyant le dos contre la table. Elle enroula les jambes autour de son ventre ferme tandis qu'il plongeait l'extrémité de son sexe dans sa moiteur plus que consentante. Elle était prête à l'accueillir et, à l'instant où il s'en rendit compte, il s'enfonça profondément en elle. Elle gémit alors que le courant électrique fusant en elle atteignait son paroxysme à chaque nouvel assaut prolongé.

Elle enfonça les doigts dans ses épaules, tentant de se préparer au moment où elle atteindrait l'orgasme. Le rythme d'e Hudson était effréné, et elle répondit à chaque nouveau coup de boutoir jusqu'à ce que tous deux explosent dans un débordement de plaisir qui résonna en elle comme autant de déflagrations extatiques.

Elle ne lui dit pas que c'était incroyable, c'était pourtant le cas. En fait, c'était la meilleure relation sexuelle de sa vie, car c'était tellement plus que l'acte physique. Le lien affectif qu'elle perçut l'élevait à un tout nouveau degré et elle espéra — sentit, peut-être — que Hudson vivait la même expérience.

Quand ils eurent repris leur souffle, Hudson s'empara à nouveau de ses lèvres, puis, lui nouant les bras autour de son cou, il la souleva et la serra contre lui pour l'emmener dans sa chambre. Le lit était largement assez grand pour deux personnes et la chambre confortablement meublée. Mais Madelyn n'y prêta guère attention. Elle songea seulement combien elle se sentait bien dans les bras de Hudson et à quel point elle avait eu besoin de cet orgasme pour apaiser la tension sexuelle qui n'avait cessé de pulser entre eux depuis qu'elle avait rencontré ce beau cow-boy.

Elle s'habilla à temps pour l'arrivée du shérif venu prendre leurs dépositions.

Cependant, quand elle revint se mettre au lit et ramena les couvertures sur elle, elle ne pensa pas aux coups de feu qu'on pourrait tirer sur elle ni à la berline blanche.

Elle pensa à Hudson tandis qu'elle sombrait dans un profond sommeil.

Hudson prépara une cafetière. Il n'avait pas dormi aussi longtemps depuis…

Ah non, il n'allait pas ressasser ! Pas après avoir vécu la meilleure expérience sexuelle de sa vie, et surtout pas après que son cœur s'était ouvert comme il ne l'avait plus fait depuis… Comme il ne l'avait jamais fait.

Une vague de culpabilité l'assaillit. Il marmonna un juron entre ses dents. Le passé était la dernière chose à laquelle il ait envie de songer en ce moment.

— Qu'est-ce qui ne va pas ? lui demanda Madelyn, debout à l'entrée de la pièce.

Le son de sa voix l'arracha à ses pensées. Il se tourna vers elle, et le regard qu'elle lui lança lui fit l'effet d'une balle en plein cœur. Bon sang ! Il était dans les ennuis jusqu'au cou...

— Rien, prétendit-il en venant vers elle.

Jugeant d'un seul coup d'œil qu'elle ne semblait pas regretter ce qui s'était passé entre eux la veille, il la prit dans ses bras. Et l'embrassa.

Et, en cet instant, il songea seulement à quel point il avait aimé lui faire l'amour et combien il était prêt à recommencer.

Elle se haussa sur la pointe des pieds pour intensifier le baiser, et cet encouragement lui suffit pour la soulever de terre et la ramener au lit.

Ils s'étaient aimés à un rythme effréné la veille, et cette fois il voulait prendre son temps, explorer son corps et sentir le contact de sa peau douce et crémeuse contre la sienne.

Il interrompit leur étreinte juste le temps de mettre un préservatif sur le bout de son sexe, et elle l'y déroula pour lui. Tout juste eut-il le temps de penser qu'il était dans un sacré pétrin, incapable qu'il était de se rassasier de cette beauté blonde qui s'installa à califourchon sur lui et le repoussa contre le lit.

Cette fois, c'est elle qui fixa le rythme. De longs assauts lents qui, s'il n'y prenait garde, risquaient de le faire exploser beaucoup trop tôt. Ses jolis petits seins rebondissaient alors qu'elle le chevauchait et qu'il faisait glisser ses mains sur son ventre plat avant d'agripper son charmant petit cul. Il sentit la pression monter en elle tandis qu'elle augmentait la cadence, écrasant son sexe contre lui, ainsi que la délicieuse sensation de ses muscles se contractant autour de lui et de son corps en proie à la tension jusqu'à ce qu'elle s'abandonne à un doux orgasme.

Il la renversa sur le dos, et elle lui sourit... À cet instant, il comprit qu'il était perdu. Une, deux… Bon sang, même trois fois ne seraient jamais assez.

Elle l'attira contre elle, enroula les jambes autour de lui et, en elle, il trouva sa place. Peut-être était-ce temporaire, mais enfin il se sentait à sa place.

15

En s'éveillant, Madelyn chercha Hudson, mais ne rencontra que les draps froids. Le soleil brillait haut dans le ciel et elle n'en crut pas ses yeux quand elle se rendit compte qu'elle avait dormi jusqu'à 10 h 30. Un luxe qu'elle ne put se rappeler s'être accordé récemment. Elle s'étira, savourant les courbatures qui semblaient toujours accompagner les multiples rounds de sexe gratifiant. De sexe *vraiment* gratifiant. D'accord, de sexe renversant. Avec quelque chose d'autre, non ?

Un quelque chose d'autre auquel, pour l'heure, elle se garderait bien de donner un nom, mais qui faisait qu'elle n'avait jamais été aussi attachée à quelqu'un d'autre et qu'elle ne s'était jamais autant sentie à sa place. Son propre appartement ne lui procurait pas un tel sentiment de sécurité et de confort. Depuis le début de son histoire avec Owen, elle s'était estimée heureuse de dormir cinq heures d'affilée. Et, avant cela, le besoin de découvrir la vérité sur le décès de sa mère, d'apporter aux autres les réponses qu'elle n'avait jamais reçues, l'avait poussée à travailler quatorze heures par jour. Son père fit irruption dans ses pensées.

Elle avait besoin de boucler la boucle et de lui parler. Elle regrettait ce qu'elle lui avait dit au téléphone avant qu'il ne lui raccroche au nez. Il avait été son père pendant près de trois décennies, elle ne pouvait faire table rase de cette réalité.

Un café. Avant toute chose, elle avait besoin d'un café. Elle enfila la chemise blanche de Hudson, celle qu'il avait jetée sur la chaise dans sa chambre, et ferma deux boutons.

Il n'y avait personne dans la salle. Mais il y avait du café de prêt. Elle s'en versa une tasse et savoura sa première gorgée.

Tenant le mug entre les paumes de ses mains, elle s'avança vers la fenêtre dans l'espoir de voir Hudson. Il était probablement occupé à nourrir les animaux, à contrôler l'absence de brèches dans les clôtures ou à monter son cheval, Bullseye.

Elle le repéra presque immédiatement sur le terrain d'exercice et elle contempla la grâce avec laquelle l'animal et le cavalier se déplaçaient. À la pensée du contact de ses mains solides partout sur sa peau, un picotement remonta le long de ses bras. Elle s'avança vers le patio protégé d'une moustiquaire, sur la terrasse à l'arrière de la maison, appréciant le soleil radieux et la beauté du paysage.

Se trouver là lui semblait tout à fait naturel, dans l'ordre des choses. Mais, même si elle était portée à l'introspection, il était trop tôt pour réfléchir à ce que cela signifiait. Mieux valait profiter de l'instant présent. Aussi s'installa-t-elle dans le fauteuil Adirondack qui lui tendait les bras pour admirer tout à loisir l'aisance avec laquelle Hudson guidait son cheval.

Seule l'envie de boire une deuxième tasse de café et de manger quelque chose lui fit envisager de bouger. Une fois debout, elle fit gonfler le coussin du fauteuil et ramassa son mug vide, pas tout à fait prête cependant à quitter le silence, la tranquillité de cet endroit. Elle éprouvait un tel calme intérieur — état auquel elle n'était pas parvenue depuis longtemps, si tant est qu'elle y soit déjà parvenue — qu'elle était réticente à laisser ce moment prendre fin.

Elle s'accorda deux minutes de plus, laissant son regard se perdre sur les terres.

Alors qu'elle scrutait l'horizon, elle vit quelqu'un à peu près de la taille et de la carrure d'Owen s'avancer d'un pas raide en direction de Hudson, à la lisière des arbres. Son cœur fit un bond dans sa poitrine. Au début, elle crut qu'elle avait des visions. Ce ne pouvait pas être lui, ce n'était pas possible. Comment aurait-il su où elle se trouvait ? Non, ce devait être un voisin.

Un sentiment désagréable l'envahit toutefois alors qu'elle regardait l'individu s'avancer vers le terrain d'exercice. On aurait dit qu'il tenait quelque chose dans sa main. Une arme ?

Elle se précipita vers la porte moustiquaire et cria pour alerter Hudson. Quand ce dernier tourna la tête vers elle, elle pointa le doigt droit sur la silhouette en approche. Hudson se figea durant une fraction de seconde avant de faire volte-face et de faire sortir son cheval du corral.

Un coup de feu fut tiré. Par chance, Bullseye ne se cabra pas. Hudson dut s'arrêter le temps d'ouvrir le portail, mais il était bon cavalier et il lança son cheval au galop en direction des arbres, guidant Bullseye vers l'endroit qu'elle lui avait indiqué.

Madelyn sentit son cœur s'emballer à la pensée qu'il fonçait droit vers le danger. Elle scruta son T-shirt blanc, s'attendant à y voir des traces de sang.

Elle fouilla du regard les arbres, cherchant l'individu. Il pouvait être n'importe où. Elle regretta d'avoir crié sous le coup de la panique. Si elle avait gardé la tête froide, elle aurait sans doute été capable de le surprendre. Et ensuite ? Elle aurait affronté un homme armé ?

Une autre détonation retentit et Madelyn retint son

souffle. Hudson avait disparu sous le couvert des arbres et son cœur cessa de battre à l'idée qu'il n'en ressorte pas.

Une éternité lui parut s'être écoulée — même si cela ne faisait probablement que dix ou quinze minutes — quand Hudson émergea au trot du couvert des arbres. Elle courut vers lui, cherchant anxieusement des traces de sang sur son T-shirt, mais Hudson lui fit signe de rebrousser chemin.

— Reste dans la maison, lui cria-t-il.

Il sauta à bas de son cheval et attacha Bullseye avant de se précipiter sur la terrasse.

— Qu'as-tu vu ?

— Un homme à peu près de la taille et de la corpulence de mon ex.

Comme Hudson fronçait les sourcils, elle ajouta :

— Je ne peux pas en être certaine. Beaucoup d'hommes mesurent environ un mètre soixante-quinze et pèsent soixante-dix kilos, n'est-ce pas ?

Hudson hocha la tête.

— Il pourrait revenir, non ? reprit-elle, la voix tremblante.

— Oui. Et nous serons prêts à le recevoir.

— Comment ? Tu ne peux pas rester tout le temps éveillé et la situation dégénère.

Elle se tordit les mains en pensant au danger qu'elle lui faisait courir.

— Peut-être que je devrais aller au ranch Butler, murmura-t-elle. Et tu ferais bien de m'y accompagner.

Il marqua une pause comme s'il réfléchissait à la question.

— Je ne peux pas laisser mes chevaux.

— Tu n'as pas de voisin à qui tu peux demander de s'en occuper ?

Madelyn connaissait déjà la réponse. Jamais Hudson ne prendrait le risque d'impliquer une autre personne, et elle non plus d'ailleurs, à présent qu'elle y songeait. Elle réagissait sous le coup de l'émotion, il lui fallait recouvrer ses esprits avant de reconsidérer plus calmement la situation.

La sonnerie de son téléphone retentit à l'intérieur de la maison.

Elle se rua dans la cuisine, et son cœur manqua un battement quand elle vit le nom qui s'affichait sur l'écran du portable. *Owen.*

Curieuse coïncidence, non ? Il fallait qu'elle en ait le cœur net. Aussi décrocha-t-elle.

— Tu n'es plus censé m'appeler.

— Il faut que je te voie.

Elle tendit l'oreille pour savoir s'il était essoufflé ou s'il y avait des bruits de nature en fond.

— Nous savons tous deux que ça n'arrivera pas, dit-elle pour gagner du temps.

Un soupir de frustration lui échappa comme elle ne détectait rien, à part peut-être le bruit d'un téléviseur. Et il n'était pas essoufflé, ça ne pouvait donc pas avoir été lui, à l'instant, dans le corral.

— Il n'est pas nécessaire que ça se passe ainsi, Madelyn. Je veux parler de l'injonction d'éloignement. Je me suis montré odieux et j'ai dit des choses que je ne pensais pas. Je ne referai jamais cette erreur. Si tu dis que c'est fini et que tu en as assez, je le respecterai. Mais voyons-nous au moins encore une fois, implora-t-il.

Sa voix était pour le moins désespérée.

— Tu as raison, nous n'avions pas besoin d'en arriver là. Mais c'est la voie que tu as choisie et tu devras t'en expliquer devant un juge. S'il pense que tu dois t'en sortir malgré ce que tu as fait, c'est à lui de voir. Pour ma part, je ne retirerai pas ma… mes plaintes.

— Alors tu le regretteras.

La menaçait-il ? Une nouvelle fois ?

— Nous nous reverrons, crois-moi, ajouta-t-il.

Un frisson lui parcourut l'échine.

— Si c'était toi, Owen, tu dois arrêter. Tu vas trop loin maintenant, tu le payeras cher.

— De quoi parles-tu ?

Soit il était un très bon acteur, soit il n'était pour rien dans les coups de feu qui venaient d'être tirés. Avec Owen, elle ne pouvait jamais être certaine de rien.

Elle lui mit les points sur les *i*.

— Je te dis de rester *éloigné* de moi.

— Que crois-tu que je sois en train de faire ? rétorqua-t-il.

Il y avait beaucoup d'assurance dans sa voix, ce qui la fit pencher en faveur de l'hypothèse que l'intrus était quelqu'un d'autre. Mais qui ? L'un des Butler ? Un paparazzi véreux ? Une nouvelle vague de panique s'abattit sur elle. Une autre pensée lui traversa l'esprit. Trent ?

— Tu es en train de violer une ordonnance du tribunal, voilà ce que tu es en train de faire, s'efforça-t-elle de déclarer calmement.

— Madelyn, nous avons partagé quelque chose de bien. Ne le gâche pas maintenant avec tout ce fatras juridique. Accepte de dîner avec moi et nous en discuterons. Tu verras que je suis tout disposé à respecter tes limites.

Un son furieux s'arracha de sa gorge.

— Comme tu le fais en ce moment ?

— Je suis désolé, dit-il. Et tu as raison. J'essaye de te persuader d'accepter de me voir et je me conduis comme un parfait goujat. Mais c'est seulement parce que je tiens encore à toi. Ce doit être un peu charmant, non ?

Elle n'était pas prête à tomber dans son piège.

— Je t'ai déjà dit que ça n'était pas possible. Dorénavant, contacte-moi par l'entremise de mon avocat.

— Tu vas le regretter, Madelyn, maugréa-t-il.

— Le seul regret que j'ai est de m'être impliquée dans une relation avec toi, Owen.

La ligne devint muette.

— Qui était-ce ? demanda Hudson, la faisant sursauter.

— Owen.

Hudson serra les poings.

— J'aurais aimé que tu me laisses lui parler.

Elle n'eut aucun doute sur le fait que Hudson ne prendrait pas à la légère un homme qui menaçait les femmes.

— C'est à la justice de se charger de lui.

— Où était-il ?

Hudson pensait sans doute à la même chose qu'elle.

— J'ai entendu une télé en bruit de fond et il ne paraissait pas essoufflé.

Elle regretta qu'il n'y ait pas eu plus d'indices. Owen était si sournois.

— Ça ne le disculpe pas pour autant, marmonna Hudson, ce en quoi elle le rejoignait totalement.

— As-tu eu des nouvelles du shérif aujourd'hui ? lui demanda-t-elle.

— Il n'y a rien de nouveau concernant la berline blanche.

Hudson se dirigea vers la cafetière.

— Tu veux une tasse de café ?

— Volontiers. Pouvons-nous l'emporter ? Il y a quelqu'un que je dois voir sans attendre.

Tout était brûlant à cette époque de l'année au Texas, des routes aux toits. Le manque de pluie avait laissé de grandes crevasses dans le jardin de devant de la maison où Madelyn avait grandi. Elle se demanda s'il était très avisé de construire des maisons sur un sol aussi sec et instable.

Elle gravit les deux marches menant à la petite terrasse

en ciment de la maison de son enfance. Elle ne pourrait compter le nombre de fois où elle était revenue depuis son départ pour l'université. Et elle avait passé tellement de jours de son enfance à jouer sur cette même terrasse, dans ce jardin.

Regardant autour d'elle, elle trouva que tout semblait différent cette fois. L'endroit paraissait plus petit et les fleurs en façade avaient besoin d'un bon arrosage.

Avant qu'elle puisse atteindre la poignée, la porte s'ouvrit.

Charles Kensington se tenait devant elle. Pas une fois elle ne l'avait vu céder à l'émotion, et pourtant ses yeux bouffis étaient rouges et vitreux comme s'il avait pleuré.

— Entrez, dit-il, son regard allant d'elle à Hudson.

— Je peux attendre ici, proposa Hudson, mais elle lui prit la main, mêlant ses doigts aux siens.

Il était hors de question qu'elle fasse cela sans lui.

Franchir le seuil lui donna l'impression d'entrer dans une capsule temporelle. Son père avait encore le même canapé marron écossais flanqué des fauteuils relax marron identiques, tous positionnés pour regarder la télé. Le support pour téléviseur avait disparu, et il y avait maintenant un écran plat fixé au mur, avec, en dessous, une table console. C'étaient là les seuls changements notables. Elle jeta un coup d'œil au contenu de la console, s'attendant encore à y voir le vieux magnétoscope et la collection de cassettes vidéo.

Son père non plus ne changeait pas, si ce n'est que ses cheveux châtain clair grisonnaient aux tempes et qu'il avait pris du ventre. Pas étonnant, songea-t-elle, avec la vie sédentaire qu'il menait. Il passait beaucoup trop de temps dans son atelier. Il était le genre d'homme capable de réparer absolument n'importe quoi. Mais il n'avait montré aucun intérêt pour réparer ce qui en avait le plus besoin dans son foyer... À savoir, sa relation avec sa fille.

Madelyn soupira à cette pensée. L'ironie de la chose pesait lourd sur son cœur. Elle se revoyait, lisant seule, à table, en attendant que son père réapparaisse pour le dîner. Et bien souvent, quand il daignait enfin sortir de son garage, il se plantait devant l'écran avec un plateau télé.

— Je sais qu'elle était déjà enceinte quand tu l'as épousée.

Madelyn alla droit au but, incapable d'éluder plus longtemps la question.

— La question est : le savais-tu ?

— Voulez-vous une tasse de café ? proposa son père, évitant de la regarder directement.

Au lieu de ça, il regarda Hudson, qui se présenta.

Elle n'avait vraiment pas envie de perdre du temps, toutefois quelque chose dans l'expression de son père lui fit penser qu'il avait besoin d'un moment. C'était la même expression qu'avaient ses sources quand elles étaient sur le point de lui confier quelque chose qu'il leur était difficile d'exprimer.

— D'accord.

Il disparut dans la cuisine tandis que Madelyn invitait Hudson à prendre place à la table ronde jouxtant la porte coulissante qui menait au patio. Il rapprocha sa chaise de la sienne de sorte que leurs cuisses se touchent. Il y avait quelque chose de particulièrement rassurant dans ce contact.

Charles apporta deux tasses pleines, celle de Madelyn et la tasse spéciale destinée aux invités. Il repartit dans la cuisine avant de revenir avec son mug « Papa ». C'est elle qui le lui avait offert pour la fête des pères, se rappela-t-elle. Avec l'argent qu'elle avait gagné en effectuant de menues tâches ou reçu pour son anniversaire. Elle devait alors avoir huit ans. Malgré son air distant, il lui avait donné un baiser sur le front et il avait depuis, à sa connaissance, utilisé cette tasse chaque jour.

Son père but une gorgée du café qu'il venait de préparer avant d'exhaler un lent soupir, étudiant attentivement le bord de son mug. Elle dut mobiliser toutes ses ressources intérieures pour se retenir de le bombarder des dizaines de questions qui l'assaillaient. Cependant, le fait de se trouver dans sa maison de famille, celle qu'elle avait partagée avec lui, réveillait une nuée de tendres souvenirs. Et elle laissa son regard se poser sur les jalons de son enfance : les photos dans leur cadre, les napperons sur la table, les bibelots dans la vitrine…

Maintenant elle éprouvait de la compassion plutôt que de la colère envers l'homme qui semblait peiner à trouver les mots justes pour lui dire qu'il n'était pas son père.

— Je l'aimais, finit-il par dire d'une voix enrouée. Elle m'avait quitté parce qu'elle voulait aller vivre en ville. Elle disait qu'elle mourrait d'ennui si elle restait à Halifax Trail, d'où nous étions originaires.

Il fit une pause le temps de boire une autre gorgée de café, les jointures de ses doigts blanchissant autour du mug.

— Je me suis toujours reproché d'avoir refusé de l'accompagner quand elle me l'a demandé.

Il leva les yeux vers elle, mais se concentra à nouveau rapidement sur le bord de sa tasse.

— J'étais obstiné à l'époque.

Une nouvelle vague de compassion la submergea. Se trouver là en compagnie de son père lui rappelait toutes ces fois où elle était montée sur lui pendant qu'il lisait le journal du matin et où il la faisait sauter sur ses genoux.

— Je lui ai répondu que ma vie était à Halifax Trail, poursuivit-il, et que la ville n'avait rien à m'offrir. Avec le recul, je pense qu'elle l'a interprété comme le signe que je ne l'aimais pas assez. Ce n'était pas du tout le cas. Mais elle n'a pas su combien ça m'a brisé le cœur qu'elle puisse partir aussi facilement. Je n'ai jamais été homme à montrer mes émotions.

Madelyn, les larmes aux yeux, demanda :

— T'a-t-elle menti en te disant que le bébé était le tien quand elle est revenue ?

Son père mit longtemps à répondre, et Madelyn se sentait au supplice. Elle avait tellement besoin de savoir.

— Non, fit-il enfin en levant les yeux sur elle. Je connaissais toute l'histoire. Elle s'était attiré des ennuis avec un homme marié. Je savais que son père la renierait si elle reparaissait enceinte et seule, alors je lui ai proposé de m'épouser. Je lui ai dit que je n'avais pas grand-chose et que ma vie était ici, mais qu'elle pouvait avoir tout ce que je possédais.

Madelyn écarta sa chaise de la table et se leva. Il savait. Son ventre se noua. Donc, il avait aimé sa mère, mais pas elle.

— Quand je l'ai perdue, j'ai eu la sensation que c'était la fin du monde, reprit-il. C'est moi qui ai insisté pour tout payer, même si…

Cette fois, il ne la regarda pas.

— … *il* a dit qu'il réglerait ses frais médicaux.

Madelyn sentit la colère enfler dans sa poitrine, entraînant dans ses veines des braises incandescentes.

— Est-ce la raison pour laquelle tu m'as repoussée ? Parce que je te *le* rappelais ?

— Comment ?

Son père parut sincèrement surpris.

— Ne me regarde pas comme si tu ignorais de quoi je parle. Nous savons tous deux que tu as été contraint de t'occuper de moi après la mort de maman.

Elle se mit à faire les cent pas. L'envie d'ouvrir la porte, de s'enfuir au-dehors et de continuer à courir jusqu'à ce qu'elle tombe d'épuisement s'enflamma à l'intérieur de sa poitrine.

— Tu as été la meilleure chose qui soit sortie d'une situation terrible, protesta-t-il, l'air dérouté.

— T'attends-tu à ce que je croie ça ? rétorqua-t-elle. Ou est-ce ta façon de prouver ton amour aux gens ? En les gardant toujours à distance ?

Quelques larmes coulèrent sur ses joues alors qu'il restait assis là, sobrement.

— Je n'avais pas la moindre idée que tu le prenais de cette façon, dit-il finalement. Tu ressemblais tellement à ta mère quand tu étais petite que je me disais qu'un jour tu partirais toi aussi.

Sa voix se brisa sur ces derniers mots.

— Je me préparais pour le jour où je te perdrais, toi aussi, parce que tu as toujours été intelligente et pleine de vie, tout comme elle.

La force de ces paroles la frappa comme un boulet de canon en pleine poitrine. Elle s'arrêta, s'efforçant d'analyser les implications de ce qu'il avait dit. Il avait craint que ce ne soit elle qui parte ?

Madelyn pivota pour faire face à son père.

— J'ai toujours vécu dans la peur que tu découvres que je n'étais pas ton « vrai » père et que tu me repousses.

Il s'abîma dans la contemplation du mug de café qu'il tenait à la main, le fixant comme s'il était envoûté, tandis que de nouvelles larmes coulaient sur ses joues.

— Ce n'était pas une question de « si », mais de « quand ».

Elle prit plusieurs inspirations profondes, priant pour trouver les mots justes. L'angoisse était manifeste sur le visage las de son père et il lui parut alors tellement âgé. Fragile. L'homme fort qui lui avait paru si insensible semblait près d'être anéanti. Elle n'avait jamais vu son père sembler aussi vulnérable et son cœur se brisa.

Elle s'avança vers lui tandis que les larmes lui piquaient les yeux. Il la rencontra au milieu de la pièce.

— Je t'aimerai toujours, balbutia-t-elle. Rien ne changera jamais ça. Mais j'ai besoin que tu fasses la moitié du chemin, sinon notre relation ne fonctionnera pas. Quand j'appelle, j'ai besoin que tu décroches le téléphone parce que, qu'importe ce que dit un morceau de papier, tu seras toujours mon père. Et j'ai besoin de toi à présent plus que jamais.

Son père la serra très fort dans ses bras.

— Pardonneras-tu à un vieux fou si je promets de m'améliorer ? Je ne veux pas te perdre.

Madelyn partagea avec son père l'étreinte la plus chaleureuse qu'il lui ait jamais donnée.

— J'ai toujours eu peur qu'arrive ce jour, mais le fait que tout soit dévoilé est en fait un soulagement.

Il essuya ses larmes.

— Je n'aurais pas pu t'aimer davantage si tu avais été de mon propre sang.

— Tu es ma famille, papa.

— Peux-tu me pardonner ?

Elle avait confondu sa peur avec un manque d'amour pour elle. À présent qu'elle prenait conscience qu'il s'était efforcé de garder ses distances parce qu'il craignait qu'elle ne le rejette quand elle apprendrait sa filiation, elle pouvait lui pardonner.

— Même si j'avais su que Mike Butler était mon père quand il était encore en vie, je ne t'aurais pas tourné le dos, murmura-t-elle, émue. Quand j'étais petite, c'est toi qui as mis un tablier et préparé un gâteau à chacun de mes anniversaires, pas lui.

Charles fronça les sourcils.

— Je t'ai tenue éloignée de lui, avoua-t-il, et je n'ai jamais eu le sentiment que ce soit juste pour aucun de vous. Il aurait pu t'offrir bien plus... Tu méritais d'avoir ce qu'il y a de mieux.

— Savais-tu que son notaire m'a contactée à son décès ? demanda-t-elle.

Il secoua la tête.

— Durant toutes ces années, Mike le non-conformiste aura gardé le silence, se borna-t-elle à constater.

— D'après ce que j'ai entendu dire, il n'était pas un mauvais homme derrière tout l'apparat, déclara son père, essuyant une autre larme furtive.

— Si je suis quelqu'un de bien, c'est grâce à toi. Le sang n'a pas d'importance. Être présent au quotidien pour une enfant, c'est ça l'important.

Elle serra son père dans ses bras.

— Tu n'as plus de raison d'avoir peur.

— J'ai été stupide.

Charles resserra son étreinte et, l'espace d'un instant, elle fut de nouveau sa petite fille réconfortée par les bras de son père. Elle ne s'était sentie en sécurité qu'en une seule autre occasion, dernièrement, et ça avait été dans les bras de Hudson — même s'il était pratiquement un inconnu.

— Je t'aime, Maddie chérie.

Il ne l'avait pas appelée ainsi depuis ses huit ans.

— Je t'aime aussi, papa.

Tous deux regagnèrent leurs places quand les effusions semblèrent terminées.

— As-tu vu Owen, récemment ? demanda soudain Madelyn.

— Non, répondit son père avec un regard gêné en direction de Hudson. Pourquoi serait-il venu me voir ?

— Nous avons rompu et il ne l'a pas bien pris.

— J'imagine.

Un autre regard furtif en direction de Hudson.

— Hudson est un ami.

Inutile d'essayer de qualifier cette relation que ni Hudson ni elle n'avaient réussi à définir jusque-là.

Il était temps de retourner au ranch, de toute façon. Ils se dirent au revoir en se promettant de rester davantage en contact.

— J'ai été ravi de vous rencontrer, dit Hudson en serrant la main de son père.

Madelyn descendit rapidement de son petit nuage quand elle vit le pare-chocs arrière d'une berline blanche prendre brusquement un virage au bout de la rue.

— Mon Dieu ! Me laissera-t-on un jour en paix ?

16

— Tu la vois ? s'enquit anxieusement Madelyn en regardant dans le rétroviseur latéral.

— Non, mais le fait que je ne la voie pas n'exclut pas qu'elle puisse être de nouveau là, quelque part, répliqua Hudson. Il se pourrait aussi que ce ne soit pas celle que nous cherchons.

Madelyn se fit la même réflexion tandis qu'elle scrutait une nouvelle fois la route. Il y avait quelques voitures et SUV, mais aucune berline blanche.

— Ton père semble être un homme bon, reprit soudain Hudson.

— Tout homme qui prend en charge l'enfant d'un autre sans en souffler mot a droit à mon estime, déclara-t-elle.

— Je ne pense pas qu'il l'ait du tout vu de cette manière.

— Ah oui ? Comment cela ?

— J'ai l'impression que tu as toujours eu ta place dans son cœur.

Et elle, avait-elle sa place dans celui de Hudson ? ne putelle s'empêcher de se demander.

— Je suis touchée que tu l'aies accepté tel qu'il est.

— La perfection est impossible à atteindre. L'amour et le pardon sont tellement plus importants.

Hudson parlait-il d'expérience ? Madelyn ne put s'interroger davantage à son sujet : son téléphone se mit à vibrer et elle le sortit de son sac. C'était un message de Harlan Jasper :

Hudson Dale était policier à Houston. Il a du sang sur les mains. Tu veux en savoir plus ? Appelle-moi ASAP.

Madelyn serra les poings. Ainsi, il lui avait menti. Il lui mentait depuis le début. Elle avait dû blêmir, ou hoqueter de surprise, en lisant le SMS, car Hudson demanda :

— Qu'y a-t-il ?

— Rien. Ou plutôt si : quand comptais-tu me dire que tu avais travaillé pour la police de Houston ?

Pas de réponse. Elle vit que sa mâchoire s'était contractée, mais il ne prononça pas un mot. Une tension pesante envahit la cabine, et le reste du trajet se fit dans un silence de mort.

— Mon passé ne te regarde pas, marmonna-t-il enfin comme il remisait le pick-up au garage. Et tu n'avais aucun droit d'y fouiller sans ma permission.

— Peut-être aurais-tu dû me le révéler avant que nous couchions ensemble, Hudson.

Elle sauta à bas du pick-up et claqua la portière.

Hudson contourna vivement le véhicule. Il lui attrapa le poignet et elle ignora l'exaspérant frisson électrique qui parcourut son corps.

— Je vais chez les Butler, dit-elle.

— Ne pars pas. Pas comme ça.

— Je ne peux pas rester plus longtemps ici et nous le savons tous deux. Pas si tu refuses de me parler de toi.

— En quoi est-ce si important ? Est-ce que ça va changer ce que tu ressens pour moi ? demanda-t-il.

Il avait la même expression qu'avait affichée son père quand il avait semblé chercher les mots justes… Excepté que Hudson n'essayait pas de les trouver.

Elle s'arracha à son étreinte et entra d'un pas raide dans la maison.

— Mais... peut-être que tu ne ressens rien pour moi, entendit-elle alors Hudson murmurer.

Elle se retourna vivement, et le découvrit sur le seuil de la chambre, les bras croisés, appuyé contre le chambranle. Elle se figea, y réfléchissant à deux fois avant de prononcer les mots qu'elle avait sur le bout de la langue. La journée avait déjà été éreintante et, tout ce qu'elle souhaitait, c'était se mettre au lit, dans ses bras, et dormir. Mais à quoi bon ?

— Je suis en train de tomber amoureuse de toi, Hudson Dale, alors que je ne sais même pas qui tu es vraiment. N'est-ce pas idiot ? Ta vie est un mystère, mais je n'ai pas le droit de te poser des questions sur ton passé. Le pire, c'est que je sais que tu éprouves des sentiments pour moi, mais que tu ne laisseras jamais rien se développer entre nous, dit-elle rageusement d'une seule traite.

Elle s'assit sur le lit, lui tournant le dos. Elle ne voulait pas qu'il la voie si près de craquer. Ses émotions, déjà exacerbées par sa discussion avec son père, étaient à fleur de peau, et des larmes commençaient à couler sur ses joues.

— Regarde ce qui s'est passé avec mon père, reprit-elle d'une petite voix. Il n'y a guère de choses qui ne puissent être pardonnées une fois que l'on se met à communiquer.

Elle l'entendit faire un pas dans sa direction, toutefois il avait dû s'arrêter, car tout redevint silencieux.

— Tout ne peut pas l'être, dit-il.

Elle l'entendit tourner les talons et sortir de la chambre.

Quoi qu'il ait fait auparavant, il semblait que cela le hanterait à jamais.

Elle attrapa le sac à main qu'elle avait jeté par terre et appela Ed Staples. Il lui fallait quitter le ranch de Hudson pour deux raisons. Primo, la personne qui en avait après elle avait découvert où elle logeait et, même si Hudson lui brisait le cœur en refusant de s'ouvrir à elle, elle ne voulait pas, par sa présence chez lui, le mettre en danger. Et, secundo, s'attarder chez lui risquait de la détruire lorsque tout ceci serait terminé et que viendrait le moment pour elle de rentrer à Houston.

Elle avait fait une énorme erreur de jugement en sortant avec Owen et elle aimait à penser qu'elle apprenait de ses erreurs. Mais la situation était-elle comparable ? songea-t-elle. Owen n'avait pas été avare d'informations sur son compte, elle devait le lui accorder. Il lui avait paru des plus ouverts, lui racontant tout ce qui les concernait, sa famille et lui, dès le premier jour. Pour autant, leur relation avait-elle eu un avenir ?

— Votre proposition d'un toit sur ma tête est-elle toujours valable ? demanda-t-elle à Ed Staples quand il décrocha à la première sonnerie.

— Absolument.

— En ce cas, j'aimerais accepter l'offre généreuse de la famille Butler. Je pense être là dans moins d'une demi-heure.

— Je vais prévenir le garde à l'entrée.

Il lui parut plus satisfait qu'elle ne s'y était attendue. Peut-être aimait-il l'idée de redresser un tort pour son ami.

— Parfait.

Elle rassembla le reste de ses affaires, les fourra dans son sac de voyage et essuya quelques larmes furtives avant d'entrer d'un pas raide dans le salon pour y chercher ses clés de voiture.

Hudson se trouvait dans la cuisine, appuyé contre le plan de travail en granit, un mug de café à la main.

— Prête ?

Elle balaya du regard le plan de travail.

— Aussitôt que j'aurai trouvé mes clés, je te débarrasserai de ma présence.

— Tu veux dire, celles-ci ?

Il sortit un jeu de clés de sa poche et le fit tourner autour de l'index de sa main libre.

Elle fit un mouvement dans sa direction, mais il les emprisonna dans la paume de sa main avant de prendre une grande gorgée de café. Puis, sans dire un mot, il se dirigea vers la porte.

— Que fais-tu ? lui demanda-t-elle.

— Je t'accompagne.

Il lui décocha un sourire exaspérant.

— Je ne t'y ai pas invité.

— Si, tu l'as fait, tout à l'heure. D'ailleurs tu as raison.

Elle frémit sous le feu de ses yeux bruns intenses.

— Sur quel point ?

— Le ranch n'est plus un lieu sûr. Nous resterons chez les Butler jusqu'à nouvel ordre.

— Et pour ce qui est de Bullseye et des autres chevaux ? s'enquit-elle, le léger sursaut de son cœur à l'idée qu'il l'accompagne trahissant ses sentiments.

— Laisse-moi m'en préoccuper.

Il ouvrit la porte.

— Tu es sûr que c'est une bonne idée ?

Son autorité de façade se fissura durant un instant et il parut fatigué.

— J'ignore ce qui se passe entre nous, Madelyn. Je ne suis pas encore prêt à poser des mots sur ce que nous partageons mais, tout ce que je peux te dire, c'est que, en t'ayant dans mon lit, j'ai dormi plus longtemps que jamais. Je me sens bien avec toi, et je ne veux pas que tu partes. Mais tu n'es plus en sécurité ici, je m'en rends compte.

— Là-bas, je serai en sécurité. Je n'ai pas besoin que tu m'accompagnes.

— Exact, mais auras-tu ceci ?

En deux enjambées, il parcourut l'espace qui les séparait

puis il posa la main sur sa hanche et il l'attira contre lui jusqu'à ce que leurs lèvres s'épousent. Madelyn sentit la terre se mettre à trembler sous ses pieds, et le désir la consuma instantanément, la prenant au dépourvu.

Lorsqu'il s'écarta, elle avait le souffle court et elle vit que lui aussi.

— C'est incroyable, n'est-ce pas ?

Un sourire ravageur éclaira son visage.

Madelyn ne put s'empêcher de sourire, elle aussi.

Il tendit la main.

— Prête ?

La bataille entre ce que désirait son cœur et la mise en garde de son esprit faisait rage. Elle prit une inspiration.

— Nous sommes de retour à la case départ. Tu ne m'as rien dit de ton passé et j'ignore toujours qui tu es.

— Je le ferai, lui assura-t-il, l'air sérieux. Tout ce que j'ai besoin de savoir, c'est si le peu que tu connais de moi te suffit pour l'instant.

D'un geste hésitant, elle prit la main qu'il lui offrait, espérant qu'elle n'allait pas de nouveau se brûler les ailes.

Lorsque Hudson s'engagea sur la propriété des Butler, Madelyn remarqua immédiatement un SUV du bureau du shérif stationné en façade.

— Mon Dieu, que se passe-t-il ? balbutia-t-elle, le cœur serré.

Sa première pensée fut qu'il s'était produit autre chose sur le ranch, et elle remit aussitôt en question sa décision d'y séjourner. Existait-il encore dans cette ville le moindre lieu sûr ?

— Nous ne devrions pas tarder à le découvrir, marmonna Hudson.

Il se gara et ils s'avancèrent, main dans la main, vers la porte d'entrée.

Ce fut Ella Butler qui vint leur ouvrir, longtemps après qu'ils se furent annoncés à l'interphone, et, en voyant son expression, Madelyn fut atterrée.

Ils la suivirent dans la salle à manger où ils s'étaient trouvés la veille. Tout le monde se tenait debout, aujourd'hui. Ed Staples, en les voyant arriver, se dirigea aussitôt vers eux.

— Vous allez entendre une chose dérangeante, dit-il, mais je vous assure que personne ici n'est au courant de ce qui se passe.

Madelyn remarqua que Hudson avait pris position entre elle et le reste de la famille Butler.

— De quoi s'agit-il ? demanda-t-elle comme le shérif adjoint Harley lui adressait un signe de tête. Que se passe-t-il ici ?

— La menace gribouillée sur le miroir de votre chambre, au motel, a bien été écrite avec un rouge à lèvres, lui expliqua ce dernier. Nous en avons fait analyser un échantillon, et avons pu identifier une marque : *Rouge Ravages*.

Il la sonda du regard.

— Je n'ai jamais entendu parler de cette marque, dit-elle en haussant les sourcils.

— Ça ne m'étonne pas. C'est un produit de luxe créé à Paris et essentiellement distribué en France. C'est pourquoi nous avons pensé qu'il n'y avait qu'une famille, à Cattle Barge, à avoir les moyens de s'acheter un tel rouge à lèvres. Les Butler.

Madelyn se tourna vers Ella, et la vit se tordre les mains.

— D'où ma présence ici, poursuivit le shérif adjoint. Je viens de jeter un œil dans le tiroir à maquillage de Cadence Butler, et vous devinez ce que j'y ai trouvé.

— Le Rouge Ravages.

— C'est exact. Pour le moment, bien sûr, je n'en tire

aucune conclusion, à part le fait que c'est quelqu'un qui a accès, ou a eu accès, à ce tiroir à maquillage qui a laissé cette inscription sur votre miroir, au motel.

Le policier se tenait pieds écartés, dans une posture athlétique.

— Ma sœur n'était même pas ici ! s'écria Ella. Elle était déjà repartie quand…

Elle se figea soudain.

— Quand est-ce arrivé, déjà ?

— Il y a trois jours, entre 3 et 5 heures de l'après-midi, lui répondit Harley.

Ella s'assit à la table, l'air un peu perdu.

— Cadence était peut-être encore là, finalement, mais il est impossible qu'elle ait pu…

— Les noms de Trent Buford et de Kelsey Shamus vous disent-ils quelque chose ? intervint Madelyn.

Ella plissa le front.

— Non.

Les jumeaux firent également non de la tête.

— Ce sont les deux employés auxquels j'ai eu affaire au motel, expliqua Madelyn. Peut-être que Cadence les connaît, elle. L'un d'entre eux, du moins.

Hudson s'avança d'un pas.

— Oui, il serait vraiment utile de le savoir.

Dade se pencha en avant, posant les coudes sur ses genoux.

— Personne n'est plus contrarié que nous par cette découverte, fit-il, et je suis certain que ma sœur n'est pas impliquée.

— Où est votre sœur, à présent ? demanda le policier à Ella. Je vais devoir lui parler.

— Je n'en sais rien, admit Ella, mais je peux l'appeler.

Déjà elle cherchait son téléphone portable.

— Nous découvrirons le fin mot de l'histoire, déclara Dalton.

— Elle ne décroche pas, dit Ella, mettant fin à l'appel.

Elle fit une grimace et envoya un message.

— Je n'arrive pas à imaginer qu'elle puisse être impliquée dans quelque chose comme ça.

— Qui d'autre a accès aux chambres, ici ? demanda le shérif adjoint.

— May, notre gouvernante, mais j'ai en elle une confiance absolue, répondit Ella.

Les jumeaux acquiescèrent d'un hochement de tête.

— Quelqu'un qui aurait pu s'introduire dans la chambre de votre sœur à son insu ? À l'insu de tous ? reprit Harley.

— Non, ce n'est guère plausible, répondit Dade. La sécurité a été renforcée ici depuis que notre père a été tué et qu'Ella a été prise pour cible.

— Ce qui nous amène à limiter nos allées et venues, renchérit Dade.

Madelyn, qui avait réservé son jugement jusqu'à présent, sentit son angoisse grandir. D'après ce qui venait d'être dit, la liste des suspects ne se résumait-elle pas aux personnes présentes dans la pièce et à la sœur absente ? Elle tenta de se persuader que, pour découvrir la vérité, une bonne journaliste devait rester objective. Mais appliquer cet axiome était beaucoup plus difficile quand il s'agissait de sa propre vie.

Elle se tourna vers Hudson.

— Allons-y. Ce n'est pas plus sûr pour moi, ici.

— Non, je vous en prie, plaida Ella. Du moins, pas avant que nous puissions tirer cela au clair. C'est insensé et je ne veux pas que vous partiez en pensant que nous sommes une famille de fous furieux. Qu'il s'avère que vous soyez ou non notre sœur, notre père a voulu que vous fassiez partie de cette famille et nous voulons respecter son souhait.

— Oui, renchérit Dade, nous sommes une fratrie sympa dont les membres se préoccupent les uns des autres. Même si notre père ne nous a pas vraiment appris à montrer nos émotions.

Madelyn fronça les sourcils.

— Il n'y a pas que ça… Où que j'aille, en ce moment, on me poursuit. Alors, ça m'ennuierait qu'à cause de moi qui que ce soit parmi vous soit exposé au danger, répliqua-t-elle d'une voix blanche.

Ed s'avança devant la porte-fenêtre.

— J'espérais faire cela en présence de toute la famille réunie, mais étant donné…

Il lança un regard au shérif adjoint.

— … la « situation » actuelle, je suppose que ce moment en vaut un autre. Le résultat de l'analyse d'ADN est arrivé.

17

— Et ?

Madelyn, retenant son souffle, porta la main à son collier et se mit à jouer avec la libellule. Charles Kensington venait de lui avouer qu'elle n'était pas sa fille biologique, et pourtant son esprit logique avait besoin d'une confirmation officielle, d'une preuve irréfutable.

— Madelyn, vous êtes bien une Butler, déclara le notaire en lui donnant le résultat de l'analyse.

Puis d'ajouter :

— Et, alors que je triais les affaires de votre père cet après-midi, j'ai trouvé ceci.

Il lui tendit une autre enveloppe. Beaucoup plus grosse.

Madelyn la regarda comme s'il s'agissait d'une bombe, se remémorant combien sa vie avait changé la dernière fois que le notaire avait effectué ce geste.

— Ça ne mord pas, je vous le promets, dit doucement Ed, l'encourageant à la prendre.

Elle s'exécuta et en sortit un premier document, une photo d'elle s'apprêtant à plonger dans l'eau. Elle se souvenait de cette rencontre intervilles comme si c'était hier.

— J'étais en terminale, j'ai établi un record en gagnant cette course ! s'exclama-t-elle avec enthousiasme. Mais... qui a pris cette photo ?

— Ce n'est pas moi, répondit Ed. Je pense que c'est Mike.

Elle fit tomber quelques photos similaires dans sa main et ce fut comme un voyage lui permettant de remonter le temps. Des photos de rencontres de natation, vraisemblablement prises au téléobjectif. Il y avait des papiers, aussi. Des lettres d'entraîneurs de diverses universités de renom.

— C'est Mike qui s'est assuré que j'aille dans une bonne université, n'est-ce pas ? demanda-t-elle à Ed. Tout s'explique, à présent. Ainsi que le fait d'être citée au tableau d'honneur du lycée. La donation ne provenait pas d'anciens élèves. Mais de lui.

— Il était apparemment très fier de votre réussite, Madelyn.

Une larme brûlante glissa le long de sa joue. Et, désireuse de cacher combien elle était émue, elle tourna le dos à tout le monde pour examiner le reste du contenu de l'enveloppe. Encore des photos d'elle, prises au fil des années, et, chose qui lui fut plus précieuse encore, des photos de sa mère.

Elle sentit bientôt des mains sur ses épaules, réchauffant ses muscles tendus. Et n'eut pas besoin de se retourner pour savoir que c'était celles de Hudson. Elle lui sut gré de sa sollicitude. Et, une fois de plus, ne put s'empêcher de regretter que ce beau cow-boy soit si…

Stop ! L'heure n'était pas au ressassement. Elle ferait mieux de se concentrer sur la situation présente.

Si Cadence Butler avait quelque chose à voir avec la menace qu'elle avait reçue, quel était son mobile ? Avait-elle découvert ces photos et en avait-elle conçu de la jalousie ? Ou bien était-elle tout simplement vénale et préférait-elle partager le gâteau en quatre plutôt qu'en cinq ? Quoi qu'il en soit, son départ précipité du ranch Hereford, sous prétexte qu'elle ne supportait plus le cirque médiatique provoqué par la mort de son père, semblait bien commode.

Ou alors quelqu'un d'autre essayait-il de protéger la famille ?

— Même si je suis une Butler, ça ne change rien au fait que..., commença-t-elle, la gorge serrée.

Elle se sentait soudain mal à l'aise dans la maison.

— ... je ferais mieux de partir, ajouta-t-elle en rangeant les deux enveloppes dans son sac.

— Je vous en prie, restez un moment. Au moins jusqu'à ce que ma sœur nous rappelle, insista Ella en l'invitant d'un geste à s'asseoir.

Madelyn hésita. Elle voulait des réponses, bien sûr. Et passer du temps avec les Butler lui donnerait l'occasion de mieux les connaître.

Le shérif adjoint avait déjà quitté les lieux pour poursuivre son enquête ailleurs, en promettant de ne négliger aucune piste. Il avait aussi demandé qu'on l'informe lorsque Cadence se manifesterait et il avait ajouté qu'il essayerait, de son côté, de la joindre.

Une demi-heure plus tard, le téléphone d'Ella sonna.

— C'est ma sœur, dit-elle en consultant l'écran.

Puis, après avoir décroché :

— Où es-tu ?

— Mets le haut-parleur, ordonna Dade d'un ton sans réplique.

Soupçonnait-il sa jeune sœur de s'être mal conduite ?

— Oh ! bien sûr, désolée.

Ella écarta le téléphone de son oreille et elle s'exécuta.

— Que se passe-t-il, Cadence ? demanda Dade avec autorité.

Il aurait fait un excellent policier, songea Madelyn.

— C'est plutôt à moi de vous le demander, non ? s'indigna Cadence. C'est quoi, toutes ces questions ? On n'est plus au temps de l'Inquisition !

Elle semblait plus que sur la défensive.

— Ne fais pas l'idiote. C'est sérieux, reprit-il d'un ton impatient. Le nom de Madelyn Kensington te dit-il quelque chose ?

— Pourquoi ? Il devrait ?

— Le bureau du shérif est impliqué dans cette histoire et, si tu caches des choses, ça ne sera pas sans conséquence, reprit Dade, exaspéré.

Madelyn le vit lever les yeux vers elle, mais elle ne le connaissait pas assez bien pour deviner ce qu'il pensait.

— Alors tu dois parler maintenant ou affronter la possibilité très concrète de passer du temps en prison, insista-t-il sèchement. Papa ne sera pas là pour te tirer d'affaire, cette fois.

Le regard qu'Ella décocha à son frère semblait dire qu'il y était allé un peu fort.

Gênée, Madelyn se tourna vers Hudson. Il fixait intensément le sol en travertin. Elle songea à son passé, à son ancien emploi dans la police de Houston. Il avait dû y exceller. Le manque d'action dans son ranch était-il la raison pour laquelle il s'était montré si empressé de l'aider ?

— Combien de fois faudra-t-il vous répéter que je ne connais pas cette Madelyn Kensington ? riposta Cadence.

— Tu vas devoir rentrer au plus vite, intervint Ella. Le shérif veut t'interroger.

Cadence poussa un soupir.

— Bon, puisqu'il le faut, je prendrai le prochain vol.

— Combien de temps cela prendra-t-il ? demanda Ella.

— Ne quitte pas.

Ils entendirent le bruit de ses doigts sur le clavier d'un ordinateur portable.

— Je peux être à la maison demain.

— Nous allons envoyer un pilote te chercher, alors, intervint Dade. Comme ça, tu arriveras plus tôt.

Cadence poussa un nouveau soupir.

— Je suis à la maison du lac de Boulder Mountain. Il y a des incendies, par conséquent la piste d'atterrissage privée est fermée.

Dade ne sembla pas impressionné par la nouvelle.

— Je vais t'organiser un vol plus tôt, de l'aéroport de Denver. Pourras-tu y être dans l'heure ?

— Ça devrait marcher, fit-elle d'un ton résigné. À tout à l'heure.

Comme Ella mettait fin à la communication, Madelyn sentit que Hudson exerçait une pression sur son coude. Voulait-il lui dire quelque chose qu'il ne souhaitait pas que les autres entendent ?

— J'ai besoin d'aller prendre l'air, déclara-t-elle tout de go.

Et sans autre explication elle sortit, Hudson sur ses talons.

Hudson avait le sentiment d'avoir réussi à cerner les jumeaux et Ella. Tous trois étaient innocents, pour lui.

— Je n'ai pas confiance en Cadence, dit-il à Madelyn après s'être assuré que personne ne les avait suivis.

Jusqu'à ce qu'ils aient la preuve formelle qu'aucun des Butler n'était impliqué, ils devraient surveiller leurs arrières.

— Soit elle cache quelque chose, soit elle couvre quelqu'un.

— J'ai la même impression, mais je suis curieuse de savoir ce qui te fait penser ça, dit Madelyn, l'étudiant attentivement.

Jusque-là, il ne lui avait pas confié grand-chose qui justifie qu'elle lui fasse confiance. Elle lui avait pourtant montré en plus d'une occasion qu'elle lui accordait du crédit. Et que, contrairement à lui, elle n'était pas lâche. Ne lui avait-elle pas plus ou moins avoué les sentiments qu'elle lui portait ?

— Tu sais déjà que j'étais policier à Houston, commença-t-il.

Il découvrit en le disant que ce n'était pas si horrible d'en parler.

— Oui, et je sais aussi que la plupart des policiers que j'ai rencontrés ne démissionneraient jamais de leur poste.

Elle croisa les bras comme si elle se préparait à affronter le mur qui allait se dresser entre eux. Elle apprenait vite et il regretta les fois où il avait eu cette réaction alors qu'il aurait dû aller de l'avant, sortir de sa zone de confort et lui parler.

— Qu'est-ce qui t'a amené à le faire ?

Un mélange d'émotions se mit à bouillonner en lui, remontant à la surface. Parler pourrait tout faire empirer, bien que sa situation ne semblât pas pouvoir devenir tellement plus désastreuse.

Bizarrement, cette fois, le regard dont l'enveloppa Madelyn l'aida à franchir le pas. Il se jeta à l'eau.

— Mon binôme a été tué.

— Et tu te le reproches ?

— La balle m'était destinée.

Il attendit le déluge d'émotions qui s'abattait invariablement sur lui chaque fois qu'il y pensait, sans parler d'en discuter.

— Et il...

— *Elle*, corrigea-t-il.

Il vit aussitôt la surprise se peindre sur le beau visage de Madelyn. Et devina que les rouages de son cerveau tournaient à plein.

— Nous avions une liaison, et...

Sa voix s'enroua.

— ... et elle venait de m'apprendre qu'elle était enceinte, finit-il dans un murmure.

— Oh !

Ce fut tout ce qu'elle dit sur le moment. Puis elle noua les bras autour de son cou et posa la tête sur son torse.

— Je suis vraiment désolée, Hudson, l'entendit-il déclarer tout doucement.

Comme par magie, ces simples mots suffirent à apaiser le dilemme qui faisait rage en lui. Puis elle se redressa, et l'expression intense de son beau visage fit voler en éclats ses dernières lignes de défense.

Il lui ceignit la taille de ses bras, conscient d'être à nu. Il songea combien il avait été impuissant à aider Misty et, à présent, il se retrouvait dans la même situation avec Madelyn.

L'idée d'être incapable de la protéger, de l'éventualité de la perdre, elle aussi, l'agressa tel un coup de poing le frappant à la vitesse de l'éclair. Il embrassa les environs du regard. Quelqu'un, peut-être sur ce ranch, menaçait Madelyn, et son propre jugement était faussé par son implication sentimentale dans cette affaire.

Par ailleurs, un bon policier ne faisait jamais cavalier seul, se rappela-t-il. Il ne devait pas reproduire les erreurs qu'il avait commises avec Misty. Il avait tenté de la protéger, mais était seulement parvenu en réalité à ce qu'elle se fasse tuer. Et pourquoi ? Parce qu'il avait cessé de la traiter comme une collègue ; parce qu'il s'était mis à la considérer comme la femme qui portait son enfant.

Et il l'avait payé au prix fort.

Alors, cette fois, il n'essayerait pas de résoudre l'affaire seul. Il fallait y impliquer autant de personnes que possible. Ils devaient collaborer avec la police, les Butler et toute autre personne soucieuse de s'investir afin d'assurer la sécurité de Madelyn.

— Il faut que tu rentres chez toi, à Houston, annonça-t-il.

Je vais reprendre contact avec mon ancien chef et, quand je lui aurai expliqué ta situation, je ne doute pas qu'il nous apportera son concours. Tu n'es pas en sécurité ici. Le shérif est trop surchargé de travail. Et...

Il se rapprocha de Madelyn, et sentit le parfum printanier et citronné de son shampooing.

— ... et je ne supporterai pas qu'il t'arrive quelque chose, acheva-t-il d'une voix à peine audible.

Madelyn le jaugea du regard.

— Je veux d'abord voir Cadence. Je veux la regarder dans les yeux pour pouvoir déterminer si elle ment.

— La menace ne s'arrêtera pas si elle émane de l'intérieur du clan Butler. Ils peuvent s'attendre à gagner des millions si tu disparais.

— N'oublie pas que quelqu'un a également pris Ella pour cible, argua-t-elle. Et si plus d'une personne était impliquée dans cette affaire ?

— Nous ne disposons pas d'assez d'éléments en ce qui concerne l'agression dont Ella a été victime. Est-elle seulement liée à l'affaire qui nous occupe actuellement ? Pour l'instant, mieux vaut s'en tenir aux indices que nous avons à notre disposition, ajouta-t-il. Et ceux-ci mènent à Cadence Butler.

— Mais pour ce qui est de l'incident survenu chez toi, plus tôt ? Ça ne pouvait pas être elle.

Hudson fronça les sourcils. Il se pourrait en effet qu'il y ait de multiples problématiques à l'œuvre, convergentes. Les incidents routiers, le vandalisme de la voiture de Madelyn évoquaient davantage un harceleur. Quelle place Trent tenait-il dans le tableau ? Une silhouette masculine se cachant dans les bois, les observant. Ce pouvait être Owen ou quelqu'un qu'il aurait engagé.

Tout ramenait aux incidents de violence routière et à la berline blanche.

Hudson fourragea dans ses cheveux.

Bon sang, rien n'avait de sens, rien ne provoquait un déclic.

18

À présent que Hudson lui avait confié une partie de son passé, Madelyn comprenait mieux la culpabilité qui l'accablait. Elle aurait voulu l'entourer de toute sa sollicitude, le serrer très fort contre elle pour l'assurer de… oui, son amour. Mais elle voyait bien qu'il gardait soigneusement ses distances, qu'il était repassé en mode flic. Sans doute ne voulait-il pas reproduire ce qui s'était passé avec son binôme…

Dade parut sur le seuil du manoir. Il semblait les chercher du regard. Madelyn fut heureuse de cette diversion. Il lui était tellement difficile de se tenir près de Hudson sans pouvoir établir de contact physique avec lui.

Quand ils l'eurent rejoint, Dade leur apprit que le shérif adjoint était allé chercher Cadence à l'aéroport.

— Il la conduit directement au bureau du shérif. Ils devraient y être d'ici une trentaine de minutes.

— Nous vous retrouverons là-bas, alors, répondit Hudson en la fixant du regard.

Elle attrapa son sac et ils se ruèrent vers sa décapotable.

Une demi-heure plus tard, ils se garaient devant le bureau du shérif. Les médias cernèrent le véhicule des Butler, et Madelyn eut la sombre prémonition que tel serait son sort aussitôt que la nouvelle de sa filiation serait révélée. Quand l'information filtrerait qu'un enfant illégitime de

Mike le non-conformiste avait fait surface, une véritable frénésie s'ensuivrait.

Elle avait toujours cru en la transparence, en la vérité. Alors, pourquoi avait-elle l'impression que les murs d'une prison se refermaient sur elle ? Parce que c'était sa vie, bon sang, et que cela entrait tout simplement en contradiction avec ses valeurs professionnelles. En tant que journaliste, elle avait le sentiment que les gens avaient le droit de savoir. En tant que personne, elle n'avait pas envie de voir sa vie étalée à la une de l'actualité.

Elle mit de côté ces pensées moroses au moment de pénétrer dans les locaux du shérif. Ce serait bien assez tôt sa vie mais, pour l'instant, elle bénéficiait d'un peu d'anonymat et elle avait l'intention de le conserver jusqu'à la toute dernière seconde.

Il lui vint à l'esprit que la vie de Hudson alimenterait elle aussi la presse à scandale, du fait de son association avec elle. Il avait perdu une équipière, une future épouse et un enfant dans le laps de temps qu'il avait fallu à une balle pour fendre l'air. Il s'était donné beaucoup de mal pour protéger sa vie privée. Il avait quitté son emploi et avait déménagé dans une petite ville, alors il n'avait certainement pas envie que l'on fouille dans son passé C'était une chose qu'elle devrait prendre en compte quand elle ferait, sous peu, la une de l'actualité. Comment imaginer, en effet, que Hudson soit disposé à s'exposer aux feux des projecteurs pour une relation qui n'était, de toute façon, clairement définie par aucun d'eux.

Elle le vit se précipiter vers Doris. Et s'enquérir auprès d'elle de l'arrivée de Cadence Butler.

— Pouvons-nous suivre l'interrogatoire ? lui demanda-t-il ensuite.

— Et me faire virer ? maugréa la standardiste.

— Nous savons tous deux que ce service de police s'écroulerait sans toi.

Le visage de Doris s'empourpra.

— Serais-tu de nouveau en train de flirter avec moi, Hudson Dale ?

Il émit ce rire de gorge que Madelyn trouvait si sexy.

— Je suppose. Ça fonctionne ?

Ce fut à présent au tour de Doris de rire.

— Un peu.

Elle fit un signe de tête en direction du couloir.

— Allez-y. Je pourrai toujours manger de la nourriture pour chats si je suis à court d'argent une fois que j'aurai perdu mon travail.

— Tu sais que je ne laisserai jamais une telle chose se produire.

Ils s'avancèrent dans le couloir, et Madelyn suivit Hudson jusqu'à une petite pièce. Un miroir sans tain y permettait de voir clairement ce qui se passait dans la salle d'interrogatoire attenante. Et il était possible d'entendre ce qui se disait grâce à un haut-parleur.

Le shérif adjoint Harley était assis face à Cadence. Cette dernière était menue et son visage, très pâle.

À la forme de son nez et à la couleur de ses cheveux, il était aisé de voir qu'elle était une Butler. Madelyn la reconnut aussi d'après le portrait de famille accroché dans la salle à manger du ranch Hereford. Sur cette photo tout le monde portait un jean et une chemise blanche. Ils semblaient se tenir sur la pelouse, devant la maison. Mike le non-conformiste était au centre et ses enfants l'entouraient. Ils étaient plus jeunes, préados, peut-être, et leur père portait une chemise à col boutonné ainsi qu'un stetson blanc. Tout le monde était souriant sur la photo, mais ça ne voulait pas dire pour autant qu'ils étaient tous heureux.

Elle était bien placée pour savoir que les apparences pouvaient être trompeuses, songea Madelyn, repensant à Owen. Sous peu, tout ceci serait terminé et elle rentrerait chez elle pour régler ses comptes avec lui. L'étrange sentiment qui lui nouait le ventre n'avait bizarrement pas grand-chose à voir avec le fait d'affronter Owen, mais beaucoup plus avec le séduisant cow-boy qu'elle en était venue à apprécier. À aimer…

— Vous avez dit n'avoir aucune idée de qui aurait pu écrire cette note sur le miroir de la chambre vingt-six du motel Le Cordon Rouge, dit le shérif adjoint, se penchant en avant comme s'il devait tendre l'oreille pour entendre Cadence.

Il était nez à nez avec elle, empiétant sur son espace privé, tactique que Madelyn avait vu utiliser des dizaines de fois lors d'interrogatoires.

— C'est exact, répondit Cadence.

Toutefois, sa voix tremblait. La voix, les yeux révélaient tellement à propos d'une personne. Elle mentait, c'était sûr, se dit Madelyn.

— Bon. Et la berline blanche, où est-elle ? demanda soudain le shérif adjoint.

Le langage corporel de Cadence se modifia instantanément.

— Comment ?

— Le véhicule que vous avez utilisé pour contraindre Mlle Kensington à sortir de la route, poursuivit-il.

— Je ne sais rien de ça.

Elle secoua rageusement la tête puis une expression paniquée traversa son visage.

— Va-t-elle bien ? S'en est-elle sortie sans dommage ?

— Elle ne l'a pas fait, conclut Hudson tellement bas que Madelyn faillit ne pas l'entendre.

Elle pensait la même chose, et le lui confirma d'un signe de tête.

Le shérif adjoint aborda la question sous différents angles et il obtint la même réponse. De toute évidence, Cadence ignorait tout de la berline. Au moment où Madelyn commençait à juger tout l'interrogatoire inutile, elle vit que Cadence se mettait à trembler et que des larmes coulaient le long de ses joues.

— Désolée, je suis fatiguée et je ne me sens pas bien.

— Alors il ne tient qu'à vous que cet interrogatoire se termine au plus vite, mademoiselle Butler. Sachez, de toute façon, que nous allons obtenir de votre opérateur qu'il produise le relevé d'appels de votre téléphone portable.

Cadence se mit à pétrir la serviette en papier qu'elle tenait à la main et elle baissa les yeux au sol.

— Vous seriez surprise des traces que les gens laissent derrière eux quand ils font quelque chose de mal. En particulier les personnes honnêtes qui n'ont pas coutume de sombrer dans l'illégalité, ajouta-t-il d'un ton de conspirateur.

— J'ignore de quoi vous parlez, persista-t-elle.

— Quel est votre lien avec Trent Buford ?

Elle se figea.

— Vous êtes restée à Cattle Barge assez longtemps pour écrire la note de menace, n'est-ce pas ? reprit Harley, se concentrant sur la partie où il pouvait progresser.

— Oui.

De nouvelles larmes coulèrent.

— Je ne sais rien concernant une berline blanche ou quelqu'un qui aurait forcé Madelyn Kensington à quitter la route, mais... c'est moi qui ai écrit le message sur le miroir de sa chambre, au motel.

— Expliquez-moi quel était votre mobile, et comment

vous avez procédé, ordonna le shérif adjoint en croisant les bras.

Cadence se moucha dans la serviette en papier et elle se pencha en avant comme si elle était sur le point de vomir. Elle but une gorgée d'eau avant de soutenir le regard du policier.

— Je l'ai fait pour protéger ma famille, il y a eu tellement de personnes pour prétendre être des nôtres. Mais j'ai seulement tenté de l'effrayer, ajouta-t-elle précipitamment. Je ne blesserais jamais qui que ce soit et je ne l'aurais pas mise en danger.

— Comment êtes-vous entrée dans la chambre du motel ?

— Trent était dans la classe en dessous de la mienne à l'école. J'ai un peu flirté avec lui pour obtenir la clé et je lui ai fait jurer de garder le secret.

Donc, Trent avait bien trempé dans l'affaire. Madelyn échangea avec Hudson un regard entendu.

— Ensuite, tout cet épisode m'a fait paniquer et, comme il était trop tard pour faire machine arrière, j'ai prétexté que je ne supportais plus la pression des médias pour m'éloigner de Cattle Barge.

— Vos relevés téléphoniques nous confirmeront si vous dites vrai, fit Harley.

Cadence sortit son téléphone de son sac, déverrouilla l'écran et le poussa dans sa direction sur la table.

— Voyez par vous-même. Je vous ai dit tout ce que je savais. Je me sens la dernière des idiotes d'avoir fait peur à quelqu'un. J'ai agi sur l'impulsion du moment mais, avec ce que ma sœur a traversé, je n'aurais jamais mis ma menace à exécution. Vous pouvez me croire.

— Et Kelsey Shamus, quel rôle a-t-elle joué dans tout ça ?

Le shérif adjoint leva les yeux du téléphone dont il faisait défiler les informations. Son regard venait de s'attarder sur quelque chose, et Madelyn se dit qu'il s'agissait soit du registre des appels, soit de l'historique des messages.

Cadence regarda fixement le mur comme si elle avait un blanc.

— Là, je ne peux pas vous aider puisque je ne connais pas cette Kelsey.

— À toutes fins utiles, je vous précise qu'elle travaille au motel et qu'elle est donc une collègue de Trent Buford. Alors, son nom ne vous dit toujours rien ?

Cadence secoua vigoureusement la tête.

— Et vous n'avez aucune idée de la raison pour laquelle elle poursuit Mlle Kensington en justice ?

Cadence secoua de nouveau la tête.

— Kelsey connaît Trent, et Trent vous connaît. Alors peut-être qu'il n'a pas si bien gardé le secret que ça...

Madelyn vit Cadence froncer les sourcils.

— Trent ? Mais il...

Elle se tordit les mains.

— Que va-t-il lui arriver ? s'enquit-elle. Tout est ma faute. Pas la sienne. Je me sentirais très mal si des charges étaient retenues contre lui.

Harley haussa les épaules.

— L'attitude qu'il choisira d'adopter au cours des prochains jours scellera son sort. S'il se présente spontanément au bureau du shérif, il récoltera quelques heures de service d'intérêt général assorties d'un sévère avertissement. Sinon, il migrera vers la liste des suspects.

— Il viendra. Je m'en assurerai, promit Cadence.

Bon, un des mystères était éclairci. Mais il restait tant d'autres questions sans réponse. Madelyn massa le point douloureux entre ses yeux, elle sentait poindre une migraine.

— La journée a été longue et je suis fatiguée, dit-elle en se penchant vers Hudson. Je suis prête à rentrer à Houston.

Hudson la prit par la main et la mena hors du bureau du shérif. Au contact de sa main solide et chaude, elle sentit son cœur faire un bond dans sa poitrine.

Le plan était que Hudson la ramène chez elle. « Chez elle », cette expression lui semblait pourtant à présent tellement incongrue. Jusque-là, son appartement lui avait toujours procuré un sentiment de réconfort. Et elle avait toujours cru qu'une fois qu'elle en saurait plus sur sa mère et qu'elle aurait amélioré sa relation avec son père elle trouverait enfin la paix.

Aujourd'hui, toutes les pièces du puzzle de son passé avaient finalement été assemblées, cependant elle n'avait jamais perçu un tel écart entre la personne qu'elle pensait être et celle qu'elle était vraiment. Cela n'avait même probablement aucun sens, songea-t-elle.

Deux ibuprofènes et une douche chaude devraient lui permettre de reprendre forme humaine. Du moins l'espéra-t-elle.

Être éloignée de Cattle Barge était aussi censé faire disparaître la menace dont elle était l'objet. Après tout, tout avait commencé dès l'instant où elle était arrivée dans cette ville, non ?

Mais se sentirait-elle vraiment de nouveau en sécurité quelque part ?

Alors qu'elle regardait la route, le manque de sommeil et son début de migraine l'empêchèrent de raisonner clairement. Bien sûr qu'elle se sentirait en sécurité. Une fois sa vie remise sur les rails et aussitôt que ce cauchemar serait derrière elle.

Hudson garda le silence durant le trajet jusque chez elle. C'est lui qui conduisait sa petite décapotable. Comment rentrerait-il à Cattle Barge ? s'inquiéta-t-elle. Bah, ce ne serait pas le plus gros problème à résoudre.

La nuit était depuis longtemps tombée quand ils arrivèrent en vue de son immeuble. Impossible toutefois de ne pas remarquer l'activité qui régnait sur le parking. Il y avait des journalistes partout. La nouvelle qu'elle était une Butler avait-elle déjà fuité ?

Hudson fit le tour du pâté de maisons avant de se garer.

— Préfères-tu aller à l'hôtel ? dit-il.

— Il y serait plus difficile d'assurer ma protection, non ?

— C'est peut-être paradoxal, mais je pense que, avec tous ces paparazzis qui scrutent toutes les allées et venues, tu n'as rien à craindre.

Oui, du moins serait-elle momentanément débarrassée d'Owen, songea-t-elle. Il y avait trop de témoins.

Quand ils descendirent de voiture, il lui prit la main et la protégea de la foule de journalistes qui se rua vers elle. Il ne leur fallut pas longtemps pour traverser les abords de l'immeuble.

— C'est bon, dit-il quand il eut fait le tour de son appartement pour s'assurer qu'elle ne courait aucun danger. Je file au commissariat de police. À tout de suite, ajouta-t-il en la pressant contre lui.

Une fois Hudson ressorti, Madelyn promena un regard circulaire sur son salon. Elle avait l'impression de ne pas y avoir remis les pieds depuis une éternité. Quelques cadres ornaient les murs, et un canapé et deux fauteuils étaient disposés autour du tapis pour faciliter la conversation. Elle avait décoré ce lieu deux ans plus tôt en pensant à tous les invités qu'elle projetait d'y recevoir. Mais en réalité, tout ce qu'elle y faisait, c'était travailler et dormir…

Elle entra dans sa chambre et ne put se retenir de contrôler par deux fois le placard. Elle regarda aussi sous le lit. Pas de monstre.

L'énorme changement qui venait de se produire dans sa

vie la laissait abasourdie. Et, comme si elle n'était pas assez sonnée, le téléphone ne cessait de retentir dans la pièce d'à côté. Inutile de décrocher, elle savait qu'elle aurait un journaliste au bout du fil.

Elle pensa à Harlan Jasper et à la promesse qu'il lui avait faite de ne pas révéler la nouvelle qu'elle était une Butler tant qu'elle ne l'y autoriserait pas. Il allait être furieux de s'être fait griller.

Il comprendrait certainement, non ? Ou alors il la virerait. Soudain, le travail fut la dernière chose sur laquelle elle souhaitait s'appesantir. Une douche chaude et son propre lit, voilà ce qu'il lui fallait dans un premier temps pour remettre sa vie d'aplomb.

Dans un deuxième temps, elle réfléchirait à sa relation avec Hudson.

Elle entra dans la salle de bains et fit couler l'eau pendant qu'elle quittait ses vêtements. Debout dans la douche, elle laissa la chaleur l'envahir et, les yeux fermés, respira enfin librement. Elle avait l'impression d'avoir retenu son souffle depuis qu'elle avait reçu l'appel d'Ed Staples. Elle pourrait rester sous ce jet d'eau pendant des heures, songea-t-elle, et seule la pensée que Hudson n'allait pas tarder à revenir l'incita à couper l'eau.

Elle crut alors entendre un bruit dans la pièce.

Hudson ?

Le miroir n'étant pas totalement embué, elle le vit donc distinctement : *Owen !*

Un cri d'effroi lui échappa. Elle chercha quelque chose qui puisse faire office d'arme, mais ne trouva qu'un flacon de shampooing, qu'il esquiva très facilement quand elle le lança sur lui.

— Ton petit ami est dehors avec les policiers. Personne ne peut t'entendre.

La voix d'Owen était empreinte d'un calme étrange qui fit se propager un frisson glacé tout le long de sa colonne vertébrale.

— Nous pouvons en parler, Owen. Régler ça en dehors du tribunal.

Madelyn garda les yeux posés sur lui tandis qu'elle se saisissait d'une serviette. Des souvenirs du cours d'autodéfense qu'elle avait suivi étant plus jeune assaillirent ses pensées.

— Tu mens.

Il fit un pas dans sa direction, l'air menaçant. Prise de panique, elle réagit en projetant le poing en direction de son visage. Mais elle sentit une poigne d'acier se refermer sur son avant-bras.

Son regard fou lui indiqua qu'il avait depuis longtemps dépassé le stade de la discussion.

— Non, je te promets, balbutia-t-elle.

— Il a fallu que tu continues à t'obstiner. Tu n'aurais pas été satisfaite avant d'avoir ruiné ma réputation, reprit-il avec autant de colère dans la voix que dans les yeux. C'était censé être simple. Je te tuais et le problème était réglé. C'était parfait. Personne ne m'aurait soupçonné après que la nouvelle se serait répandue que tu étais une Butler.

— Attends. Comment l'as-tu su ?

Cet aveu la stupéfia.

— Il existe des micros espions qui peuvent être posés sur le bureau, au travail ou à la maison.

Ah oui, c'est vrai, Owen était persuadé qu'elle avait une liaison avec son collègue Aiden Creed… Beaucoup de choses s'expliquaient à présent.

Elle n'eut pas le temps d'y réfléchir plus longtemps. De son autre main, Owen lui agrippa la gorge et, l'instant d'après, l'arrière de sa tête claqua contre le carrelage de la douche. Il avança le visage contre le sien, et elle sentit son corps se révulser à ce contact.

D'un doigt, il dessina le contour de sa mâchoire et elle tenta de détourner la tête, mais il resserra son étreinte pour l'en empêcher.

— Regarde-moi, espèce de garce. Je veux que mon visage soit la dernière chose que tu voies avant de mourir.

Cela suffit à provoquer chez elle une décharge d'adrénaline. Elle lui donna un coup de genou à l'entrejambe. Les yeux d'Owen s'exorbitèrent, son étreinte se relâcha momentanément, mais pas assez pour qu'elle prenne l'avantage. Puis il se pressa son corps contre le sien, et elle eut envie de vomir.

Alors elle s'attaqua à ses yeux et il laissa échapper un chapelet de jurons.

Il était trop fort et elle sentait ses propres forces l'abandonner. Et le raisonner ne servirait à rien, songea-t-elle, accablée.

Mais, lorsque Owen appuya les lèvres contre les siennes, elle eut un regain de combativité. Elle le mordit et, prenant appui sur le mur, mobilisa toute sa vigueur pour une ultime poussée. Owen recula d'un pas, se prit le pied dans la baignoire et trébucha.

Comme il tombait à la renverse, elle l'enjamba en hurlant., peinant à reprendre sa respiration alors qu'elle agrippait la poignée de la salle de bains.

Des doigts glacés se refermèrent sur sa cheville droite avant qu'elle ait pu ouvrir entièrement la porte.

— Hudson ! À l'aide ! cria-t-elle.

— Je t'ai déjà expliqué que ton nouveau petit ami ne peut pas t'entendre.

Owen attrapa son autre cheville. Ses mains lui firent l'effet de deux étaux.

Madelyn s'accrocha au bord du meuble du lavabo pour faire levier et tenter de se dégager de son étreinte. Son cœur cognait dans sa poitrine sous le coup de la panique. Une panique décuplée par l'idée qu'elle pourrait ne jamais revoir son beau cow-boy. Attrapant sa brosse à cheveux, elle la lança sur Owen. Il tourna la tête à temps et elle le manqua.

Avisant sa bombe de laque posée à côté, sur la tablette, elle réussit de ses mains tremblantes à en ôter le capuchon. Et elle se contorsionna pour diriger le jet du spray droit sur le visage d'Owen.

Il se mit à tousser et, sous l'effet de la surprise, desserra son étreinte.

Alors, le bousculant, elle sortit en trombe de la pièce et remonta le couloir à toute allure… pour découvrir qu'une chaise avait été coincée sous la poignée de la porte d'entrée. Et que quelqu'un martelait cette porte, de l'autre côté, tentant de pénétrer à l'intérieur.

— Hudson ! Au secours !

— Madelyn, peux-tu bouger ce qui bloque la porte ?

Sa voix fut la seule chose qui calma son pouls emballé.

— Je vais essayer.

Hélas, la chaise était solidement encastrée. L'adrénaline et la peur la faisaient trop s'affoler, l'empêchant d'avoir les idées claires. Pourrait-elle sauter par une fenêtre ? En regardant vers la gauche, elle vit Owen émerger du couloir. Il tenait quelque chose dans ses mains et elle eut la certitude que, si elle ne parvenait pas à ouvrir cette porte, c'en était fini d'elle.

— Tu penses pouvoir m'échapper ? vociféra-t-il d'un ton. strident. Tu sais, cette berline blanche ? C'était moi. L'homme à la lisière des arbres ? Moi. La police ne pourra pas m'attraper avant que tu n'aies eu ce que tu mérites.

— Détrompe-toi, tout le monde sait que c'est toi. Alors tu ferais mieux de te rendre.

— Tu ne laisserais pas tomber les accusations, Madelyn. Ma réputation est déjà fichue.

Il plongea vers elle, lui fauchant les genoux, et elle s'affala sur le parquet dur.

Madelyn poussa un cri lorsque sa tête heurta le sol. Elle tenta péniblement de se redresser, toutefois Owen était déjà sur elle, crachant des injures tandis qu'il la rouait de coups de poing, à la tête, à l'abdomen. Elle se roula en boule pour se protéger.

Il y eut trois charges sonores contre la porte. Celle-ci se fracassa à la quatrième.

Soudain Hudson fut là, au-dessus d'Owen, le projetant au sol.

Madelyn, bien que mal en point, vit que Hudson n'était pas seul, un policier l'accompagnait. Son cauchemar était fini, songea-t-elle.

Mais rien ne se déroula comme elle l'espérait. Sans qu'elle comprenne ce qui avait bien pu se passer, elle vit, hébétée, qu'Owen avait réussi à attraper l'arme du policier. Il se releva, pointant alternativement le pistolet sur le policier, Hudson et elle.

— Tout le monde recule ! s'écria-t-il, l'air féroce. Gardez les mains en vue.

Tous trois obtempérèrent. Madelyn le vit faire un pas dans sa direction.

— Enveloppe-toi d'une couverture. Nous partons.

Madelyn tira à elle le jeté en coton mélangé du canapé et elle s'exécuta.

— Du calme, dit Hudson d'une voix apaisante, les mains toujours levées. Nous pouvons régler ça.

— Il n'y a pas de « nous ». Madelyn vient avec moi. Elle sait ce qu'elle a fait de mal.

Owen la regarda.

— Viens ici.

Elle consulta Hudson du regard ; il hocha presque imperceptiblement la tête.

— J'ai dit « maintenant » !

— D'accord.

Madelyn vint se placer à côté de lui.

Il se posta derrière elle, enroula le bras autour de son abdomen et posa l'arme du policier contre sa tempe.

Madelyn retint son souffle. Hudson, en face d'elle, la dévisageait intensément.

Tout ira bien, lut-elle sur ses lèvres.

Ah oui ? Comment ?

Plus rien ne pourrait aller bien si Owen lui faisait franchir cette porte et qu'il la faisait monter dans sa voiture. Il disposait sans doute d'un lieu sûr où la torturer tant qu'il lui plairait avant de la tuer. Et Hudson et le policier en étaient sûrement conscients, eux aussi.

Comme elle lançait un dernier regard à son beau cow-boy tandis qu'Owen l'entraînait hors de l'appartement, il prononça silencieusement trois mots : « Je t'aime. »

Ces trois mots la galvanisèrent. Elle l'aimait, elle aussi. C'était trop injuste. Elle méritait d'être heureuse, aux côtés de son beau cow-boy.

Alors, soudain, elle sut ce qu'elle devait faire. Et le moment d'agir était…

Maintenant.

Elle le signala à Hudson d'une œillade. Puis se laissa tomber au sol, prenant Owen totalement au dépourvu.

Avant qu'il puisse réagir, Hudson fondit sur lui et Madelyn emprisonna ses jambes.

Son ex poussa un cri de rage alors qu'il était cloué au sol sur le seuil de son appartement. Hudson planta le genou sur le bras d'Owen, et sa main s'ouvrit, laissant échapper l'arme. Madelyn se précipita pour la ramasser avant qu'Owen puisse se ressaisir. Le policier la récupéra aussitôt et la rengaina, avant de l'aider à se relever.

Madelyn, gênée, réajusta la couverture autour d'elle.

— Vous pouvez aller à l'intérieur, lui dit-il, prenant pitié d'elle.

Mais elle ne le pouvait pas. Elle avait besoin de voir qu'Owen était définitivement mis hors d'état de nuire. C'était le seul moyen pour elle de se sentir à nouveau en sécurité.

Hudson terrassa aisément Owen. Avant qu'il puisse marmonner un autre juron, il avait été retourné sur le ventre, la face contre le béton, et Hudson lui menottait les mains dans le dos.

Le policier annonça par radio que le forcené venait d'être maîtrisé et qu'il allait être immédiatement conduit au poste.

Hudson escorta Owen jusqu'au siège arrière du SUV de son ancien patron et l'attacha personnellement à l'intérieur du véhicule.

Aussitôt que celui-ci s'éloigna, il se tourna vers elle. Il y avait une telle émotion dans ses yeux quand il la prit dans ses bras.

— J'ai cru t'avoir perdue, dit-il dans ses cheveux.

Sa voix chaude l'enveloppa.

— Rentrons.

Son appartement était sens dessus dessous et elle avait l'impression de l'être, elle aussi. Le cauchemar était terminé. Il lui faudrait un petit moment pour se faire à cette idée, mais Owen allait passer le reste de sa vie derrière les barreaux. Il ne pourrait plus jamais lui faire de mal, ni à elle ni à aucune autre femme.

Elle enfila un pantalon de yoga et un T-shirt puis elle remonta ses cheveux en queue-de-cheval.

— C'est étrange de me trouver ici.

Hudson ne cessait de la regarder et elle décela beaucoup d'approbation dans ses yeux. Il s'y trouvait aussi une autre émotion, qu'elle ne parvint pas vraiment à définir.

— Je pensais ce que je t'ai dit tout à l'heure, Madelyn.

Il s'avança vers elle et la prit dans ses bras. Les puissants battements de son cœur contre son oreille lui apportèrent un véritable réconfort.

— Je t'aime.

Elle leva sur lui des yeux embués. Non pas des larmes de tristesse, mais des larmes de joie.

— Je t'aime aussi, Hudson.

— Je ne veux pas vivre sans toi. Je t'aime et je veux que tu viennes vivre au ranch avec moi. De manière permanente.

Il n'attendit pas sa réponse. Au lieu de ça, il leva son visage vers lui et il l'embrassa.

— Mais je comprendrai si ce n'est pas ce que tu veux.

— Je suis prête à bâtir une nouvelle vie avec toi.

Elle sentit son soupir contre sa poitrine.

— Tu dois savoir que j'ai l'intention de continuer à travailler. Peut-être pas comme journaliste, mais j'ai besoin de continuer à écrire, ne serait-ce qu'un blog. Et je compte aussi faire amende honorable envers ma nouvelle famille, les Butler. Pourras-tu encore m'aimer si je revendique ma filiation ?

— Je me moque du nom que tu choisis de porter, du moment que nous sommes ensemble, lui répondit-il sans hésitation. De toute façon, je sais qui tu es vraiment. Tu es courageuse, intelligente et superbe. Et, si tu veux de moi, je resterai à tes côtés pour toujours.

— Pour toujours me semble un bon début, murmura-t-elle avant qu'il la soulève de terre et la serre dans ses bras.

Il lui donna un long baiser tendre.

— Alors, rentrons chez nous.

Elle eut envie de lui dire que, dans ses bras, elle s'y sentait déjà.

JENNA KERNAN

Le mystère de Turquoise Canyon

Traduction française de
HERVE PERNETTE

BLACK ROSE

HARLEQUIN

Titre original :
TRIBAL BLOOD

Ce roman a déjà été publié en 2018.

1

Kacey Doka sentit un liquide chaud couler le long de ses cuisses ; elle était en train de perdre les eaux. Cela signifiait qu'elle allait devoir alerter les gardiens. Après huit mois de captivité, elle serait la première à savoir quel sort on leur réservait.

Elle n'aurait su dire ce qui l'effrayait le plus : donner naissance à un bébé ou découvrir ce qu'ils feraient d'elle une fois qu'elle aurait accouché.

— Ne dis rien, lui conseilla son amie Marta dont le regard exprimait la terreur.

Âgée elle aussi de dix-neuf ans, Marta Garcia avait été enlevée avant Kacey. Elle avait un plus gros ventre, et toutes leurs camarades de captivité pensaient que ce serait elle qui serait à terme la première.

— Si le bébé vient au monde, ils le sauront forcément, intervint Brenda Espinoza, une autre captive, enceinte d'environ six mois. Comment veux-tu le leur dissimuler ?

Consciente de ne pas avoir d'autre choix qu'alerter les gardes, Kacey jeta un regard à Maggie Kesselman, la dernière arrivée. Elle pleurait sans cesse et avait encore du mal à comprendre qu'elle était prisonnière.

— Appelle-les, dit Kacey à Marta.

Lentement, Marta gravit les marches jusqu'à la porte

métallique du sous-sol qui ne s'ouvrait que deux fois par jour. Arrivée en haut, elle se retourna. D'un hochement de tête, Kacey l'encouragea à frapper au battant. Marta obtempéra puis redescendit.

Kacey ignorait où elles étaient retenues. En revanche, elle savait qu'appeler à l'aide ne servait qu'à faire venir les gardiens. Des hommes froids, dénués d'empathie, qui s'exprimaient avec un fort accent étranger.

— On nous retrouvera bientôt, dit-elle pour rassurer ses camarades d'infortune.

Elle s'accrochait à cet espoir, de toutes ses forces. Leurs familles, leurs tribus, les autorités, tout le monde était à leur recherche. Et, prochainement, elles recouvreraient la liberté.

— Si je ne reviens pas, je vous enverrai les secours. C'est promis.

Marta la serra contre elle, tandis que Maggie se remettait à sangloter. Les yeux rivés au sol, Brenda se tordait les mains d'angoisse.

Kacey savait que les gardiens n'aimaient pas être dérangés. Chaque fois qu'elles les appelaient, elles récoltaient des coups.

La porte s'ouvrit brusquement et deux hommes apparurent. À l'exception de Kacey, les filles reculèrent et se recroquevillèrent contre le mur.

Leurs ravisseurs leur avaient donné à chacune un matelas et une couverture. Le sous-sol était équipé d'un évier et de toilettes isolées par une cloison. La propreté était impeccable, preuve qu'on ne souhaitait pas qu'elles attrapent des microbes.

Kacey se demanda ce qu'ils allaient faire d'elle. Allaient-ils la conduire à l'hôpital ? Non, bien sûr que non, car cela lui offrirait la possibilité de donner l'alerte.

— Qu'est-ce qui se passe ? Pourquoi vous frapper ? leur demanda celui qui se faisait appeler Oleg.

C'était celui qui s'exprimait le mieux, même si elles ne comprenaient pas toujours ce qu'il leur disait. C'était aussi celui qui se mettait le plus facilement en colère.

Au même moment, Kacey eut une contraction et poussa un cri de douleur.

— Elle a perdu les eaux, dit Marta qui pointa du doigt la flaque au sol.

Oleg posa les yeux sur Kacey puis regarda la flaque qui souillait le sol en béton. Il fit un signe de tête à son collègue, qui s'appelait Anton. Celui-ci s'avança vers elle, la prit par le bras et la tira vers les marches.

Une fois qu'elle fut sortie, et avant qu'Oleg referme la porte, elle jeta un dernier regard aux autres filles.

On l'emmena dans un bureau à la moquette noire équipé d'un ordinateur, d'un téléphone, d'une télévision fixée au mur et d'un petit réfrigérateur. L'aspect banal de cette pièce la frappa tant il était en décalage avec ce que vivaient ses camarades restées prisonnières au sous-sol.

Par la fenêtre, elle vit une route encombrée de nombreux véhicules et, plus loin, ce qui ressemblait à un centre commercial. Le soleil brillait et elle dut se protéger les yeux de la main pour s'habituer à la luminosité.

— Appelle le patron, dit Oleg.

Anton la lâcha et se dirigea vers le téléphone. Elle remarqua la présence d'un troisième homme, qu'elle n'avait jamais vu, qui l'observa de la tête aux pieds.

Elle posa les mains sur son ventre. La contraction était passée. Après une brève conversation, Anton reposa le combiné du téléphone.

— Le patron a dit qu'il appelait le médecin.

Oleg la poussa sur l'une des chaises du bureau. Elle

regarda l'ordinateur, puis le téléphone, et réfléchit. Comment faire pour se servir de l'un ou l'autre ? L'homme qu'elle ne connaissait pas vint s'appuyer sur le coin du bureau en face d'elle et croisa les bras. Il arborait un air tellement méprisant qu'elle se sentit révoltée.

— Pas ici, fit-il. Elle va mettre du sang partout. Emmenez-la dans la salle d'examen.

Avant qu'elle ait pu réagir, Anton la saisit par le bras et la décolla de son siège avec une telle force qu'elle eut l'impression que ses pieds quittaient le sol.

Suivi d'Oleg, il traversa le couloir et la fit entrer dans une petite pièce sans fenêtre équipée d'une table d'examen. Elle en eut la chair de poule.

Une nouvelle contraction la fit grimacer.

— Mal ? lui demanda Oleg depuis le seuil.

Elle acquiesça.

— Bien. Ça veut dire que le bébé arrive.

Anton le rejoignit. Alors qu'il sortait, elle l'entendit demander à Oleg :

— Et elle, on en fait quoi ?

Malheureusement, il referma la porte avant qu'elle puisse entendre la réponse. Cependant, elle avait la conviction qu'une fois qu'elle aurait accouché, ils se débarrasseraient d'elle.

Elle posa de nouveau les mains sur son ventre. Bien sûr, le bébé qu'elle portait n'était pas vraiment le sien, mais peu importait. À mesure qu'elle l'avait senti grandir en elle, elle avait appris à l'aimer. Elle avait envie de le voir naître et de le protéger. Ce qui signifiait qu'elle devait absolument rester en vie.

D'un geste décidé, elle frappa à la porte.

— Je dois aller aux toilettes.

— Sers-toi de l'évier, lui répondit-on depuis l'autre côté de la porte.

— Je ne peux pas monter dans l'évier !

La porte s'ouvrit. Anton entra, la prit par le bras, la tira le long du couloir, lui fit monter un escalier et la poussa dans une jolie salle de bains avec une baignoire, du savon, du shampooing et des serviettes propres.

Les toilettes se trouvaient au fond et, en face, il y avait une petite fenêtre.

— Vas-y, lui lança Anton.

Il se retourna mais ne sortit pas.

Kacey releva sa robe et s'assit sur les toilettes.

Très vite, Anton perdit patience. Sans se retourner, il lui fit signe de se dépêcher.

— Je n'ai pas fini.

— Je te préviens, tu n'as pas intérêt à avoir le bébé ici.

Elle sut alors quoi faire. Fermant les yeux, elle se mit à hurler. Un bref coup d'œil lui permit de constater qu'Anton commençait à s'agiter.

Elle cria plus fort.

— Oleg ! Monte !

Anton sortit sur le palier pour appeler son collègue. Sans perdre un instant, Kacey se jeta sur la porte, la claqua et la verrouilla. Anton martela des poings le battant, mais elle était déjà en train d'ouvrir la fenêtre.

Sans hésiter, elle sortit sur le petit toit plat en contrebas et avança jusqu'au bord. Le toit dominait une pelouse. Ce n'était pas très haut mais, dans son état, sauter serait dangereux. Or, elle devait agir vite pour ne pas être reprise.

Tant bien que mal, elle courut vers l'autre extrémité de l'avant-toit, où elle découvrit une fenêtre entrouverte donnant sur une chambre. Elle venait de se glisser dans la pièce lorsque des chocs sourds résonnèrent, suivis d'un craquement sinistre. Elle jeta un coup d'œil furtif dans le couloir ; la porte de la salle de bains avait cédé sous les coups d'épaule des trois hommes qui se ruèrent à l'intérieur en vociférant. Aucun de ses agresseurs n'étant en vue, elle s'empressa de descendre l'escalier.

Arrivée au rez-de-chaussée, elle fila vers la porte d'entrée. Sur une console, elle vit un trousseau de clés dont elle s'empara. Alors qu'elle se tournait vers la porte du sous-sol pour aller délivrer ses compagnes, elle aperçut Oleg par la fenêtre du salon. Il ne lui avait pas fallu longtemps pour descendre du toit ! Leurs regards se croisèrent et il appela les autres tout en se mettant à courir pour contourner la maison. Elle repartit hâtivement vers la porte d'entrée et se précipita au dehors. Plusieurs véhicules étaient garés dans la rue. Sur le trousseau, il y avait une clé de voiture. Elle activa la commande d'ouverture à distance. Les feux arrière de la voiture la plus proche clignotèrent. Elle s'y engouffra, claqua la portière et enclencha le verrouillage automatique.

Au moment où elle mettait le contact, Oleg arriva à sa hauteur. Il tenta d'ouvrir sa portière, puis donna un violent coup de poing dans la vitre qui vola en éclats. Affolée, le pied au plancher, elle démarra comme il tendait le bras pour la saisir.

La voiture fit un bond en avant.

— Je t'éventrerai pour te prendre le bébé ! entendit-elle Oleg hurler.

Mais elle s'éloignait déjà à toute allure. Dans le rétroviseur, elle vit Anton courir derrière elle sur quelques dizaines de mètres, puis faire demi-tour.

Un soupir de soulagement lui échappa. Il fallait maintenant qu'elle alerte la police pour qu'on délivre ses amies.

Soudain, elle se souvint que Marta lui avait raconté avoir

entendu Oleg dire qu'ils avaient les flics dans leur poche. Non, il fallait qu'elle aille voir la police tribale, chez elle, à Turquoise Canyon.

Où était-elle ? Des gouttes de sueur perlaient sur son front et, de temps à autre, de légères contractions la faisaient grimacer. Elle tourna dans une rue puis, après un coup d'œil dans le rétroviseur, ralentit et observa les alentours. Elle avait la sensation de connaître cet endroit. Ça ne pouvait pas être loin de chez elle car, quand elle s'était retrouvée à l'arrière d'une camionnette, le trajet n'avait pas été long.

Elle ne tarda pas à se repérer. Elle était à Darabee, dans l'Arizona. Au sein de sa tribu, tout le monde savait que c'était là que la police avait tendu un piège à un criminel notoire dans le seul but de l'abattre froidement. Une enquête avait été ouverte, et le chef de la police locale avait été remplacé. Malgré tout, elle n'oubliait pas ce que lui avait dit Marta. La police de l'Arizona était potentiellement corrompue et en lien avec l'organisation qui les avait enlevées. Il était hors de question qu'elle prenne le risque de se jeter dans la gueule du loup. Mais alors qu'elle se trouvait à mi-chemin de Turquoise Canyon, elle prit conscience que c'était sans doute le premier endroit où on la chercherait.

Sa mère ne pourrait pas la protéger, même en imaginant qu'elle soit à la maison. Aller à Turquoise Canyon risquait de mettre ses frères et sœurs en danger. Marta, sa meilleure amie, et les autres, étaient toujours prisonnières. Elle devait agir vite et les sortir de là avant qu'il leur arrive malheur.

Elle faisait confiance à la police tribale. Ils retrouveraient la maison où elles étaient détenues. Elle prit la direction de Piñon Forks, où se situait le quartier général de la police tribale. En arrivant, elle découvrit que le parking était désert. Le bâtiment, quant à lui, paraissait inoccupé.

Quelque chose ne tournait pas rond.

Pourquoi, depuis qu'elle était entrée sur le territoire de la réserve, n'avait-elle croisé personne ? Pas la moindre voiture, pas le moindre pick-up. La ville elle aussi semblait déserte. Où étaient-ils tous passés ?

Soudain, dans son rétroviseur, elle vit arriver une voiture et se crispa. Était-ce Oleg ?

L'homme qui en sortit n'était pas apache. Il portait une sorte d'uniforme. Le cœur battant très fort, elle fut tentée de démarrer en trombe et de fuir, mais elle avait besoin de savoir pourquoi tout était désert.

L'homme s'approcha de sa portière. Le pied sur la pédale d'accélérateur, prête à partir, elle attendit qu'il arrive à sa hauteur. Elle aurait voulu pouvoir entrouvrir seulement sa vitre pour lui parler, mais celle-ci était brisée, la laissant vulnérable.

— Vous cherchez les locaux de la police tribale ? lui demanda l'homme.

— Oui.

Sa voix sonna étrangement à ses oreilles, presque comme un grincement.

— Ils ont déménagé.

Quoi ? Mais pourquoi ? Tout ça n'avait aucun sens !

— Où ? fit-elle dans un souffle.

L'homme inclina la tête et l'observa avec une expression interrogatrice, comme étonné qu'elle n'en sache rien.

— À Turquoise Ridge.

Alors, il vit son ventre.

— Oh ! Et la clinique est là-bas aussi, maintenant. Ce sont deux grands préfabriqués côte à côte. Vous ne pouvez pas les rater. Vous voulez que je vous y conduise ?

— Non, merci.

Sans attendre, elle démarra pour reprendre la route.

Ils avaient déménagé ? Qu'est-ce qui avait pu pousser

les autorités de la réserve à abandonner leur communauté pour aller s'installer à proximité des sites miniers de Turquoise Ridge ?

L'ancienne clinique se trouvait juste à côté du poste de police, et elle aussi était désertée. Mais même si ce n'avait pas été le cas, elle n'aurait pu s'y rendre car Oleg et ses complices l'y auraient probablement recherchée. Car c'était là qu'on les avait inséminées, les autres filles et elle. Il n'y avait pas d'autre explication possible. Toutes s'étaient rendues à la clinique peu de temps avant d'être enlevées. Mais elle n'aurait su dire ce qu'il s'y était passé exactement. Là encore, c'était pareil pour toutes. Il leur manquait une partie de leurs souvenirs. Pourquoi ?

Elle devait parler à la police tribale.

Quand elle sortit de ses pensées, elle se rendit compte qu'elle était déjà entrée sur le territoire de la commune de Koun'nde. Elle devrait faire demi-tour.

Mais pour aller où ?

Où serait-elle en sécurité, où aurait-elle la conviction que ces types ne la retrouveraient pas ? Où obtiendrait-elle de l'aide pour elle et ses amies sans mettre personne d'autre en danger ?

Elle eut alors une idée. Elle irait trouver le garçon qui lui avait promis de partir avec elle mais qui, finalement, l'avait laissée tomber. Elle savait qu'il était revenu d'Afghanistan. Ty, le frère de Colt, le lui avait appris, comme il lui avait appris qu'il avait beaucoup changé. Il avait été démobilisé après un grave événement survenu là-bas. Ty lui avait raconté que Colt et plusieurs hommes de son unité avaient été capturés par les insurgés, puis libérés.

À son retour, Colt l'avait appelé du Maryland pour lui dire qu'il n'était pas prêt à revenir à la maison. Mais Ty avait insisté et, finalement, l'avait convaincu. Néanmoins, Colt n'avait accepté qu'après avoir obtenu de pouvoir s'installer seul dans le petit chalet que possédait sa famille près de Dead Horse Road, à l'écart de la communauté de Turquoise Ridge.

Ty avait dit à Kacey que Colt voulait la voir dès qu'il aurait repris ses marques, mais elle avait été enlevée avant qu'ils puissent se rencontrer. Elle savait toutefois que Colt avait le projet de restaurer le vieux chalet. Il le lui avait montré une fois, et elle savait où il se trouvait. C'était un bon endroit pour se cacher et, si Colt était là-bas, il l'aiderait à porter secours à ses amies.

En revanche, elle n'était pas certaine d'avoir la force d'y aller. Les contractions avaient repris, plus fréquentes et, par moments, la douleur lui faisait faire de dangereux écarts. Il fallait absolument qu'elle arrive avant d'être obligée de s'arrêter ou que les hommes qui la poursuivaient la rattrapent.

« Je t'éventrerai pour te prendre le bébé. »

Le souvenir des paroles d'Oleg la fit frissonner. Les larmes qu'elle retenait depuis plusieurs mois se mirent à couler sur ses joues et lui brouillèrent la vue. Mais elle les ignora, tout comme elle s'efforça d'ignorer la douleur et accéléra.

Le temps lui était compté.

Colt Redhorse entendit un crissement de pneus dans le gravier au moment où un véhicule s'engageait dans le chemin qui menait à son chalet, beaucoup trop vite. Dans sa jeunesse, son frère Ty conduisait de cette façon pour tester les voitures qui lui passaient entre les mains. À présent, quand il venait le voir, il se montrait beaucoup plus prudent et envoyait même souvent Hemi, son chien, en éclaireur.

Ce n'était donc pas Ty.

Colt s'empara de son fusil. Son pistolet était toujours à sa hanche ou, dans les rares moments où il dormait, à portée de main. Et il dormait peu. Cela donnait à ses ennemis trop de possibilités de l'atteindre dans ses rêves.

Il sortit et se déplaça rapidement, passant d'un arbre à l'autre sans faire le moindre bruit. Qui que soit son visiteur, il ne l'entendrait pas et ne le verrait pas approcher. Il était comme la mort : silencieux et sans pitié.

Depuis son retour d'Afghanistan, il ne connaissait plus que deux émotions : la peur et la fureur. En cet instant, il était furieux. Personne ne venait ici sans y avoir été convié. Son frère Jake avait essayé plus d'une fois de passer à l'improviste. Certes, Colt ne lui avait pas tiré dessus, mais il lui avait fait comprendre sans ménagement qu'il violait son espace personnel.

Légalement, le chalet appartenait autant à ses frères qu'à lui mais il considérait que, vu qu'il l'occupait, c'était avant tout le sien. Et il y vivait parce qu'il ne supportait pas la présence d'autres personnes. Il était tellement nerveux qu'il éprouvait des fourmillements dans tout le corps, comme un junkie en pleine descente.

Il n'était plus en Afghanistan, se dit-il pour se calmer. Il était chez lui, en territoire apache, près de Turquoise Ridge.

Turquoise Ridge, la plus reculée des trois villes de la réserve de Turquoise Canyon. Ici, la plupart des habitants travaillaient à la mine. Pour vivre ici, il fallait pouvoir aller régulièrement chercher de l'eau en ville, apprendre à se passer d'électricité. À part des mineurs, il y avait quelques ermites. Sans doute en faisait-il partie. Son voisin le plus proche était un vétéran du Vietnam qui avait rejoint l'armée dans l'espoir de devenir interprète de code, comme les Navajos, et qui, à son retour, était aussi fou que Colt avait l'impression de le devenir.

Il recouvra une respiration normale, seule l'adrénaline lui provoquait encore des fourmillements.

Désormais, il avait un objectif : découvrir l'identité de l'intrus.

Il se remit à avancer discrètement pour voir le chemin et repéra une voiture noire qu'il ne connaissait pas. Un coupé poussiéreux au capot cabossé. Le véhicule était garé de travers, et le nuage de poussière que le conducteur avait soulevé en freinant brusquement retombait lentement. Le pare-brise teinté ne lui permettait pas de voir qui était à bord. Il plissa les yeux.

Pourquoi ne lui fichait-on pas tout simplement la paix ?

La portière s'ouvrit, et une main apparut. Une main frêle qui s'accrochait à la portière, comme si le conducteur devait faire de gros efforts pour sortir de la voiture. Colt leva son fusil et visa.

Puis il distingua la tête de sa cible et faillit en laisser tomber son arme.

Cela faisait plus d'un an et demi qu'il n'avait plus vu ce visage, mais il ne l'avait pas oublié. C'était Kacey Doka, son ex-petite amie. Celle qui avait tout fait pour le dissuader de rejoindre l'armée, qui l'avait supplié de ne pas la laisser. Il lui avait expliqué que c'était la seule solution s'ils voulaient quitter la réserve. Lui, il n'avait pas envie de partir, il aimait vivre ici, mais Kacey voulait s'en aller, et il l'aimait suffisamment pour faire ce sacrifice.

Une fois engagé, il avait voulu lui donner l'argent de sa première solde, mais elle l'avait refusé car elle souhaitait qu'ils partent ensemble. Or, il avait déjà pris un engagement et ne pouvait revenir en arrière. Comment avait-il pu aussi mal s'y prendre ? Elle n'avait pas répondu aux lettres qu'il lui envoyait et quand, à sa démobilisation, il était rentré dès qu'il en avait eu le courage, il s'était rendu chez elle. La mère de Kacey lui avait affirmé qu'elle était partie depuis des mois, qu'elle ignorait où elle était et ne s'attendait pas à la revoir. Et pourtant, à l'instant, c'était bien elle qu'il voyait.

Elle leva les yeux dans sa direction, ce qui le troubla. Avait-il fait un bruit qui avait attiré son attention ? Puis il la vit tourner la tête de tous côtés, comme si elle était désorientée.

Pourquoi était-elle là après tout ce temps ? Cela faisait plusieurs mois qu'il était rentré. Ty l'avait-il appelée ? Cette pensée l'inquiéta. Qu'il soit quasiment devenu un ermite qui ne supportait plus la compagnie des hommes était déjà suffisamment dur à vivre. Si Kacey l'apprenait, ce serait encore pire.

— Colt ? appela-t-elle.

Il s'appuya dos contre le tronc d'un gros pin et ferma les yeux.

Va-t'en, Kacey, s'il te plaît.

— Colt, c'est Kacey ! Je dois te parler.

Non, certainement pas. Pas comme ça.

Ty l'avait envoyée, il n'y avait pas d'autre explication. Maudit soit-il ! Il lui avait pourtant dit clairement qu'il ne voulait voir personne. Qu'il n'était pas prêt. Ty avait-il perdu espoir qu'il se remette ? Pourtant, peu à peu, il retrouvait ses repères. Il parvenait à passer une journée entière sans être pris d'une crise de panique. En revanche, les nuits étaient toujours très longues. Et, bien sûr, il savait que le manque de sommeil ne l'aidait pas à se rétablir. Quoi qu'il en soit, il refusait d'accepter l'aide de Ty.

— J'ai des ennuis, Colt. Par pitié, réponds-moi !

Des ennuis ?

Il rouvrit les yeux et se redressa. Quel genre d'ennuis pouvait-elle bien avoir ?

Était-ce une ruse ?

Même si sa mère la négligeait la plupart du temps, Kacey s'en était bien sortie à l'école. Elle était absente seulement quand sa mère n'était pas en état de s'occuper de ses frères et sœurs. Ty lui avait appris que Kacey avait été acceptée à l'université de Phoenix et comptait vivre sur son « pactole » aussi longtemps que possible. Le « pactole » était le nom qu'on s'amusait à donner à l'allocation attribuée chaque année par les autorités de la réserve aux jeunes de moins de dix-huit ans, qui pouvaient ensuite, à leur majorité, disposer de la somme accumulée. Nombre d'entre eux utilisaient la totalité pour s'acheter une voiture tape-à-l'œil. Et, en général, ceux qui l'investissaient de cette façon n'avaient plus d'argent pour s'acheter une autre voiture plus tard. Il connaissait nombre de trentenaires qui conduisaient encore la voiture qu'ils s'étaient offerte à leurs dix-huit ans. C'est pourquoi lui n'avait pas fait cette bêtise. Il avait tout gardé pour Kacey et lui. Il espérait que cet argent, couplé avec celui de sa solde et de sa prime d'engagement, leur permettrait de s'offrir une maison sur le territoire de la réserve.

Il était convaincu que, s'il parvenait à faire en sorte qu'ils aient leur propre maison, elle oublierait ses projets de départ. C'était pour cette raison qu'il s'était engagé dans les marines. Et c'est à cette époque que leur relation s'était terminée. Alors, quand, à son retour, il avait appris qu'elle était partie, il n'avait pas été étonné.

Avait-elle utilisé son pactole pour s'en aller ?

Avant, elle l'aimait. Il n'en doutait pas. Lui aussi l'avait aimée, et c'était précisément pour cela qu'il ne souhaitait pas qu'elle le voie maintenant. Sans quoi les vestiges de sentiments qu'elle éprouvait peut-être encore pour lui disparaîtraient définitivement.

Mais lui, il avait le droit de la regarder. Il pouvait se l'autoriser. Juste une minute. Ensuite, il partirait.

— Je vais m'approcher. Ne me tire pas dessus, Colt Redhorse, sinon je le dirai à ta mère !

Sa mère à lui aimait bien Kacey, et elle s'inquiétait pour lui. Ty le lui avait dit. Sa mère n'était en outre pas en bonne santé. Mais pourquoi Ty ne l'avait-il pas prévenu que Kacey était de retour ? S'il l'avait su, il aurait pu se préparer à sa venue.

Il perçut le bruit de ses pas dans le chemin gravillonné. Sa démarche semblait lente et laborieuse. Soudain, il l'entendit pousser un cri, comme si elle souffrait. Il jeta un coup d'œil vers le chemin et ce qu'il vit le laissa bouche bée.

Kacey était-elle enceinte ?

Mais oui, pas de doute ! Le visage tordu de douleur, elle tenait son ventre gonflé à deux mains.

Ébahi, il écarquilla les yeux. Il avait vu le même rictus de souffrance sur le visage de sa mère le jour où elle avait donné naissance à Abbie, sa petite sœur. À l'époque, il n'avait que six ans, mais ce souvenir l'avait marqué.

Était-elle sur le point d'accoucher ?

Non, c'était impossible. Pour venir jusqu'ici alors qu'elle était en travail, il aurait fallu qu'elle ait perdu la tête. Un instant, elle disparut de son champ de vision et il se tordit le cou pour la suivre des yeux. Elle se dirigeait vers le sentier menant au chalet ; elle savait par où passer.

Kacey avait pour ainsi dire fait partie de sa famille. Elle passait plus de temps chez lui que chez elle, et rentrait seulement quand une de ses sœurs venait lui apprendre que leur mère avait une fois de plus disparu. En général, quand elle disparaissait pendant plusieurs jours, c'était pour aller livrer de la drogue pour le compte du gang du Loup. C'était en tout cas ce que prétendait Ty.

Sans se montrer, il suivit sa progression. Elle semblait fragile et fatiguée ; elle cherchait manifestement à se déplacer le plus vite possible malgré son ventre, qu'elle continuait de soutenir à deux mains. Et elle regardait souvent derrière elle. Pourquoi ?

Soudain, elle s'arrêta et regarda plus longuement en direction de la route. Son regard s'agrandit d'effroi et elle se mit à courir. Qu'avait-elle vu ? Complètement paniquée, elle s'enfonça dans le bois pour se cacher.

— Ils sont là ! Colt ! Tu m'entends ? Ils vont me reprendre !

« Me reprendre » ?

Non, personne ne te reprendra !

Il ignorait de qui et de quoi elle parlait, mais il ne laisserait personne s'emparer d'elle. Il était chez lui, armé, et, pour Kacey, il était prêt à tuer. Il avait beau être instable, il se rappelait parfaitement l'avoir aimée et en avoir été heureux. Y repenser lui provoqua un pincement au cœur. Après ce qu'il avait vécu en Afghanistan, il n'était pas certain d'être encore capable d'aimer une femme, mais cela ne signifiait pas qu'il ne protégerait pas Kacey. Au péril de sa vie s'il le fallait.

Il se déplaça pour avoir une vue dégagée sur la voiture de Kacey et attendit que le second véhicule approche. Il leva son fusil, plaqua la crosse contre sa joue et ferma l'œil gauche.

Il était concentré, calme.

Visant le pare-brise côté conducteur, il tira. Le pare-brise, qui aurait dû voler en éclats, resta intact. Le second tir atteignit le côté passager, avec le même résultat. Il utilisait pourtant des munitions de gros calibre.

— Du verre pare-balles, marmonna-t-il pour lui-même.

C'était la première fois depuis son retour d'Afghanistan qu'il avait affaire à un véhicule blindé. Une telle voiture était extrêmement rare et coûteuse. Elle s'immobilisa puis repartit en marche arrière.

Colt dévala la colline. Quand il arriva en bas, la voiture

faisait demi-tour. Il fit feu deux fois mais érafla à peine la peinture. Il n'insista pas.

Qui pouvait bien être aux trousses de Kacey ?

Quelqu'un qui avait de l'argent. Beaucoup d'argent.

Il regarda la voiture disparaître. Si elle revenait, c'est à la grenade qu'il l'accueillerait !

Il se retourna et remonta vers l'endroit où Kacey s'était cachée. Elle était recroquevillée derrière un rocher, les mains crispées sur son ventre. Elle avait les yeux clos et respirait bouche ouverte. Elle avait des ennuis, en effet. Et il redoutait qu'elle donne naissance à son bébé ici même, dans les bois.

2

— Ils sont partis, dit Colt d'une voix légèrement plus grave que dans son souvenir.

Il s'agenouilla à côté d'elle, son fusil à l'épaule, ses longs cheveux noirs sur les épaules. Elle croisa son regard et reconnut l'éclat sombre de ses iris. Il avait la peau bronzée, les sourcils un peu plus épais qu'avant, le nez droit et les lèvres toujours aussi pleines et séduisantes. Sa petite fossette au menton était plus marquée, ses traits plus dessinés. Il semblait aussi avoir perdu du poids mais gagné en muscles. Le tout lui donnait une allure plus dure, plus… menaçante.

Elle était en sécurité. C'était la première fois depuis neuf mois qu'elle éprouvait cette sensation. Elle en fut si heureuse qu'elle lui passa impulsivement les bras autour du cou et l'embrassa. Elle sentit sa chaleur et son odeur familière de pin l'envelopper, mais il se raidit et lui posa les mains sur les épaules. Pendant quelques instants, elle crut qu'il allait la repousser puis, après une hésitation, il l'attira à lui et l'embrassa à son tour. Elle était avec lui, dans ses bras, et tout…

Soudain, il la reprit par les épaules et la repoussa légèrement, la fixant droit dans les yeux. Il paraissait perdu, presque paniqué. Il soupira et se passa la main sur la bouche, comme pour en chasser le souvenir de son baiser. Ce geste la blessa, mais elle n'eut pas le temps de s'y attarder. Une contraction la fit grimacer et elle serra les poings pour ne pas crier.

Colt n'était plus le garçon dont elle se souvenait, celui qui l'embrassait passionnément puis lui promettait qu'il serait toujours là pour elle. Ce garçon-là était joyeux et optimiste. L'homme qui se tenait devant elle était plus grand, plus musclé, et il y avait également davantage de dureté dans son expression. Il ressemblait à un cheval sauvage qui se prépare à affronter un homme qui cherche à le capturer au lasso.

Il se releva, recula et l'observa de la tête aux pieds.

À l'idée de ce qu'il devait être en train de penser, une bouffée de honte l'envahit et son visage devint brûlant. Elle posa une main sur son ventre et une autre sur sa joue, comme pour se cacher. En l'espace d'un an, tout avait changé entre eux. Ils étaient devenus des étrangers.

Une nouvelle contraction, plus forte que les précédentes, la fit se cambrer. Malgré tous ses efforts, elle ne put retenir un gémissement.

— Tu ne devrais pas faire ça, marmonna Colt. Je ne suis pas… Je ne peux pas…

Il poussa un long soupir oppressé.

— Ils vont revenir pour le bébé.

Il regarda vers la route en contrebas.

— Tu veux que je t'emmène à la clinique ?

— Non ! cria-t-elle en réponse.

— Mais alors, où ? Chez ta mère ? demanda-t-il, l'air complètement perdu.

— Non, ils me chercheront là-bas. Je ne veux pas qu'il arrive malheur à mes frères et sœurs.

La contraction se calma et elle put se détendre un peu. C'est alors qu'elle se rendit compte que Colt avait passé un bras autour de ses épaules et qu'elle lui serrait l'autre de toutes ses forces.

Cela faisait maintenant plus d'une heure que le travail avait commencé. Combien de temps lui restait-il avant que le bébé arrive ?

— Comment as-tu su où j'étais ?

— Ty m'a dit qu'après ta démobilisation tu avais accepté de revenir seulement si tu pouvais t'installer ici.

Ty lui avait-il également expliqué pourquoi il avait été démobilisé ?

— Alors c'est pour me voir que tu es venue ?

Elle baissa les yeux.

— Je ne savais pas quoi faire d'autre.

Il émit un curieux petit son.

— Je suis touché.

Ne trouvant pas les mots pour lui répondre, elle se contenta de le regarder. Il lui sourit et, un bref instant, elle se sentit mieux. Il était avec elle et la protégerait.

Elle observa la ligne puissante de ses épaules, ses longs cheveux noirs et brillants. Elle en prit une mèche entre ses doigts.

— Ils ne t'ont pas coupé les cheveux ?

— Non. Je devais seulement les attacher ou les nouer en chignon.

— En chignon ?

L'imaginer avec un chignon la fit sourire. Il lui sourit en retour, révélant ses dents blanches impeccables. Elle remarqua qu'il avait la mâchoire et les pommettes saillantes.

— Tu es trop maigre, dit-elle.

Il pinça les lèvres et acquiesça.

— C'est aussi ce que dit Ty.

— Tu le vois souvent ? Comment va-t-il ?

— Je ne lui parle pas, marmonna-t-il en secouant la tête.

Elle fronça les sourcils, surprise.

— Mais tu viens de dire…

— Il passe de temps en temps. Il me parle. Je le laisse faire. Mais moi, je ne lui dis rien. Je ne parle à personne.

— Sauf à moi ? fit-elle, étonnée.

Il soupira.

— On dirait, oui.

— Depuis combien de temps vis-tu ainsi ?

— Depuis qu'ils m'ont libéré.

— « Libéré » ?

Ne savait-elle pas ce qui lui était arrivé ? Non, bien sûr que non. Il voyait à son expression interrogatrice qu'elle ignorait ce qu'il avait vécu. Et ce n'était pas le moment de tout lui raconter.

Doucement, il l'aida à se relever et l'emmena vers la voiture.

— Allez, viens, allons-nous en d'ici. Il faut qu'on s'occupe de toi.

Après quelques pas, elle s'arrêta.

— Je ne peux pas aller à la clinique de la réserve, ni à la police.

— Pourquoi ?

— Parce qu'ils me cherchent. Et, s'ils me retrouvent, ils me reprendront.

Instinctivement, il porta la main à son fusil qu'il avait remis à son épaule.

— Qui ?

— Les deux hommes qui m'ont enlevée. Et ils ne sont pas seuls. Mais je n'ai vu qu'Oleg et Anton, et un troisième type dont j'ignore le nom.

— Oleg et Anton ? Des Russes ?

— Je crois. Mais je ne sais rien d'eux.

— Ils ont une voiture blindée, dit-il en regardant vers la route.

Il saisit son fusil.

— Bouche-toi les oreilles, lui ordonna-t-il.

Elle s'exécuta. Il tira une balle dans la portière arrière de la voiture avec laquelle elle avait pris la fuite et y fit un trou.

— Celle-ci n'est pas blindée, commenta-t-il avant de remettre la lanière de son fusil sur son épaule. Bien. Allons plus loin dans les montagnes. Il y a un autre chalet.

— Qui d'autre connaît son existence ?

— Ty.

— D'accord. Allons-y.

Elle le laissa l'aider à s'installer sur le siège passager et rougit lorsqu'il tira sa ceinture de sécurité par-dessus son ventre pour l'attacher. Se laissant aller contre le dossier de son siège, elle ferma les yeux.

— Depuis quand te retenaient-ils ?

Elle ouvrit les yeux et tourna la tête vers lui.

— Depuis février.

— Février !

Il plissa le front tellement il était troublé ; cela faisait quasiment neuf mois.

— Oui.

— Tout le monde a dit que tu étais partie.

— Non, je ne suis pas partie de mon plein gré.

Elle tendit le bras pour lui prendre la main.

— Colt, je n'étais pas leur seule prisonnière. Il y a d'autres filles encore retenues. Elles sont toutes de Turquoise Canyon, et toutes enceintes, comme moi. Et nous ne savons même pas comment ça nous est arrivé.

Colt regardait fixement la route. Il semblait n'y rien comprendre, et elle ne pouvait pas l'en blâmer.

— Je pourrais appeler Jake pour qu'il aille les délivrer, dit-il finalement.

— Tu as un téléphone ?

Il fit non de la tête.

— Si Jake se rend là-bas, ils le tueront.

Elle sentit venir une nouvelle contraction et se mordit la lèvre.

— Il faut pourtant faire quelque chose, reprit Colt. Tu as dit qu'il y avait d'autres filles.

— Oui. Ils retiennent Marta Garcia, qui était dans ma classe au lycée. Ils l'ont enlevée avant moi. Il y a aussi Brenda Espinoza, qui est enceinte de cinq mois. Enfin, il y a Maggie Kesselman. Et Marta va certainement accoucher d'un jour à l'autre.

— Et, maintenant que tu t'es échappée, que va-t-il leur arriver ?

— Je n'en sais rien, répondit Kacey, qui néanmoins redoutait le pire.

— Il faut prévenir Jake, insista Colt.

— D'accord.

Le frère de Colt était la nouvelle recrue de la police tribale, et elle savait que c'était quelqu'un de confiance.

Elle eut un point de douleur dans le dos.

— Ouh ! gémit-elle en faisant la grimace.

— Nous devons trouver un endroit où tu seras en sécurité. Il faut aussi que je trouve une femme pour t'aider.

— Non. Tous ceux qui sauront que j'ai eu un bébé seront en danger. Colt, je t'assure que j'aurais aimé savoir quoi faire toute seule. Mais j'ai peur, et j'ai besoin de ton aide.

— Mais je n'ai jamais...

— Moi non plus.

Il secoua la tête et, dans son expression, elle décela quelque chose qu'elle n'y avait jamais vu : de la peur.

— Colt Redhorse, tu m'as déjà abandonnée une fois. Ne t'avise pas de recommencer.

Elle l'avait imploré de ne pas partir. Elle avait pressenti

qu'il lui arriverait malheur. En fin de compte, il leur était arrivé malheur à tous deux.

— Je t'avais promis de revenir.

— Tu n'en as rien fait.

— Si. Mais tu n'étais plus là. Je vais t'emmener dans un endroit sûr, Kacey. Je te le promets.

Elle soupira. L'air était si pur et si doux, ici ! Au souvenir du sous-sol humide dans lequel elle venait de passer plusieurs mois, elle frissonna.

— Bien, on prévient Jake, d'accord ?

Comme elle acquiesçait d'un hochement de tête, il s'empressa de démarrer et prit la direction de Turquoise Ridge.

Colt prit la direction de la concession de David SaVala. Ce n'était pas loin, et il se chargerait de transmettre un message à Ty, qui serait en mesure d'appeler Jake.

Ensuite, il conduirait Kacey à son second chalet dans la montagne et l'aiderait à mettre son bébé au monde. Il cacherait la voiture mais la laisserait à proximité, au cas où il serait forcé d'emmener Kacey à l'hôpital. Avec un peu de chance, Ty ne tarderait pas à arriver.

Colt avait trois frères plus âgés que lui et une sœur cadette. L'aîné était Kee, qui venait d'obtenir son diplôme de médecin. Colt aurait préféré que ce soit lui qui s'occupe de Kacey, mais elle refusait de se rendre à la clinique de la réserve. Il faudrait qu'elle lui explique pourquoi. Le second plus âgé de ses frères était Ty qui, comme lui, s'était engagé dans les marines, mais les avait quittés de son plein gré une fois son engagement terminé. C'était d'ailleurs le récit de son expérience qui l'avait convaincu de s'engager à son tour.

Pourtant, au départ, Ty avait rejoint les marines pour échapper à une condamnation suite à un vol à main armée auquel il avait participé avec leur père. Dans sa jeunesse, Ty avait en effet fait partie du gang du Loup, la bande de malfaiteurs qui sévissait dans la réserve. Les autorités judiciaires de la réserve avaient néanmoins considéré que Ty avait avant tout besoin d'un cadre et de discipline, raison pour laquelle on lui avait proposé un arrangement : s'il acceptait de rejoindre les marines, les charges contre lui seraient abandonnées. Quant à leur père, qui avait déjà été arrêté à plusieurs reprises, les autorités tribales l'avaient laissé aux mains de la police fédérale. Désormais, Ty faisait de son mieux pour vivre dans le droit chemin, mais il lui arrivait encore d'effectuer de « petits boulots » pour le gang du Loup. Il disait lui-même qu'il était beaucoup plus facile de quitter l'armée qu'un gang.

Jake, le troisième frère de Colt, et le plus proche de lui en âge, avait rejoint la police tribale. C'était aussi celui qui avait le plus veillé sur lui quand leur père s'était retrouvé en prison.

— Ty vit à Koun'nde. Il a un téléphone. Si j'arrive à convaincre SaVala de me prêter le sien, je pourrai appeler Ty et Jake. Et, ensuite, appeler Kee pour lui demander de venir t'aider pour l'accouchement.

Kacey avait les yeux fermés et respirait par la bouche. La sueur perlait à son front.

— Kacey ? dit-il doucement pour attirer son attention.

Elle tourna lentement la tête vers lui.

— Ils ne te reprendront pas, lui promit-il.

Elle se laissa aller contre l'appui-tête. Elle avait dix-neuf ans, mais elle ressemblait encore à l'ado dont il s'était épris. Et qu'il aimait toujours. Pourquoi l'avait-il quittée ? Elle avait eu raison sur tout. Ils avaient tous deux vécu une terrible expérience. Il s'était persuadé que s'engager dans les marines serait le moyen le plus rapide pour lui offrir ce qu'elle désirait, il avait également voulu se prouver qu'il était aussi fort que Ty, aussi intelligent que Kee, et aussi doué que Jake. Mais il s'était fourvoyé. En fait, il était une misérable loque humaine, même plus capable de parler aux autres... En tout cas depuis l'expérience qui l'avait profondément marqué.

Il n'avait pas eu l'occasion de devenir un héros. Au lieu de cela, il s'était retrouvé comme un animal qu'on mène à l'abattoir.

Il était de nouveau dans une voiture et l'air commençait à lui manquer. Le sang se mit à lui battre aux tempes, et il prit une grande inspiration pour se calmer. Serrant les mains sur le volant, il se raidit dans l'attente de l'explosion.

Cette fois, il serait prêt. Pas question de céder à la panique. Il se trouvait à Turquoise Canyon et devait rester concentré. Kacey avait besoin de lui. Néanmoins, il savait qu'il ne faisait que repousser la crise et que, tôt ou tard, elle le submergerait. Le psy de Walter Reed, dans le Maryland, lui avait dit qu'il lui fallait un suivi et qu'il était obligé de le placer sur la liste des sujets à risque. Mais il refusait de parler de ce qu'il avait vécu à qui que ce soit ; de toute façon, à moins d'avoir aussi été détenu par des insurgés, personne ne pouvait comprendre.

Personne ne pouvait comprendre que la captivité était moins pénible que les souvenirs qu'il en gardait et dont il ne se débarrasserait jamais. Le temps n'arrangeait pas les choses, au contraire, il les empirait. Il resserra son emprise sur le volant. Il détestait les voitures, les camions, tout ce qui roulait. Ses proches s'inquiétaient pour lui, mais ils ne comprenaient pas. Il luttait sans cesse contre les souvenirs, refusait de les évoquer, mais il n'avançait pas. Et la peur ne le quittait jamais.

Il jeta un coup d'œil à Kacey. La tête tournée vers lui, elle lui souriait.

Elle paraissait plus détendue mais avait toujours les mains posées sur son ventre. Ses cheveux étaient rassemblés en une natte lâche qui tombait sur son épaule. Son visage, naguère rond, s'était creusé. Quant à ses yeux marron, ils étaient toujours aussi beaux mais des cernes sombres les soulignaient. Ses lèvres, aussi pleines qu'avant, avaient cependant perdu de leur couleur. Et elle semblait particulièrement frêle. Elle avait toujours été mince mais là, c'était de la maigreur, comme si le bébé qu'elle portait avait absorbé l'essentiel de sa substance.

Apparemment, elle n'avait pas reçu suffisamment à manger.

Il songea aux rations qu'on lui donnait quand il était lui-même en captivité mais repoussa ce souvenir. S'il se laissait ronger par de telles pensées, il ne serait d'aucune aide à Kacey.

Il remarqua qu'elle Kacey avait reporté son attention sur le rétroviseur extérieur, comme si elle redoutait de voir apparaître une nouvelle menace.

Peut-être qu'elle pourrait comprendre ce qu'il ressentait, se dit-il. Après tout, elle aussi avait été prisonnière. Mais s'il s'ouvrait à elle, elle comprendrait aussi qu'il était le dernier sur qui elle pouvait compter pour l'aider. C'était d'ailleurs bien pour cela qu'il avait l'intention de la confier à ses frères. Ils étaient plus fiables que lui.

Cette réflexion lui arracha une petite grimace amère.

— Nous y sommes presque, marmonna-t-il, autant pour lui que pour elle.

3

Kacey sentit son corps se détendre. Les contractions étaient moins fortes, moins rapprochées. Mais combien de temps durait le travail ? Plusieurs heures ? Plusieurs jours ? Elle n'en avait pas la moindre idée. Quand elle avait accouché de sa sœur puis de son frère, sa mère était restée très peu de temps à la clinique. Demain, à la même heure, sans doute aurait-elle eu son bébé. Ce qui se passerait entre-temps, elle avait du mal à l'imaginer.

Bien sûr, elle avait appris au lycée comment se déroulaient une grossesse et un accouchement, mais tout ça n'était que de la théorie, complètement abstrait.

Colt ralentit et quitta la route pour s'engager sur un étroit chemin à peine matérialisé. Contre le flanc de la colline, elle repéra un chalet. Colt s'en approcha au plus près.

À peine garé, il descendit de voiture en toute hâte, mais ses mouvements n'étaient pas naturels, il glissa et tomba à quatre pattes. Il resta ainsi quelques instants avant de se relever en s'accrochant à la portière.

— Colt ?

Il transpirait à grosses gouttes, avait du mal à respirer, et sa main tremblait.

— Appelle-le, dit-il d'une voix faible.

Elle ouvrit sa portière et, lentement, quitta son siège.

Colt se redressa, s'essuya le front, saisit son fusil sur la banquette arrière et vint se poster devant elle.

Kacey appela pour indiquer leur présence. Un chien blanc vint à leur rencontre.

Peu après, David SaVala apparut, vêtu d'une salopette de travail couverte de poussière de roche. Toutes les concessions de la réserve appartenaient à la tribu, mais les familles les exploitaient de génération en génération. La famille de Kacey louait la sienne pour des périodes de cinq ans renouvelables.

David tendit la main à Colt, mais celui-ci ne la prit pas. David n'insista pas et se pencha pour voir qui était derrière Colt.

— Heureux de vous revoir ensemble, vous deux ! s'exclama-t-il en la reconnaissant.

Elle lui sourit et acquiesça. C'était plus simple que de fournir une explication.

David fit un pas de côté et remarqua alors son ventre.

— Oh ! je vois, dit-il en les regardant alternativement. Toutes mes félicitations !

Colt se gratta la nuque sans rien dire et commença à s'écarter de la voiture. Kacey le saisit par le bras pour éviter qu'il s'enfuie.

Elle expliqua la raison de leur présence à David qui, aussitôt, alla chercher son téléphone et revint avec. Il le lui remit en lui indiquant où ils devaient se rendre pour capter le réseau. Vu son état et la distance à parcourir, ils allaient devoir reprendre la voiture. Le chien trottina derrière eux pendant quelques instants, puis retourna vers son maître.

Lorsqu'ils arrivèrent à l'endroit indiqué, Colt tremblait de tous ses membres.

— Qu'est-ce qui ne va pas ? lui demanda-t-elle.

— Je ne conduis plus jamais. J'ai du mal à supporter d'être enfermé dans une voiture.

— Tu es claustrophobe ?

C'était nouveau. Ty lui avait appris qu'il avait été capturé par les insurgés afghans, sans lui donner plus de détails. Elle commençait tout juste à comprendre à quel point l'aider coûtait à Colt. Mais qu'est-ce qui le mettait dans un tel état ? Était-ce le fait de s'éloigner de l'endroit où il vivait reclus ou de conduire ?

Après avoir inspiré profondément à plusieurs reprises, il prit le téléphone, vérifia le signal réseau puis composa un numéro. Il était tellement nerveux que, de sa main libre, il se saisit les cheveux.

Kacey entendit une voix masculine répondre.

Colt ferma les yeux et serra ses cheveux dans son poing.

— Allô ? Qui est-ce ? demanda son interlocuteur.

Incapable d'ouvrir la bouche, Colt lui tendit le téléphone.

— Allô ! fit-elle.

— Oui ? Ici l'agent Redhorse.

Elle reconnut la voix de Jake, l'un des frères de Colt. Elle se présenta et, rapidement, lui expliqua la situation. Son évasion à bord d'une voiture volée. Le danger. Les coups de feu. Son accouchement imminent. Les autres filles séquestrées.

— Tu es avec Colt ? lui demanda Jake, qui semblait avoir du mal à le croire.

— Oui. C'est lui qui t'a appelé.

Il y eut un blanc.

— Où sont les autres filles ?

— Je ne connais pas le lieu exact. Après m'être échappée, j'ai roulé au hasard jusqu'à ce que je puisse me repérer.

— Il me faudra l'adresse précise, répliqua Jake. Et si

elles sont à Darabee, je vais devoir appeler le service de police local.

— Non, la police locale pourrait être complice des hommes qui nous ont enlevées.

— Comment le sais-tu ?

— Marta Garcia m'a dit avoir surpris une conversation à ce sujet entre nos ravisseurs.

En outre, Kacey savait que les autorités fédérales enquêtaient sur la police de Darabee soupçonnée de corruption. Plusieurs membres du service avaient été suspendus jusqu'à la fin de la procédure.

— Puis-je parler à Colt ?

Kacey transmit la question. Pour toute réponse, Colt secoua la tête.

— Il ne veut pas.

— Bien, j'appelle mon chef pour connaître la marche à suivre. J'envoie une voiture à votre rencontre. Prenez la route pour Turquoise Ridge, d'accord ?

— Oui, d'accord.

— Kacey, j'aurai besoin de toi pour localiser la maison où les filles sont retenues. Tu te sens capable de le faire ?

Cela signifiait retourner là-bas. La peur revint.

— Je suis sur le point d'accoucher, et les types qui m'ont enlevée y sont toujours.

— Tes amies aussi, lui rappela Jake.

Ces dernières paroles lui firent l'effet d'une gifle. À côté d'elle, Colt secouait la tête. Il ne voulait pas qu'elle retourne à Darabee.

Mais elle avait promis aux autres filles de leur envoyer de l'aide.

— D'accord, j'irai.

Jake lui donna quelques instructions puis coupa la communication.

— Jake a dit que le FBI allait venir pour cette voiture annonça-t-elle à Colt, qui eut un mouvement d'humeur.

La voiture livrerait certainement quelques indices au FBI, ne serait-ce que des empreintes digitales. Une image très nette d'Oleg frappant le capot du plat de la main lui revint, et elle frissonna.

— D'où viennent les agents du FBI ? De Phoenix ?

— Non, ton frère a dit que, depuis l'explosion, il y avait une antenne du FBI à Piñon Forks. Mais de quelle explosion parlait-il, Colt ? Que s'est-il passé ?

— Tu as dû passer à Piñon Forks pour venir chez moi. Tu n'as rien remarqué ?

— J'ai vu qu'il y avait des camions de chantier et que les locaux du poste de police étaient abandonnés. Un homme en uniforme m'a appris que les autorités tribales avaient déménagé à Turquoise Ridge, mais je suis repartie sans lui laisser le temps de m'expliquer pourquoi.

— Tout le monde a déménagé à Turquoise Ridge. La plupart des administrations et des gens sont dans des locaux provisoires en attendant que des bâtiments en dur soient reconstruits.

— Pourquoi ?

— Viens, allons rendre son téléphone à David.

Tandis qu'ils retournaient à la voiture, Colt lui expliqua qu'un groupe d'éco-extrémistes avait fait sauter un barrage dans l'espoir d'anéantir le réseau électrique de Phoenix. Le barrage se trouvant en amont de la réserve, toute la zone de Piñon Forks risquait d'être submergée. Heureusement, un expert en explosifs du FBI était parvenu à créer une barrière temporaire sur leur rivière en faisant sauter une partie du canyon qui la bordait. Son action avait sauvé beaucoup de monde. Mais le barrage provisoire constitué d'éboulis était fragile. Dans l'attente de la construction d'une digue, toutes les personnes qui vivaient dans le périmètre concerné avaient été évacuées par mesure de sécurité.

Elle repensa au moment où elle avait traversé cette zone, plus tôt dans la journée.

— J'étais tellement paniquée que je n'ai rien remarqué, admit-elle. Et toi, tu as vu quelque chose ?

Il fit non de la tête.

— Depuis mon retour, je n'ai pour ainsi dire pas quitté les abords du chalet. C'est Ty qui m'a tout raconté. Ça s'est passé il y a moins d'un mois.

Arrivé à la voiture, il posa la main sur la poignée de la portière puis hésita.

— Je vais conduire, dit-elle.

— Tu n'es pas en état de prendre le volant.

— J'ai conduit jusque chez toi. Laisse-moi faire.

Après une nouvelle hésitation, il s'écarta pour la laisser se mettre au volant.

— Je suis désolé, marmonna-t-il.

Elle chercha la position la plus confortable possible puis attendit qu'il contourne la voiture et prenne place sur le siège passager.

— Monte, dit-elle comme il traînait des pieds.

— Je ne peux pas.

— Colt, je t'en supplie.

— Je vais aller jusqu'au chalet de David à pied, à travers bois. J'arriverai avant toi.

— Et si les hommes de tout à l'heure attendent sur la route ?

La mine sombre, il finit par s'installer et croisa les bras, comme s'il avait froid. Elle démarra sans chercher à lui suggérer de boucler sa ceinture de sécurité et prit la direction du chalet de David.

Une fois arrivée, craignant que Colt ne soit plus là à son

retour si elle descendait de voiture, elle donna un coup de klaxon. Ce fut de nouveau le chien qui apparut le premier. Lorsque David les rejoignit, elle lui tendit le téléphone et le remercia.

Il se pencha pour voir Colt.

— Content de te voir dehors, Colt, dit-il. Je me faisais du souci.

Colt acquiesça de la tête mais ne dit rien. Pourquoi diable refusait-il de parler ?

David la regarda et haussa les épaules.

— Mon père a fait le Vietnam, reprit-il. Même après tout ce temps, il sursaute encore chaque fois qu'un camion démarre. J'imagine que ça change un homme...

Il se redressa et esquissa un sourire.

— Merci encore pour le téléphone, dit Kacey.

— De rien. Surtout, n'hésite pas à passer me voir de temps en temps. Moi, j'aime bien la compagnie, même si je n'en ai pas souvent.

Ils repartirent, et David resta sur le chemin à leur faire au revoir de la main.

Sur la route, comme prévu, ils virent arriver Jake et trois autres voitures. Colt sortit son revolver et ôta la sécurité.

En proie à une soudaine contraction, Kacey crispa les mains sur le volant.

— S'il te plaît, ne tire pas sur ton frère, dit-elle entre ses dents serrées, tout en se garant sur le bas-côté.

Colt acquiesça et rengaina son revolver. Il descendit de voiture et adressa un signe de tête à Jake. Deux autres agents le suivaient. Kacey les connaissait. Le premier était Jack Bear Den, qu'elle ne pouvait confondre avec personne, puisque c'était l'homme le plus grand qu'elle ait jamais vu. Le second était Wallace Tinnin, le chef de la police tribale.

Dix mois plus tôt, elle lui avait serré la main lors de la remise des diplômes au lycée.

Les deux autres véhicules étaient des coupés noirs aux vitres teintées. Sans doute des voitures du FBI. Elle fut étonnée de voir descendre de la première un homme et une femme qui avaient l'allure d'Amérindiens.

Deux hommes à la coupe militaire et portant des lunettes noires débarquèrent de la dernière voiture. Ils ressemblaient à ces agents des services secrets chargés de la protection rapprochée du Président.

Comme Jake approchait, Kacey se pencha par la vitre brisée.

— Nous allons te transférer dans l'unité de l'agent Bear Den, lui dit-il. Ça ira ?

Elle acquiesça. Jake ouvrit la portière.

Colt commençait déjà à s'éloigner de la voiture.

Tout en aidant Kacey à sortir, Jake adressa un regard à son frère.

— Heureux de te voir, frangin, lança-t-il.

Colt détourna les yeux.

Jake lança un coup d'œil interrogateur à Kacey, qui se borna à secouer la tête. Elle ne comprenait pas plus que lui pourquoi Colt refusait de parler.

— T'a-t-il adressé la parole ? lui demanda-t-il à voix basse.

Elle acquiesça.

Jake soupira puis la mena vers le SUV de la police tribale. Il lui présenta les agents du FBI. Le lieutenant Luke Forrest, de la tribu apache de Black Mountain, et Sophia Rivas, issue de la même tribu. Celle-ci fut immédiatement amicale.

— Vous voulez bien qu'on aille s'asseoir dans la voiture ? J'aurais quelques questions à vous poser.

Kacey se tourna vers Colt ; elle ne voulait pas partir sans lui.

— Nous préférerions monter dans la voiture de l'agent Bear Den et du frère de Colt, dit-elle.

— Entendu, je vais vous accompagner, alors. Ça vous va ?

Kacey interrogea Colt du regard. Il acquiesça.

D'accord, fit-elle.

Elle ressentait désormais des contractions de temps à autre. Heureusement, elles n'étaient pas trop douloureuses.

Lorsqu'ils passèrent près des deux autres agents du FBI, ceux-ci la détaillèrent de la tête aux pieds.

Dès qu'ils furent hors de portée de voix, elle demanda à Sophia Rivas de qui il s'agissait.

— Des gars à nous. Ils vont prendre possession de votre véhicule.

— Comme preuve ?

Rivas sourit et acquiesça.

— Nous espérons y découvrir des éléments intéressants.

Bear Den ouvrit la portière de son SUV et invita Kacey à y monter. Elle dut faire un effort car le marchepied était haut et la robe en coton que ses geôliers lui avaient donné bien trop étroite. Mais là n'était pas l'important. Il fallait qu'ils aillent secourir ses amies au plus vite. Même s'ils étaient dangereux, Oleg et Anton ne pourraient pas s'opposer à tous ces agents.

Du moins cherchait-elle à s'en convaincre.

Colt s'installa à côté d'elle et elle lui prit la main, entrelaçant leurs doigts. Il lui offrait du réconfort et elle espérait lui en procurer en retour. Jake monta à l'avant, Rivas s'installa, elle aussi, à l'arrière, et Colt se retrouva entre les deux femmes.

Jake leur apprit que le FBI avait décidé de ne pas informer la police de Darabee de leur présence. Ils prirent la direction de la ville, bien décidés à retrouver la maison dont elle s'était échappée quatre heures plus tôt.

Le rythme et l'intensité des contractions n'augmentaient

pas, et Kacey se demanda ce qui se passait à l'intérieur de son corps.

Mais elle était encore plus troublée par le comportement de Colt, qui semblait pris d'un tic nerveux et ne cessait de serrer et desserrer sa main libre. Sa respiration était irrégulière, comme s'il souffrait.

Tandis qu'ils traversaient Turquoise Ridge, elle répondit à toutes les questions de l'agent Rivas ; Bear Den posa lui aussi quelques questions, après quoi Jake prit la parole et lui transmit des informations qu'elle ignorait.

Zella Colelay, une fille qui avait été en classe avec Colt et elle, avait accouché d'une petite fille en septembre. Peu après, elle avait déposé le bébé dans la voiture de Jake, et les autorités de la réserve lui en avaient confié la garde provisoire.

— Tu en as demandé la garde ? lui demanda Kacey, sans chercher à cacher sa surprise de voir un homme célibataire faire une telle démarche.

— Lori Morgan et moi, nous sommes de nouveau ensemble, expliqua Jake. Elle a accepté de m'épouser.

Kacey l'ignorait. Elle savait que Jake et Lori avaient été ensemble dans le passé et qu'ils s'étaient séparés après que Lori s'était retrouvée enceinte et avait fait une fausse couche. Apparemment, un autre bébé les avait rassemblés.

— Félicitations, dit-elle.

Jake sourit.

— Merci. Nous nous sommes mariés tout récemment.

Il leva la main gauche, à l'annulaire de laquelle brillait une alliance en or, puis se tourna vers Colt.

— J'aurais aimé que tu sois à mes côtés, frangin.

Colt ne fit que hausser nerveusement les épaules.

— Et Zella ? intervint Kacey. Que va-t-il lui arriver ?

Ce fut Bear Den qui répondit.

— Elle a été assignée à résidence et doit faire face à une accusation d'abandon d'enfant. Mais elle est jeune et, compte tenu des circonstances, je pense qu'elle écopera seulement d'une peine de travaux d'intérêt général.

— Il y a cependant un détail important, précisa Jake. Le bébé est blanc.

Kacey fronça les sourcils. Comment Zella avait-elle pu donner naissance à un bébé blanc ? Voulait-il dire que le bébé était métis, à moitié apache et à moitié caucasien ? Ou alors, Zella s'était-elle également retrouvée enceinte à son insu, sans toutefois avoir été retenue en captivité ?

— Zella a-t-elle un copain ?

— Non. Elle a juré ses grands dieux ne jamais avoir eu de relations avec un garçon.

Kacey en resta bouche bée. Comme Marta, Maggie et elle. Il fallait qu'elle parle à Zella. Alors qu'elle se tournait vers Colt pour lui dire ce à quoi elle venait de penser, elle constata qu'il tremblait.

Ses yeux étaient à moitié dans le vague et sa jambe était prise de spasmes nerveux, comme s'il n'en avait pas le contrôle. Elle lui posa la main sur le genou.

— Ça va ?

Le contact de sa main le fit sursauter. Il lui prit les doigts et les serra si fort qu'elle en eut mal.

Depuis son retour d'Afghanistan, il avait autant que possible évité toute compagnie. Et là, il se retrouvait dans un espace réduit entouré de quatre personnes.

— Je dois descendre de cette voiture. Nous sommes pris au piège.

— Arrêtez-vous, lança Kacey.

Bear Den leur jeta un coup d'œil dans son rétroviseur.

— Pardon ?

— Nous ne pouvons pas nous arrêter, intervint l'agent Rivas.

Colt regarda la portière fermée.

— Le bébé ! s'exclama Kacey. Arrêtez-vous !

Bear Den obtempéra. Derrière eux, les autres voitures du convoi firent de même. La voiture de tête roula pendant quelques mètres encore puis remarqua qu'ils s'étaient arrêtés et se gara sur le bord de la route.

Kacey tenta d'ouvrir la portière mais le verrouillage centralisé était enclenché.

Bear Den fut prompt à descendre et vint lui ouvrir. Elle posa les pieds au sol et, avant même qu'elle soit dehors, Colt se faufila à côté d'elle pour sortir, fit quelques pas puis se retourna et les fixa en respirant bouche ouverte, comme s'il manquait d'air. Il avait le regard agrandi d'effroi.

— Colt ? fit Jake qui s'approcha de lui, mains levées.

Colt porta la main à son revolver.

— Laisse cette arme. Personne ne te fera de mal.

— Il faut que je rentre, dit Colt en regardant frénétiquement autour de lui comme s'il cherchait par où s'échapper.

— Colt, Kacey a besoin de vous, intervint posément l'agent Rivas.

Colt la dévisagea d'un air malheureux.

— Je suis désolé. Je croyais que je pourrais…

— Tout va bien, Colt. Tu n'es pas obligé de nous accompagner, lui assura Kacey.

— Ne remonte pas dans cette voiture, Kacey, répondit-il en pointant le SUV du doigt. N'y va pas. Ils vont te reprendre.

Elle sentit son sang se glacer. Être de nouveau enlevée était sa plus grande peur. Elle tenta de déglutir mais n'y parvint pas tant elle avait la gorge sèche.

— Colt, intervint Rivas. Vous faites peur à Kacey.

Kacey se dirigea vers lui. Elle avait besoin de le toucher,

de le rassurer et, par la même occasion, de se rassurer elle-même.

— Laisse-le, dit Bear Den qui la retint par le bras.

Colt fixa la main de Bear Den qui retenait Kacey et émit un son à peine humain.

— Lâchez-moi, souffla Kacey.

Bear Den obtempéra. Elle alla vers Colt, qui avait dégainé son arme. Derrière elle, elle entendit les agents faire sauter le bouton-pression de leurs holsters. Quand elle se retrouva tout près de lui, elle lui prit le visage entre ses mains et pressa son front contre le sien.

— Je suis là, Colt. Tu es en sécurité. Tu es chez toi.

Elle le sentit se détendre quelque peu ; sa respiration revint à la normale.

— Reste avec moi, dit-il.

— Tout va bien se passer.

— Ne va pas avec eux.

— Je n'ai pas le choix. J'ai promis à mes amies de leur envoyer de l'aide. Il faut que j'y aille. Est-ce que Jake peut te raccompagner chez toi ?

Il hocha la tête et laissa tomber son revolver, qui produisit un son mat en heurtant le sol.

— D'accord. Attends-moi. Je reviens très vite.

C'était exactement ce qu'il lui avait dit avant de partir pour l'armée. « Je reviens très vite. » C'était près de deux ans plus tôt...

Il eut un petit mouvement nerveux puis se tourna vers son frère, qui s'était déjà approché pour ramasser son arme.

Tous deux remontèrent le convoi de voitures arrêtées le long de la route, puis Jake invita Colt à prendre place à l'arrière de son véhicule que conduisait le chef Wallace Tinnin. Kacey le regarda hésiter pendant de longues secondes puis, finalement, y monter.

Que lui était-il arrivé ? se demanda-t-elle.

Le chef Tinnin descendit de voiture et se dirigea vers l'un des véhicules du FBI, tandis que Jake se mettait au volant. Puis il démarra, fit demi-tour et s'éloigna.

Quand Kacey retourna vers le SUV, elle découvrit l'agent Luke Forrest assis à l'avant sur le siège passager. Jack Bear Den était au volant et Sophia Rivas revint s'installer à son côté à l'arrière. Kacey se sentait abandonnée. Elle avait peur, son cœur battait très fort, mais elle se rappela la promesse faite à Marta.

— Allons-y, dit-elle.

4

Colt avait la tête qui tournait, au point qu'il se demandait s'il n'allait pas s'évanouir. Il ferma les yeux et se contraignit à respirer lentement. Quand il parvint à rouvrir les yeux, il comprit qu'il n'avait plus d'arme à la ceinture et qu'il se trouvait à l'arrière de la voiture de police de Jake, comme un criminel.

Appelle Ty, eut-il envie de lui dire. Mais il n'arrivait pas à le formuler à voix haute.

Ty venait le voir au chalet et, contrairement à Jake, Colt l'autorisait à rester. Il ne parlait pas à Ty mais il l'écoutait. Pendant un moment, c'était bon d'entendre sa voix. Et puis, soudain, ça devenait insupportable et il s'enfuyait dans la forêt.

Jake était assis devant lui, immobile. Colt se redressa et changea de position pour mieux voir son frère.

— Laisse-moi sortir, dit-il.

Il s'était exprimé à voix haute. Du moins lui semblait-il.

Jake ne répondit pas mais lui jeta un regard étonné dans le rétroviseur. Colt sentit un long frisson d'appréhension lui parcourir le corps.

— Ils ramèneront Kacey chez moi ?

L'expression de Jake se ferma et il resserra sa prise sur le volant. Changea de position.

Colt se sentait mal. Il fallait qu'il sorte de cette voiture.

— Elle va bientôt accoucher, dit enfin Jake. Ils l'emmèneront à l'hôpital ou, s'ils n'en ont pas le temps, ils appelleront une sage-femme. Comme pour Lori.

Il parlait de la fille avec qui il sortait quand il était au lycée, songea Colt. Maintenant, c'était sa femme, se rappela-t-il. Il se retourna. Kacey était avec des policiers. Mieux valait qu'elle soit avec eux qu'avec lui, qui paniquait au moindre bruit de moteur et était incapable d'affronter le monde tel qu'il était.

— Grâce à toi, Kacey est en sécurité. Tu as fait du bon boulot, Colt.

Du moins jusqu'à ce qu'une nouvelle crise l'assaille. C'était pour cette raison qu'il sortait le moins possible de chez lui. Et pour cette raison qu'il était le dernier vers qui Kacey aurait dû se tourner. Il le savait. Tout le monde le savait. Pourquoi pas elle ?

— C'est bon de te voir et d'entendre ta voix, frangin, poursuivit Jake. Nous étions…

Il n'entendit pas la suite.

Il continuait à scruter la route derrière eux. Et si ces types attendaient Kacey quelque part ? Il se mit à s'agiter.

— Elle est en sécurité, il y a une demi-douzaine d'agents pour la protéger, intervint Jake, qui se doutait de la cause de son agitation.

Colt se rappela que Kacey lui avait dit que les types qui l'avaient séquestrée étaient lourdement armés.

— Fais demi-tour.

— Quoi ?

— Rejoins les autres voitures.

— Colt, je dois te ramener à Turquoise Ridge. J'ai appelé Kenshaw Little Falcon.

Le chaman de la tribu. C'était également un thérapeute

diplômé qui avait étudié la psychologie et la philo. Quelques mois plus tôt, Ty avait tenté en vain de le convaincre d'aller le voir.

— Non. Je dois retourner auprès de Kacey.

— Demain, peut-être.

Colt saisit les barreaux de la grille qui le séparait de l'avant de la voiture et se mit à la secouer de toutes ses forces.

— Non ! Maintenant !

Jake le fixa dans le rétroviseur.

— Tu as dégainé ton arme, Colt ! Tu l'as brandie devant moi et devant des agents fédéraux ! Tu t'en souviens, au moins ?

Non, il n'en avait pas eu conscience.

— Estime-toi heureux de ne pas être en garde à vue ou, pire, de ne pas être mort. Désormais, je serai éternellement redevable à Tinnin d'avoir accepté de me laisser te reconduire chez toi. Si nous n'avions pas pu faire valoir face à l'agent Forrest que nous étions dans notre juridiction, tu aurais été arrêté sur-le-champ. Jusqu'à nouvel ordre, tu ne peux pas aller rejoindre Kacey ni quitter la réserve. Compris ?

Colt fixa la nuque de Jake. Kacey était venue à lui pour obtenir son aide, pour qu'il la protège. Elle n'était pas allée voir sa famille, ni les fédéraux. Ni même la police tribale. Elle était venue à lui. Alors maintenant, quoi qu'il lui en coûte, il retournerait auprès d'elle. Mais avant toute chose, il devait descendre de cette voiture.

Kacey fut surprise de retrouver la maison sans difficulté. Une fois sur place, elle attendit pendant que les agents du FBI investissaient les lieux. Elle avait la sensation de se retrouver au beau milieu d'un film d'action. Tout alla très vite, mais ce qui la déconcerta fut l'étrange calme qui régnait. N'aurait-il pas dû y avoir des cris, des coups de feu ?

Les contractions avaient repris pendant le trajet, avec une plus grande fréquence, et elle sentait que, désormais, elle ne pourrait plus attendre très longtemps. Enfin, on lui apprit que la maison était vide.

— Vide ? C'est impossible !

— Vous êtes sûre que c'est ici ? lui demanda l'agent Rivas.

Kacey jeta un coup d'œil au toit en terrasse sur lequel elle était descendue.

— Oui. Je suis sûre. C'est bien cette maison.

— Bien. Nous allons la passer au peigne fin. Pendant ce temps, une voiture va vous conduire à l'hôpital pour que vous donniez naissance à votre bébé.

— L'hôpital ? Non ! Là-bas, ils me retrouveront.

— N'ayez crainte, vous serez sous protection vingt-quatre heures sur vingt-quatre.

— Non. Je veux retourner chez Colt.

Rivas lui adressa un regard compatissant.

— Kacey, il est mentalement instable. C'est pour cette raison qu'il a été démobilisé. Vous le savez, non ?

Elle fit non de la tête.

— Que lui est-il arrivé ?

— Il a été fait prisonnier par les insurgés avec six autres hommes de son unité et retenu pendant trois jours. Selon les rapports, ils ont été torturés, et il est le seul à en être sorti vivant. Après cet épisode, il n'était plus le même. Plusieurs psychologues l'ont examiné. Finalement, ils ont décidé qu'il devait être renvoyé aux États-Unis au plus vite et bénéficier d'un suivi psychologique. Mais il a refusé de voir qui que ce soit. En fait, selon son frère, il est revenu il y a quatre mois mais, depuis, il vit comme un ermite et refuse de parler à sa famille. Seul son frère, celui qui a eu des ennuis avec la justice, euh…

Rivas chercha son nom.

— Ty.

— Oui, c'est ça, Ty Redhorse. Poursuivi à dix-huit ans pour vol à main armée. Il a échappé à une condamnation à la seule condition qu'il accepte de s'engager chez les marines. Il est connu pour être en relation avec le gang du Loup. Mais il n'a pas été arrêté récemment.

Rivas sourit, comme si elle était satisfaite de se souvenir des éléments du dossier.

— Si le gang du Loup est mêlé de près ou de loin à votre enlèvement, mieux vaudrait que Ty ne puisse pas vous approcher, intervint le lieutenant Forrest de l'avant de la voiture.

Mais Colt avait appelé Ty, non ?

— Avez-vous la moindre idée de la raison pour laquelle vous avez subi une insémination ?

Kacey secoua la tête en signe de dénégation.

— Et vous ?

— Suite à l'affaire du bébé de Zella Colelay, nous avons des soupçons. Il pourrait s'agir d'un trafic de bébés.

— Un trafic de bébés ?

— Oui, des bébés revendus à des couples qui ne peuvent pas avoir d'enfants. Nous avons de nombreuses questions à vous poser. Mais nous devons d'abord vous emmener à l'hôpital.

— À Darabee ? demanda Kacey, effrayée par cette perspective.

— C'est là qu'est l'établissement le plus proche.

— Non. Pas à Darabee.

Rivas lui adressa un sourire crispé.

— Détendez-vous, Kacey. Nous sommes là.

Ces paroles ne la rassurèrent absolument pas. Pour tout dire, elle avait l'impression d'avoir quitté une prison pour une autre.

— Elle est à l'hôpital de Darabee, apprit Jake à Colt.

— Il faut l'en faire sortir !

— Bear Den m'a dit qu'elle a accouché dans le service des urgences. Ils sont arrivés juste à temps.

— Je veux aller la voir !

— Tu ne peux pas. Elle est en sécurité, sous la protection du FBI.

— Kee travaille là-bas quand il n'est pas à la clinique de la réserve, reprit Colt, qui faisait référence à leur frère aîné, qui était médecin. Il pourrait aller la voir.

— Peut-être, mais il n'a pas le pouvoir de la soustraire à la surveillance du FBI.

Colt serra les poings et réfléchit.

— Qu'est-ce qui te fait penser qu'elle serait plus en sécurité avec toi qu'avec les agents du FBI ? voulut savoir Jake.

— Ce n'est pas moi qui le pense. C'est Kacey.

— Il se pourrait qu'elle pense différemment maintenant que...

Jake laissa sa phrase en suspens.

— Maintenant qu'elle sait dans quel état je suis ?

Mal à l'aise, Jake changea de position.

— Pas forcément. Il se pourrait qu'elle ait tout simplement constaté que le FBI était en mesure de la protéger efficacement.

— C'est comme si elle était de nouveau en captivité.

— Écoute, si elle a de dangereux malfrats aux trousses, tu comprends bien qu'elle ne peut pas se promener à sa guise. Elle a eu un bébé, Colt. Et les bébés ont besoin de vivre avec tout le confort moderne, pas dans un chalet en pleine nature où il n'y a même pas l'électricité.

— Nos ancêtres ont toujours élevé leurs enfants sans tout cela.

— Je connais notre histoire, frangin, répliqua Jake.

— Je dois voir Kacey.

— Tu dois voir un psychologue.

Colt se laissa retomber contre le dossier de la banquette et croisa les bras. L'habitacle de la voiture lui paraissait plus petit qu'avant et le bourdonnement dans ses oreilles était de plus en plus fort. Il avait du mal à réfléchir normalement.

— À Darabee, ils ont des psys, dit-il finalement.

Jake croisa son regard dans le rétroviseur.

— Si je t'emmène là-bas, tu accepteras d'aller en voir un ?

Colt acquiesça.

— C'est une ruse pour voir Kacey ?

— Tu as dit que je devais voir quelqu'un. Alors je verrai quelqu'un.

— À cause d'elle.

— À partir de maintenant, tout ce que je ferai, ce sera pour Kacey. Ou à cause de Kacey, si tu préfères le formuler de cette façon.

Pourtant, sa voix intérieure lui disait que ce n'était pas sain pour lui de côtoyer un bébé. Que se passerait-il s'il faisait une crise de panique et s'il le blessait ?

— Peut-être qu'on te laissera la voir. Mais je ne te promets rien.

— Kee travaille, aujourd'hui ?

Jake haussa les épaules.

— Je ne connais pas son emploi du temps.

Il passa son téléphone à Colt à travers la grille qui séparait l'avant et l'arrière de la voiture.

— Son numéro est dans mon répertoire.

Colt prit l'appareil et resta quelques secondes à le fixer. Puis il prit une grande inspiration, s'éclaircit la voix à plusieurs reprises et passa l'appel.

Une fois passée la surprise d'entendre sa voix, Kee lui apprit qu'il se trouvait actuellement à la clinique de la réserve, mais promit de faire de son mieux pour se renseigner au sujet de Kacey. Colt le remercia et mit fin à la communication.

Jake récupéra son téléphone et appela son chef. Il voulait obtenir l'assurance que, s'il faisait sortir Colt du territoire de la réserve, celui-ci ne serait pas arrêté illico. Il écouta la réponse de son chef puis raccrocha.

— Il se renseigne, annonça-t-il.

En arrivant à la limite de la réserve, Jake se gara sur le bord de la route pour attendre que son chef le rappelle. Colt lui demanda l'autorisation de sortir du véhicule tout en espérant qu'il refuse. Il avait besoin d'air mais savait que, si Jake le laissait sortir de cette voiture, en aucun cas il n'y remonterait.

Par chance, Jake refusa. Colt eut la sensation que l'habitacle continuait de se refermer sur lui et se tassa sur le siège.

Son frère se retourna et l'observa à travers la grille.

— Qu'est-ce que tu fais ?

Heureusement, il n'eut pas à répondre car le téléphone de Jake sonna.

— C'est Kee, annonça-t-il en prenant l'appel.

Il mit le haut-parleur.

— Elle est à la maternité, dit Kee. Le bébé et la maman vont bien, l'accouchement s'est déroulé normalement. C'est un garçon.

— Le bébé est d'elle ? demanda Jake.

— Ce n'est pas sûr, répondit Kee. Mon collègue va procéder à quelques tests.

Jake grimaça.

— Quel collègue ?

— Hauser. Il est à Darabee, aujourd'hui.

Jake poussa un juron, ce qui surprit Colt. Pourquoi réagissait-il ainsi ? Hauser avait été le mentor de Kee, et c'était également le chef de la clinique de la réserve.

— Jake ? Coupe le haut-parleur une minute, s'il te plaît.

Jake obtempéra sans poser de question puis écouta ce que souhaitait lui dire Kee dans la confidence.

— Oui, je sais, dit Jake après quelques secondes. On dirait, oui.

Il écouta de nouveau pendant quelques secondes.

— Eh bien, il parle. Moi, je dirais que c'est un progrès.

Jake leva brièvement les yeux vers le rétroviseur et croisa le regard de Colt.

— Peut-être. OK, on se retrouve là-bas, ajouta-t-il après un bref silence.

— Qu'est-ce qu'il a dit ? demanda Colt lorsque Jake eut raccroché.

— Il veut qu'on s'arrête au préfabriqué de la clinique.

— Le préfabriqué ?

— Oui, tout est à Turquoise Ridge, maintenant. Tu sais que la ville a dû être évacuée en urgence et que la clinique est dans des installations provisoires, n'est-ce pas ?

Colt acquiesça. Ty le lui avait appris.

— Tu as un problème avec Hauser ?

Jake détourna le regard et secoua la tête.

— Je ne peux pas en parler.

Colt comprit qu'il s'agissait d'une affaire en relation avec une enquête. Mais quel rapport avec la clinique de la réserve ?

Il se laissa aller contre le dossier du siège et réfléchit. Il était pris de crises de panique fréquentes qui le faisaient trembler et transpirer, mais il savait où il était. Il ne perdait pas de vue la réalité. Sa réalité était suffisamment pénible pour qu'il n'ait pas besoin de se croire de retour en Afghanistan. Bien sûr, il y repensait et en rêvait. Il était conscient d'avoir des problèmes et d'être peut-être un peu parano. Mais il ne voyait pas pourquoi, pour aller voir Kacey à la maternité de Darabee, il devait d'abord passer à la clinique de Turquoise Ridge.

Il avait la certitude que Jake et Kee s'apprêtaient à lui jouer un tour. Et il n'appréciait pas de se sentir piégé.

Il n'aurait pas dû laisser Kacey.

— On y est presque, annonça Jake.

5

Kacey, qui venait de mettre son bébé au monde, se reposait dans son lit. On avait posé l'enfant sur sa poitrine, et elle examinait minutieusement chacun de ses petits doigts délicats. Tenir ainsi le bébé la bouleversait.

Il était tout rose, avec de grands yeux bleus et de fins cheveux noirs. Il ne ressemblait à aucun de ses frères et sœurs à la sortie de la maternité.

— À votre avis, est-ce qu'il est apache ? demanda-t-elle à la sage-femme qui l'avait assistée pendant l'accouchement.

Celle-ci regarda le nourrisson pendant quelques instants avant de répondre avec hésitation :

— Difficile à dire.

Peut-être ne voulait-elle tout simplement pas livrer son véritable sentiment.

— En revanche, je peux dire c'est que c'est un beau bébé, ajouta-t-elle avec un sourire.

Kacey repensa aux discussions qu'elle avait eues avec les autres filles captives. Elles pensaient qu'aucune d'elles ne portait son propre bébé.

Mais alors, de qui était l'enfant auquel elle venait de donner le jour ? Peu importait, c'était le sien, décida-t-elle. C'était elle qui l'avait porté, qui lui avait fourni les nutriments nécessaires à son développement. Il était issu de sa chair.

Une infirmière vint chercher le bébé pour lui faire prendre un bain.

— Je veux qu'il reste dans la chambre avec moi, dit Kacey.

L'infirmière lui adressa un sourire qui lui parut condescendant puis prit l'enfant.

— Nous vous le rapporterons quand il aura faim, répondit-elle.

Non. Ça ne suffisait pas. Elle savait que les hommes qui l'avaient enlevée convoitaient ce bébé. Elle ignorait pourquoi mais, si elle n'y prenait pas garde, ils s'en empareraient.

— Non, ils vont le prendre !

Une autre infirmière approcha.

— N'ayez crainte, la sécurité est très stricte. Personne, en dehors de la maman et du papa, ne peut faire sortir un bébé d'ici.

Contrairement à elle, ces infirmières ignoraient tout de ces hommes.

— Non ! Il n'est pas en sécurité.

— Écoutez, je vous jure qu'il n'arrivera pas la même chose ici qu'à la clinique de la réserve.

Au lieu de la rassurer, ces propos ne firent que l'affoler davantage.

— Que s'est-il passé à la clinique de la réserve ?

L'infirmière se rendit compte qu'elle en avait trop dit et qu'elle devait maintenant s'expliquer. Elle répondit avec une expression ennuyée.

— Deux hommes armés s'y sont introduits pour tenter d'enlever un bébé. Celui qu'un policier a ensuite trouvé dans sa voiture.

Le bébé de Zella ? Un frisson glacé parcourut Kacey. Cela confirmait que l'organisation à l'origine de sa grossesse et de son enlèvement ne reculerait devant rien.

— Aidez-moi à me lever, dit-elle en se redressant péniblement sur les coudes.

— Non, ne bougez pas, vous n'êtes pas encore en état de vous lever, déclara une infirmière qui lui passa un bras autour des épaules.

Effectivement, Kacey constata qu'elle était beaucoup trop faible et ne lutta pas.

— Reposez-vous. Vous avez besoin de récupérer.

— Je veux être avec Charlie.

— Est-ce ainsi que vous voulez appeler votre bébé ?

— Oui. J'ai le droit de lui donner un prénom, n'est-ce pas ?

— Bien sûr, répondit l'infirmière avec tendresse. Surtout si vous comptez le garder. Maintenant, calmez-vous et reposez-vous.

Il était hors de question qu'elle se repose et qu'elle se calme tant que l'on voudrait emmener son bébé. Il était en danger, elle n'avait pas le droit de le laisser emmener hors de sa vue !

Comme les infirmières ne semblaient pas le comprendre, elle se mit à crier, si fort que l'agent Rivas, Jack Bear Den et un autre homme qu'elle ne connaissait pas firent irruption dans la chambre pour s'assurer qu'elle n'était pas en danger.

L'agent qu'elle ne connaissait pas suggéra qu'on lui donne un sédatif pour la calmer, mais on lui répondit que c'était impossible, car le médicament se retrouverait dans son lait maternel.

Finalement, Bear Den suggéra qu'on lui rende l'enfant.

— Nous lui avons parlé de la tentative d'enlèvement à la clinique de la réserve, expliqua une infirmière.

— Brillante idée, commenta Rivas.

Bear Den se tourna vers Kacey.

— Ces deux types ont été arrêtés. Ils ne viendront pas vous enlever, ni toi ni ton bébé.

— D'autres essaieront.

— Sauf que nous serons là pour les en empêcher, répliqua Bear Den.

Kacey continua d'insister pour qu'on lui rende son bébé. Elle finit par avoir gain de cause.

Installée dans un fauteuil roulant, elle fut conduite jusqu'à la nursery où elle put assister au bain de Charlie et à la prise de sang qu'il dut subir et qui le fit pleurer. Enfin, on lui passa un petit bracelet au poignet.

L'infirmière lui expliqua que c'était un bracelet de sécurité qui empêchait quiconque de partir avec le bébé.

— Comment ça ? demanda-t-elle.

— Si quelqu'un monte dans un ascenseur avec le bébé, grâce au bracelet, les portes se bloquent automatiquement, répondit l'infirmière.

Kacey en déduisit que cela n'empêchait pas de fuir par l'escalier.

— Est-il possible d'arracher ce bracelet ?

— S'il ne touche pas la peau du bébé ou si on le sectionne, une alarme se déclenche.

— Et qui peut couper l'alarme ?

— Voilà beaucoup de questions..., répliqua l'infirmière d'un air las.

Une sage-femme mit sa première couche à Charlie puis, après l'avoir habillé, le lui reposa dans les bras.

— Il n'est pas apache, n'est-ce pas ?

— Je ne sais pas, répondit la sage-femme.

Kacey se tourna vers Bear Den. Discrètement, celui-ci fit non de la tête. Kacey se rappela qu'elle n'était qu'une mère porteuse.

— Les tests sanguins prouveront que je suis ou pas sa vraie mère ? demanda-t-elle à l'infirmière.

— Oui, certainement.

— Combien de temps faudra-t-il pour le savoir ?

— Ce ne sera pas très long. Les échantillons sont déjà au laboratoire. Maintenant, il faut absolument que vous vous reposiez. Nous allons installer Charlie dans un berceau juste à côté de vous. D'accord ?

Elle acquiesça et on la reconduisit dans sa chambre, escortée par les agents du FBI qui se postèrent dans le couloir, devant la porte. Elle laissa une infirmière lui reprendre le bébé pour l'installer confortablement. Avant de se mettre au lit, elle regarda par la fenêtre et vit la cime des arbres. Elle devait être au troisième ou quatrième étage.

On lui montra comment se servir du bouton d'appel en cas de besoin. Puis tout le monde quitta la chambre et elle resta seule avec son bébé.

Colt ne voulait pas aller à la clinique de la réserve de Turquoise Ridge. C'était dans la direction opposée à Darabee, où se trouvait Kacey. Or, Jake refusait de le laisser descendre de sa voiture. Pendant qu'ils approchaient de la clinique, il se jeta à plusieurs reprises comme un fou contre la grille de séparation entre l'avant et l'arrière. Il se disait qu'il devait s'arrêter, mais dans sa tête résonnaient des cris qui lui ôtaient toute maîtrise de lui-même. Lorsque Jake se gara, Colt était allongé sur la banquette, prêt à lancer les pieds dans la vitre latérale pour la briser.

— C'est bon, tu peux sortir.

Colt se redressa. Ils se trouvaient sur une vaste étendue pleine de préfabriqués. Quand Jake ouvrit la portière, il se rua hors de la voiture et partit en courant comme un dément. Malgré les appels de Jake, il continua à courir jusqu'à ce qu'il soit suffisamment loin de la voiture pour éviter d'être atteint par l'explosion du réservoir.

Il s'arrêta, pantelant, en sueur, se plia en deux et posa les mains sur ses genoux. Il avait un point de côté et respirait bouche ouverte. L'air était sec, froid. Pas comme en Afghanistan.

— Colt, appela de nouveau Jake qui s'approchait de lui. Reviens, lui dit-il en accompagnant ses paroles d'un geste du bras.

Kee sortit d'un préfabriqué, suivi d'une femme que Colt ne connaissait pas, et rejoignit Jake. Tous trois le regardaient. Lentement, il revint sur ses pas, observant la voiture de patrouille avec méfiance.

Ses frères souhaitaient qu'il entre avec eux dans un des préfabriqués mais, avant, il fit le tour du périmètre. Il ne remarqua rien de suspect. Cependant, il y avait non loin de là un générateur électrique qui fonctionnait au carburant.

— Si vous voulez me parler, ça se fera ici, dit-il avant de s'asseoir dans l'herbe.

Ses deux frères et la femme qu'il ne connaissait pas le fixèrent d'un air incrédule. Puis ils échangèrent en silence des regards ponctués de signes de tête.

Finalement, ils n'insistèrent pas et firent comme il l'avait demandé. Kee lui fit une ordonnance semblable à celle que lui avait remise le psychologue de l'armée : antidépresseurs, somnifères et un rendez-vous auprès d'un psy.

Quand ce fut terminé, Colt poussa un soupir de soulagement. Maintenant, il pouvait aller voir Kacey.

Colt remercia Kee et la femme qui l'accompagnait. Mais il devait de nouveau affronter la voiture de Jake… Il se mit à transpirer. Il se détesta car il était sur le point de demander qu'on lui fasse une injection pour qu'il s'endorme et ne voie rien du trajet. C'est de cette façon qu'on l'avait rapatrié et ramené jusqu'à Phoenix. Ensuite, il avait marché jusqu'à Turquoise Canyon. Cela lui avait pris huit jours.

Cependant, s'il se faisait endormir, il mettrait du temps à recouvrer ses esprits et ne pourrait être d'aucune utilité à Kacey. Et s'il se rendait à Darabee à pied, il lui faudrait plusieurs heures pour arriver. Il demanda qu'on lui prête un téléphone et appela Ty.

Son frère écouta ce qu'il avait à lui dire et accepta de l'aider, comme toujours. Colt voulait aller voir Kacey mais, avant, comme l'avait dit Kee, il fallait qu'il s'occupe de lui-même. Le FBI veillait sur elle. Ils étaient plus à même que lui de la protéger. Il le savait. Tout ça était rationnel, raisonnable. Alors pourquoi se sentait-il aussi mal à l'aise ? Parce qu'elle était venue à lui pour implorer son aide et que, une fois de plus, il l'avait laissée tomber.

Il entendit le grondement familier d'une Harley bien avant de voir Ty arriver. Ignorant la route, celui-ci roula droit vers l'endroit où il était, toujours assis dans l'herbe, entouré de Jake, Kee, et d'une auxiliaire médicale de la clinique.

Ty s'arrêta et, sans leur prêter la moindre attention, s'adressa directement à Colt :

— Tu conduis ou c'est moi ?

Colt se leva.

— Je crois que nous devrions le garder en observation, intervint Kee.

— Ah ouais ? Et qu'est-ce qu'il en dit ? demanda Ty, qui regarda Colt.

Colt fit non de la tête.

— Si deux membres de la famille signent les documents d'admission, il pourra rester en observation, intervint à son tour Jake qui, comme d'habitude, prenait le parti de Kee.

— Laisse tomber, rétorqua Ty.

Il descendit de moto et fit signe à Colt.

— Tu conduis.

— Laisse au moins Kenshaw lui parler, plaida Kee.
— Tu sais où le trouver, répliqua Ty.
Colt enfourcha la moto et mit le contact.
— Allez, file, dit Ty.

6

La Harley Davidson de 1990, aux chromes rutilants, faisait la fierté de Ty. Il y tenait comme à la prunelle de ses yeux et l'entretenait avec soin. Tandis qu'il roulait vers Darabee, Colt ne ressentait absolument pas l'anxiété qui l'étouffait quand il se retrouvait enfermé dans une voiture.

Pourquoi n'y avait-il pas pensé plus tôt ?

Parce que, jusque-là, il n'avait eu aucune raison de s'éloigner de chez lui. C'était Kacey qui l'avait poussé à sortir, se battre, et se réapproprier le monde.

Arrivé à l'hôpital de Darabee, il se gara sur le parking mais, dès son entrée dans le hall, il se retrouva face à des agents du FBI qui lui refusèrent le passage. Il se servit du téléphone de l'accueil pour appeler la chambre de Kacey sans obtenir de réponse.

En fin de journée, alors que la lumière déclinait, il patientait toujours dans le hall. Les lampadaires du parking venaient tout juste de s'allumer lorsque Kenshaw Little Falcon et Jake arrivèrent. En plus d'être le chaman de la tribu, Kenshaw était également un médecin diplômé et un ami de longue date de la famille.

— Ils ne veulent pas me laisser la voir, leur dit aussitôt Colt.

Jake fit une moue pincée.

— Parce qu'ils pensent que, pour elle, tu représentes une menace.

— La menace est quelque part là dehors, répliqua-t-il. Ce n'est pas moi.

— Tu es armé ? lui demanda Jake.

Colt fit non de la tête.

— Tu m'as pris mon revolver et mon fusil.

— Pas de couteau ?

— Non.

La question n'était pas absurde car Colt était particulièrement doué pour lancer le couteau.

— Ils vont venir pour s'en prendre à elle, dit-il à Jake.

— Ne t'inquiète pas, répondit celui-ci. Le FBI est là pour assurer sa sécurité.

— Elle fait partie de notre tribu. C'est *nous* qui devrions veiller sur elle.

Colt avait davantage parlé en une journée que depuis son retour aux États-Unis.

— Combien de temps restera-t-elle ici ?

Jake se passa la main sur la nuque.

— Je ne sais pas précisément.

— Tu crois que le FBI tentera de la garder sous surveillance jusqu'à la fin de l'enquête ?

— Écoute, ça ne te regarde pas. Ça dépendra de Kacey. Pour le moment, elle a donné son accord pour bénéficier de leur protection.

Avait-elle seulement eu le choix ? À qui d'autre aurait-elle pu s'en remettre ? À lui ? Maintenant qu'elle l'avait revu, elle devait penser qu'il était devenu fou. Il baissa les yeux et fixa le sol, une boule dans la gorge.

— Elle est venue me voir pour que je l'aide.

— Seulement après s'être rendue aux anciens locaux de la police tribale. C'est parce qu'il n'y avait plus personne là-bas qu'elle est venue chez toi, Colt. Ne te sens pas investi d'une mission.

Kenshaw désigna les sièges.

— Ça t'ennuie si je reste ici avec toi ?

Colt avait toujours apprécié et respecté le chaman. Il émanait de lui un grand calme et beaucoup de force.

— Non, au contraire, dit-il.

Étonné, Jake haussa les sourcils.

— Que dirais-tu d'aller voir si tu peux glaner quelques infos sur Kacey ? Demander comment elle va, si elle a besoin de quoi que ce soit que nous pourrions lui apporter, lui suggéra le chaman.

Sans un mot, Jake tourna les talons et se dirigea vers les ascenseurs. Les deux agents du FBI postés devant lui posèrent quelques questions puis le laissèrent passer.

Sans rien dire, Kenshaw s'installa confortablement et étendit ses jambes. Il avait toujours eu un don naturel pour se fondre dans le décor, où qu'il soit, et faire en sorte qu'en sa présence les gens se sentent à l'aise.

Par la fenêtre, Colt observa le parking éclairé par les lampadaires et essaya d'imaginer qu'il était chez lui, dans les bois.

Le chalet avait été construit par son père. Il se souvenait de l'époque où il l'aidait à charger des planches de pin à l'arrière de son pick-up pour aller le bâtir. C'était avant que son père prenne un mauvais chemin et se retrouve à la prison fédérale de Phoenix, où il était toujours détenu, pour vol à main armée avec violence. Après cela, sa mère avait demandé le divorce.

Colt avait passé son adolescence entouré de gens plus ou moins honnêtes. Sans le soutien et les encouragements de Kee et Ty, il aurait certainement laissé tomber le lycée avant d'obtenir son diplôme.

Il jeta un regard à Kenshaw.

Depuis la dernière fois qu'il l'avait vu, il n'avait absolument pas changé. Il avait toujours ses longs cheveux noirs striés de gris, son visage taillé à la serpe, ses yeux sombres. Ses larges épaules dégageaient une impression de force et il s'habillait comme un propriétaire de ranch, pas comme quelqu'un qui chercherait à faire savoir aux autres par sa tenue quelle était sa fonction au sein de la tribu.

Sa présence ne dérangeait pas Colt, mais ses pensées étaient focalisées sur Kacey et la façon de parvenir à la voir. Sans doute sa chambre était-elle dans les étages et sous bonne garde. Comment pourrait-il s'y prendre pour la faire sortir d'ici ?

— Parfois, la meilleure façon est la plus simple, dit soudain Kenshaw, répondant à la question qu'il s'était silencieusement posée.

Colt se tourna vers lui, ébahi. Avait-il deviné la question qui le taraudait ou avait-il lu dans ses pensées ?

— Pour la voir, tu devras prouver que tu ne représentes pas de danger pour elle, ni pour toi-même. Et il faudra qu'elle aussi souhaite te voir. Ça ne peut pas venir de ta seule volonté.

Le chaman continua à lui parler de choses et d'autres. Il lui raconta ce qui s'était passé dans la réserve pendant son absence et depuis son retour. Colt l'écouta sans rien dire et sans éprouver l'envie de s'enfuir pour regagner au plus vite la forêt.

Finalement, le chaman l'incita à parler de ses ennuis, et Colt le fit naturellement, sans réticence, sans toutefois trop entrer dans les détails.

Quand il eut terminé, Kenshaw hocha la tête, l'air songeur.

— Je comprends pourquoi tu préfères rester dans la forêt. Tu as un long travail sur toi-même à entreprendre.

J'aimerais t'aider. Je le pourrais sans doute, mais je connais quelqu'un qui serait plus qualifié. C'est un homme bien, qui a vécu une expérience qui ressemble à la tienne.

— D'accord.

Colt avait besoin de faire cesser les hurlements dans sa tête. De voir Kacey et d'être là pour elle.

Il raconta à Kenshaw ce que Kacey lui avait révélé sur son enlèvement et sa captivité.

— Ici, elle n'est pas sur nos terres et c'est comme si elle était de nouveau captive. Je crois ce qu'elle m'a dit. Ces types ne la lâcheront pas et ne la laisseront pas garder son bébé.

— Elle souhaite le garder ? demanda Kenshaw.

— En tout cas, elle devrait avoir le droit d'en décider.

— Et pourquoi serais-tu davantage en mesure de la protéger que notre police tribale ?

— La police agit selon la loi. Moi, je ne reculerai devant rien pour la défendre.

— Même s'il te faut enfreindre la loi.

Colt acquiesça. Sans la moindre hésitation.

Kenshaw l'observa longuement. Puis il acquiesça à son tour, se renfonça dans son siège et croisa les mains sur son ventre plat.

— Pour prendre soin des autres, il faut d'abord être capable de prendre soin de soi-même.

— Je sais. C'est pour cette raison que je veux bien rencontrer l'homme dont vous m'avez parlé.

— Alors je t'aiderai, dit le chaman.

Là-dessus, Kenshaw reprit son attitude impassible.

Peu après, les portes de l'un des ascenseurs s'ouvrirent et Jake en sortit.

Colt se leva.

— Comment va-t-elle ? demanda-t-il à son frère.

— Bien. Elle est dans sa chambre.

— Qui veille sur elle ?

— Bear Den.

Les types qui recherchaient Kacey feraient sans aucun doute le tour des maternités des environs. Colt se rassit.

— Tu comptes passer toute la nuit ici ? lui demanda Jake.

C'était précisément l'intention de Colt.

Trois heures plus tard, Bear Den sortit de l'ascenseur, son chapeau à la main. Kenshaw était parti un peu après minuit et Colt était seul avec les agents du FBI, la réceptionniste de permanence et l'un des agents de sécurité de l'hôpital.

Il se leva et observa Bear Den pour déceler à son expression si tout allait bien pour Kacey.

— Comment va-t-elle ? lui demanda-t-il.

— Bien. Elle a eu le bébé normalement. Il va bien lui aussi.

Il n'échappa pas à Colt que Bear Den avait dit « le » bébé, et non « son » bébé.

— Il est d'elle ?

Bear Den ne répondit pas. Colt lui posa la main sur le bras. Le policier hésita un instant.

— Les tests sanguins ont établi qu'il n'est pas d'elle, dit-il enfin.

— C'est elle qui l'a mis au monde.

— C'est une mère porteuse. Tout comme Zella Colelay.

Zella Colelay, la fille qui avait abandonné son bébé dans la voiture de Jake. Kacey lui avait dit qu'elle avait été au lycée avec eux, mais il ne gardait pas le moindre souvenir d'elle.

— Le FBI va procéder à des tests ADN.

— Je peux la voir ?

— Elle dort.

— Ce n'est pas ce que j'ai demandé.

Bear Den se frotta la mâchoire.

— Ce n'est pas à moi d'en décider. Forrest a dit que tu ne devais pas entrer dans la maternité.

— Et toi, tu en penses quoi ?

— Que tu devrais la laisser se reposer.

Colt ne bougea pas.

— Des nouvelles de ses amies ?

— Je ne peux rien te dire.

Bear Den désigna la porte du menton.

— Tu devrais rentrer te reposer toi aussi.

— Je reste.

— On se voit dans la matinée, alors.

Bear Den remit son chapeau et s'en alla.

Colt regagna son siège.

À 6 heures, ce fut la relève. Deux agents du FBI vinrent remplacer ceux qui montaient la garde devant les ascenseurs. Plus tard, alors qu'il prenait un café à la cafétéria de l'hôpital, il vit arriver Bear Den et Jake. Jake portait son uniforme de la police tribale avec son nom inscrit sur la poche de poitrine gauche, son arme à la ceinture, et les cheveux attachés en queue-de-cheval. Contrairement à Ty, les émotions de Jake se lisaient sur son visage. Aussi, avant même qu'il s'adresse à lui, Colt sut qu'il était agité et se raidit dans l'attente de ce qui allait suivre.

Jake vint s'installer à côté de lui.

— Tu parles toujours, ce matin ? lui demanda-t-il.

Colt ne répondit pas. Jake leva la main pour attirer l'attention de la serveuse et commanda un café. Elle le lui apporta quelques secondes plus tard.

Jake en but une gorgée et grimaça.

— J'ai appris à maman que tu as quitté le chalet. Elle veut te voir, mais tu sais que c'est Burt qui a sa voiture et qu'elle ne peut pas conduire en raison de ses ennuis de santé.

Sa mère avait des problèmes de vue à cause de son diabète, Colt le savait.

— Tu crois que tu pourrais passer à la maison ? reprit Jake comme il ne disait toujours rien.

Finalement, Colt se tourna vers lui.

— Tu vas la voir ?

Jake se leva.

— Oui. Et sinon, Kenshaw a signé un document qui atteste que tu ne représentes pas de menace pour Kacey. C'est moi qui l'ai, ajouta-t-il en tapotant sa poche de pantalon.

Colt n'avait pas eu conscience que sa conversation avec Kenshaw était une sorte d'évaluation.

Il suivit Jake jusqu'à l'ascenseur mais on ne le laissa pas aller plus loin.

Tandis que les portes se refermaient sur son frère, il songea que, si on ne l'autorisait pas très vite à voir Kacey, il finirait par faire quelque chose de stupide et perdrait la confiance que Kenshaw lui avait témoignée.

À son réveil, Kacey fut étonnée de constater que le jour était levé. Combien de temps avait-elle dormi ?

Où était Charlie ?

À deux occasions, une infirmière était venue le chercher pour le changer mais, chaque fois, elle l'avait ramené juste après.

Lorsqu'elle voulut se redresser, les courbatures qu'elle ressentait la firent grimacer et elle se laissa retomber en arrière. À la seconde tentative, elle réussit à rouler sur le côté et à poser les pieds par terre.

Quand ils la virent sortir de sa chambre, les deux agents postés devant sa porte furent surpris mais se contentèrent de la suivre tandis qu'elle remontait péniblement le couloir. Dans la nursery, elle découvrit une infirmière en train de donner le biberon à Charlie. Elle plissa les yeux.

Du plat de la main, elle tapa contre la vitre. Les deux infirmières à l'intérieur sursautèrent et celle qui ne tenait pas Charlie vint la voir pour lui parler.

— Nous ne voulions pas vous réveiller.

— S'il a faim, vous devez me l'amener.

L'infirmière prit un air troublé.

— Mais vous avez dit que vous ne vouliez pas lui donner le sein.

Kacey resta interdite.

— Quand ai-je dit ça ?

7

L'infirmière prit un air contrit. Kacey était persuadée de ne jamais avoir rien dit de tel.

— C'est noté sur votre tableau de suivi.

— C'est un mensonge. Donnez-moi mon bébé.

Elle tenta d'écarter l'infirmière pour aller chercher Charlie, mais la femme résista.

— Vous ne pouvez pas entrer.

Sentant la colère s'emparer d'elle, Kacey se prépara à se battre. L'infirmière dut comprendre à son expression que rien ni personne ne l'arrêterait car elle leva les mains en signe d'apaisement.

— Ici, c'est un environnement sain, dit-elle avec empressement. Vous devez porter un masque et... Laissez-moi seulement... Je vais vous l'amener, c'est promis.

Kacey la fixa droit dans les yeux.

— Vous avez intérêt.

Quand l'infirmière lui posa Charlie dans les bras, elle se sentit instantanément mieux.

Elle se tourna vers les agents du FBI.

— Je veux voir Colt Redhorse.

— Les visites ne sont pas autorisées, mademoiselle.

— Appelez votre supérieur, sinon je sors d'ici sur-le-champ.

Les deux hommes échangèrent un regard. Sans doute

se voyaient-ils mal maîtriser par la force une jeune femme avec un bébé dans les bras. Ils l'observèrent d'un air méfiant mais ne répondirent pas.

— Très bien.

Sans hésiter, elle passa à côté d'eux et s'éloigna.

Immédiatement, l'un des deux agents réagit.

— Entendu, nous allons contacter notre supérieur.

— Faites-le sans attendre.

Elle retourna dans sa chambre avec Charlie et lui donna le sein. S'agissait-il d'une erreur ou cherchait-on à la remplacer en nourrissant Charlie au biberon ? Qui était derrière cette manœuvre ? Le FBI ou les Russes ? Elle examina le petit bracelet de sécurité au poignet de son bébé. C'était impossible de le retirer sans le couper, ce qui déclencherait l'alarme.

Quelques minutes plus tard, l'agent Forrest arriva. Il lui dit être contre l'idée de laisser Colt venir la voir. En échange, il lui proposa d'autoriser sa mère ou bien ses frères et sœurs à lui rendre visite. Elle fut tentée d'accepter mais cela risquait de les mettre en danger, ce à quoi elle se refusait. Quant à sa mère, une visite de sa part ne ferait qu'ajouter des tensions, et elle n'avait pas besoin de ça. Le FBI savait-il que sa mère avait des problèmes de drogue ? Elle en doutait. Bien qu'il s'en soit parfois fallu de peu, sa mère n'avait jamais été arrêtée ; une enquête de routine n'aurait rien fait ressortir.

Kacey avait besoin de voir quelqu'un en qui elle avait toute confiance. Le choix était restreint. Marta Garcia étant toujours prisonnière, il ne restait plus que Colt.

— Je veux voir Colt, dit-elle.

Forrest lui adressa un long regard pensif.

— Kacey, nous pouvons vous protéger.

— Vous êtes apache, répliqua-t-elle, Vous comprenez

ma réticence à m'en remettre aux autorités fédérales. Et, en tant que membre de la communauté apache de Turquoise Canyon, j'ai des droits.

Elle venait de jouer sa dernière carte.

— Vous êtes sûre que c'est de lui que vous avez besoin ?

— Certaine.

Au moment où on lui apportait son déjeuner, il y eut une bousculade devant la porte de sa chambre.

— Pas tous en même temps ! s'exclama le garde assigné à sa surveillance.

— Nous faisons partie de la police tribale, répondit une voix familière.

Elle reconnut celle de Jake.

— Un seul à la fois, insista le garde.

Quelques secondes plus tard, Colt fit son entrée. Comme par magie, la peur de Kacey disparut : Colt était là. Il s'approcha, prit sa main entre les siennes et y déposa un baiser. Elle en frissonna de plaisir et l'attira vers elle pour l'inciter à s'asseoir sur le bord du lit.

— Tu vas bien ? lui demanda-t-il.

Elle secoua la tête.

— On veut me le prendre.

Le regard de Colt s'assombrit.

— Qui ?

De nouveau, elle secoua la tête.

— Je ne sais pas, mais il se passe quelque chose.

Elle lui relata l'épisode du biberon.

Colt ne chercha pas à la rassurer. Au contraire, il répondit :

— Il faut qu'on te fasse sortir d'ici et qu'on te ramène à la maison.

Si elle retournait chez elle, elle serait en danger.

— Si je rentre, ils me retrouveront, fit-elle.

Colt dégagea sa main qu'elle tenait toujours et se la passa nerveusement le long de la cuisse.

— Jake a dit que tu songeais à accepter de bénéficier du programme de protection des témoins.

Kacey sentit la panique la gagner.

— Vraiment ? Je n'ai encore rien décidé pour le moment. J'ai seulement dit que j'étais prête à les aider à retrouver mes amies. Mais je dois aussi protéger Charlie.

Colt battit des paupières.

— Charlie. C'est le prénom du bébé ?

Elle acquiesça et attendit sa réaction. Il détourna les yeux et fixa un point indéterminé. Puis il la regarda de nouveau et sourit.

— J'aime bien.

— Tu veux le tenir ?

Son sourire céda la place à une expression inquiète.

— Écarte les bras, dit-elle.

Il obtempéra. Si elle avait été sur le point de lui poser des charbons ardents sur les mains, il n'aurait pas eu l'air moins grave. Elle changea de position et, délicatement, lui déposa le bébé dans les bras. Colt contempla son petit visage.

— Salut, murmura-t-il.

Kacey sentit l'émotion l'étreindre. Colt paraissait hypnotisé. Il ne quittait pas Charlie des yeux et celui-ci semblait fasciné par ce nouveau visage. Du bout du doigt, il toucha la petite main de Charlie qui attrapa joyeusement ce doigt offert à sa prise.

Colt éclata de rire.

— Il est costaud !

Il releva les yeux et lui adressa un sourire qui la fit fondre.

— Il est parfait, Kacey.

Du revers de la main, elle caressa la joue de son bébé.

— On m'a dit qu'il n'était pas vraiment de moi.

Le sourire de Colt s'évanouit.

— Mais c'est moi qui l'ai mis au monde et je ne laisserai pas ces sales types le prendre.

Colt acquiesça et enroula les bras plus fermement autour de Charlie.

— Je t'aiderai à le protéger.

— Il faut le faire sortir d'ici.

— Si tu demandes à rentrer chez toi, on ne pourra pas te retenir.

— Je crains que si. J'ai entendu un des agents déclarer que j'étais un témoin capital dans une affaire de trafic de bébés.

Colt jeta un regard vers la porte.

— Je te ferai sortir.

Elle sentit l'espoir renaître.

— C'est vrai ?

— Oui, je vous ferai sortir, Charlie et toi.

— Comment ?

Le lundi en fin d'après-midi, Colt n'avait toujours pas quitté la chambre de Kacey, sauf pour aller s'entretenir avec Kenshaw dans le couloir. Le chaman était d'accord avec Colt pour la soustraire à la surveillance du FBI. Mais la situation était compliquée, plus encore étant donné que l'hôpital de Darabee ne se trouvait pas sur le territoire de la réserve. Cependant, Kenshaw était convaincu qu'ils parviendraient à obtenir son transfert à Turquoise Canyon.

Charlie était en permanence avec eux dans la chambre et, quand une infirmière venait le chercher, Colt les accompagnait. Dans le cas où elles protestaient, Kacey montrait la plus grande fermeté, et les infirmières finissaient par céder.

Vers midi, Jake fit son apparition. De la tête, il fit signe à Colt de venir. Dans le couloir, Bear Den attendait. Tous trois s'éloignèrent suffisamment des deux gardes pour éviter qu'ils surprennent leurs propos, sans pour autant être trop loin de la chambre de Kacey.

— Allons-nous pouvoir la faire sortir d'ici ? demanda Colt.

— On y travaille, répondit Jake.

— Il y a néanmoins un problème, ajouta Bear Den.

Colt se crispa et tourna la tête vers la porte de la chambre de Kacey.

— Nous venons de recevoir un appel d'Eddie SaVala, reprit Bear Den.

Eddie était le frère de David.

— Il a découvert son frère mort dans son chalet. Avec deux balles dans la tête.

Colt sentit son sang se glacer.

— Le FBI est au courant ?

Bear Den fit non de la tête.

— Ils cherchent Kacey, dit Colt.

— De qui parles-tu ? lui demanda Jake.

— Des types qui l'ont enlevée.

— Oui, ça semble cohérent, remarqua Bear Den. D'après l'état du corps de David, il semblerait qu'il ait été frappé avant d'être abattu.

On avait cherché à le faire parler, songea Colt. Les hurlements sous la torture de ses camarades de captivité lui revinrent en mémoire. Il repoussa ce souvenir. Ce n'était pas le moment de laisser le passé le paralyser.

— Sont-ils allés chez moi ?

— Non.

Il ferma les yeux et prononça une prière muette pour remercier David SaVala de son sacrifice.

— Tu as une idée de la raison pour laquelle ces types auraient pu croire qu'elle était chez SaVala ?

— Nous sommes allés lui emprunter son téléphone pour appeler Jake.

— Pourquoi n'as-tu pas utilisé ton propre téléphone ? intervint son frère.

— Parce que je n'en ai pas.

Bear Den avait la mine sombre.

— Parvenir à tracer un appel et déterminer l'identité du propriétaire d'un appareil ne va pas de soi, commenta-t-il.

Le sous-entendu était limpide. Ils faisaient face à une organisation disposant de gros moyens et, par conséquent, très dangereuse.

Colt se retint de retourner auprès de Kacey au pas de course.

— Kacey est ici depuis déjà trop longtemps.

— Ce n'est peut-être pas plus mal qu'elle bénéficie de la protection du FBI, répliqua Bear Den.

— Si elle le demande, le FBI peut lui permettre d'intégrer le programme de protection des témoins, d'être placée en résidence surveillée sous une nouvelle identité, dit Jake.

— Oui, ils peuvent pour ainsi dire la faire disparaître, renchérit Bear Den.

Colt se rappela que Carter, le frère jumeau de Bear Den, ainsi qu'Amber, son épouse, avaient obtenu le statut de témoins protégés. Ty lui en avait parlé. Et tout le monde était persuadé qu'on ne les reverrait jamais.

Il n'avait pas envie que Kacey disparaisse. Le fait qu'elle soit revenue dans sa vie lui avait rendu l'espoir. Si elle s'en allait, il retournerait vivre dans son chalet isolé. Certes, cette vie à l'écart le satisfaisait par certains aspects, mais il ne supporterait pas de ne plus revoir le sourire de Kacey, ni celui de Charlie.

— Elle est de Turquoise Canyon, elle fait partie de notre

tribu, dit-il, comme si cela suffisait pour résoudre tous les problèmes.

Son cœur battait très fort. Kacey avait-elle trouvé le moyen de quitter la réserve ? Cela faisait longtemps qu'elle voulait partir. Elle l'avait supplié de l'emmener loin de leurs montagnes, alors que lui voulait rester.

Turquoise Canyon, c'était sa terre. Le désir d'y revenir était la seule chose qui lui avait évité de perdre la tête pour de bon durant les trois terribles jours qu'il avait vécus.

L'histoire se répétait. Il se retrouvait à vouloir tenter de convaincre Kacey de rentrer à la maison alors même que ce n'était pas forcément ce qu'il y avait de mieux pour son bébé et elle.

— Nous devons prendre une décision, dit Jake. La soustraire aux autorités fédérales risque d'être lourd de conséquences.

— Si ses ravisseurs ne savent pas encore qu'elle est ici, ils ne vont pas tarder à l'apprendre, ajouta Bear Den.

— Mais, pour venir ici, il faudrait qu'ils soient complètement fous. Quatre agents gardent sa porte, reprit Jake. Elle devrait rester là.

— D'autant qu'une fois qu'elle sera dans la réserve le gang du Loup risque de s'en prendre à elle. Nous soupçonnons Earle Glass et Minnie Cobb, deux de ses membres connus, d'être impliqués dans ce trafic d'enfants.

Colt savait par Kenshaw qu'Earle Glass et Minnie Cobb avaient tenté de s'emparer du bébé recueilli par Jake. Le bébé auquel Zella avait donné naissance. Heureusement, ils avaient été arrêtés et étaient désormais entre les mains des autorités fédérales.

— Ils ne sauront pas qu'elle est sur le territoire de la réserve, dit Colt.

Jake faillit s'étouffer.

— Emprunter la moto de Ty n'a pas été la décision la plus intelligente que tu aies prise, tu sais. Tu aurais aussi bien pu envoyer directement un télégramme au gang.

Colt se raidit. Effectivement, tout le monde savait que Ty avait appartenu au gang du Loup. Mais, désormais, ce n'était plus le cas.

— Il n'est plus avec eux, répliqua-t-il.

— Ce n'est pas ce que pensent les fédéraux, contra Bear Den.

Jake lui avait expliqué que Bear Den était officiellement fiancé à Sophia Rivas, l'agent du FBI. Celle-ci lui avait-elle fait des confidences ? Colt repoussa ce doute. À vrai dire, il ignorait si Ty était toujours de mèche avec le gang du Loup ou pas. En revanche, il savait que son frère le soutenait sans réserve. Ne lui avait-il pas prêté sa moto, à laquelle il tenait plus que tout, pour venir à Darabee ?

Cependant, se pouvait-il qu'il ait ensuite révélé à Faras Pike où Kacey et lui se trouvaient ? Faras Pike était le chef du gang. Par le passé, il avait été également le meilleur ami de Ty. Une fois, Colt l'avait même entendu dire que Pike était comme un autre frère pour lui. Était-ce toujours vrai aujourd'hui ?

— Quoi qu'il en soit, les types qui ont tué David SaVala sont venus sur notre territoire, reprit Bear Den. Je dois prévenir le FBI de ce meurtre ; il se pourrait qu'ils souhaitent placer Kacey dans une maison sécurisée.

— Kee m'a dit qu'elle aurait déjà dû être autorisée à sortir, intervint Jake. Alors, s'ils souhaitent la placer dans une maison sécurisée, pourquoi n'est-ce pas déjà fait ?

— Nous devons l'emmener loin d'ici, insista Colt.

— C'est impossible, répondit Bear Den.

— Elle pense que le FBI la placera sous sa coupe et la séparera de son bébé, ajouta Colt.

Jake lui lança un regard ébahi. Il tourna son attention sur Bear Den et attendit sa réaction.

— C'est n'importe quoi, assura celui-ci.

Colt leur expliqua comment tout semblait fait pour que le bébé soit le moins souvent possible avec Kacey, comment le personnel avait tenté de s'arranger pour qu'elle ne le nourrisse pas elle-même. Jake et Bear Den lui parurent soudain mal à l'aise.

— Avez-vous une quelconque raison de douter de ce qu'elle vous a dit ? leur demanda Colt.

— Les résultats des tests ADN sur le bébé ont établi qu'il a une ascendance asiatique et de type caucasien, dit Bear Den.

Colt se tourna vers Jake, qui semblait ne rien trouver à dire.

— En d'autres termes, ce n'est pas l'enfant de Kacey, reprit Bear Den.

Colt ne comptait pas se laisser faire.

— C'est Kacey qui l'a porté, c'est Kacey qui lui a donné naissance. Si, pour elle, ce bébé est le sien, alors pour moi aussi.

Bear Den prit un air sombre.

— Tu cherches les ennuis.

— Tant pis.

— Bien. *Si* Kacey demande expressément à sortir, je m'arrangerai. Mais tu auras besoin d'aide.

— Je veux bien de l'aide de mes frères. Et de personne d'autre, rétorqua Colt.

— Je pensais à la tribu, reprit Bear Den. Tu auras besoin du soutien du conseil tribal. C'est la seule façon de la mettre en sécurité et de la soustraire à la responsabilité du FBI.

— Ce qui signifie aussi que nous perdrons l'aide que le FBI nous apporte, releva Jake. Colt, tu es sûr que c'est ce que tu veux ?

Non. En vérité, il n'était sûr de rien. Avant qu'il s'engage dans l'armée, Kacey lui avait dit plusieurs fois qu'elle souhaitait quitter la réserve, partir loin de sa mère et de tous ceux qui la voyaient comme une moins que rien. Qu'en était-il aujourd'hui ?

8

Colt avait laissé à Kacey la possibilité de choisir entre rester sous la protection du FBI ou rentrer avec lui à Turquoise Canyon. Il avait affirmé que Kenshaw demanderait l'aide de Tribal Thunder. Elle connaissait ce nom. C'était celui de la société de guérisseurs guerriers de la tribu. Les hommes et femmes qui en faisaient partie avaient fait le serment de protéger leur peuple par tous les moyens. Mais étaient-ils de taille à s'opposer à l'organisation qui, selon Luke Forrest, faisait du trafic d'enfants à grande échelle ?

L'agent Forrest lui avait assuré que le FBI n'avait absolument pas donné de consignes pour éloigner le bébé d'elle. Pourtant, quelqu'un l'avait bel et bien fait. Il avait proposé de la faire transférer en résidence secrète surveillée. Contrairement à Colt, il ne lui laissait pas le choix. Ce qui facilita la tâche à Kacey pour prendre sa décision.

Le mardi à midi, Kacey était habillée et prête à accueillir la délégation de sa tribu qui viendrait officiellement demander que son bébé et elle soient placés sous leur protection.

Hélas ! Soit le FBI avait eu vent de ce projet, soit le hasard avait mal fait les choses, car le personnel de l'hôpital vint l'avertir qu'elle allait être transférée ailleurs. Colt s'empressa de contacter le conseil tribal mais, quand le FBI arriva pour la chercher, il n'y avait que Colt et elle pour s'opposer à eux. Il fallut trois agents pour le maîtriser.

Kacey serra son bébé contre elle et leur hurla de lâcher Colt. Mais les agents firent la sourde oreille et elle vit arriver une infirmière pour désactiver le bracelet de sécurité de Charlie.

Elle aurait voulu voler au secours de Colt, mais son instinct lui disait qu'elle devait penser à protéger son bébé qui, lui, était sans défense. Enfin, deux agents se dirigèrent vers elle et la prirent par les bras. Malgré ses protestations, ils l'emmenèrent.

Dans le couloir, ils croisèrent Jake, qui était en vive discussion avec d'autres agents et, en même temps, parlait dans sa radio.

— Jake, je t'en supplie ! s'exclama-t-elle. Ne les laisse pas m'emmener !

Les agents la tirèrent jusqu'à l'ascenseur. Elle sentait son cœur battre à tout rompre. Que se passait-il ? Les deux hommes qui la tenaient refusaient de répondre à ses questions et, à la façon dont ils se comportaient, elle devinait qu'ils étaient préparés à ce qu'elle cherche à s'échapper.

Arrivés au rez-de-chaussée, ils l'entraînèrent vers une porte latérale derrière laquelle les attendait une berline noire. Un agent se tenait près de la portière arrière, ouverte.

Elle avait la conviction que, si elle montait dans cette voiture, jamais elle ne reverrait Colt. Et elle craignait aussi qu'on lui enlève Charlie. Elle se débattit de toutes ses forces, mais elle n'était pas de taille à lutter.

Au même moment arrivèrent trois voitures de la police tribale. De la première descendirent le détective Bear Den et le chef Wallace Tinnin ; de la deuxième, deux autres policiers ; et de la troisième, le directeur exécutif du conseil tribal, Zach Gill, accompagné d'un autre officier. Cette fois, le FBI était en sous-nombre.

Derrière elle, Kacey entendit la porte s'ouvrir à la volée. Colt, un bracelet de menottes au poignet, se précipita vers elle.

L'un des agents qui la tenaient voulut s'interposer, mais Colt se jeta sur lui et le plaqua au sol. Le second la lâcha pour aider son collègue et dégaina son arme.

Kacey fit un pas vers Colt puis, se souvenant qu'elle tenait Charlie, s'immobilisa. Bear Den lança un avertissement à l'agent qui avait dégainé et sortit lui aussi son revolver.

— Il n'est pas armé ! cria Tinnin.

Colt était maintenant à califourchon sur l'agent qu'il avait plaqué au sol. Kacey se rappela qu'au lycée il excellait en lutte. Apparemment, il n'avait pas tout oublié.

Jake arriva alors et rejoignit Tinnin. Tous deux la poussèrent vers la voiture de la police tribale près de laquelle se tenait Bear Den. Une fois qu'elle fut installée à l'arrière avec Charlie, Bear Den appela Colt.

Celui-ci se redressa et courut vers la voiture, tandis que l'agent se relevait précipitamment. Tinnin s'interposa entre les hommes du FBI et le véhicule de police.

— Il est en état d'arrestation, protesta l'un des agents en désignant Colt.

— Nous nous chargeons de lui, répliqua Bear Den.

— C'est un témoin clé, dit un autre en pointant Kacey du doigt. Elle est sous notre responsabilité.

Tinnin secoua la tête.

— Je vous conseille d'y réfléchir à deux fois avant de vous en prendre aux personnes qui sont dans cette voiture. Ce véhicule est une extension de notre juridiction. Si vous le touchez, cela constituera une intrusion sur notre territoire.

À côté de Kacey, Colt respirait bouche ouverte.

— Tu nous as sauvés, lui murmura Kacey.

Il transpirait et avait enroulé ses bras autour de son buste. Comprenant qu'il souffrait de nouveau de claustrophobie, elle lui passa son bras libre autour des épaules pour le réconforter.

Bear Den s'installa au volant et démarra.

Elle se retourna et regarda une dernière fois les agents du FBI toujours engagés dans une discussion qui semblait houleuse avec Jake, Gill et Tinnin. Avait-elle commis une erreur en s'en remettant aux autorités de sa tribu ? Après tout, au cours de sa jeunesse, elles ne l'avaient guère protégée, alors qu'elle en aurait eu bien besoin.

— C'est vrai que ce véhicule est une extension de la réserve ?

— Pas que je sache, répondit Bear Den.

Les agents du FBI avaient renoncé à faire usage de leurs armes. Tandis qu'ils s'éloignaient, Kacey en vit un sortir son téléphone.

— Ils vont nous poursuivre, dit-elle.

— Raison de plus pour ne pas traîner ici, répliqua Bear Den.

Kacey se redressa sur la banquette et serra Charlie contre elle. Personne ne le lui enlèverait. Ni les infirmières, ni les médecins, ni les types de cette mystérieuse organisation qui l'avaient enlevée.

Colt cilla et se mit à taper de l'épaule contre la portière, comme s'il voulait en même temps l'ouvrir et se retenir de le faire.

Colt, fit-elle.

Il tourna vers elle des yeux d'animal effrayé.

— Tu veux bien tenir Charlie ?

Il regarda le bébé et secoua la tête.

Mais elle n'en tint pas compte et posa Charlie sur ses

genoux. Après quelques secondes d'hésitation, il ouvrit les bras pour le tenir.

Comme le bébé pleurait, Colt lui caressa la joue. Les pleurs cessèrent bientôt et Charlie fixa sur lui ses grands yeux, ce qui arracha un sourire à Colt. Ses coups contre la portière s'étaient transformés en un petit balancement d'avant en arrière, pour bercer Charlie.

Bouleversée, Kacey poussa un soupir de soulagement.

Le sourire de Colt s'attardait sur ses lèvres. N'eût été son front emperlé de sueur, il aurait incarné l'image même de la sérénité. Jusqu'à sa respiration qui avait retrouvé un rythme quasiment normal.

Kacey leva les yeux et croisa le regard de Bear Den dans le rétroviseur. Il lui adressa un petit signe de tête approbateur puis se concentra de nouveau sur la route.

Lorsqu'ils traversèrent Piñon Forks, elle remarqua l'importante masse rocheuse qui manquait à la paroi du canyon au-dessus de la rivière. Comment avait-elle pu ne pas le voir quand elle était passée quelques jours plus tôt ? Elle imagina l'impressionnante explosion qui avait dû être à l'origine de sa destruction.

Alors qu'ils approchaient de Koun'nde, Bear Den lui parla du meurtre de David SaVala. Cette nouvelle lui donna un coup au cœur.

— C'est notre faute. Nous l'avons condamné en allant lui emprunter son téléphone, dit-elle tout bas.

— Non. Les seuls responsables sont les types qui te poursuivent, répliqua Bear Den. Au chalet de Colt, vous ne serez pas en sécurité.

Tant qu'ils seraient derrière elle, ils ne seraient en sécurité nulle part, songea Kacey.

— Où aller, alors ?

Elle refusait de rentrer chez elle. Cela ne ferait que mettre ses frères et sœurs en danger. Et, à vrai dire, elle n'avait pas vraiment confiance en sa mère.

— Nous allons nous rendre au siège du conseil tribal pour en discuter. La protection de Tribal Thunder a été requise.

Charlie et elle en auraient besoin.

Quand ils atteignirent le fleuve, Kacey poussa un soupir de soulagement. Elle était de retour chez elle, même si elle était consciente que son sentiment de sécurité n'était qu'une illusion. Ses ravisseurs étaient certainement sur ses traces.

Elle n'en était pas moins heureuse de se retrouver dans un endroit familier, là même où elle avait dansé toute la nuit pour célébrer sa majorité, comme c'était la tradition chez les Apaches. Elle avait toujours la robe qu'elle avait portée à cette occasion.

Elle avait dû se charger de la confectionner elle-même car, à cette époque, sa mère avait encore une fois de plus disparu. Malgré tout, cela restait pour elle un bon souvenir.

Lorsqu'ils arrivèrent enfin devant le siège du conseil tribal, Colt lui reposa Charlie dans les bras tandis que Bear Den se garait.

— Merci, dit il. Je ne pensais pas que je serais capable de supporter un nouveau trajet en voiture.

Bear Den descendit du véhicule et ouvrit la portière de Colt en premier, comme s'il était impatient d'être débarrassé de lui.

Colt se hâta de sortir, jeta un regard à Kacey puis prit la direction des bois.

— Attends ! lui lança-t-elle.

Il ne s'arrêta pas et ne se retourna pas.

Des membres de la tribu sortirent du bâtiment et entourèrent la voiture, de sorte qu'elle ne le vit plus. Bear

Den lui ouvrit sa portière pour qu'elle descende. Elle était officiellement de retour en territoire apache.

Kenshaw Little Falcon, le chaman de la tribu, la salua le premier. Sa mère était là également, ainsi que ses jeunes frères, Jeffrey, huit ans, et Hewitt, cinq ans. Jackie, Winnie et Shirley, ses sœurs, la serrèrent l'une après l'autre dans leurs bras. Kacey fut frappée de constater à quel point elles avaient changé en son absence. Jackie avait maintenant seize ans et portait les cheveux très courts, tandis que Winnie, à présent âgée de treize ans, avait grandi de plusieurs centimètres. Enfin, elle prit conscience d'avoir raté la célébration des dix-huit ans de Shirley.

Songer qu'elle ne rattraperait jamais le temps perdu en captivité se mêlait à sa joie de revoir ses frères et sœurs, et elle en eut les larmes aux yeux.

Mais quand elle donna l'accolade à sa mère, sa détermination revint, plus forte que jamais. Elle ferait tout son possible pour que ses amies toujours en captivité soient libérées à leur tour et puissent rentrer chez elles.

Ses sœurs étaient émerveillées par Charlie, et Hewitt, qui s'était glissé entre elles, se hissa sur la pointe des pieds pour le voir. Kacey se sentit fière. Puis, quand elle vit l'expression de sa mère, qui regardait son bébé avec hostilité, son sourire s'évanouit. Quand elle lui proposa de le prendre dans ses bras, sa mère refusa.

— J'ai déjà tenu suffisamment de bébés dans ma vie, dit-elle.

Ce refus lui fit mal, mais elle serra les dents et n'en laissa rien paraître. Elle n'avait jamais eu besoin de l'approbation de sa mère pour prendre des décisions importantes, qu'il s'agisse de son inscription au lycée ou de son premier job. Ce n'était pas maintenant que ça allait commencer.

— C'est mon petit frère ? lui demanda Hewitt, qui regardait Charlie avec de grands yeux étonnés.

— Eh bien, non, répondit Kacey, qui remarqua que sa mère regardait volontairement ailleurs.

— C'est ton neveu, précisa sa sœur Shirley sans la moindre gêne ni hésitation. Tu es son tonton, Hewitt.

— C'est vrai ? demanda Hewitt qui se tourna vers leur mère.

— Puisqu'elle le dit…, répondit celle-ci à contrecœur.

Le visage de Hewitt s'illumina d'un grand sourire ravi, et il se hissa de nouveau sur la pointe des pieds pour faire un bisou à Charlie.

Il n'en fallait pas davantage pour que Charlie soit accepté par ses frères et sœurs.

Kacey adressa un petit signe de remerciement à sa mère qui, au moins, n'avait pas renié Charlie, et celle-ci le lui retourna. Sa mère n'avait pas toujours été là pour eux ; elle avait des problèmes et Kacey souhaitait de tout cœur qu'accepter Charlie au sein de la famille n'en soit pas un de plus.

Le soleil d'octobre brillait, c'était une belle journée pour rentrer chez soi. Escortée par Shirley et Winnie, Kacey fut officiellement accueillie par Hazel Trans qui, en tant que membre du conseil tribal, suppléa Zach Gill, le directeur, qui avait contribué à l'arracher des griffes du FBI.

Kacey avait beaucoup de respect pour Hazel Trans. Enseignante désormais à la retraite, c'était elle qui l'avait conseillée après le départ de Colt chez les marines. C'était également grâce à elle si elle avait été acceptée à l'université. À la pensée d'avoir été privée de sa première année comme étudiante, Kacey sentit son cœur se serrer.

Elle serra Charlie contre elle pour se réconforter. On lui avait volé un morceau de sa vie, on l'avait empêchée d'atteindre ses objectifs. Plus que tout au monde, elle avait désiré quitter la réserve, obtenir son diplôme universitaire et être capable de subvenir à ses besoins. Elle avait voulu se créer le foyer stable que sa mère ne lui avait jamais donné, et aider ses frères et sœurs à s'épanouir.

Désormais, ses aspirations avaient changé. Son seul désir était de garder Charlie et de tout faire pour que les hommes qui l'avaient enlevée ne constituent plus jamais une menace pour lui.

Elle chercha Colt des yeux mais ne le vit nulle part. Se tenait-il quelque part, à l'écart de la foule, à observer la scène ?

Hazel Trans s'écarta pour laisser parler Kenshaw Little Falcon.

Le chaman déclara que Kacey n'avait pas choisi d'avoir un enfant mais que, maintenant qu'il était là avec eux, par sa naissance, c'était un Apache de Turquoise Canyon. Et, parce qu'il était l'un des leurs, la tribu le protégerait. Protéger les leurs était un devoir sacré pour tous. Kacey regarda Charlie. Celui-ci bâilla et ferma les yeux.

Son bref discours terminé, Kenshaw proposa à tous d'entonner un chant rituel, et leurs voix s'élevèrent vers le ciel bleu.

Enfin, il rappela à tous que ceux qui avaient enlevé Kacey étaient des blancs avec un accent russe, et que si quelqu'un voyait des hommes présentant ces caractéristiques sur leurs terres, ils devaient immédiatement prévenir la police.

Lorsque toutes les personnes présentes eurent fini de lui dire à quel point elles étaient heureuses de la revoir et de lui prodiguer leurs conseils pour le bébé, Kacey était épuisée. Comme Charlie commençait à s'agiter et à pleurer, sa mère lui proposa une couverture pour qu'elle puisse l'allaiter en toute discrétion.

Elle ne lâcha son bébé que le temps pour Jackie et Winnie

de le changer, et encore veilla-t-elle à ce qu'elles s'y prennent bien. Ses sœurs avaient pourtant l'habitude, puisqu'elles avaient changé Hewitt et Jeffrey quand ils étaient bébés. Kacey songea à Brenda Espinoza, qui avait le même âge que Jackie et était encore en captivité. Elle adressa au ciel une prière silencieuse, en espérant de tout cœur que les hommes qui retenaient ses amies ne leur avaient pas fait de mal en représailles de son évasion.

Le jour déclinait quand enfin Zach Gill arriva. Kenshaw et lui remercièrent encore tous ceux qui étaient venus pour accueillir Kacey. Puis elle dit au revoir à sa famille et suivit Zach Gill et Kenshaw jusqu'au chalet où elle resterait avec son bébé jusqu'à ce qu'elle soit hors de danger.

Avant d'y entrer, elle jeta un regard en direction des membres du conseil tribal qui étaient restés devant leur bâtiment. Elle en reconnut quelques-uns, notamment Lori Morgan qui, selon Colt, avait épousé son frère Jake.

Wallace Tinnin, le chef de la police tribale, la salua d'un mouvement de tête. Les autres hommes et femmes qui l'entouraient lui étaient inconnus. Puis, soudain, elle sut de qui il s'agissait : les membres de Tribal Thunder.

Ceux qui avaient fait le serment de la protéger. Avant aujourd'hui, elle ne les avait jamais vus. C'était des hommes et des femmes qui avaient tous été choisis pour leur courage et leur dévouement envers la tribu. Elle chercha des yeux Colt ou ses frères, et ne repéra que Jake, qui se tenait tout près des membres de Tribal Thunder.

Elle leva la main pour les saluer. De tout cœur, elle voulait croire que ces hommes et ces femmes veilleraient sur elle efficacement, mais elle ne pouvait s'empêcher d'en douter. Par le passé, quand sa mère disparaissait pendant des jours, les laissant, ses frères et sœurs et elle, livrés à eux-mêmes, la tribu ne leur était pas venue en aide, ou si peu. C'est pourquoi, avant d'être enlevée, elle était résolue à quitter la réserve.

Elle avait espéré convaincre Colt de partir avec elle. Mais il avait d'autres projets pour eux, qui impliquaient qu'elle reste là deux ans de plus. Le souvenir de cette période lui arracha un long soupir de regrets, et elle serra Charlie plus fort contre elle. Les choses ne se déroulaient pas toujours comme on l'aurait voulu. Ça, au moins, elle le savait.

Après avoir remercié Gill et Kenshaw, elle poussa la porte et entra.

L'intérieur baignait dans la douce lumière d'une lampe à pétrole. Les chalets de la réserve étaient pour la plupart bâtis sur le même modèle, avec des parquets et des murs en pin noueux. Elle savait que derrière l'une des portes elle trouverait une chambre, et une salle de bains derrière une autre. La pièce principale comportait un buffet, une table et des chaises, ainsi qu'un petit coin salon avec une cheminée en pierre dans laquelle quelqu'un avait allumé une flambée afin d'adoucir l'air. Il y avait également un coin cuisine.

La table était couverte de victuailles et sur le buffet étaient posés des paquets de couches, des vêtements et des jouets pour bébé, de petites couvertures. Par terre, juste à côté, il y avait un couffin, une poussette, et même un siège auto. Des cadeaux de sa tribu, comprit-elle.

Si elle avait su qu'il y aurait tellement de nourriture, elle en aurait donné une partie à ses frères et sœurs, car elle doutait qu'ils aient autant à manger à la maison. Tôt ou tard, leur mère risquait de disparaître de nouveau pendant plusieurs jours sans prévenir.

Elle perçut un mouvement du côté de la chambre dont la porte était entrouverte et sursauta violemment. Quand elle se retourna et reconnut Colt sur le seuil, son cri de frayeur se transforma en cri de joie et un immense soulagement l'envahit. Elle était en sécurité. Colt était là, avec elle. Des larmes lui montèrent aux yeux.

Il s'avança vers elle, la prit dans ses bras, et l'emmena dans la chambre.

À l'hôpital, elle avait été constamment sur ses gardes, si bien qu'elle n'avait pas vraiment pu se reposer. Désormais, elle allait pouvoir lâcher prise.

Assise sur le lit, blottie contre Colt qui l'enveloppait de sa chaleur, elle se mit à sangloter, mais c'étaient des larmes saines, libératrices. Il lui caressa affectueusement le dos jusqu'à ce que ses pleurs cessent et qu'elle se redresse.

Charlie, qui jusque-là avait dormi, se réveilla et commença à gigoter.

— Laisse-moi le prendre, dit Colt.

Elle lui donna délicatement le bébé.

Colt le berça doucement. Après avoir tenu Charlie depuis son départ de l'hôpital, Kacey avait les bras et les épaules tout ankylosés. Elle s'installa confortablement sur le lit et les regarda. À la façon dont Charlie battait des paupières, elle sut qu'il n'allait pas tarder à se rendormir. Colt continua à le bercer doucement, sans se lasser.

Ce spectacle qui s'offrait à elle la bouleversait. Un homme et un enfant. L'un dégageant tellement de force, l'autre si vulnérable et fragile… Un long soupir mêlant bien-être et nostalgie lui échappa. Ella avait envie de voir cette scène se répéter encore et encore. Au plus profond d'elle-même, c'était ce qu'elle désirait. Mais comment y parvenir ?

Durant toute sa captivité, elle avait gardé l'espoir qu'au moins une personne la recherchait. Et lorsqu'elle avait promis aux autres filles que *quelqu'un* viendrait les délivrer, c'était à Colt qu'elle pensait. Mais elle s'était trompée. Personne n'était venu pour la bonne raison que personne ne la cherchait. Aux yeux de tout le monde, ses amies et elle n'étaient que des fugueuses qui avaient quitté la tribu par choix. Cette réflexion lui causa un pincement au cœur. Finalement, leur disparition avait eu le même effet qu'un caillou qu'on jette à l'eau. Au début, il y a quelques remous à la surface, puis, petit à petit, le calme revient et, enfin, on ne soupçonne même plus qu'un caillou a été jeté.

Colt se leva avec Charlie endormi dans les bras et passa dans le séjour. Quelques minutes plus tard, il revint avec le bébé installé dans le couffin.

— Il a eu une longue journée, dit-il.

Puis il leva les yeux vers elle.

— Tout comme toi.

Elle acquiesça.

— La police sait que tu es là ?

— Oui. J'ai discuté avec Jake. Il m'a donné ça.

Il tira de sa poche un téléphone portable qu'il posa sur la table de nuit.

— Il l'a même chargé avant de me le donner.

— Et le FBI ? Tu as agressé un de leurs agents.

— Je n'ai pas de droit de quitter le territoire de la réserve.

Elle sentit son cœur se serrer. Il ne pouvait pas s'en aller alors qu'elle ne voulait pas rester.

— Comment as-tu réussi à leur échapper après qu'ils t'ont maîtrisé ?

— Ils ne pouvaient pas me retenir parce qu'ils n'étaient pas prêts à me tuer.

— Et tu es resté ici depuis notre arrivée ?

— Oui, quasiment.

Il s'assit près d'elle sur le lit.

— Pourquoi ne t'es-tu pas mêlé aux membres de la tribu qui m'ont accueillie ?

— Parce que je n'arrive pas à supporter la présence

d'autant de monde autour de moi. Je suis pris de tremblements nerveux.

— Mais tu vas rester avec nous ?

— Oui, je reste avec Charlie et toi.

Elle lui sourit.

— J'avais tellement peur qu'ils décident de t'envoyer en prison !

Colt s'allongea près d'elle. Elle était épuisée, tout son corps n'était plus que courbatures mais, dans les bras de Colt, elle se sentait légère.

— Repose-toi, Kacey. Tu ne risques rien.

Elle acquiesça d'un hochement de tête, se pelotonna contre lui, et ferma les yeux.

Ce furent les pleurs de Charlie qui la réveillèrent. Colt se leva.

— Ne bouge pas, je m'en occupe.

Elle le regarda sortir de la chambre et revenir peu après avec tout le nécessaire, qu'il disposa sur la commode.

Puis il prit Charlie, le déshabilla et lui changea sa couche sans problème, après quoi il lui mit une grenouillère.

Elle fut étonnée.

— Où as-tu appris à faire ça ? lui demanda-t-elle.

— Sur YouTube. Il y a une connexion wifi, ici. Pendant que tout le monde t'accueillait, j'en ai profité pour regarder des vidéos qui expliquent comment s'y prendre avec un bébé. Et là, comme il continue à pleurer, si les vidéos disent vrai, c'est qu'il a faim.

Elle se redressa et tendit les bras pour prendre Charlie et lui donner le sein. Une fois rassasié, il ne mit pas longtemps à se rendormir.

— Il dort énormément, remarqua Kacey avec un brin d'inquiétude.

— C'est normal. Un nouveau-né, ça mange, ça dort et ça demande qu'on change sa couche.

Le sourire avec lequel il avait répondu la rassura. Elle retrouvait Colt tel qu'elle l'avait connu : un gentil garçon souriant qui avait toujours un mot sympa à la bouche.

— Et toi ? lui demanda-t-il. Tu as faim ?

— Oh oui ! Je meurs de faim.

Il emporta le couffin dans le séjour et elle y déposa Charlie.

— Il a l'air de se s'y trouver bien, commenta Colt.

— Oui, on m'a vraiment donné tout ce dont j'avais besoin, et plus encore.

Ils firent l'inventaire des provisions offertes par la tribu. Kacey se laissa tenter par du rosbif et de la salade. Colt, lui, opta pour du poulet. Se retrouver là, attablée en sa compagnie, lui donnait l'impression de vivre un rêve.

Elle lui adressa un sourire.

— Je suis tellement heureuse d'être de retour !

Il lui retourna son sourire. À le voir ainsi, il aurait été facile d'imaginer qu'il n'avait pas changé. Pourtant, à l'intérieur, il était devenu quelqu'un d'autre. Mais étaient-ils devenus tous deux trop différents pour espérer se retrouver un jour ?

— Moi aussi, dit-il.

— Est-ce que tu vas rester avec moi ?

— Oui. Mais, tu sais, Kacey, je ne suis pas le plus à même de veiller sur toi. Ty est plus malin que moi et lui, il a Hemi. Ce chien est le meilleur gardien que je connaisse, et il a un odorat hors du commun. Quant à Jake, il est policier, il est armé, et il peut bénéficier de toute l'aide dont il a besoin. Et tu peux demander à n'importe quel membre de Tribal Thunder de rester ici avec toi si tu le souhaites.

— Écoute, Colt, quand ma mère disparaissait de la

maison et que nous nous retrouvions livrés à nous-mêmes, sans rien à manger, aucun membre de la tribu n'est jamais venu nous aider, du moins durablement. Sauf toi. Ce n'était pas Tribal Thunder, ce n'étaient pas tes frères, c'était toi.

Elle couvrit sa main de la sienne, le cœur plein de gratitude et de tristesse.

— Depuis le jour où tu m'as défendue à l'école, tu as toujours veillé sur moi. Alors, aujourd'hui comme avant, c'est à toi que je fais le plus confiance.

Colt tourna la main pour serrer ses doigts.

— J'ai changé, Kacey.

Elle eut un petit rire nerveux et jeta un coup d'œil vers Charlie, qui dormait paisiblement dans son couffin.

— Nous avons tous deux changé. Mais j'ai confiance en toi. Ça, rien ne pourra le changer.

9

Colt baissa les yeux et secoua la tête, comme s'il ne pouvait concevoir qu'elle s'en remette à lui.

— Alors je resterai.

Elle lui sourit.

— Merci.

Colt serra plus fort ses doigts et elle sentit l'émotion l'étreindre.

— Tu m'as manqué. Quand je suis revenu ici, je suis allé chez toi dès que j'en ai eu la force.

Elle écarquilla les yeux et dégagea sa main.

— Je n'en savais rien.

Il soupira.

— C'est la première chose que j'ai faite. J'ai parlé à ta mère et elle m'a dit que tu étais partie plusieurs mois auparavant et que, depuis, tu ne lui avais même pas passé un coup de fil. Elle semblait…

Kacey attendit qu'il continue avec appréhension. Mais il laissa sa phrase en suspens.

— Elle croyait que j'avais fugué. Ça n'a rien d'étonnant, puisque je l'avais menacée plus d'une fois de le faire.

— Et personne n'aurait pu te le reprocher si tu l'avais fait, dit Colt.

Toutefois, désormais, il savait qu'elle n'avait pas fugué.

— Je n'ai pas compris ce qui s'était réellement passé, reprit-il. Pourtant, j'aurais dû me rendre compte que quelque chose ne collait pas. Tu étais tellement impatiente d'aller à l'université... Si tu savais comme je m'en veux d'avoir cru ta mère ! Je m'étais mis en tête que tu n'avais pas pu supporter de rester chez toi plus longtemps.

Kacey ne sut que dire. Peut-être qu'elle aurait cru qu'il la connaissait mieux que ça...

— Tu as cru que j'avais pu laisser mes sœurs se débrouiller avec ma mère et mes frères ?

— Eh bien, tu te chargeais toujours de tout toute seule, alors...

— Non, j'avais ton aide. Et celle de ta mère, aussi.

— Ce n'était rien. Tu aurais dû en avoir plus.

Elle détourna le regard.

— J'ai raté tout mon premier semestre à l'université.

— Tu feras ta rentrée pour le semestre de printemps. Rien ne t'en empêche.

— Même avec un bébé ?

— Pourquoi pas ?

Elle sentit qu'il croyait sincèrement qu'elle le pourrait, et cela lui remonta le moral. Colt lui avait toujours redonné confiance en elle. Elle lui adressa un sourire qu'il lui retourna. Puis elle songea aux hommes qui la traquaient. Elle sentit son estomac se nouer et posa les yeux sur la porte verrouillée. Son sourire s'effaça et elle dut prendre sur elle pour garder son calme. Tant qu'elle serait sous la menace de ces types, il était inutile qu'elle envisage de reprendre une vie normale, d'aller à l'université. Et elle avait la sensation qu'ils n'étaient pas loin.

— Pour le moment, ce n'est pas d'actualité, dit-elle.

Pendant quelques instants, un silence gêné s'abattit entre

eux. Elle se mordilla la lèvre et repensa à l'époque où Colt considérait qu'elle n'avait pas besoin de faire des études.

Elle lui avait expliqué que, si elle voulait pouvoir aider ses frères et sœurs, elle devait étudier pour s'ouvrir des perspectives professionnelles. Mais lui, au lieu de la soutenir, il s'était engagé dans les marines avec l'ambition de gagner suffisamment d'argent pour qu'ils puissent s'acheter une maison. Ce jour-là, elle lui avait dit qu'elle ne se marierait pas avec un homme qui ne la soutenait pas dans ses choix et ne tenait pas compte de son avis.

La santé de la mère de Colt était chancelante et l'argent de sa prime d'engagement avait servi à payer ses traitements.

— Je regrette que tu sois parti là-bas, dit-elle.

Colt se rembrunit et détourna les yeux.

— Pardon, reprit-elle. En fait, je voulais dire que je regrette qu'on ne puisse pas revenir en arrière, se retrouver tous en dernière année de lycée et... Je ne sais pas, partir loin ensemble.

Il acquiesça mais son expression resta fermée.

— Si nous pouvions revenir en arrière, cette fois, je partirais avec toi. J'ai énormément de regrets.

— Lesquels, par exemple ?

— Je regrette de ne pas dormir la nuit. De ne pas pouvoir monter dans une voiture sans me mettre à trembler et transpirer. De ne pas pouvoir voir mes frères sans éprouver l'envie de partir en courant. Et, surtout, je regrette de ne pas avoir été là pour te protéger.

— Moi aussi j'aurais aimé être là pour t'aider, Colt.

Ils restèrent quelques secondes à se fixer. Ils étaient tout près l'un de l'autre, mais il y avait un gouffre entre eux. Elle avait toujours envie de partir et lui de rester. Et ils ne seraient plus jamais les mêmes.

— Me parleras-tu de ce qui s'est passé, Kacey ?

Cette fois, ce fut elle qui détourna le regard.

— Je ne sais pas... C'est dur d'en parler.

— J'imagine.

— Et toi ? Tu as déjà parlé à quelqu'un de ce qui t'est arrivé ?

— Oui, très récemment, je m'en suis ouvert à Kenshaw. Il va me mettre en contact avec un membre de la tribu qui est lui aussi allé en Afghanistan. Nous sommes également tombés d'accord sur le fait que vivre dans la montagne loin de tout ne me fait aucun bien. Jusqu'à il y a quelques jours, pour moi, ce n'était pas un problème. Je voulais seulement qu'on me fiche la paix.

Il chercha son regard.

— Et puis tu es réapparue.

— Et ?

— Je veux être là pour toi, Kacey. Ce qui signifie que je dois affronter ce qui m'est arrivé et surmonter tout ça.

— Tu crois que Kenshaw pourrait me conseiller quelqu'un à qui je pourrais moi aussi me confier ?

Un léger sourire aux lèvres, Colt acquiesça.

— Je lui poserai la question.

— Je n'ai parlé de tout ça qu'au FBI, Colt. Et je l'ai fait seulement parce que ça pouvait leur permettre de retrouver mes amies.

Elle se passa les mains sur le visage.

— Ils m'ont posé une multitude de questions et je leur ai dit tout ce que je savais. Mais je ne leur ai pas dit comment je me sentais... De toute façon, ils ne me l'ont pas demandé... J'en veux tellement à ces hommes de nous avoir enlevées, et j'ai tellement peur pour les filles qui sont encore entre leurs mains ! Si par malheur ils leur faisaient du mal à cause de moi, ce serait épouvantable.

Elle se rappela trop tard que tous les hommes qui avaient

été faits prisonniers en même temps que Colt avaient été tués. Il était le seul survivant. Gênée, elle se couvrit la bouche d'une main.

— Excuse-moi, Colt, je suis désolée.

Il déglutit et prit quelques secondes pour répondre.

— C'est dur de vivre avec.

Alors, il lui raconta comment son unité était tombée dans une embuscade.

— Ils nous ont retenus pendant trois jours. Et, chaque jour, ils exécutaient l'un d'entre nous.

Il leva les yeux vers elle.

— Je ne sais pas comment tu as réussi à tenir plusieurs mois, Kacey.

Elle voulait entendre la fin de son histoire et ne le laissa pas détourner la conversation.

— Comment as-tu survécu ?

Il se mit à tapoter nerveusement sur la table et s'éclaircit la voix à plusieurs reprises, mais les mots paraissaient ne pas vouloir sortir.

Kacey se leva et approcha sa chaise pour être juste à côté de lui. Elle couvrit sa main de la sienne. Il se calma, prit une grande inspiration et tenta de nouveau de parler. Sa voix parut venir de très loin, du plus profond de son être.

— Ils m'ont dit que je serais le dernier à être exécuté. Que j'étais pire que les autres infidèles, parce que j'avais la peau mate comme eux. Ils voulaient savoir ce que j'étais.

— Oh ! Colt, c'est affreux.

Il grimaça.

— Ils ont ramené les corps des autres un par un. Finalement, je me suis retrouvé seul avec les morts.

— Jake m'a dit que c'est une unité des Navy Seals qui t'a libéré.

— Oui, c'est exact. Mais ils sont arrivés trop tard pour mes compagnons.

Elle lui caressa doucement le dos pour le réconforter.

— Trop tard, répéta-t-elle. Toi, tu étais le dernier à être libéré, et moi je suis la première à leur avoir échappé. Tu sais ce qui est arrivé à tes amis, et c'est affreux. Moi, je ne cesse d'imaginer le pire. Je garde espoir, mais je vis avec cette incertitude sur leur sort.

Colt la regarda.

— C'est éprouvant d'être le seul survivant. Je vois constamment leurs visages, dans mes rêves. Il me semble entendre leurs voix. Je souhaite de tout cœur qu'on retrouve tes amies, Kacey, je ne veux pas que tu endures le même calvaire que moi.

— Marta était tout près du terme. À l'heure qu'il est, elle pourrait elle aussi avoir donné naissance à l'enfant qu'elle portait. Que feront-ils d'elle ?

Colt l'observa sans rien dire. Aucun d'eux n'avait la réponse.

Dans son regard, Kacey lut de la douleur et de la tristesse. C'était le reflet exact de ce qu'elle ressentait, et ça ne pouvait pas continuer. Alors elle l'embrassa doucement.

Colt ferma les yeux et posa les mains sur ses épaules. Sa respiration changea, il émit un léger grondement. Il répondit à son baiser, l'intensifia et, enfin, elle cessa de penser à ses amies car un intense désir s'empara d'elle.

Son cœur se mit à battre plus vite et une douce chaleur monta en elle. Elle avait envie de cela, envie de Colt. Elle se serra contre lui, s'assit quasiment sur ses genoux. Il l'attira vers lui, jusqu'à ce que ses seins s'écrasent contre son torse musclé. La sensation était si délicieuse qu'elle laissa échapper un gémissement de plaisir.

Soudain, un léger coup frappé à la porte les fit sursauter. Kacey se redressa d'un bond tandis que Colt la lâchait. Ils se regardèrent en silence pendant une seconde, puis Colt poussa un juron et alla ouvrir la porte.

Morgan Strong se tenait sur le seuil.

— Si c'est possible, Kenshaw aimerait vous voir tous deux, dit-elle.

Kenshaw était leur chaman, mais aussi le leader de leur société de médecine et celui de Tribal Thunder.

Colt se tourna vers Kacey qui acquiesça d'un hochement de tête. Elle prit le couffin dans lequel Charlie dormait toujours aussi paisiblement et se dirigea vers la porte. Elle vit alors que, derrière Morgan Strong, se tenait l'officier Bear Den, qui montait la garde. Celui-ci lui adressa un signe de tête. Quand elle sortit, elle remarqua que d'autres membres de la tribu montaient la garde dans l'obscurité, autour du chalet. Au lieu d'en être rassurée, elle éprouva de la culpabilité à la pensée de toutes ces personnes que sa présence mobilisait et qui avaient certainement d'autres choses à faire.

Elle traversa l'espace découvert séparant son chalet du bâtiment qui abritait le conseil tribal. Colt se tenait à côté d'elle. En arrivant devant le bâtiment, elle sentit que Colt se crispait et que sa respiration avait changé. Il s'arrêta et leva les yeux vers le ciel étoilé. Elle se tourna vers lui avec un regard inquiet.

— Tu viens avec moi ?

Elle n'était pas certaine d'être capable de faire face au conseil toute seule, mais elle ne voulait pas non plus pousser Colt à se retrouver dans une situation qui, pour lui, serait une source de stress.

Il serra les dents, prit une grande inspiration et, finalement, acquiesça.

— Oui.

— Nous partirons dès que tu le souhaiteras, dit-elle comme il ne bougeait pas.

Il s'éclaircit la voix.

— Allons-y. Plus vite ce sera fini, mieux ce sera, marmonna-t-il.

Kacey ignorait si c'était la foule ou le fait d'entrer dans un bâtiment qui causait autant d'anxiété à Colt. Peu importait. Ce qui comptait, c'était le fait qu'il avait rassemblé son courage et l'accompagnait, ce dont elle lui était reconnaissante.

Ils furent accueillis par Kenshaw et le chef Tinnin, mais également par l'agent du FBI Luke Forrest. Troublée de le découvrir parmi ses protecteurs, Kacey fit un pas en arrière.

Kenshaw se leva.

— N'aie crainte, Kacey, l'agent Forrest n'est pas ici pour t'emmener. Tu es en territoire souverain et sous la protection de notre tribu.

Kacey acquiesça mais resta où elle était jusqu'à ce que Colt lui pose une main en bas du dos pour l'inciter à avancer. Il avait toujours la mâchoire contractée mais son regard était clair et lucide. C'était la première fois que Kacey se retrouvait dans la salle du conseil. La hauteur du plafond soutenu par des poutres massives la surprit, tout comme la taille de l'imposante cheminée de pierre qui occupait une bonne partie du mur du fond.

Elle avança jusqu'à la table circulaire du conseil et, après avoir déposé le couffin de Charlie près d'elle, prit place dans le fauteuil qu'on lui indiquait. Colt s'assit dans le fauteuil voisin. Elle posa les mains sur la table en bois et se sentit plus calme. Les hommes et les femmes rassemblés étaient là pour les protéger, son bébé et elle.

Son regard croisa celui de Kenshaw, qui lui adressa un petit signe de tête et un sourire bienveillant.

— L'agent Forrest nous a dit que tu ne te souvenais pas de la manière dont tu t'es retrouvée enceinte mais que, la dernière fois qu'on t'avait vue, c'était à la clinique tribale.

Par conséquent, nous avons décidé d'enquêter sur la clinique. Pour cela, nous avons engagé un nouvel enquêteur, l'officier Hood, de la tribu Yavapai. Il doit arriver la semaine prochaine et dirigera les recherches. Nous avons considéré que quelqu'un de l'extérieur serait plus à même de travailler sous couverture à la clinique. Et cela permettra également au chef Tinnin et à l'officier Bear Den de ne pas négliger les autres affaires dont ils ont la charge en ce moment.

Kenshaw lui apprit que deux membres du gang du Loup s'en étaient pris à Jake et Lori après qu'ils avaient adopté le bébé retrouvé dans la voiture de Jake. Il sortit trois photos qu'il déposa sur la table.

Un frisson glacé la parcourut quand elle posa les yeux sur les clichés. Elle connaissait ces trois personnes. Les deux hommes étaient ceux qui l'avaient enlevée, et la femme celle qui l'avait menacée d'une arme quand les deux types l'avaient forcée à monter dans une camionnette.

Elle confirma ce que Forrest et Kenshaw soupçonnaient déjà.

— Trey Fields est actuellement dans une prison fédérale. Quant à Minnie Cobb et Earle Glass, ils vont être amenés ici pour être interrogés.

Trey Fields avait été condamné pour agression sur un agent fédéral, Sophia Rivas en l'occurrence. Earle Glass et Minnie Cobb étaient pour leur part en garde à vue pour avoir tenté par deux fois de s'emparer du bébé mis au monde par Zella.

— J'ai entendu parler du bébé de Zella, dit Kacey.

Elle ne savait comment s'y prendre pour faire remarquer que ce bébé avait la peau blanche.

— C'est une situation similaire à la vôtre, intervint l'agent Forrest. À ceci près que Mlle Colelay a renoncé à faire valoir ses droits parentaux.

— Selon Zella, les deux types que tu as identifiés la suivaient partout depuis plusieurs mois, mais elle n'a pas été enlevée.

Kacey savait qui avait averti Zella. C'était son amie Marta. Durant leur captivité, Marta lui avait raconté qu'elle avait prévenu Zella que deux membres du gang du Loup la suivaient. Kacey ne pouvait qu'imaginer la réaction de Zella quand elle avait appris que Marta avait disparu et quand, ensuite, les deux membres du gang s'en étaient pris à elle.

Elles se trouvaient toutes à la clinique le même jour. Cependant, comme Marta, Kacey ne se rappelait ni ce qui s'était passé lors de cette visite ni avoir vu Zella ou qui que ce soit d'autre. C'était comme s'il y avait un vide dans sa mémoire.

Avant son enlèvement, quand elle avait parlé à sa mère de ses problèmes de mémoire, celle-ci lui avait répondu qu'il n'était pas question qu'elle l'emmène de nouveau à la clinique pour si peu. Elle l'avait seulement accompagnée là-bas parce qu'il fallait qu'elle passe une visite médicale avant d'être admise à l'université. Marta s'y trouvait parce qu'elle avait besoin d'un certificat médical pour le sport. Quant à Zella, elle ignorait pour quelle raison elle s'était rendue à la clinique ce jour-là.

— Et le bébé de Zella est en sécurité, maintenant ? demanda-t-elle à l'agent Forrest.

Il lui semblait évident que les hommes qui les avaient enlevées tenteraient de remettre également la main sur son bébé.

— Ni Minnie Cobb ni Earle Glass n'ont mis le gang en cause. Mais, selon nous, jamais ils n'auraient agi de leur propre initiative. Sans doute ne faisaient-ils que suivre les ordres qu'ils avaient reçus. D'ailleurs, depuis leur arrestation, il n'y a plus eu la moindre tentative d'enlever le bébé.

— Et pour Charlie ? voulut savoir Kacey.

— Nous ignorons ce qu'il en est. C'est pourquoi nous avons pris toutes les précautions nécessaires. Nous avons établi un périmètre de sécurité et posté des gardes aux endroits stratégiques.

— Ils ont tué David SaVala, intervint Colt d'une voix posée.

— Bear Den mène l'enquête sur ce meurtre, répondit Tinnin. Nous sommes convaincus que les deux affaires sont liées.

— Comment s'y sont-ils pris pour tracer son téléphone portable ? demanda Colt.

Kacey sentit la culpabilité l'assaillir.

— La seule explication, c'est que ces types ont accès aux coordonnées de tous les résidents du secteur qui sont équipés d'un téléphone mobile et à l'historique de leurs communications.

— C'est le genre d'infos que le gang du Loup pourrait leur fournir, remarqua l'agent Forrest.

Le fait que tout pousse à croire que le gang du Loup était impliqué rendait la menace encore plus grande, car cela signifiait qu'elle venait de l'intérieur de la tribu.

Une question taraudait Kacey.

— Comment ont-ils choisi toutes les filles qu'ils ont enlevées ?

Tinnin lui retourna un regard de commisération.

— Pour le moment, nous n'en savons rien.

Malgré ses dires, elle aurait parié qu'il avait une petite idée à ce sujet. Elle pensa aux autres. Comme elle, toutes étaient issues de familles nombreuses. Toutes avaient un parent qui n'était plus là ou des parents négligents. Toutes avaient une mère, un père, sinon les deux, qui avaient déjà eu affaire à la justice ou aux services sociaux.

À maintes reprises, elle avait vu la police tribale chez elle, quand sa mère réapparaissait après une absence de plusieurs jours, voire plusieurs semaines. Elle ignorait où sa mère allait, mais elle revenait toujours avec de l'argent ou de la drogue, parfois les deux. Elle pensa de nouveau aux autres filles. Elle savait que les services sociaux s'étaient rendus au lycée pour s'entretenir avec Marta. Brenda Espinoza lui avait confié que son père avait été condamné pour violences conjugales, et il était de notoriété publique que la mère de Zella avait des problèmes d'alcoolisme.

Les points communs étaient clairs : toutes étaient majeures depuis peu ou en passe de le devenir, issues de familles nombreuses et à problèmes. Plus d'une fois, elle avait envisagé de partir loin, mais pour aller où et faire quoi ? La nécessité d'aider ses frères et sœurs qui avaient besoin d'elle l'avait toujours retenue. Et puis il y avait Colt, qui était son point d'ancrage, jusqu'à ce qu'il l'abandonne pour s'engager dans l'armée.

Elle riva son regard à celui de Tinnin.

— Ces types nous ont-ils enlevées parce qu'ils savaient que personne ne s'étonnerait de notre disparition et ne nous rechercherait activement ? lui demanda-t-elle.

Tinnin se frotta la mâchoire.

— Peut-être. Vous aviez toutes le profil de potentielles fugueuses.

Jour après jour, pendant leur captivité, elles avaient espéré voir arriver les secours. Mais, en vérité, personne ne les cherchait.

Malgré ses courbatures encore bien réelles, elle se redressa avec détermination. Il fallait absolument que Charlie soit protégé au mieux. Et il fallait aussi absolument que l'on retrouve ses amies.

— Les filles sont convaincues que vous êtes à leur recherche, chef Tinnin, dit-elle. Elles croient que leurs familles, leurs connaissances et leur tribu s'inquiètent de leur disparition et font tout leur possible pour les retrouver. Quand je leur ai affirmé que je leur enverrais de l'aide, elles m'ont crue. Et vous, vous venez de m'avouer que, jusqu'à ce que je réapparaisse, vous pensiez que nous étions de simples fugueuses.

Tinnin baissa les yeux.

Elle se leva et posa les mains à plat sur la table.

— Vous nous avez ajoutées à une quelconque banque de données en espérant que, un jour ou l'autre, on nous ramasserait sur un trottoir de Phoenix ou d'ailleurs, ou alors que nous finirions par rentrer à la maison, n'est-ce pas ? Sauf que ça ne risquait pas d'arriver. Mes amies sont prisonnières, elles ont été enlevées et sont toutes enceintes. Alors il faut absolument les retrouver au plus vite, avant qu'elles accouchent et qu'il leur arrive le pire.

— Le FBI recherche des indices dans la maison où tu nous as emmenés.

— Ça ne suffit pas.

— Et que suggères-tu ?

— Il faut se concentrer sur la clinique. Il s'est passé quelque chose de crucial là-bas. Malheureusement, moi, je n'en ai aucun souvenir.

— L'officier Hood suivra cette piste.

— La semaine prochaine ! s'exclama-t-elle. Alors qu'il faut se rendre à la clinique maintenant !

— Qui est le médecin qui a reçu Kacey ? voulut savoir Colt.

Tinnin détourna les yeux.

— Moi, je ne m'en souviens plus, insista Kacey.

Ce fut Forrest qui répondit.

— Elle avait rendez-vous avec le Dr Kee Redhorse.

Kacey en resta bouche bée puis tourna la tête vers Colt. Lui non plus n'en croyait manifestement pas ses oreilles.

Se pouvait-il que son frère aîné soit impliqué dans cette affaire sordide ?

10

Colt avait l'air grave, les traits tirés. La révélation de l'agent Forrest l'avait littéralement sonné. Il se reprit toutefois et regarda Tinnin.

— Non, dit-il fermement. Impossible. Pas Kee.

— Nous savons qu'il est très endetté, lui annonça Tinnin, d'un ton plein de sollicitude.

Mais ses propos frappèrent de nouveau Colt.

— Beaucoup de gens ont des dettes, remarqua Kacey pour prendre la défense de Kee.

Elle savait que, pour Colt, Kee était un modèle et comme un père. Et quand il était parti faire ses études, Colt avait souffert de son absence.

— Et Ty ? reprit-elle. C'est un membre du gang du Loup. Ne serait-il pas plus logique de penser que lui pourrait être impliqué ?

À peine eut-elle fini sa phrase qu'elle se rendit compte de sa maladresse. Défendre un des frères de Colt pour mieux en accuser un autre ne l'aiderait en rien à se sentir mieux. Embarrassée, elle porta une main à sa bouche.

Elle vit la mâchoire de Colt se contracter, il se voûta davantage. Il était inutile qu'il exprime par des mots que son intervention l'avait blessé.

— Nous ne négligeons rien, assura Tinnin. Et nous explorons toutes les pistes.

Ce qui signifiait que Kee et Ty étaient tous deux dans leur collimateur.

Kacey enleva la main de sa bouche et se pencha vers Colt pour lui murmurer des excuses. Il lui jeta un bref regard puis tourna la tête.

— Nous vous demandons à tous deux de rester dans la réserve pour que Tribal Thunder puisse veiller sur vous. Et nous vous demandons également de limiter au minimum vos entrevues avec Ty et Kee, reprit Tinnin.

— Qu'entendez-vous par « limiter au minimum » ? lui demanda Colt.

— Le mieux serait que vous ne les voyiez pas du tout, trancha Forrest.

Colt regarda alternativement Tinnin et Forrest.

Pendant combien de temps ? se demanda Kacey. Elle avait réussi à échapper à ses ravisseurs et allait bénéficier de la protection de la tribu. Pour Colt, ce serait comme se retrouver en prison. Bien sûr, il pourrait circuler, mais dans les limites de la réserve. Et l'étendue de celle-ci n'y changerait rien. Il ne serait pas totalement libre de ses mouvements. Ce serait une nouvelle épreuve qu'il devrait subir, et il n'avait vraiment pas besoin de ça.

Une bouffée d'amertume l'envahit. Elle était soulagée que Charlie soit en sécurité, mais elle supportait mal de savoir que ses amies étaient toujours prisonnières et qu'il pouvait leur arriver encore pire.

Comment parviendrait-elle à vivre avec cette pensée en tête ?

— Vous n'avez vraiment pas la moindre idée de l'endroit où pourraient maintenant être les filles ? demanda-t-elle, exaspérée.

Tinnin soupira.

— Le FBI cherche toujours à rassembler le maximum d'indices mais, pour le moment, ils n'ont encore rien de concret.

Après avoir marqué une pause, il reprit :

— Bien. La journée a été longue pour tout le monde. Je vous propose de nous revoir demain matin pour faire le point.

Il posa les yeux sur Colt.

— Si tu veux rester, tu peux t'installer dans le chalet voisin de celui de Kacey.

La formulation était claire. Tinnin ne s'attendait pas à entendre Colt répondre qu'il souhaitait rester. À moins qu'il n'ait tout simplement pas envie de l'entendre le faire…

Colt se tourna vers elle. Elle lui prit la main.

— Reste, dit-elle.

Il répondit d'un petit hochement de tête puis s'adressa à Tinnin.

— Je vais et viens comme bon me semble.

Ce n'était en rien une requête.

Tinnin haussa les sourcils.

— Tu ne dois pas quitter le territoire de la réserve, lui rappela-t-il.

Colt ne répondit rien. Forrest et Tinnin échangèrent un regard.

Un Redhorse de plus sur leur liste de suspects, songea Kacey. Devait-elle le raisonner ? Si Colt agissait comme un électron libre, cela ne ferait que donner davantage de travail à la police tribale pour suivre ses faits et gestes alors qu'ils avaient déjà fort à faire. Mais elle était consciente du fait que rien ni personne ne parviendrait à contraindre Colt à rester s'il ne le voulait pas.

Il se leva et fit le tour de la table pour aller se poster face à Forrest, poings serrés.

Il ne sortait jamais rien de bon de ce genre d'affrontement, Kacey le savait. Elle prit Charlie dans ses bras, se leva et s'empressa de le rejoindre. Elle lui posa la main sur l'épaule. Quand il se retourna, il lui lança un coup d'œil puis regarda Charlie qui dormait, indifférent à ce qui se passait autour de lui. Sans rien lui demander, elle lui posa le bébé dans les bras.

Forrest, qui s'était levé en voyant Colt se diriger vers lui, recula d'un pas, comme si elle venait de donner à Colt une grenade dégoupillée. Tous deux avaient au moins cela en commun, se dit Kacey : devant un bébé innocent, ils laissaient de côté leurs différends.

— Nous devons le mettre au lit, dit-elle à Colt.

Évidemment, Charlie se moquait de dormir dans un couffin, dans les bras de sa mère ou dans un berceau. Mais cela fournissait un prétexte pour éloigner Colt de Forrest et Tinnin.

Colt jeta un dernier regard aux deux hommes puis tourna les talons.

Kacey prit au passage le couffin et s'adressa à Tinnin, Forrest et Kenshaw :

— Bonsoir, messieurs. Je vous remercie de nous avoir procuré un endroit sûr. J'aimerais pouvoir penser que mes amies en ont un elles aussi.

Elle suivit Colt jusqu'aux chalets alignés sur les bords du fleuve.

Le ciel étoilé était magnifique, un vent léger soufflait. Elle ferma les yeux et savoura pendant quelques secondes la sérénité de l'atmosphère.

Elle était libre. Quelques jours plus tôt, elle prenait la fuite et luttait pour sa survie. À présent, elle était de retour sur les terres de son peuple. Cela lui semblait presque irréel. Elle rouvrit les yeux et chercha l'étoile du Nord. Elle était toujours là. Ça, au moins, n'avait pas changé en son absence. Ses amies auraient-elles elles aussi la chance de revoir le ciel étoilé ? Des larmes lui noyèrent soudain les yeux et roulèrent sur ses joues.

Elle remarqua alors que Colt l'observait. Il lui passa doucement le pouce sur la joue pour sécher ses larmes.

— C'est tellement beau, ici, dit-elle d'une voix étranglée par l'émotion.

— Oui, répondit-il simplement.

Il lui entoura les épaules de son bras libre.

— J'aimerais... J'aimerais que mes amies soient là pour profiter de ce spectacle.

La main de Colt descendit vers son dos qu'il se mit à caresser pour la réconforter.

— J'ai tellement peur de ce qu'elles vont devenir à cause de moi...

L'expression de Colt était grave ; il ne chercha pas à lui donner de faux espoirs. Lui aussi avait eu des amis, des camarades de captivité, et eux ne reverraient plus jamais les étoiles ni quoi que ce soit d'autre. Il comprenait sa peur et ne tentait pas de l'atténuer par de vaines paroles. Il lui passa le bras autour de la taille et se remit en marche en direction du chalet.

— Je suis désolée de ce que j'ai dit sur Ty, dit-elle à voix basse.

Comme il ne répondait pas, elle crut qu'il ne l'avait pas entendue. Mais, quand ils arrivèrent devant la porte, il s'arrêta et lui fit face.

— Ta conclusion était logique, admit-il. Ty a fait partie du gang. Mais plus maintenant.

— Ma mère prétend que personne ne quitte jamais le gang.

En vérité, elle avait affirmé que la seule manière de quitter le gang était de mourir. Mais, évidemment, elle n'allait pas répéter ses propos exacts.

— Peut-être. Viens, dépêchons-nous d'entrer avant que Charlie prenne froid. L'air est frais.

Les nuits étaient toujours fraîches, en automne, et sans couverture nuageuse, la température baissait d'autant plus vite.

Colt ouvrit la porte et la tint pour elle.

Quand ils furent à l'intérieur, Charlie se réveilla.

Kacey le reprit pendant que Colt allumait la lampe à pétrole et remettait du bois sur les braises qui rougeoyaient dans la cheminée. De belles flammes dansèrent bientôt dans l'âtre, diffusant une chaleur bienfaisante.

Elle donna le sein à Charlie et fit de son mieux pour ne pas éprouver de culpabilité à être là, dans un chalet confortable, tandis que ses amies étaient Dieu seul savait où. Tandis que Charlie tétait goulûment, elle commença à se détendre et se mit à fredonner une berceuse.

La tristesse de ne pas savoir dans quelle situation se trouvaient ses amies était toujours là, et elle n'avait pas non plus oublié sa promesse de les retrouver, mais son bébé avait besoin d'elle. Pouvait-elle se permettre de prendre des risques ? Que deviendrait Charlie s'il lui arrivait quelque chose ? Sa mère n'était pas capable de s'occuper de lui. Pendant les absences de sa mère, alors qu'elle était petite, elle avait séjourné dans des familles d'accueil de la tribu. Certaines étaient bien, mais d'autres à peine mieux que la sienne. Elle ne voulait pas que Charlie connaisse cela.

Elle observa son adorable petit visage. Il avait de grands yeux bleus mais, d'après la teinte du bord des iris, sans doute aurait-il plus tard des yeux sombres. Sa peau était claire, et le duvet soyeux qui couvrait sa tête d'un joli brun. Elle lui caressa affectueusement la joue.

Il n'était pas d'elle, mais il était à elle.

— Je me fiche de la génétique, lui dit-elle. Ils m'ont pris ma liberté, alors je t'ai pris toi. Juste retour des choses. Je t'aime et je te garderai. Tu es à moi.

Elle sentit le regard de Colt sur elle. Elle leva la tête et lui sourit.

— Tu crois qu'ils me laisseront le garder sans faire d'ennuis ? lui demanda-t-elle.

— La tribu, oui. Le FBI, je ne sais pas.

— Charlie n'est pas une preuve. C'est un bébé. Mon bébé.

— Tant que tu resteras ici, ils n'auront aucun moyen de te le prendre.

— Tu vas rester ici cette nuit ?

— Peut-être pas dans le chalet. J'aime dormir à la belle étoile.

— Si tu veux, on peut laisser les fenêtres ouvertes.

— Tu ne crains pas qu'il fasse trop froid pour Charlie ?

— Non, nous avons des couvertures, et il y a même une peau de loup.

— Tu veux que je reste ?

Elle acquiesça.

— Quand tu es là, je me sens en sécurité.

Colt se gratta nerveusement la tête.

— Tu as entendu ce qu'ils ont dit à propos de Kee et Ty.

— Oui, mais Jake est membre de la police tribale et de Tribal Thunder.

— Tu crois vraiment que leurs soupçons pourraient être fondés ?

Pour toute réponse, elle haussa les épaules.

— Tu ne te souviens vraiment pas de qui tu as vu à la clinique ?

— À quelle occasion ?

— La première fois.

— C'était en janvier, c'est tout ce dont je me souviens.

Elle secoua la tête.

— Je te l'ai dit, je ne me souviens même plus du trajet jusqu'à la clinique, ni de ce qui s'est passé le lendemain. C'est comme si tout ça avait été retiré de ma mémoire.

— J'aimerais pouvoir retirer certains de mes souvenirs, parfois.

Elle le comprenait.

— Tu crois que cette perte de mémoire est due à un traumatisme ?

— Non, parce qu'aucune de nous ne se rappelait précisément ce qui s'était passé à la clinique.

Il y avait certainement une autre explication, mais elle n'osait pas l'évoquer à voix haute.

— Pourriez-vous avoir été droguées ? lui demanda Colt.

— Je ne sais pas, répondit-elle en haussant de nouveau les épaules.

Mais c'était exactement ce qu'elle suspectait.

— J'ai entendu parler de certaines substances qui font tout oublier. Toi tu ne te souviens pas, d'accord. Mais ta mère ?

— Quoi, ma mère ?

— Elle sait peut-être qui t'a prise en charge à la clinique.

Kacey renifla de dédain.

— Elle a accepté de me conduire à la clinique seulement parce qu'elle avait besoin de la voiture. Elle m'a déposée devant l'entrée et est repartie. Ensuite, la clinique a rappelé à la maison en février pour me demander de revenir. Soi-disant parce qu'il y avait eu un problème avec l'échantillon sanguin qu'on m'avait prélevé et qu'il fallait refaire une prise de sang.

— Qu'avaient-ils trouvé dans tes analyses de sang ?

— Rien. Ils avaient perdu l'échantillon, d'après ma mère.

— À qui a-t-elle parlé ?

— Je n'en sais rien. Elle m'avait laissé sur la table de la cuisine un mot dans lequel elle m'expliquait tout ça. Elle avait ajouté qu'il était inutile que je prenne rendez-vous, qu'il me suffisait d'y aller dès que possible. C'est ce que j'ai fait. J'y suis allée le 22 février, et ils ont effectué une prise de sang et des analyses d'urine.

— Ça, tu t'en souviens ?

— Oui, je me rappelle les moindres détails de cette visite-là.

11

Colt attendit que Kacey ait déposé Charlie endormi dans son couffin puis l'écouta lui raconter comment elle avait été enlevée alors qu'elle revenait du lycée et était tout juste descendue du bus. Elle était seule car ses frères et sœurs, qui finissaient l'école plus tôt, avaient pris le bus précédent. Il était environ 18 heures et il faisait déjà nuit.

Elle s'était retrouvée face à deux hommes et n'avait eu aucune chance de leur échapper. Elle connaissait leurs noms, ou du moins les noms qu'ils employaient pour s'adresser l'un à l'autre : Earle et Trey. Quant à Minnie, elle les attendait dans la camionnette. C'étaient eux qui figuraient sur les photos que Kenshaw lui avait montrées et, selon lui, tous trois appartenaient au gang du Loup. Trey était en prison, Minnie et Earle en garde à vue.

Ce n'était que justice. Selon les autres filles, toutes avaient été enlevées par Earle et Trey avec l'aide de Minnie. Toutes à l'exception de Maggie, qui avait eu affaire à quelqu'un d'autre. Kacey espérait de tout cœur qu'il ne s'agissait pas de Ty.

Elle savait que ses ravisseurs faisaient partie du gang car ils portaient du jaune et du noir, couleurs distinctives du gang du Loup. Ils l'avaient saisie par les bras et obligée à monter à l'arrière d'une camionnette. Dans la bousculade, elle avait perdu une de ses chaussures. Une preuve, avait-elle pensé alors. Un indice qui inciterait quelqu'un à se mettre à sa recherche. Maintenant, elle savait pourquoi il ne s'était rien passé après sa disparition.

Dans la camionnette, Minnie avait pointé une arme sur elle. Après y être montés à leur tour, Earle et Trey lui avaient lié poignets et chevilles avec du ruban adhésif et l'avaient bâillonnée.

Durant tout le trajet, elle n'avait cessé de tenter en vain de libérer ses poignets. Ensuite, ils l'avaient portée dans une maison, et c'était là qu'elle avait vu pour la première fois Anton et son comparse. Ils avaient payé Trey en liquide.

Quand elle s'était retrouvée seule avec eux et qu'ils l'avaient emmenée au sous-sol, elle avait été persuadée que sa dernière heure était venue.

Elle frissonna à ce souvenir.

— Tu as raconté tout ça à la police tribale ? lui demanda Colt.

— Oui, et au FBI aussi. Je les ai également conduits jusqu'à la maison, mais il n'y avait plus personne.

Colt lui prit la main. Elle se demanda s'il mettait en parallèle ce qu'elle avait vécu avec sa propre expérience car elle vit des gouttes de sueur perler à son front.

— Ils m'ont déposée dans le sous-sol, sans me détacher, et sont remontés. C'est alors que j'ai vu Marta, tapie dans un coin. C'est elle qui a défait mes liens.

Marta lui avait dit avoir été enlevée début février et être restée seule dans cet endroit sinistre pendant près de trois semaines.

— Au début, quand ces types venaient nous voir, ils nous disaient de bien manger et de prendre bien soin du bébé. Nous ne comprenions pas de quoi ils parlaient, nous les prenions pour des fous. Et puis Marta a commencé à être prise de nausées.

Elle continua à lui raconter de quoi était fait le quotidien dans le sous-sol, comment elles gardaient une notion du temps qui passait en faisant chaque jour une encoche dans le sol. C'est grâce à ce procédé qu'elle savait que Brenda Espinoza avait été enlevée en mai, et Maggie Kesselman fin septembre.

— Tu crois qu'elles ont été emmenées ailleurs ? voulut savoir Colt.

Elle comprit le sous-entendu. Si elles n'avaient pas été installées ailleurs, cela signifiait que les filles n'étaient plus de ce monde.

— Je l'espère. Ces types se fichaient complètement de nous, mais ils tenaient aux bébés que nous portions. C'est pour cette raison qu'ils nous donnaient régulièrement à manger, ainsi que des vitamines, qu'ils vérifiaient que nous restions en bonne santé. Nous avions de quoi nous laver au quotidien, nous disposions d'un matelas relativement confortable et de chaudes couvertures. Tout cela pour que nous mettions notre bébé au monde dans de bonnes conditions.

Colt pensa à Charlie et se demanda où il serait maintenant si Kacey ne s'était pas échappée.

— Sais-tu quelque chose à propos des parents biologiques de ces enfants ? Savent-ils que vous servez de mères porteuses ?

Kacey se frotta nerveusement le front.

— Non, je ne sais rien d'eux. J'ai souvent pensé à ces gens. Tout ce que je sais, je le tiens de l'agent Forrest. Selon les analyses ADN effectuées par le FBI, Charlie est d'origine asiatique et caucasienne.

— Non. C'est un Apache de Turquoise Canyon, dit Colt avec un petit sourire.

Le cœur serré par le contraste entre son sourire et la

souffrance qu'elle lisait dans son regard, elle lui sourit en retour.

— Maintenant, grâce à la protection de Tribal Thunder, tu ne risques plus rien, reprit-il.

— Ces types sont toujours déterminés à récupérer Charlie, lui rappela-t-elle.

— Dommage pour eux, parce qu'ils ne le prendront jamais.

Elle sourit de nouveau et se leva pour s'assurer que Charlie n'avait pas froid. Il dormait paisiblement, avec un petit mouvement de bouche, comme s'il tétait dans son sommeil.

Colt vint la rejoindre, l'entoura de ses bras et lui déposa un baiser dans le cou. À l'hôpital, on lui avait dit que son corps aurait besoin de temps pour récupérer complètement de l'accouchement, qu'elle devait éviter les relations sexuelles pendant au moins deux semaines, voire davantage. Mais son cœur ignorait cette prudence et la douceur des lèvres de Colt le fit battre plus fort.

Elle se tourna pour lui faire face et se serrer contre lui mais, quand il sentit son ventre presser contre le sien, il se raidit.

— C'est trop tôt, dit-il.

— Pour ça, oui. Mais tu te rappelles l'époque où nous allions au bord du fleuve ?

Colt écarquilla les yeux. Kacey et lui n'avaient jamais fait l'amour, mais ils avaient appris à se donner mutuellement du plaisir.

Il lui sourit tandis qu'elle laissait doucement descendre sa main sur son bas-ventre.

— Je me souviens, oui. De tout.

Ils passèrent dans la chambre.

Kacey déposa le couffin de Charlie à côté du lit et le couvrit d'une petite couverture. Il n'entrouvrit même pas un œil.

Pendant qu'elle s'occupait du bébé, Colt s'allongea sur

le lit. Elle lui sourit, ôta ses chaussures et ses chaussettes, puis s'allongea à son tour. Il la prit dans ses bras et ils se serrèrent l'un contre l'autre.

Colt lui déposa de petits baisers dans le cou, près de l'oreille, et elle fut parcourue de frissons délicieux.

Elle passa la main dans ses longs cheveux soyeux, noua les bras autour de son cou et l'attira davantage vers elle. Elle sentit ses mains courir sur son dos, ses hanches, son ventre, et ne supporta plus d'avoir encore ses vêtements.

Il l'aida à se débarrasser de son chemisier puis de son jean. Quand elle ne porta plus que son soutien-gorge et sa petite culotte, il se leva pour se déshabiller rapidement à son tour. Lorsqu'il s'allongea de nouveau, elle éprouva un véritable sentiment d'accomplissement en sentant sa peau contre la sienne. Ils se mirent à se caresser mutuellement, se menant l'un l'autre vers le plaisir.

— Si tu savais comme ces moments m'ont manqué, dit-il d'une voix rauque.

— Ils m'ont manqué à moi aussi, et tu m'as manqué, renchérit-elle, tandis que sa main poursuivait son mouvement de va-et-vient sur son sexe tendu.

Dans son regard, elle pouvait voir monter la tension.

Il ne cessa pas ses caresses pour autant. Au contraire, elles devenaient de plus en plus précises, de plus en plus expertes.

Elle accéléra les siennes, et leurs gémissements se mêlèrent lorsque le plaisir les submergea.

Haletant, Colt se laissa retomber à côté d'elle et lui passa le bras autour de la taille. Ils restèrent un long moment front contre front, immobiles, silencieux, cherchant à reprendre leur souffle.

— Ça va ? murmura-t-il enfin.

— Oh oui ! répondit-elle dans un sourire.

Ils demeurèrent enlacés jusqu'à ce que Charlie se mette à pleurer.

Kacey se leva alors pour le changer. Il se rendormit dès que ce fut fait. Sur la pile de vêtements que quelqu'un avait déposée pour elle se trouvait une chemise de nuit. Elle l'enfila et, quand elle se retourna, elle vit que Colt avait remis son caleçon. Elle s'attarda quelques instants à admirer ses épaules musclées et son ventre plat, un spectacle dont elle ne se lassait pas.

— Tu restes ? lui demanda-t-elle.

Il sourit.

— Quand je suis avec toi, je ne me sens pas pris au piège. Ça me paraît naturel d'être là.

Il se gratta la nuque et ajouta :

— Depuis mon retour, je n'avais pas parlé autant que ces derniers jours...

— Ça m'a manqué de ne pas pouvoir discuter avec toi, répondit-elle. Parfois, quand j'étais prisonnière, j'imaginais que tu me parlais, ça m'aidait à tenir.

Il eut l'air démuni.

— Et dans tes pensées, je te disais quoi ?

— D'être courageuse.

Elle ne précisa pas que non seulement il lui disait d'être courageuse, mais aussi qu'il la retrouverait. Car, en vérité, il ne la cherchait pas. Cette pensée lui fit mal.

Tous deux se recouchèrent. Colt écarta une mèche de cheveux de son visage et riva son regard au sien.

— Nous n'avions jamais fait ça avant, dit-il après quelques instants.

— Mais si, nous l'avions déjà fait.

— Non, parce que je ne pouvais pas dormir avec toi, Kacey. Il fallait toujours que je te ramène chez toi avant qu'il soit trop tard.

— Oui, c'est vrai, confirma-t-elle. Demain, tout le monde saura que tu as passé la nuit ici.

— Je peux m'en aller, si tu préfères.

Elle lui prit la main.

— Non, je veux que tu restes. J'ai besoin de toi.

— Je ne dors pas beaucoup, tu sais.

— Peut-être que ce sera différent cette nuit, répondit-elle avec un sourire.

Colt tendit le bras pour éteindre la lumière.

Puis il la prit dans ses bras, la serra contre lui et lui déposa un baiser sur la tempe.

Après quelques minutes, elle le sentit se détendre puis il sombra dans le sommeil.

Blottie contre la chaleur bienfaisante de son corps, elle ferma les yeux et se mordit la lèvre inférieure. Elle était en sécurité, elle le savait, et c'était bien ça le problème. Un sentiment de culpabilité l'envahit.

On la couvrait de victuailles, on lui procurait un endroit confortable où vivre et dormir. Mais, pendant ce temps, qui se chargeait de rechercher Maggie, Brenda et Marta ?

Elles étaient toutes trois quelque part, livrées à elles-mêmes, à voir sans rien pouvoir y faire leur ventre s'arrondir jour après jour. Elle ne pouvait qu'espérer que ses amies étaient toujours captives ; elle refusait d'imaginer qu'elles puissent avoir subi le pire des sorts.

Elle avait promis de les délivrer et, comme tout le monde, elle avait échoué.

La nuit fut longue, hantée par des cauchemars concernant les captives, entrecoupés par les soins à donner à Charlie.

Et quand finalement, épuisée, elle s'endormit enfin plus profondément peu avant le lever du jour, elle rêva que les secours arrivaient pour délivrer ses amies.

Mais, cette fois, elle était avec elles.

Elle se réveilla en sursaut, les idées étonnamment claires. Désormais, elle savait ce qu'il lui restait à faire. C'était à la fois simple et très dangereux. Mais ça pouvait marcher.

12

Lorsque Colt ouvrit les yeux, il lui fallut quelques secondes pour recouvrer ses esprits. Quand il se rappela où il était, il constata à la lumière qui entrait par la fenêtre que c'était le matin.

Impossible.

Cela signifiait qu'il avait dormi la nuit entière. Depuis son séjour en captivité, ça ne lui était plus jamais arrivé.

Il ne lui fallut cependant pas longtemps pour comprendre pourquoi il avait enfin pu passer une nuit normale : Kacey dormait à côté de lui. Elle était en sécurité, alors il l'était aussi.

Il referma les yeux et découvrit alors ce qui l'avait réveillé : la respiration de Kacey. Elle était irrégulière, oppressée. Il se tourna vers elle pour la regarder. Elle fixait le plafond.

Avait-elle fait un cauchemar ? Il en connaissait un rayon en la matière. Les fantômes de ses camarades venaient régulièrement le hanter. Et il savait qu'elle pensait en permanence à ses amies.

Il la prit dans ses bras et l'attira à lui. Elle était aussi raide qu'une bûche et avait les yeux grands ouverts. Elle avait peur, c'était certain, mais pas à cause d'un cauchemar.

— Kacey ? fit-il, inquiet.

Elle ne répondit pas. Elle semblait ne même pas l'avoir entendu.

Kacey porta une main à sa gorge, car l'idée qui lui était venue la terrorisait. Les forces de l'ordre ne retrouveraient jamais ses amies, pour la bonne raison qu'elles ne disposaient pas de ce qui pourrait faire sortir les types qui les avaient enlevées de leur tanière.

Mais elle, oserait-elle aller jusque-là ?

Ceux qui voulaient mettre la main sur le bébé de Zella avaient envoyé Minnie Cobb et Earle Glass après elle. Kacey savait ce qui était susceptible de pousser l'organisation et le gang du Loup à se découvrir. Les révélations du FBI et de la police tribale lui avaient permis de comprendre que le point de départ était la clinique de la réserve. Quand Zella avait eu son bébé, un membre du personnel de la clinique en avait averti le gang et l'organisation. Il n'y avait pas d'autre explication possible.

Elle savait qui et où. Restait à trouver quand et comment…

Bien sûr, jamais elle ne se servirait de son bébé comme appât. En revanche, elle était prête à se sacrifier. Elle connaissait les risques, très précisément, mais ça ne l'arrêterait pas.

Elle avait promis à ses amies de leur envoyer de l'aide et elle était obsédée par sa volonté de tenir sa promesse.

— Kacey ?

La voix de Colt exprimait à la fois de l'incertitude et de l'anxiété.

Elle se tourna vers lui ; il l'observait d'un air préoccupé.

— Tu ne m'entendais pas ? Qu'est-ce qui ne va pas ? demanda-t-il.

C'était difficile de le formuler à voix haute, mais elle le fit et lui révéla ce qu'elle comptait faire.

— Je dois laisser mes ravisseurs remettre la main sur moi.

Il se redressa sur un coude et la dévisagea.

— Non ! s'exclama-t-il, l'air furieux.

Ce n'était pas à lui de prendre cette décision. Peut-être en était-il conscient et était-ce ce qui le mettait le plus en colère.

Elle se redressa à son tour.

— Sans moi, la police tribale ne les retrouvera pas.

— Il faudra bien.

— Trop de temps est déjà passé.

— Sois patiente, laisse-les travailler, laisse-leur du temps.

— Comment peux-tu dire ça alors que tu sais pertinemment que chaque seconde qui passe est une seconde perdue ?

— Le FBI étudie des pistes, l'agent Forrest l'a affirmé. Et ils sont sur l'affaire depuis quelques jours seulement.

— Toi, tu es resté prisonnier quelques jours seulement.

Son visage entier changea, comme si elle lui venait de lui assener un coup à l'estomac.

Il ouvrit la bouche pour répondre mais aucun mot n'en sortit.

— Marta va accoucher d'un jour à l'autre, reprit-elle. Peut-être même a-t-elle déjà mis son bébé au monde. Que va-t-il lui arriver ? Moi, je vais te le dire. Une fois qu'ils auront le bébé, Marta ne leur servira plus à rien. Soit ils la vendront à un réseau de prostitution, soit ils la tueront. Tu comprends ? Et ce que je viens de te dire se passe peut-être en ce moment même.

Colt prit une expression fermée et son regard se fit dur.

— Je ne peux pas me préoccuper de son sort à elle. Mon unique préoccupation, c'est toi.

— Et si tu savais qu'à tout moment ces types risquaient de me tuer, qu'est-ce que tu ferais ?

Muré dans le silence, il la fixa avec gravité.

Se redressant, elle s'assit et se tourna vers lui.

— Colt, si tes camarades étaient encore en captivité, que serais-tu prêt à faire pour les libérer ? demanda-t-elle en prenant l'une de ses mains entre les siennes ?

Son regard changea et se perdit dans le lointain.

— N'importe quoi, répondit-il.

Elle sourit. Il la comprenait.

Il posa de nouveau les yeux sur elle.

— Mais toi, tu n'es pas un soldat, Kacey. Et tu as un bébé, maintenant. Que deviendra Charlie si tu ne reviens pas ? Espères-tu que ta mère l'élèvera ?

À son tour, il venait de frapper là où ça faisait mal.

Elle déglutit pour chasser la boule qui lui obstruait la gorge, mais n'arriva pas à la faire passer. Elle lui lâcha la main et se leva. Le contact du plancher sous ses pieds nus la fit frissonner.

Colt se leva à son tour et contourna le lit pour venir se poster à côté d'elle.

Elle lui tourna le dos. Il savait parfaitement que sa vie à la maison avait été difficile, car elle lui en avait maintes fois parlé et il avait pu le constater par lui-même. C'était d'ailleurs pour cette raison que tout le monde avait cru qu'elle était partie de son plein gré.

Colt la prit dans ses bras et l'enveloppa de sa chaleur. Touchée, elle se laissa aller contre lui.

— Je suis revenu pour toi, Kacey. Je viens à peine de te retrouver, et maintenant tu veux que je prenne le risque de te perdre de nouveau ? C'est impossible. Je ne peux pas.

Elle trouva la force de se dégager de son étreinte et lui fit face. À son regard furieux, elle comprit que, quoi qu'elle puisse faire ou dire, il ne changerait pas d'avis. Elle fronça les sourcils, étonnée de la vitesse à laquelle ils étaient passés de l'amour à l'hostilité. Quoi qu'il en soit, pour ses amies, elle était prête à tout affronter. Même lui.

Il parut deviner ses pensées, car son expression se fit plus dure encore.

— S'il le faut, je t'enfermerai moi-même.

Elle soupira, tourna les talons et voulut s'éloigner, mais il la saisit fermement par le bras.

— Ne me laisse pas, Kacey. Ne fais pas ça.

— Lâche-moi, Colt.

— Je ne peux pas.

Elle se retourna pour le fixer droit dans les yeux. Si elle devait le blesser pour tenir sa promesse, tant pis.

— Tu n'as pas hésité à me laisser, toi, répliqua-t-elle sèchement.

Il retira sa main, et son regard se troubla. Dans un premier temps, il ouvrit la bouche comme s'il allait dire quelque chose, puis la referma et sortit de la chambre d'un pas vif.

Résister à l'envie de lui dire de rester et de s'excuser lui coûtait, mais elle avait une promesse à tenir, et des vies dépendaient d'elle.

Le cœur lourd, elle alla à la salle de bains pour faire sa toilette. Aujourd'hui, c'était mercredi. Au fil des jours, des heures, les chances de survie de Marta, Brenda et Maggie s'amenuisaient.

Une fois douchée, elle enfila des vêtements choisis parmi ceux fournis par la tribu. Ils étaient plus beaux que tout ce qu'elle avait jamais possédé.

Elle prit ensuite Charlie qui venait de se réveiller dans ses bras et le nourrit.

Colt revint alors qu'elle reboutonnait son chemisier.

— J'ai préparé le petit déjeuner, dit-il sur le seuil avant de faire volte-face.

Portant Charlie dans son couffin, elle le rejoignit dans le séjour où le feu réchauffait l'atmosphère. Une appétissante odeur flottait dans l'air. Elle s'assit et Colt posa sur la table deux assiettes garnies de bacon, de pain grillé et d'œufs brouillés avant de prendre place lui aussi.

— Quelles sont tes intentions ? lui demanda-t-il.

— Crois-tu que Ty pourrait faire savoir au gang du Loup où je me trouve ?

Colt s'arrêta de manger.

— Il fait de son mieux pour se tenir à distance du gang, alors pourquoi veux-tu le mêler à cette histoire ?

— Parce que j'ai besoin que les hommes qui m'ont enlevée apprennent où je suis.

— Tu penses que le gang ne le sait pas déjà ? Moi, je parie que si. Il n'est pas difficile d'en déduire que les types qui t'ont enlevée ne tarderont pas à le savoir aussi, si ce n'est déjà fait.

Kacey dut reconnaître qu'il avait certainement raison. Une autre idée lui vint.

— Je suis trop bien gardée pour qu'ils prennent le risque de m'approcher.

— C'est bien pour ça que tu es là, non ? rétorqua Colt. Pour être en sécurité avec Charlie.

— Il faut que je parte.

— Avec Charlie ?

À la pensée de ce qui pourrait lui arriver, un frisson de terreur la traversa.

— Non ! s'exclama-t-elle aussitôt en secouant vigoureusement la tête. Lui, il reste ici, en sécurité.

— Ce n'est pas toi que ces types veulent, c'est lui.

— Je sais.

— Et crois-tu que la tribu continuera à veiller sur cet enfant si tu n'es plus là ?

— « Cet enfant » ? Qu'entends-tu par là ?

— Que c'est ton bébé seulement parce que c'est ce que tu affirmes. C'est ça qui fait de lui un Apache. Mais si tu n'es plus là...

— Il est apache, dit-elle avec conviction, sans le laisser terminer sa phrase.

— Si tu n'es plus là, il faudra qu'un autre membre de notre communauté l'adopte. Ces hommes et ces femmes risquent leur vie pour te protéger, toi ; mais qui souhaiterait adopter un enfant qui les met en danger ?

Bien que ses propos lui fassent mal, elle ne voulait pas en démordre. Croisant les bras, elle poursuivit avec détermination.

— Ton frère Jake et Lori, sa femme, font tous deux partie de Tribal Thunder et ils ont adopté un nouveau-né. Le bébé de Zella.

— Oui.

— Et comment expliques-tu que leur bébé soit en sécurité ?

— Zella Colelay n'a pas été retenue prisonnière.

— Quoi qu'il en soit, elle a mis son bébé au monde dans les mêmes conditions. Le FBI nous a dit que des membres du gang avaient tenté de s'emparer du bébé. Alors pourquoi, maintenant, le gang s'est-il désintéressé d'elle ?

Colt secoua la tête.

— Je n'en sais rien.

Kacey devait protéger Charlie et aider ses amies. Elle était tiraillée entre ces deux impératifs.

— Tu crois que Ty connaît l'explication ?

Colt baissa les yeux et resta ainsi sans répondre un long moment.

— Probablement, finit-il par admettre.

— Lori serait-elle d'accord pour s'occuper de Charlie ?

— Ce serait beaucoup lui demander, fit Colt en se renfrognant.

— Elle a fait le serment de protéger les siens, contra Kacey.

Colt fit la grimace mais évita de lui dire que ce serment ne concernait que les membres reconnus de la tribu. Pour elle, Charlie était l'un des leurs, et elle était convaincue qu'il le pensait aussi. Malheureusement, tout le monde ne verrait pas les choses ainsi. Charlie n'avait pas de sang indien, et nul ne l'ignorait. Si personne ne voulait l'adopter, que deviendrait-il ? Et qui serait assez courageux pour accepter de l'adopter tout en sachant que cela pouvait le mettre en danger, ainsi que la tribu ?

— Si Lori et Jake acceptaient de s'occuper de Charlie, ce serait un risque pour leur petite fille, dit-il.

La communauté de Turquoise Canyon se remettait tout juste des conséquences de l'attentat commis par les éco-extrémistes. À cause de la montée des eaux du fleuve, les gens avaient dû évacuer leurs logements en urgence pour vivre dans des hébergements provisoires. Et voilà qu'elle revenait parmi eux avec une bande de criminels à ses trousses. Ça n'aurait pas pu plus mal tomber.

— Je vais appeler Jake pour lui demander de venir, reprit Colt.

Son frère répondit à la première sonnerie. Colt le prévint qu'il mettait le haut-parleur.

— Tu tombes bien, j'allais t'appeler, dit Jake. J'ai de mauvaises nouvelles.

Kacey songea à ses amies et se prépara au pire.

— Une autre fille est portée disparue.

— Quoi ? Qui est-ce ? demanda Colt.

— Louisa Tah.

Colt jeta un regard à Kacey qui secoua la tête. Elle ne la connaissait pas.

— Selon le lycée, Louisa ne s'y est pas présentée depuis le lundi 2 octobre, précisa Jake.

Six jours avant que Kacey ne s'échappe, une autre fille avait été enlevée. Du moins selon toute vraisemblance.

— C'est une fugue ou un enlèvement ? demanda Colt pour être sûr.

— Nous n'avons aucune certitude.

— Tu viens de l'apprendre ?

— Non, une enquête était en cours. Le lycée nous a appelés lundi parce qu'ils n'arrivaient pas à joindre la mère de Louisa. Nous avons finalement réussi à prendre contact avec elle et elle a dit qu'elle pensait que Louisa finirait par rentrer à la maison. Mais le temps a passé et elle n'est pas revenue. Sa mère ne sait plus très bien à quel moment elle a vu Louisa pour la dernière fois, il est donc difficile de savoir avec précision depuis quand elle a disparu. Tour ce que nous savons, c'est qu'elle était au lycée le vendredi, mais pas le lundi.

Louisa avait disparu plusieurs jours avant que son absence soit signalée. Kacey en eut le cœur serré. Elle ne la connaissait pas, et pourtant elle avait la sensation de savoir précisément ce qu'elle avait vécu. Pour elle, ça c'était passé de la même façon. Elle avait disparu, et personne ne s'en était réellement inquiété.

— Elle a seize ans, et vit à Koun'nde, poursuivit Jake. On sait qu'elle a pas mal traîné avec le gang du Loup, mais qu'elle n'y a pas été officiellement admise en tant que membre à part entière.

Colt posa le téléphone sur la table et se passa nerveusement les mains dans les cheveux. Kacey se rendit compte qu'elle avait fermé le poing et le pressait contre sa bouche.

— Après l'appel du lycée pour nous prévenir de son absence, un de nos agents s'est rendu chez sa grand-mère car elle allait fréquemment chez elle. Mais elle n'y était pas. Je me suis moi-même chargé d'interroger sa mère. Quand je me suis présenté à son domicile lundi après-midi, elle n'avait pas toute sa lucidité. J'ai appelé les services sociaux et je suis resté jusqu'à leur arrivée. Mme Tah a trois autres enfants qui ont moins de six ans.

Kacey ferma les yeux. Elle imaginait très bien de quoi était fait le quotidien de ces enfants.

— Bref, au bout du compte, la grand-mère pensait que Louisa était chez elle quand la mère croyait qu'elle était chez sa grand-mère.

— C'est inquiétant, commenta Colt, le regard fixé sur Kacey.

Elle frissonnait, comme si la température de la pièce avait brusquement chuté.

— A-t-elle été vue à la clinique de la réserve ? demanda Kacey.

— Nous vérifions, dit Jake. L'enquête est en cours, je ne peux pas trop en dire. J'appelais avant tout pour savoir si Kacey l'avait vue.

— Vue ? Quand ça ?

— Pendant sa captivité.

— Non, répondit directement Kacey.

— Très bien. Lori et moi, nous sommes en chemin pour la réserve. Nous serons là dans peu de temps.

— Tant mieux parce que nous devons nous entretenir avec Lori et toi, justement, dit Colt. À tout de suite.

Jake salua en retour puis raccrocha. Le silence s'abattit sur la pièce. Un silence grave et pesant.

— Ils n'avaient pas apporté de matelas supplémentaire, dit soudain Kacey.

— Pardon ?

— Quand j'étais en captivité, il arrivait que les types qui nous retenaient apportent un nouveau matelas. Cela signifiait que, le lendemain, une nouvelle fille était amenée. Mais la veille de ma fuite, ils ne l'ont pas fait.

— Kacey, ce n'est pas ta faute. Tu n'as pas à te comporter comme un justicier solitaire.

— Appelle Ty.

Colt la dévisagea d'un air dépité et poussa le téléphone vers elle.

— Appelle-le toi-même.

Elle prit l'appareil d'une main tremblante.

— Et si tu ne reviens pas ? lui demanda Colt, qui ne prit pas la peine de se montrer plus précis dans sa question.

Quand il lui avait annoncé qu'il s'était engagé dans l'armée, elle lui avait posé la même question.

— Je dois le faire.

C'était la réponse qu'il lui avait faite à l'époque.

— Appelle Forrest. Au minimum, informe-le de tes intentions.

— Si je lui en parle, le FBI tentera de m'empêcher de mener mon plan à terme. J'ai besoin de ton aide, Colt.

— Je refuse de t'aider à risquer d'envoyer Ty en prison et à mettre ta vie en danger.

— Prendras-tu soin de Charlie ?

— Quoi ?

— Tu es un membre à part entière de la tribu. Toi, tu pourras l'adopter.

— On ne me laissera jamais adopter un enfant. On me prend pour un cinglé, tu l'as oublié ?

— Tu pourrais le faire, insista-t-elle.

Colt fronça les sourcils.

— Non, lâcha-t-il entre ses dents.

Disait-il cela parce qu'il pensait que c'était effectivement impossible ou pour la décourager de voler au secours de ses amies au péril de sa vie ?

— Je dois les aider. Je leur ai fait une promesse.

Le visage soudain empourpré, il se leva.

— Je ne vois vraiment pas en quoi te faire tuer les aidera ! s'exclama-t-il avec colère.

Elle tendit la main pour le toucher mais il se déroba.

— Tu n'y vas pas ! lança-t-il d'un ton définitif.

Elle soutint son regard. Ils se toisèrent pendant un long moment en silence, puis Colt finit par lever les mains pour admettre sa défaite.

— Entendu, je parlerai à Ty. Mais pas au téléphone. Je dois aller le voir.

— Merci.

Il sortit du chalet d'un pas rageur, sans prendre le téléphone. Elle prit l'appareil et se leva pour le suivre mais, le temps qu'elle arrive à la porte et l'ouvre, Colt avait déjà enfourché la moto de son frère et démarré.

Elle le regarda s'éloigner, jusqu'à ce qu'il soit hors de vue puis glissa le téléphone dans sa poche. Alors qu'elle s'apprêtait à rentrer, un bruit de moteur lui parvint. Elle crut d'abord que Colt avait fait demi-tour mais, quelques secondes plus tard, deux véhicules firent leur apparition.

Le premier était le pick-up de Jake. Sans doute avait-il croisé Colt sur la route. S'étaient-ils parlé ?

Le second véhicule était une Ford Escort noire couverte de poussière qu'elle n'avait jamais vue. Au volant, elle reconnut Lori, la femme de Jake.

Ils se garèrent et Jake fut le premier à descendre.

Il était en civil, vêtu d'un jean et d'une chemise épaisse. Quand il la vit, il lui fit signe de la main puis alla ouvrir la portière de la Ford.

Lori sortit. Elle portait une blouse d'hôpital avec un badge d'identification.

Le fait qu'ils soient venus avec deux véhicules et leur tenue frappèrent Kacey. Jake n'était pas en uniforme, ce qui signifiait qu'il n'était pas en service. Pourtant, il était là. Quant à Lori, elle était vêtue comme si elle partait travailler à la clinique. Qu'est-ce que cela signifiait ?

— Nous venons de croiser Colt, annonça Lori en se dirigeant vers elle. Il va enfin voir sa maman.

Kacey cilla. C'était un mensonge. Il était parti voir Ty. Devait-elle leur dire où se rendait réellement Colt ?

Jake l'observa et elle fit de son mieux pour ne rien laisser paraître.

— Comment as-tu réussi à le convaincre ? voulut savoir Jake.

Colt avait menti à quelqu'un. Soit il allait voir Ty, soit il allait voir sa mère, mais pas les deux.

— Je ne saurais pas trop dire, répliqua-t-elle évasivement.

D'une certaine façon, Colt était parti en mission. Mais quel était son véritable objectif ?

— Des nouvelles de Louisa ? reprit-elle.

Jake fit non de la tête.

— Ou de mes amies ?

— Non plus. Je n'ai rien entendu de neuf à ce propos.

Lori monta les marches du porche et demanda si elle pouvait voir Charlie. Kacey hésita un bref instant avant de la laisser entrer. Lori faisait partie de Tribal Thunder et était infirmière. Mais elle travaillait également à la clinique tribale, où tout avait commencé.

— Tu vas travailler ? demanda Kacey.

— Oui, dans quelques minutes. Il faut seulement que je vérifie jusqu'à quelle heure je suis censée rester ici.

Kacey songea que cette situation ne pouvait durer indéfiniment. Les hommes et les femmes de Tribal Thunder mettaient leur vie personnelle entre parenthèses et passaient tout leur temps libre à assurer sa protection.

Lori avait pris Charlie dans ses bras avec naturel, et ce dernier devait être à l'aise, puisqu'il ne se débattait pas.

— Comment te sens-tu ? lui demanda Lori.

Lori lui posa d'autres questions d'ordre médical et se montra satisfaite des réponses qu'elle lui donna. Enfin, Kacey se tourna vers Jake.

— Il y a quelque chose qui ne cesse de me tracasser, lui dit-elle. Pourquoi personne ne cherche-t-il plus à s'emparer du bébé que vous avez adopté ?

Jake jeta un coup d'œil à Lori qui lui retourna un petit hochement de tête.

— Dis-lui.

— J'ai passé un accord avec Faras Pike.

Faras Pike, le leader du gang du Loup.

— Je lui ai dit qu'un nouvel agent allait venir en renfort, et que si le gang cherchait à s'en prendre à notre fille, il pourrait s'intéresser de très près à leurs agissements.

— Tu l'as tout simplement menacé ? Et ça a suffi ?

Kacey était dubitative. Sans doute les menaces adressées à Pike étaient-elles plus circonstanciées que Jake voulait bien le reconnaître. Cela dit, celles que Pike avait dû recevoir de la part de ceux qui voulaient l'enfant devaient être pires.

— J'ai également parlé à Ty.

Là, ça devenait plus crédible. Ce n'étaient pas les menaces de Jake qui avaient convaincu Pike de se tenir à carreau, mais l'intervention de Ty. Mais quelle en avait été la teneur ? Avaient-ils passé un accord ? Ty lui avait-il promis une faveur en échange ?

Tout à coup, une idée inquiétante la traversa. Si Ty avait passé un accord avec Pike, cela signifiait qu'il lui était redevable.

Quelle serait la contrepartie ? Charlie ? Kacey eut envie

d'arracher son bébé des bras de Lori. Elle avait envoyé Colt parler à Ty alors que ce dernier était peut-être à la solde de Faras Pike. Une terrible appréhension s'empara d'elle.

Jake perçut son trouble car il l'observa d'un air inquiet et s'approcha.

— Qu'est-ce qui ne va pas, Kacey ?

— J'ai demandé à Colt d'aller parler à Ty au sujet de Charlie.

Jake parut soudain agité et se mit à regarder dans la direction par laquelle Colt était parti.

— Alors Colt est allé voir Ty, pas notre mère ?

— C'est en tout cas ce qu'il m'a dit.

Il grimaça en soupirant.

— J'ai déjà parlé à Ty. Il m'a dit qu'il ne pouvait rien faire.

Cet aveu fit à Kacey l'effet d'un coup. Elle s'était accrochée à l'espoir que Ty pourrait l'aider à protéger Charlie. Néanmoins, elle refusait de se laisser abattre.

— Crois-tu qu'il pourrait nous aider à retrouver Brenda, Marta, Louisa et Maggie ?

Jake se passa la main sur la nuque.

— Il ne fait plus partie du gang, Kacey. Parfois, il arrive à l'un des membres de demander à Ty de réparer sa voiture, et il le fait sans poser de questions, mais ça ne va pas plus loin. Et jamais je ne lui demanderai de faire quelque chose qui pourrait le mettre en danger.

Kacey songea que, pourtant, il l'avait peut-être déjà fait.

— Je comprends.

Elle tendit les bras pour reprendre Charlie, et Lori le lui donna.

— Il faut que j'appelle Colt, dit Jake.

Elle glissa discrètement la main dans sa poche et éteignit le téléphone de Colt juste avant que Jake compose le numéro.

— À plus tard, dit-il à Lori et elle alors qu'il s'éloignait, son téléphone à l'oreille.

Lori le suivit des yeux tandis que Kacey remontait les marches du perron.

— Je dois rentrer changer Charlie, dit-elle à Lori.

Celle-ci lui adressa un petit au revoir de la main et se dirigea vers le bâtiment du conseil tribal.

13

Une fois rentrée, Kacey dut s'asseoir. Le poids de la décision qu'elle venait de prendre s'abattit sur elle. Elle songea à tout ce qui pourrait mal tourner dans son plan. Puis, finalement, quand elle imagina qu'elle pourrait réussir à libérer ses amies et tenir sa promesse, elle reprit le dessus.

« Je vous enverrai de l'aide. »

Personne ne viendrait les délivrer. Le FBI ignorait où elles se trouvaient, et plusieurs jours, voire plusieurs semaines, pouvaient s'écouler avant qu'une piste apparaisse. Or, ses amies ne disposaient pas de tout ce temps.

Elle déposa Charlie qui dormait dans son couffin sur le lit, se pencha pour lui déposer un baiser sur le front puis commença à rassembler ce dont elle aurait besoin.

À l'aide des jouets et peluches offerts par la tribu, elle n'eut aucun mal à confectionner un paquet de la forme et de la taille d'un nouveau-né. En enroulant bien une couverture autour d'un poupon à l'expression très réaliste, elle pouvait tromper son monde.

Elle s'empressa de rédiger un mot qu'elle laissa posé sur Charlie qui, après avoir bien mangé et avoir été changé, ne se réveillerait pas de sitôt. Elle lui donna un dernier baiser puis se redressa.

Elle pensa à Colt. Il devait vivre avec le fardeau de n'avoir rien pu faire pour ses camarades. Elle, elle avait encore une chance de sauver ses amies.

Jamais elle n'aurait pensé qu'elle devrait les secourir elle-même.

Les types qui les retenaient voulaient Charlie. Elle leur laisserait l'occasion de le lui ravir. Ou du moins de le croire. Si elle échouait, elle aurait quand même la satisfaction d'avoir tout tenté pour sauver Marta, Brenda, Maggie et désormais également Louisa. Elle glissa un couteau dans l'une de ses bottines. Cette fois, elle ne serait pas totalement sans défense.

Elle sortit le téléphone de Colt et remarqua qu'il avait reçu deux appels en absence. Tous deux de Jake. Elle ne prit pas le temps d'écouter le message qu'il avait laissé et sortit du chalet avec le poupon emmailloté.

La réussite de son plan allait dépendre de plusieurs facteurs : il fallait d'abord espérer que le FBI et la police tribale avaient raison de soupçonner que ses ravisseurs avaient au moins un informateur à la clinique de la réserve et que, par conséquent, ils seraient prévenus de ses déplacements. Ensuite, elle devait s'accrocher à l'espoir que celui qui serait envoyé après elle aurait pour mission de lui prendre Charlie mais pas aussi de la tuer. Enfin, il lui faudrait déterminer où étaient ses amies et donner l'alerte.

Même si les Russes ne l'enlevaient pas ou ne l'emmenaient pas là où ses amies étaient détenues, le FBI finirait bien par les avoir.

Peut-être devrait-elle se sacrifier. Elle n'avait aucune envie de mourir, mais elle était également consciente qu'elle n'arriverait pas à vivre sans avoir fait le maximum pour elles.

Elle jeta un dernier regard à Charlie et l'émotion lui étreignit le cœur. Le reverrait-elle un jour ? Cette pensée lui fit monter les larmes aux yeux. Colt le protégerait. Elle en était certaine. Il fallait qu'elle le soit.

Elle sortit et salua d'un signe de la main l'homme qui montait la garde. Il lui retourna son salut puis reporta de nouveau son attention sur la route. Elle approcha de la voiture de Lori. Les vitres à l'avant étaient baissées. Discrètement, elle passa la main à l'intérieur et actionna l'ouverture du coffre. Après s'être assurée que le garde fixait toujours la route, elle se glissa dans le coffre et referma le hayon en veillant à ne pas le claquer.

La manœuvre ne lui avait pris que quelques secondes.

Colt avait trouvé la Harley sur le côté du chalet mais ignorait qui, de Ty ou Jake, l'y avait amenée. En pilotant cet engin, il ne subissait pas l'impression d'étouffement qui s'emparait de lui quand il était en voiture. Au contraire, il se sentait libre.

Il était environ 11 heures quand il arriva chez Ty. Son frère en savait long sur ce qui se passait dans la réserve. Les autorités tribales elles-mêmes n'étaient pas aussi bien renseignées, car Ty gardait ces informations pour lui. Colt espérait qu'il ferait une exception.

Depuis qu'il avait quitté l'armée, Ty réparait des voitures, démontait des voitures, remontait des voitures. De temps en temps, il en vendait aussi. Ce qu'il préférait, cependant, c'était restaurer de beaux modèles anciens.

Colt s'arrêta à côté de la camionnette de son frère et entra dans le garage dont la porte était grande ouverte.

Il trouva Ty penché sur le moteur d'une Pontiac au capot cabossé. Les pneus étaient à plat et la carrosserie couverte de plus de rouille que de peinture.

— Elle est magnifique, dit-il.

Ty se redressa mais ne se retourna pas. La raideur de sa posture trahissait sa tension. Était-il surpris d'entendre sa voix ?

Bien que Ty soit allé le voir à plusieurs reprises depuis son retour d'Afghanistan, Colt ne lui avait pas adressé un mot. Il ne lui avait parlé que lorsqu'il l'avait appelé pour lui emprunter sa moto.

Ty finit par se retourner et plissa les yeux, ébloui par la lumière du jour. Après quelques secondes, il lui adressa un sourire malicieux. Il ne semblait absolument pas se douter de la raison de sa présence, ou alors il le cachait très bien.

— Toutes les pièces sont d'origine, et elle n'a que vingt mille kilomètres au compteur.

— Pas mal. Elle est de 1970 ? demanda Colt.

— 1967.

Le sourire de Ty semblait le mettre au défi de se comporter normalement. Il ne prit pas la peine de lui dire qu'il était heureux de le voir ou de l'entendre parler, ni de lui demander la raison de sa visite. Toutefois, Colt était certain qu'il l'observait minutieusement et que son attitude n'avait rien de désinvolte.

— Je l'ai eue à une vente aux enchères, ajouta Ty qui continuait de parler de la voiture sur laquelle il travaillait. Une fois que j'en aurai fini avec elle, je devrais en tirer un bon prix. À moins que je la garde. J'avoue être tenté.

Il s'essuya les mains avec un chiffon, s'appuya contre la voiture et attendit, détendu. Quelle que puisse être la situation, il semblait toujours à l'aise.

C'était lui qui avait fait conduire Colt pour la première fois, à bord d'une Chevrolet 1957.

Colt désigna du pouce la Harley derrière lui.

— C'est toi qui l'as laissée près du chalet de Kacey ?

— Non, c'est Jake. Je constate que tu l'as trouvée. Je voulais te prévenir, mais tu ne réponds pas au téléphone.

Machinalement, Colt posa la main sur sa poche avant. Il avait oublié son téléphone.

— Tu as raté Abbie de peu, reprit Ty.

Colt se sentit coupable. Il n'avait pas revu leur petite sœur depuis son retour.

— Ah ouais ?

— Ouais. Elle vient me voir à vélo de temps en temps.

— Comment va-t-elle ?

— Bien. Elle grandit. Elle est presque aussi grande que moi.

Abbie avait quatorze ans.

— Elle demande toujours de tes nouvelles.

Colt ne commenta pas.

— Tu devrais aller les voir, maman et elle.

Il acquiesça. Il aurait dû y aller, en effet, mais il n'était pas encore prêt.

D'un mouvement de la tête, Ty désigna la route.

— Tu es bien loin du centre de la réserve, dit-il.

C'était une manière indirecte de lui demander pourquoi il était venu.

— Kacey veut que je te demande si tu peux entrer en contact avec eux pour leur dire de laisser tomber.

Il était inutile qu'il se montre plus précis. Son frère avait parfaitement compris de qui et de quoi il parlait.

Baissant les yeux, Ty ramassa le chiffon et se mit à nettoyer une tache invisible sur la voiture.

— Je ne peux pas.

— Tu l'as fait pour Jake et Lori.

Ty ne lui demanda pas comment il l'avait appris.

— C'était différent. L'organisation avait un plan B.

— Un plan B ?

— Une autre fille. Enceinte de l'enfant des mêmes parents.

Colt eut la nausée et grimaça de dégoût. Comment Ty pouvait-il être mêlé à un trafic aussi sordide ?

— Et après, que se passera-t-il si le second bébé…

Ty pinça les lèves et secoua la tête.

— Je n'en sais rien et je ne veux pas le savoir. J'ignorais tout de cette affaire jusqu'à ce que Jake me sollicite. Faras m'a fait une faveur en disant à l'organisation que Zella avait fait une fausse couche et que, par conséquent, il n'y avait plus de bébé.

Colt fit les yeux ronds. Qu'avait bien pu faire Ty pour Faras en retour ?

— Et tu as payé ta dette pour ce service ?

— Pas encore, marmonna Ty.

Il semblait surpris qu'il ait immédiatement compris que Faras ne lui avait pas rendu service sans contrepartie.

Colt eut alors un terrible pressentiment.

Quelle contrepartie Faras lui demanderait-il ? Kacey ? Kacey et Charlie ?

Il regarda derrière lui. Jamais il n'aurait dû la laisser toute seule. Il sentit son pouls s'emballer, sa respiration devint saccadée. Pourquoi ne se l'était-il pas avoué plus tôt ? S'il protégeait Kacey, ce n'était pas parce qu'elle le lui avait demandé, mais parce qu'il l'aimait toujours. Et cet amour risquait de l'amener à devoir à affronter son frère.

En aucun cas Ty ne pourrait refuser de retourner une faveur à Faras Pike. S'il le faisait, les conséquences seraient terribles. Faras n'hésiterait pas à s'en prendre à leur mère ou à Abbie, par exemple.

Il observa son frère et lut de la résignation dans son regard. Ty savait qu'il avait tout deviné.

— Tu sais où les filles sont retenues ?

Comme Ty ne répondait pas, il insista.

— Tu le sais ?

Ty serra le chiffon dans son poing.

— Écoute, Colt…

— Tu peux te renseigner pour le savoir ?

— Pas sans accepter de rejoindre de nouveau officiellement le gang. Faras en rêve. Il voudrait faire de moi son homme de confiance.

Colt ignorait si, à part gonfler le moteur de leurs voitures pour les rendre plus rapides que celles de la police, Ty faisait autre chose pour les membres du gang.

Il aurait voulu que son frère n'ait jamais fait partie de ce gang. À partir du moment où il l'avait rejoint, la vie à la maison était devenue infernale.

— C'est Kacey ? lui demanda Colt.

Son frère ne lui fit pas l'affront de prétendre ne pas comprendre ce qu'il voulait dire.

— Pour le moment, Faras ne m'a rien demandé. Mais le gang sait où elle est. Tu rentres chez toi, Colt ?

— Auprès de Kacey ?

Ty secoua la tête.

— Dans ton chalet, dans la montagne.

C'était parfaitement clair. Son frère lui conseillait de retourner dans la montagne et de se tenir à l'écart de tout ça. Ty ne voulait pas qu'il retourne auprès de Kacey et Charlie, il ne voulait pas se retrouver contraint de lui faire du mal. Colt n'avait pas envie de blesser Ty lui non plus, mais la situation était inextricable.

— Je retourne auprès de Kacey. Elle est prête à tout pour retrouver ses amies.

— Elle les reverra seulement si l'organisation remet la main sur elle.

Le regard de Ty se fit dur et implacable.

— Et alors, *toi*, tu ne la reverras jamais.

Colt en eut froid dans le dos. Se faire reprendre, c'était précisément le plan de Kacey.

— Le FBI lui a proposé de lui offrir le statut de témoin protégé et d'aller vivre ailleurs, sous une nouvelle identité.

Ty acquiesça.

— Elle devrait accepter.

— Je suis amoureux d'elle.

De dure, l'expression de Ty devint malheureuse ; son regard s'embua. C'était la première fois que Colt voyait son grand frère sur le point de pleurer.

— Alors toi aussi tu devrais partir. Vite.

Colt prit Ty dans ses bras. Celui-ci lui rendit son étreinte avec la vigueur du désespoir.

Ty fut le premier à s'écarter. Le téléphone dans sa poche vibrait. Il le sortit et consulta l'écran.

— C'est le fils préféré.

Il montra l'écran à Colt. C'était Jake. Ty répondit.

Colt entendit ce que Jake disait parce qu'il parlait fort et qu'il y avait de l'inquiétude dans sa voix.

— Tu as vu Colt ?

— Pourquoi ?

— Parce que Kacey a disparu. Tu les as vus, Colt et elle ?

Colt sentit la panique l'envahir.

Oleg décrocha et salua son interlocuteur avec mauvaise humeur. Leur contact à la clinique refusait de leur procurer de nouvelles filles. Que cette poule mouillée aille au diable !

— Elle est ici, annonça le contact. Kacey Doka vient d'entrer dans le service des urgences.

— C'est un piège, répliqua Oleg.

— Je le pense aussi. Mais vous aviez dit de vous appeler si…

— Elle est seule ?

— Oui.

— Piège, répéta Oleg. Pourquoi viendrait-elle seule à la clinique, sinon ?

— Elle a le bébé.

Pour Oleg, ça sentait mauvais. C'est pourquoi il allait faire appel aux gangsters de la réserve. Qu'ils lavent leur linge sale en famille. Et, s'ils réussissaient à mettre la main sur la fille, tant mieux.

— Je vais envoyer quelqu'un.

— Je ne sais pas combien de temps elle va rester...

Oleg raccrocha puis appela Faras Pike.

Kacey ignorait qui se présenterait, mais jamais elle n'aurait pensé que ce serait Ty. Pourtant, c'était bien lui qui venait à grands pas vers elle.

Il ne prit pas la peine de la saluer et dit de but en blanc :

— Jake a appelé Colt et lui a dit que tu avais disparu. Il m'a envoyé, et je peux te dire qu'il n'est pas content.

Kacey fronça les sourcils et s'efforça de faire comme si elle le croyait. Ni le FBI ni la police tribale ne s'étaient montrés. En d'autres termes, Ty disait peut-être la vérité mais il se pouvait tout autant que le gang du Loup l'ait envoyé pour s'emparer d'elle.

Elle serra le poupon enveloppé dans une couverture contre elle et suivit Ty hors de la clinique. Pourquoi, parmi toutes les possibilités, fallait-il que ce soit lui, le grand frère que Colt admirait tant ?

Ty la conduisit jusqu'à sa voiture, une grosse Plymouth des années 1970 qui, pourtant, paraissait flambant neuve.

— C'est ta voiture ? lui demanda-t-elle.

— Oui. Une Barracuda de 1973.

— Elle est...

— Rapide, finit-il pour elle, même si ce n'était pas forcément le terme qu'elle cherchait.

Il lui tint sa portière ouverte. Sur la banquette arrière était assis un gros chien qu'elle connaissait bien.

Elle tendit la main dans sa direction et Hemi la lui lécha.

— Salut, ma belle, lui dit-elle en s'installant sur le siège.

Ty referma la portière, contourna la voiture pour se mettre au volant et démarra.

L'estomac noué par la peur, elle regarda autour d'elle avec anxiété.

Elle se demanda pendant combien de temps elle allait devoir faire comme si elle ne le soupçonnait pas de ne pas la reconduire auprès de Colt et Jake.

Ty poussa un long soupir. Il n'avait plus l'air calme, bien au contraire. Il lui lança un regard irrité.

— Dans quelle galère m'as-tu entraîné, Kacey ?

Sa question dissipa ses derniers doutes. C'était bien lui qu'on avait envoyé pour s'emparer d'elle. Quelqu'un en qui elle avait a priori confiance.

— Où m'emmènes-tu ?

— Si seulement je le savais.

14

Kacey soutint le regard de Ty avec un mélange de déception et de frayeur.

— J'aurais dû le deviner...

— Oui, tu aurais dû. Et tu aurais dû écouter Colt et rester tranquille. Tu te prends pour qui ? Tu crois que tu peux régler cette affaire toute seule ?

Elle avait seulement espéré que son sacrifice offrirait une piste aux enquêteurs. Mais même ça, c'était raté.

— Il ne croit pas que tu fasses encore partie du gang, tu sais.

— Mieux vaut qu'il ne l'apprenne jamais.

— Ça me rappelle un film dans lequel on envoie le meilleur ami du héros pour l'éliminer.

— Sauf que ce n'est pas du cinéma. Et que je ne suis pas là pour t'éliminer. En revanche, toi, tu me tues.

— Est-ce une façon pour toi de payer ta dette à Faras Pike ?

— Comment as-tu eu vent de ça ?

— Ton frère Jake a un bébé que les types qui m'ont enlevée veulent également. Ou qu'ils voudraient s'ils connaissaient son existence. Et je suis sûre que Pike est au courant. Or, je ne vois pas, en dehors de toi, qui aurait pu lui demander de ne pas le leur révéler.

— Tu as tout compris, tu es maligne.

Elle lui retourna un sourire sarcastique.

— Tu as appelé le FBI ? lui demanda Ty.

— Non.

Il l'observa longuement.

— Tu portes un micro, Kacey ?

Elle fit non de la tête.

— Où me le serais-je procuré ?

— On pourrait te l'avoir installé avant que tu te caches dans la voiture de Lori.

— Tu crois vraiment que le FBI m'aurait laissée faire ?

— OK. Mais tu dois bien avoir un plan. À moins que tu ne souhaites précipiter ta fin. Donc, c'est le bon moment pour m'expliquer ce que tu as en tête.

— Pourquoi devrais-je t'expliquer quoi que ce soit ?

— Parce que c'est moi que Colt a envoyé pour t'aider.

Soudain, elle sentit l'espoir renaître en elle.

— Tu as de la chance, parce que je suis également celui qui a convaincu Faras de me laisser venir te cueillir à la place de ta mère.

— Ma... ma mère ? Qu'est-ce que tu racontes ?

Elle se tourna sur son siège pour mieux le voir, tout en tenant soigneusement le bébé factice contre elle.

— Kacey, ça fait des années que ta mère fait la mule pour le gang. Tu dois bien être au courant !

Kacey savait ce qu'était une mule. C'était ainsi qu'on nommait une personne qui transportait de la drogue pour le compte de trafiquants. Elle savait que sa mère était accro et qu'il lui arrivait fréquemment de disparaître pendant de longues périodes, mais jamais elle n'aurait imaginé qu'elle se livrait à de telles pratiques pour le compte du gang.

Elle avait beau ne pas mettre la parole de Ty en doute, elle n'arrivait pas à admettre cette réalité.

— Non. Je n'en savais rien.

Ty émit un reniflement dédaigneux.

— Ou alors tu ne voulais pas savoir.

Kacey avait une boule à l'estomac, le cœur lourd, et respirait avec peine.

Mais qu'avait voulu dire Ty quand il prétendait avoir convaincu Faras de l'envoyer à la place de sa mère ?

— Jamais ils n'auraient envoyé ma mère.

Pour toute réponse, Ty soupira.

— Comment puis-je croire ce que tu me dis ?

— Je n'en sais rien. Je ne t'oblige pas à me croire. C'est peut-être pour ça que tu devrais comprendre que c'est la vérité.

Colt faisait confiance à Ty, et elle faisait confiance à Colt.

Ty traversa Koun'nde et prit la direction de Piñon Forks.

— Si tu veux mon avis, tu aurais dû dénoncer ta mère à la police tribale il y a déjà plusieurs années. Moi, c'est ce que j'aurais fait.

Kacey pensa au père de Ty, qui était maintenant en prison et qui s'était servi de lui comme chauffeur pour commettre ses braquages. Ty était bien placé pour parler de parents indignes et de la façon de les traiter.

— Toi, tu as eu la chance de ne pas avoir à dénoncer ton père, répliqua-t-elle néanmoins, piquée au vif. La police tribale l'a arrêté sans ton concours.

Elle remit bien en place sur son bras la poupée qu'elle faisait passer pour Charlie, comme si c'était un véritable bébé.

— À qui parlais-tu au téléphone sur le parking de la clinique ?

Ainsi, elle avait été repérée avant même d'y entrer… Elle avait appelé Jake pour lui demander de prévenir l'agent Forrest et de lui dire où elle était.

— Qui est-ce ? lui demanda-t-elle en retour.

— De qui parles-tu ?

— À la clinique. Qui est le contact de l'organisation ? C'est Kee ?

— Je ne sais que ce qu'on me dit. Moi, je joue au bon toutou docile.

Il lui jeta un regard.

— Et je sais aussi qu'il y a de gros risques qu'ils s'emparent du bébé et te tuent.

— Et toi ?

— Moi, je m'en sortirai, comme d'habitude.

— Où allons-nous ?

— À la rencontre des types qui t'ont retenue.

— À Darabee ? Et Colt sera là-bas aussi ?

— Je l'espère. Sauf si les types l'ont repéré et neutralisé. Normalement, la police tribale est quelque part derrière nous. J'ai appelé Jake. Pour la première fois depuis plusieurs années, on a eu une conversation qui a duré plus d'une minute. Mais j'aimerais bien avoir la certitude que le FBI a la possibilité de te localiser en temps réel.

— Normalement, il le devrait. J'ai le téléphone de Colt sur moi.

— Où est-il ?

Elle hésita.

Il posa les yeux sur le faux bébé qu'elle tenait.

— Sous ces couvertures ?

Elle serra le poupon contre elle.

— Je sais que ce n'est pas Charlie.

— Comment ?

— Hemi n'a pas bronché quand tu es montée dans la voiture, et elle n'a pas montré le moindre intérêt pour ton soi-disant bébé. Si ça en avait été un vrai, je peux t'assurer qu'elle l'aurait reniflé longuement. Et puis, je te connais quand même un peu, et je ne te crois pas capable d'exposer un bébé à un tel danger.

Comme elle n'avait plus de raisons de faire semblant, elle posa le poupon sur ses genoux.

— Quand ces types auront compris la ruse, il faudra jouer serré.

Elle tenta de ne pas laisser la panique la submerger.

— J'ai promis aux filles qui étaient avec moi de les secourir.

— Je doute que te faire tuer soit une bonne façon de les secourir, répliqua Ty en secouant la tête d'un air dubitatif.

— Rester cachée n'en est pas une non plus, contra-t-elle.

Il pinça les lèvres et ne répondit pas.

— Que sais-tu de l'échange ? lui demanda-t-elle.

— Où, quand et qui. Ça doit se passer dans dix minutes à Antelope Lake, et deux Russes t'attendent.

Au croisement suivant, il tourna vers l'ouest, s'engageant sur la route escarpée qui menait à Antelope Lake.

— Tu sais où ils retiennent mes amies ? insista Kacey.

Ty soupira.

— En dehors de ce que Colt et Faras m'ont dit, je ne sais rien. Et si, après t'avoir déposée, je traîne trop, le FBI m'arrêtera. Si je ne reste pas dans les parages, Colt risque d'être blessé, voire pire. Si tu ne survis pas, Colt m'en voudra pour le restant de ses jours. Si tu survis à cette folie, tu pourras me dénoncer et j'irai en prison. Tout ça pour dire que c'est une des pires journées de ma vie.

Alors qu'ils approchaient du point de rendez-vous, la route se fit de plus en plus sinueuse. Kacey agrippa la poignée de maintien. Des panneaux signalaient des risques de chutes de pierres et, à plusieurs endroits, il y avait effectivement de gros cailloux sur la route.

Sur le siège arrière, Hemi faisait de son mieux pour garder l'équilibre.

— Tu crois qu'ils m'emmèneront auprès de mes amies ?

Ty lui adressa un regard plein d'empathie.

— C'est le bébé qui les intéresse, pas toi. De plus, comme tu as vu leurs visages et que tu ne leur sers plus à rien, ils n'ont vraiment aucun intérêt à te laisser en vie. Au pire, s'ils ne récupèrent pas le bébé que tu portais, ils raconteront aux gens à qui ils comptaient vendre l'enfant que tu as fait une fausse couche et qu'ils devront se montrer patients.

— Mais si nous réussissons à capturer un des hommes qui m'ont enlevée, alors...

— Alors quoi ? Ils prendront peur, avoueront tout et t'emmèneront illico auprès des autres filles ?

Il émit un rire aigre.

— Ils préféreront mourir que tout balancer. Tu es jeune et tu manques d'expérience, Kacey. Qui pourrait t'en vouloir pour ça ? Mais je te dois la vérité : ton plan est nul.

Il ralentit.

— On y est presque. Sors ton téléphone, compose le numéro de Luke Forrest, enclenche le haut-parleur et remets le téléphone à sa place.

Elle s'exécuta sans un mot. Quelques instants plus tard, ils entrèrent sur le parking de l'esplanade qui dominait le lac. L'endroit était désert, à l'exception d'un camping-car avec deux fauteuils pliants posés devant.

— Ils ne sont pas encore arrivés, dit-elle.

Ty leva les yeux au ciel et soupira avant de lui adresser un regard en biais.

— Regarde mieux.

Elle passa en revue le vaste parking désert puis s'arrêta sur le camping-car. Il était tout ce qu'il y avait de plus banal... Comme la maison dans laquelle elle avait été détenue. Elle en eut des frissons.

— Voilà, tu as pigé.

— Où est Colt ?

Elle eut soudain peur que Ty lui ait dit qu'il serait là seulement pour l'apaiser.

Il se pencha en avant et regarda de tous côtés.

— Je ne sais pas. J'espère qu'il est posté en hauteur, à un endroit avec une vue dégagée sur le parking. C'est un excellent tireur. Mais eux non plus ne se débrouillent pas mal, ajouta-t-il en désignant le camping-car.

Lentement, il décrivit un arc de cercle pour que la voiture soit à une vingtaine de mètres de l'autre véhicule.

— Descends, lui ordonna-t-il. Et si tu entends des coups de feu, tu te couches au sol et tu ne bouges plus. Et ne monte en aucun cas dans ce camping-car.

Kacey hésita.

— Dehors !

Elle serra le poupon contre elle et sentit le portable de Colt glissé sous la couverture. Elle ouvrit sa portière. À peine eut-elle mis pied à terre que Ty redémarra dans un rugissement de moteur et décrivit un cercle, soulevant un nuage de poussière.

Anton fut le premier à sortir du camping-car, un semi-automatique noir à la main. De l'autre main, il fit signe à Kacey d'approcher, mais elle ne bougea pas et resta plantée sur place, malgré la poussière âcre qui la faisait tousser. Derrière Anton apparut alors Oleg.

Ty refit un tour, avec les mêmes conséquences, avant de sortir du parking sur les chapeaux de roues.

Après avoir vérifié qu'il n'y avait personne d'autre, Anton s'avança vers elle.

— Suis-nous, Kacey. Tu n'as nulle part où aller, dit-il.

Kacey se rappela l'avertissement de Ty de ne surtout pas monter dans le camping-car. Elle tourna les talons et courut aussi vite que ses jambes le lui permettaient dans la direction qu'avait prise Ty.

Colt regarda son frère faire deux tours à toute vitesse sur le parking. Il avait soulevé une telle quantité de poussière qu'il avait permis à Kacey de s'enfuir sans constituer une cible facile pour les types qui voulaient mettre la main sur elle.

D'où il était, ils étaient à portée de tir, mais la poussière qui servait Kacey le desservait, lui brouillant la visibilité.

Cependant, quand Kacey partit en courant, il les entendit jurer et se lancer à sa poursuite. Il n'aurait pas cru que la peur qu'il arrive malheur à Kacey serait aussi prégnante. Il avait le cœur qui battait à tout rompre et la bouche sèche.

Il redouta que les deux types rattrapent Kacey avant qu'il puisse les neutraliser. Il décida de sortir de sa cachette et de les affronter à découvert.

Il se leva et courut, son fusil à la main. Il se demanda s'il devait appeler Kacey. S'il l'appelait, elle pourrait venir vers lui et se mettre plus rapidement à l'abri. Mais alors, il révélerait sa présence, anéantissant l'effet de surprise, et Kacey risquait d'être prise entre deux feux.

En se rapprochant, il commença à voir plus distinctement les deux hommes et remarqua que le premier tenait un semi-automatique qu'il pointait sur Kacey. Le holster d'épaule que portait l'autre indiquait qu'il devait être armé lui aussi.

Soudain, Kacey le vit et la surprise la fit ralentir. Le temps qu'elle bifurque pour se diriger vers lui, le premier de ses poursuivants l'avait rattrapée et saisie par le bras. Au même moment, il remarqua également sa présence.

Poussant un cri entre rage et surprise, l'homme pointa son arme sur lui. Colt fut plus rapide et l'atteignit en pleine poitrine avant qu'il puisse faire feu. Le second type riposta par plusieurs tirs, sans chercher à viser précisément. Colt plongea au sol et roula sur lui-même pour se mettre à l'abri d'un rocher tout proche.

Lorsqu'il se redressa, il découvrit que Kacey s'était accroupie et protégeait le poupon de son corps, comme s'il s'agissait réellement de Charlie. Bien que titubant, l'homme qu'il avait atteint la saisit par les cheveux et l'obligea à se relever pour lui servir de bouclier. Tandis qu'il reculait, entraînant Kacey en direction du camping-car, son acolyte continua à tirer en rafales pour le couvrir.

Soudain, il la vit se débattre, lâcher le poupon et, à la vitesse de l'éclair, sortir un couteau de sa bottine et lacérer le bras de l'homme qui la retenait.

Celui-ci hurla de douleur et la lâcha. Kacey se laissa tomber au sol, roula sur elle-même et disparut sous le camping-car.

Le second type recula en continuant à tirer et ramassa le poupon. En découvrant la supercherie, il le jeta au loin avec un cri de rage. Puis il se mit à genoux et prit Kacey pour cible.

Une colère comme il n'en avait jamais éprouvée s'empara de Colt. Il se redressa, épaula son fusil et tira sur les deux hommes qui s'abattirent sur le sol terreux. Il était certain de les avoir touchés l'un et l'autre au thorax, mais cela ne les empêcha pas, après avoir encaissé l'impact, de se mettre à ramper à la poursuite de Kacey.

Portaient-ils des gilets pare-balles ? Ses munitions étaient pourtant de taille à traverser du Kevlar...

— J'aurais dû viser la tête, marmonna Colt pour lui-même.

Tandis qu'il courait vers les deux hommes, il vit Kacey réapparaître de l'autre côté du camping-car. Au même moment, deux berlines noires entrèrent en trombe sur le parking. Le FBI arrivait enfin.

Les deux hommes s'étaient relevés. L'un d'eux se mit à tirer sur les voitures pendant que l'autre se lançait à la poursuite de Kacey.

Colt vit les balles ricocher sur le capot et le pare-brise

blindés des berlines. Le conducteur de la première ne ralentit pas et fonça droit sur le type qui les avait pris pour cibles. L'homme vola littéralement dans les airs lorsqu'il le percuta.

Kacey courait à perdre haleine vers le sentier menant au belvédère qui dominait le lac, mais le second homme était toujours derrière elle. De toute évidence, il était mal en point. Il avait remis son arme dans son holster et pressait ses mains sur le côté droit de son thorax. Du sang filtrait à travers ses doigts. Touché au poumon, songea Colt. Sa course était heurtée, mais son comportement indiquait qu'il était déterminé à user de l'énergie qui lui restait pour faire payer à Kacey le prix de sa tromperie.

Colt leva son fusil et se concentra. Cette fois, il n'avait pas droit à l'erreur.

Kacey entendit des grondements de moteurs, puis un choc sourd. Avant dévaler le sentier caillouteux et sinueux, elle jeta un coup d'œil en arrière et vit deux berlines noires et Oleg affalé sur le sol non loin du camping-car.

Bien qu'il semblât sonné, Anton la poursuivait toujours et se rapprochait. Derrière lui, Colt courait vers eux, le fusil levé.

Haletante, elle arriva au belvédère et jeta un regard éperdu autour d'elle. Elle était acculée, la seule issue étant le sentier par lequel elle était arrivée et où se tenait à présent Anton.

— Hé ! appela Colt.

Anton l'ignora. Un cliquetis caractéristique résonna : le fusil de Colt s'était enrayé.

Le regard mauvais, Anton avançait vers elle. Colt lâcha son fusil et se remit à courir. Alors qu'Anton n'était plus qu'à deux mètres d'elle, Colt qui l'avait rejoint se jeta sur lui, le projetant contre la rambarde de bois qui céda sous le choc.

Avec horreur, elle les vit disparaître de sa vue.

15

Le cœur battant, Kacey se mit à quatre pattes pour approcher du bord de la falaise sans risquer de tomber. Elle vit Colt agrippé à un rocher en saillie moins d'un mètre plus bas. Grimaçant de douleur et de terreur, Anton s'accrochait désespérément à sa jambe. Dans son état, il ne tiendrait pas longtemps, mais il ajoutait son poids à celui de Colt et chaque seconde comptait. Elle n'eut qu'une idée en tête : attraper Colt.

Elle n'avait pu l'empêcher de rejoindre les marines, ni de choisir de vivre comme un ermite à son retour. Si elle quittait la réserve, peut-être ne parviendrait-elle pas à le convaincre de l'accompagner. Mais, au moins, elle pouvait l'empêcher d'aller s'écraser en contrebas et de disparaître de sa vie à jamais.

N'écoutant pas son instinct de survie qui lui criait qu'elle ne pourrait pas contrebalancer le poids de deux hommes et qu'ils risquaient de l'entraîner dans leur chute, elle se mit à plat ventre, tendit le bras, et attrapa la manche de Colt.

Colt parvint alors à secouer la jambe. À bout de forces, Anton lâcha prise en hurlant et alla s'écraser plus bas. Mais le mouvement brusque avait fait glisser Kacey, qui était maintenant presque à moitié dans le vide.

Haletant de peur, elle ferma les yeux et adressa une prière silencieuse au ciel.

— Colt ! cria-t-elle ensuite.

— Tiens bon, Kacey.

Oh oui ! Elle tiendrait bon, au péril de sa vie. Elle ne le lâcherait pas. Jamais. Car elle l'aimait. C'était la seule explication à son comportement. Peu importait si, par la suite, il refusait de quitter la réserve et qu'elle parte vivre ailleurs avec son bébé. L'amour qu'elle lui portait leur sauverait la vie. Elle voulait y croire.

Elle sentit Colt se tortiller. Elle rouvrit les yeux et vit qu'il était parvenu à assurer sa prise et qu'il se hissait lentement vers elle. Elle tira de toutes ses forces pour l'aider. Son buste arriva enfin à sa hauteur. Dans un dernier effort, il se hissa sur le sol et roula sur le dos. Il était sauvé ! Elle se serra contre lui.

— Tu es là..., dit-elle.

Colt lui passa un bras autour des épaules.

— C'est fini. Ces types ne pourront plus te faire de mal.

Pendant quelques instants, elle resta pelotonnée contre lui à respirer son parfum familier.

— C'était dangereux, dit-il.

Elle partit d'un petit rire. Tout son corps lui faisait mal, ses mains, ses coudes et ses genoux la brûlaient, mais cela signifiait qu'elle était en vie.

— Parce que se jeter sur un homme au bord d'une falaise, ce n'était pas dangereux ?

Lui aussi eut un petit rire.

— Si, c'est vrai.

— Est-ce qu'il est...

— Pas sûr. Mais j'ai bien cru qu'il allait te tuer.

Kacey se redressa et examina son coude qui lui faisait

mal. Il était écorché. Colt se redressa également, lui prit les mains et les retourna doucement.

— Il faut qu'on nettoie toutes ces écorchures.

Elle regarda vers la rambarde brisée. En repensant au moment où elle avait vu Colt disparaître dans le précipice, elle n'osa même pas imaginer comment tout cela aurait pu finir. Des larmes lui brouillèrent la vue et coulèrent sur ses joues.

Colt la prit dans ses bras et elle s'accrocha à lui. Il était toujours là, avec elle, et elle en était plus qu'heureuse.

— J'ai... J'ai failli te perdre, parvint-elle à articuler.

Il lui caressa les cheveux, déposa de petits baisers sur son front, et lui murmura des paroles rassurantes. Elle était en sécurité. Charlie aussi.

Elle aurait voulu lui dire qu'elle avait eu peur pour lui, qu'elle avait redouté de ne plus jamais le voir, mais alors, une inquiétude s'insinua en elle. Maintenant qu'elle ne risquait plus rien, Colt allait-il l'abandonner ?

— Tu as retrouvé les types qui t'avaient enlevée, dit-il. Peut-être que le FBI retrouvera tes amies, maintenant.

Elle acquiesça d'un hochement de tête. La boule qui s'était formée dans sa gorge l'empêchait de parler.

— Si j'avais pu, j'aurais agi comme toi pour sauver mes camarades, ajouta-t-il.

Elle ferma les yeux et garda le silence.

Soudain, un gémissement leur parvint du bas de la falaise.

Colt s'avança pour jeter un regard. Kacey se mit à plat ventre pour regarder elle aussi sans avoir à se pencher. Anton avait fait une chute d'une bonne dizaine de mètres et était tombé sur un éperon rocheux. Il gisait sur le dos, saignait du nez et de la bouche. Il ouvrit les yeux et les fixa. Il prononça quelques mots qu'ils ne comprirent pas.

— Anton ? appela-t-elle.

— ... Peux pas bouger mes jambes, répondit-il.

Kacey et Colt échangèrent un regard. Comment avait-il réussi à survivre ?

— Je crois qu'il s'est brisé le dos, dit Colt.

Anton leva une main de quelques centimètres.

— Donnez-moi une arme.

Colt renifla de dédain.

— Et puis quoi encore ?

— Un couteau, alors.

— Il veut mettre fin à ses jours, murmura Kacey.

— Et priver le FBI d'un témoin ? Il sait où sont tes amies, alors pas question de le laisser abréger ses souffrances, répliqua Colt.

Kacey était d'accord. Ils avaient besoin de lui pour retrouver Marta et les autres filles. Il représentait leur meilleure chance d'y parvenir.

— Pitié, gémit Anton.

— Tu vivras, rétorqua Colt sur un ton qui ne souffrait aucune contestation.

Anton émit un son plaintif et un flot de sang jaillit de sa bouche.

— S'il n'est pas secouru au plus vite, il ne survivra pas longtemps, dit Kacey.

Colt se releva et lui tendit la main.

— Tu peux marcher ?

Elle accepta sa main et se releva à son tour.

Tout à coup, une voix familière s'adressa à eux.

— Ça va, vous deux ?

Ils se retournèrent en même temps et virent le lieutenant Forrest venir vers eux.

— Il était temps ! s'exclama Colt.

— Nous avons eu des soucis pour suivre votre position,

répondit Forrest. Le signal ne cessait de se couper et de revenir.

— À cause des montagnes, expliqua Colt.

— Où est le second type ? lui demanda Forrest.

Du pouce, Colt pointa derrière lui.

— Il s'est enfui ?

Kacey secoua la tête.

— Il est tombé.

— Il prétend qu'il ne peut plus bouger, ajouta Colt. Il saigne abondamment, il faut le sortir de là, sinon il va y passer.

Quelques secondes plus tard, quatre agents du FBI apparurent. Forrest s'empressa de leur donner des instructions puis ils rebroussèrent chemin.

— Allez, venez, vous deux, il ne faut pas rester là.

Colt prit Kacey par la main et elle le laissa la tirer à sa suite. Chaque pas lui coûtait. Elle avait la sensation que toutes ses forces l'avaient abandonnée.

— Kacey, ça va ? lui demanda Colt. Tu es toute pâle.

Au même moment, elle sentit ses jambes se dérober sous elle. Colt la rattrapa avant qu'elle tombe et la prit dans ses bras.

— Je ne sais pas ce que j'ai, dit-elle d'une voix faible.

— Tu es en état de choc, répondit-il. Une ambulance est en chemin ? demanda-t-il à Forrest.

— Oui, elle va arriver.

Colt refusa l'aide de Forrest et la porta seul jusqu'au parking.

— Qu'est devenu l'autre homme, Oleg ? demanda-t-elle.

— Il est mort, répliqua Colt.

Elle ne sut comment prendre cette nouvelle. Évidemment, Oleg méritait son sort et elle ne le plaignait pas, mais si jamais Anton ne survivait pas, tout ce qu'elle avait entrepris risquait d'être vain.

Ensuite, pour elle, tout se déroula comme dans un brouillard. Elle se rappela avoir vu le corps d'Oleg qui gisait face contre terre puis, peu après, les ambulances qui arrivaient sur le parking. On la prit tout de suite en charge. On nettoya ses écorchures. L'odeur âcre des antiseptiques et la brûlure des abrasions qu'elle avait aux coudes et aux mains la ramenèrent à la réalité. On lui posa des questions auxquelles elle répondit laconiquement car ses pensées étaient ailleurs. Elle allait entrer dans le programme de protection des témoins et quitterait la réserve pour une destination inconnue, tandis que Colt pourrait rentrer chez lui, à Turquoise Canyon.

Anton fut transporté sur une civière. Quand il passa près d'elle, il tourna la tête, la fixa et poussa un juron.

— A-t-il dit où elles sont ? demanda-t-elle à l'un des auxiliaires médicaux qui le portaient.

— Qui ça ? lui demanda l'homme en retour.

Où était Colt ? Pendant que les secours s'occupaient d'elle, il s'était éloigné sans qu'elle le remarque. Elle voulait lui dire qu'elle l'aimait. Cela ne suffirait pas à le convaincre de venir avec elle, elle le savait. Mais elle savait aussi que rester dans la réserve n'était pas envisageable pour elle. Les hommes et les femmes de Tribal Thunder avaient tous un travail, et sa présence les accaparait et les empêchait de s'occuper d'autres membres de la tribu. Il était temps pour elle de partir.

Elle fut emmenée à l'hôpital de Darabee. Un agent du FBI monta dans l'ambulance avec elle. Il lui apprit que Colt devait rester sur place pour faire sa déposition.

Kacey était fourbue, et Charlie lui manquait.

— Va-t-on retrouver mes amies ? voulut-elle savoir.

— Nous sommes à leur recherche. Le camping-car pourra nous fournir des indices. Vous avez fait votre maximum, mademoiselle Doka. Maintenant, vous devez vous reposer et nous laisser prendre le relais.

— Ces types m'ont retenue prisonnière pendant huit mois, dit-elle.

L'agent acquiesça.

— Mais rester paralysé à vie, c'est pire, ajouta-t-elle.

L'agent acquiesça de nouveau.

À l'hôpital, on lui fit subir quelques examens aux urgences, puis on la transféra à l'étage, dans une chambre individuelle. Elle parvint à passer du brancard au lit presque sans aide. La chambre sentait le propre et, par la fenêtre, elle avait vue sur le ciel bleu.

Bien qu'épuisée, elle demandait constamment des nouvelles de Charlie. Finalement, l'agent Forrest vint la voir et lui apprit que son bébé était avec Lori et que celle-ci avait affirmé qu'il ne quitterait pas la réserve tant que Kacey ne serait pas en état de venir le chercher elle-même.

Cette nouvelle lui fit du bien. Charlie était entre de bonnes mains.

Forrest tira une chaise et s'installa à côté de son lit.

— Vous avez pris de très gros risques, Kacey. Des risques inconsidérés.

— Je voulais retrouver mes amies. Je leur avais fait une promesse.

— Mais vous auriez pu être tuée.

— Je ne les ai pas retrouvées… Vous non plus, n'est-ce pas ?

Forrest fit non de la tête.

— Toutefois, nous progressons.

— Tout ce que j'ai fait, ça n'a servi à rien ?

— Si. Maintenant, nous avons identifié l'organisation qui se livre à cet odieux trafic de bébés et enlève des jeunes femmes. Mais c'est une organisation qui a, comment dire, de nombreuses ramifications. C'est pourquoi nous devons déployer des moyens importants pour élargir le spectre de nos investigations. Par exemple, il nous faut prendre contact avec les représentants d'autres tribus pour savoir si eux aussi ont constaté des disparitions inexpliquées au cours des derniers mois. Nous commençons à craindre que le nombre de jeunes femmes enlevées par cette organisation soit très important.

— C'est-à-dire ?

— Je ne peux pas vous donner de chiffres précis. Mais nous savons déjà qu'il y a beaucoup de jeunes femmes portées disparues. Et, grâce à vous, une cellule d'enquête spécifique va être mise sur pied.

Kacey tourna la tête. « Une cellule d'enquête spécifique. » Indirectement, Forrest venait de reconnaître que la recherche de ses amies et de toutes celles qui avaient été enlevées risquait de prendre encore beaucoup de temps. Elle eut envie de pleurer.

— Ce que vous avez fait est d'une importance cruciale, Kacey, insista-t-il.

— Non. J'ai échoué. Je ne les ai pas retrouvées.

Elle savait qu'elle ne les reverrait peut-être jamais. Il allait falloir qu'elle apprenne à vivre avec cette idée, comme Colt essayait de le faire.

Au sein de la tribu, tout le monde connaissait quelqu'un, une fille, une sœur, une amie, qui avait disparu et dont personne n'avait plus de nouvelles. C'était quelque chose de banal, et c'était vrai pour toutes les tribus, dans l'ensemble du pays. La disparition de filles amérindiennes était fréquente, et beaucoup n'étaient jamais retrouvées. Elle, elle avait eu de la chance. Pas comme Marta. Fermant les yeux, elle adressa un adieu muet à ses amies, pour lesquelles elle ne pouvait plus rien. La culpabilité de leur avoir fait une promesse qu'elle n'avait pas tenue la rongeait.

— Je leur avais promis de leur envoyer de l'aide…, répéta-t-elle pour la énième fois.

— Kacey, nous avons trouvé un GPS dans le camping-car. Nous avons analysé les données, ce qui nous a permis de remonter jusqu'à son point de départ. Nous avons découvert un campement dans le désert près de la réserve de San Carlos. Là-bas, il y avait vingt-trois jeunes femmes, qui avaient toutes été enlevées, comme vos amies et vous. Nous les avons retrouvées grâce à vous. C'est grâce à vous qu'elles ont recouvré la liberté. Indirectement, vous avez tenu votre promesse.

C'était réconfortant d'apprendre qu'elle n'avait pas fait tout cela pour rien. Des larmes roulèrent sur ses joues. Elle ne fit rien pour les retenir, au contraire, mais se couvrit les yeux pour ne pas se donner en spectacle.

L'agent Forrest se pencha pour lui tapoter l'épaule en un geste consolateur. Quand elle retira sa main bandée de son visage, il se redressa.

— Nous allons continuer à chercher vos amies, Kacey, nous n'abandonnerons pas. Mais vous, vous devez prendre du recul.

Elle croisa son regard et y lut de la détermination. Elle avait la conviction qu'il ne laisserait pas tomber ses amies. Pour sa part, elle ne pouvait rien de plus.

— D'accord, dit-elle.

— J'ai parlé de votre cas en haut lieu. Étant donné qu'Anton a survécu et peut, tôt ou tard, se mettre à parler, nous redoutons que quelqu'un d'autre soit envoyé après Charlie et vous.

Le message de Forrest était clair : la réserve n'était plus un endroit sûr pour elle. Elle attendit qu'il continue.

— Nous aimerions vous placer en résidence surveillée ailleurs dans le pays.

Partir loin était également son souhait, mais elle avait encore des liens avec la réserve.

— Que vont devenir mes frères et sœurs ?

Elle redoutait de les laisser seuls avec sa mère, et elle craignait également de répéter à l'agent Forrest ce que Ty lui avait appris sur les rapports de celle-ci avec le gang. Même si elle désirait partir plus que tout, elle ne pouvait le faire en se désintéressant des siens.

Forrest détourna le regard.

— Des mesures ont déjà été prises pour qu'ils soient placés dans des familles de la réserve.

Il était fréquent que des enfants soient placés quand leurs parents étaient « défaillants ». Mais, la plupart du temps, après quelques semaines, on les renvoyait chez eux.

— Pour combien de temps ?

— C'est une mesure permanente. Votre mère en a été avisée et ne s'y est pas opposée. Elle renonce à ses droits parentaux.

Ce fut un choc pour Kacey.

— Non, elle ne ferait jamais ça.

— Ce n'est pas tout, Kacey, et je vous jure que ce que je vais vous annoncer me coûte. Mais nous avons la preuve que votre mère n'était pas étrangère à votre disparition.

— Ce n'est pas vrai.

Sa voix n'avait été qu'un murmure.

— Elle a avoué avoir reçu de l'argent pour vous, Kacey.

Cette fois, elle crut qu'elle allait vomir et se plaqua la main sur la bouche.

— Elle est accro à l'héroïne, continua Forrest. Suite à une information anonyme, depuis votre retour, nous l'avions placée sous surveillance. Nous l'avons arrêtée alors qu'elle avait une grosse quantité de drogue sur elle. Elle risque une lourde peine.

Une information anonyme... Ty ? Non. Jamais il ne dénoncerait quiconque. Cependant, il n'avait pas menti. Sa mère était liée de près au gang.

Et elle allait se retrouver en prison. Tout comme le père de Colt. Une fois le choc passé, elle ressentit un grand abattement. Elle aurait été bien incapable de dire ce que lui inspirait exactement ce qu'elle venait d'apprendre au sujet de sa mère.

L'agent Forrest reprit la parole.

— Elle a passé un accord avec le procureur. Si elle révèle tout ce qu'elle sait sur l'affaire qui vous concerne, elle obtiendra une réduction de peine. Elle a déjà avoué avoir aidé le gang à choisir les filles à enlever. Vous fréquentiez le même lycée, Marta, Brenda et vous. Ce n'est pas un hasard si vous avez été toutes trois enlevées.

Kacey encaissait chaque nouvelle révélation sans réagir. Elle se contenta d'acquiescer pour montrer à Forrest qu'elle l'écoutait. Effectivement, sa mère connaissait Brenda et Marta.

— Je crois que je vais être malade, dit-elle en sentant son estomac se contracter.

Forrest se leva et revint à temps avec une cuvette. Ensuite, il alla dans la salle de bains et lui ramena une serviette humide. Il aurait fait un bon père, songea-t-elle.

— Ça va ? lui demanda-t-il.

— Non.

D'un hochement de tête, il indiqua qu'il la comprenait.

— Vos sœurs habiteront chez la mère de Jake Redhorse et son compagnon, Burt Rope. Il me semble que vous passiez beaucoup de temps chez eux quand vous étiez au lycée, non ?

Mme Redhorse avait des ennuis de santé, mais c'était une bonne mère et une femme attachante.

— Et mes frères ?

— Un membre éminent de votre tribu a souhaité les accueillir.

— Qui ?

— Hazel Trans.

Mme Trans avait été de loin l'enseignante préférée de Kacey. Depuis peu, elle était à la retraite. Pour ses frères, c'était une chance qu'elle les recueille.

Elle réussit à esquisser un sourire.

— Merci.

— De rien. Demain, vous serez autorisée à sortir et nous vous conduirons à Turquoise Canyon pour aller chercher Charlie. Si vous le souhaitez, nous pourrons également en profiter pour que vous voyiez vos frères et sœurs.

Il ne dit pas « pour la dernière fois », mais c'était pourtant la réalité. Elle allait partir et ne reviendrait jamais.

— Ici, dans cet hôpital, quelqu'un a essayé de s'arranger pour qu'on me prenne Charlie, dit-elle. Les infirmières avaient reçu pour consigne de me l'enlever pour le nourrir.

— Nous enquêtons sur ce front-là également, lui expliqua Forrest. Nous dressons la liste de toutes les personnes qui ont accès aux consignes transmises aux infirmières. Nous démasquerons le responsable, Kacey. Mais je vous jure que le FBI n'a rien à voir là-dedans. Nous n'avons jamais eu l'intention de vous séparer de Charlie.

Il lui adressa un sourire chaleureux et se leva pour prendre congé. Mais, après avoir fait quelques pas, il claqua des doigts, comme s'il venait tout juste de se rappeler quelque chose.

— Ah, au fait, une dernière chose. Qui vous a amenée de la clinique au parking du lac, où était prévu le rendez-vous, Kacey ?

C'était Ty. Elle baissa les yeux.

— Colt s'est rendu sur place à moto, reprit Forrest. Nous avons découvert les traces de pneus de l'engin qui appartient à son frère Ty. Mais vous, comment êtes-vous arrivée sur place ?

— Je... Je ne me souviens plus.

Elle croisa son regard et vit, à son expression, qu'il ne la croyait pas.

— Vraiment ? Y a-t-il d'autres choses qui vous échappent ?

— Ce qui s'est passé lors des visites à la clinique.

Forrest haussa les sourcils.

— Je vois.

Kacey se força à soutenir son regard sans laisser paraître sa gêne malgré les fourmillements qui lui parcouraient le nez et les lèvres. Elle détestait mentir mais ne voulait pas causer d'ennuis supplémentaires à Ty.

— L'accord que vous passerez avec la justice aura pour contrepartie votre totale sincérité, l'avertit Forrest.

Elle resta silencieuse. Ty avait reçu du gang l'ordre d'aller la chercher à la clinique et de la conduire au parking du lac. En revanche, personne ne lui avait demandé de soulever un nuage de poussière pour faciliter sa fuite ni de se mettre d'accord avec Colt pour que ce dernier soit sur place pour intervenir. Si, pour le protéger, elle devait mettre en péril sa propre sécurité, tant pis. C'était un risque à courir.

Forrest continuait à la dévisager en silence.

— Bien, de toute façon, tôt ou tard, nous le découvrirons. Nous avons relevé d'autres empreintes de pneus et nous savons déjà qu'elles correspondent à ceux d'une Corvette ou d'une Barracuda.

Il marqua une pause pour voir si cette révélation suscitait une réaction chez elle.

Elle sentit des gouttes de sueur perler à son front.

— Ça ne vous dit rien ? Quoi qu'il en soit, nous retrouverons la voiture et, par conséquent, son propriétaire. Nous avons déjà quelques suspects.

Ce serait certainement plus facile de retrouver la voiture si son propriétaire ne possédait pas une carrosserie. Kacey se demanda si la Barracuda n'était pas déjà en pièces détachées.

Déterminée, quelles que soient les conséquences, à ne pas nuire à Ty, elle continua à soutenir le regard de l'agent Forrest en silence. Il avait fait de son mieux pour la protéger et, en retour, elle ne le dénoncerait pas.

— Je doute que ma mémoire revienne, dit-elle. Si cela remet en cause votre volonté de me protéger, tant pis.

Forrest posa les doigts sur la boucle de sa ceinture et la tapota nerveusement.

— Avez-vous compris que c'est le gang du Loup qui vous a enlevées, vos amies et vous, pour vous remettre à cette organisation mafieuse ? À votre place, je ne protégerais pas un membre de ce gang, Kacey.

Elle ne répondit pas.

— Vous ne voulez vraiment pas me dire comment vous vous êtes rendue sur le lieu de rendez-vous ?

— Je ne m'en souviens plus.

Il renifla avec dédain.

— Bien. Nous en reparlerons prochainement. On ne sait jamais, la mémoire vous reviendra peut-être.

— Pourrai-je voir Colt avant de partir pour mon nouveau lieu de résidence ?

— Rien ne s'y oppose.

Elle eut envie de lui demander pourquoi Colt n'était pas venu la voir ici, à Darabee, mais s'en abstint, car elle redoutait la réponse. Serait-il plus difficile de partir sans lui avoir avoué ses sentiments ou de lui dire qu'elle l'aimait ?

16

Colt venait tout juste de finir de répondre aux questions du FBI. Il avait fait ce que Ty lui avait demandé et dit la vérité. Ty était venu chercher Kacey parce que le gang du Loup lui faisait confiance et savait qu'elle le suivrait sans faire d'histoires. Ensuite, il avait appelé Colt pour lui apprendre où ils allaient. Enfin, Colt avait appelé le FBI.

Ty était maintenant en sécurité sur le territoire de la réserve et Colt comptait bien faire tout son possible pour l'aider à y rester jusqu'à ce qu'il ait l'assurance que le FBI ne le poursuivrait pas pour complicité d'enlèvement. Tant que ce ne serait pas fait, Ty serait virtuellement prisonnier sur le territoire de la réserve et il aurait même de la chance si les autorités tribales le laissaient libre de ses mouvements. La seule bonne nouvelle pour son frère, c'était que Kenshaw Little Falcon s'était spontanément proposé pour plaider sa cause auprès du conseil tribal. Sachant qu'il avait beaucoup d'influence, son intervention ne pourrait être que bénéfique.

Colt avait insisté sur le fait qu'il était impératif que les mafieux russes et le gang du Loup croient que Ty avait suivi les ordres. S'ils soupçonnaient qu'il avait joué double jeu, il serait en grand danger.

Forrest reconduisit Colt à Turquoise Canyon.

— Vous n'éprouvez plus de difficultés à vous retrouver dans une voiture ? lui demanda l'agent.

— Si, encore un peu, admit Colt. Mais ça va mieux.

Il omit de préciser qu'il imaginait que Charlie était avec lui dans la voiture. Se représenter Charlie sur ses genoux lui permettait de prendre conscience du fait qu'il se trouvait chez lui, dans la réserve, et non sur un champ de bataille, et également de se sentir apaisé. Il avait parlé de cela avec l'homme que lui avait recommandé Kenshaw, et celui-ci l'avait encouragé à continuer d'user de ce procédé.

— Demain, nous ramènerons Kacey à la réserve.

Entendre prononcer son nom suffit à Colt pour que son cœur s'emballe.

— Elle doit venir rassembler ses affaires, ajouta Forrest.

Cette précision troubla Colt.

— Rassembler ses affaires ?

— Elle ne restera pas ici, Colt. Elle souhaite garder l'enfant qu'elle a mis au monde. Nous ne nous y opposerons pas, mais nous considérons que si Charlie et elle restent ici, ils constitueront des cibles pour l'organisation qui est derrière ces enlèvements de filles et le trafic de bébés.

Kacey avait accepté de devenir un témoin protégé ; elle n'avait pas le choix. En outre, elle souhaitait partir depuis longtemps et la situation lui en donnait l'occasion. Et lui, il pourrait retourner dans son chalet dans les bois.

Il serra les dents tellement fort qu'il en eut mal. Avant, il ne désirait rien d'autre que revenir à Turquoise Canyon et y rester pour toujours. Mais, maintenant, il voulait également avoir Kacey et Charlie auprès de lui.

L'image de Kacey qui venait vers lui avec Charlie dans les bras s'évapora de son esprit comme un mirage. Pour leur bien, il devait les laisser partir.

Quand Kacey revint à la réserve, Hazel Trans était là, à l'attendre avec ses frères. Peu après, ses sœurs arrivèrent en compagnie de Burt Rope, de la mère de Colt et de sa jeune sœur Abbie. Les retrouvailles furent brèves. Elle évita de dire à ses frères que c'était la dernière fois qu'ils se voyaient. Ils étaient trop jeunes pour comprendre.

Savoir ses frères et sœurs entre de bonnes mains, entourés de gens bienveillants, était un énorme soulagement. Elle avait toute confiance en Mme Trans et en la mère de Colt. Et Abbie était ravie à la perspective de vivre avec trois filles qui ne tarderaient pas à devenir ses sœurs à elle. Elle demanda à Kacey où elle allait habiter, et celle-ci lui répondit qu'elle n'en savait encore rien.

C'était vraiment réconfortant de voir ses frères et sœurs aussi bien entourés. La dernière fois que sa mère avait disparu, Kacey avait appelé les services sociaux. Sa mère lui en avait énormément voulu. Elle se demanda si cet épisode avait joué un rôle dans sa décision de la vendre au gang du Loup.

Mieux valait sans doute qu'elle n'en sache jamais rien. De toute façon, elle n'avait pas prévu de revoir sa mère avant son procès, ni après.

— Et si jamais, à sa sortie de prison, ma mère cherche à récupérer mes frères, qui seront encore mineurs ? demanda-t-elle à Mme Trans.

— Je doute qu'elle en ait réellement envie, Kacey. Je lui ai parlé et elle est consciente de ne plus être en mesure d'assumer son rôle de mère, ni maintenant ni plus tard.

Mme Trans la prit dans ses bras et l'embrassa. Puis elle monta en voiture et démarra.

De la banquette arrière, ses frères lui firent joyeusement signe de la main. Kacey craqua et fondit en larmes. Shirley lui demanda ce qui n'allait pas, et c'est à ce moment-là qu'elle leur avoua entre deux sanglots qu'elle partait.

Toutes s'embrassèrent en pleurant à chaudes larmes. Ses sœurs lui demandèrent où elle allait, mais elle n'en savait rien. On lui avait seulement expliqué que son nouveau lieu de résidence serait permanent et qu'elle serait en sécurité seulement si elle coupait complètement les ponts avec ses proches.

Dans son malheur, elle avait de la chance, elle en était consciente. Elle avait échappé à l'organisation et se voyait offrir la possibilité de démarrer une nouvelle vie. Là où elle irait, elle pourrait poursuivre ses études. À terme, elle espérait pouvoir se passer du soutien du FBI, mais pas avant que l'avenir de son fils et le sien soient assurés.

Finalement, ses sœurs durent elles aussi partir. Elle les embrassa une dernière fois l'une après l'autre, avec de nouvelles effusions de larmes.

— Je ne t'oublierai jamais, lui dit Winnie.

Shirley, elle, était trop émue pour parler. Alors qu'elles étaient toutes montées en voiture, Jackie rouvrit sa portière et vint l'embrasser une dernière fois. Puis elle rejoignit les autres, et Burt Rope démarra.

Le lendemain, elle reverrait Colt pour la dernière fois. Compte tenu de ce qu'elle venait d'endurer, elle ignorait comment elle supporterait cette séparation. C'était trop dur de tout laisser derrière. Comment quitter Colt encore une fois alors qu'elle venait à peine de le retrouver ?

À chaque jour suffisait sa peine, se dit-elle. Elle affronterait cette épreuve demain. Pour aujourd'hui, elle en avait eu assez.

Un bruit de moteur la tira de ses pensées, et elle vit un pick-up vert se diriger vers elle. Au volant, il y avait Colt.

Colt vit Kacey immobile devant l'entrée du bâtiment du conseil tribal. Dans ses bras, Charlie était enroulé dans une petite couverture bleue. Elle avait les traits tirés, les yeux gonflés. Elle semblait malheureuse.

À cet instant, elle paraissait plus âgée que ses dix-neuf ans. Il devina qu'elle venait de faire ses adieux à ses proches. Mais il était hors de question qu'elle lui dise adieu à lui aussi.

Il sortit prestement du véhicule, alla vers elle et l'étreignit.

— On m'avait dit que je te verrais seulement demain, dit-elle.

— Je ne pouvais plus attendre.

Il évita de la serrer trop fort car elle avait encore des pansements sur les bras et les mains, mais il se pencha en avant pour lui donner un petit baiser. Son intention première était bel et bien de lui donner un petit baiser, mais quand il effleura ses lèvres, il ne put se retenir de l'embrasser longuement, avec ferveur. Lorsqu'il détacha ses lèvres des siennes, tous deux étaient à bout de souffle. Il recula d'un pas, la fixa droit dans les yeux et eut immédiatement envie de l'embrasser encore une fois ; mais il devait d'abord lui dire ce qu'il avait sur le cœur.

Il jeta un coup d'œil aux deux hommes armés de fusils qui montaient la garde près du bâtiment. Jack Bear Den et Ray Strong. Tous deux le saluèrent d'un hochement de tête, Ray souriant et Jack renfrogné. Colt trouvait étonnant que ces deux-là soient amis, car ils étaient très différents.

— Tu veux aller t'asseoir au bord du fleuve ? lui demanda alors Kacey.

Étant donné que Tribal Thunder et le FBI veillaient sur elle, ils ne pouvaient espérer se retrouver à l'abri des regards, mais un minimum d'intimité serait bienvenu.

Il lui proposa de porter Charlie et elle le lui donna volontiers. Le petit lui avait manqué plus qu'il ne voulait le reconnaître.

Si Kacey le repoussait, tous deux lui manqueraient terriblement. Cette pensée lui causa de désagréables frissons.

Kacey s'assit sur un banc taillé dans un tronc d'arbre et il lui déposa Charlie sur les genoux.

— Il a grandi, non ?

Elle sourit.

— Oui, moi aussi je me suis fait cette réflexion quand je l'ai vu. Lori s'est très bien occupée de lui.

— Comment ça s'est passé, avec le FBI ?

— Je ne leur ai pas dit qui m'avait emmenée au lac. J'ai prétendu ne plus m'en souvenir.

Colt eut un petit rire.

— Et ils ont pris ça comment ?

— Ils ne m'ont pas crue, admit-elle.

— Ty m'a dit que, de toute façon, il ne leur faudrait pas longtemps pour comprendre. D'autant qu'ils ont récupéré mon téléphone et qu'il y a un moment où on t'entend parler à Ty.

Accablée, Kacey baissa la tête.

— Tu n'as pas besoin de le protéger, dit Colt.

— Quelqu'un doit bien le faire, répliqua-t-elle.

— Que veux-tu dire ?

— Il a commis des erreurs et ne peut pas les effacer. Mais il assume et fait de son mieux pour protéger les siens, malgré le danger. Et, en fin de compte, on oublie ce qu'il fait de bien pour lui renvoyer ses liens avec le gang à la figure. Ce n'est pas juste.

Colt n'avait pas considéré les choses sous cet angle. Dans son esprit, il avait besoin d'aide, et son frère était là pour y répondre. Mais, pour lui, c'était normal.

Ne sachant que dire, il contempla les eaux du fleuve et chercha ses mots.

— Ils n'ont pas retrouvé mes amies, reprit Kacey.

— Mais tout espoir n'est pas perdu, rétorqua-t-il, refusant de se monter négatif.

Kacey posa les yeux sur Charlie et lui caressa affectueusement la joue du bout des doigts.

— Je suis désolée de t'avoir entraîné dans cette histoire. Pour rien, en plus.

— Kacey, tu as fait tout ce qui était en ton pouvoir.

Elle poussa un long soupir.

— Je suis persuadée que, maintenant, Marta a elle aussi accouché. J'ai tellement peur qu'on retrouve son corps quelque part !

— Ne cède pas au désespoir. Maintenant, tout le monde est mobilisé pour les rechercher. Le FBI, la tribu... Tôt ou tard, quelqu'un finira bien par découvrir un indice.

Elle tourna la tête vers lui.

— Tu le crois vraiment ?

— Oui.

Même si elle ne semblait pas convaincue, elle acquiesça.

— Je vais essayer d'y croire aussi.

— Alors tu vas partir vivre ailleurs et bénéficier du statut de témoin protégé ? lui demanda-t-il enfin.

Il avait fait de son mieux pour lui poser la question avec le plus de naturel possible, mais sa voix le trahit. Elle s'en rendit compte et le dévisagea, l'air troublé. Elle paraissait ne pas savoir comment réagir.

— Selon le FBI, je n'ai pas le choix. Ils sont persuadés que l'organisation ne me lâchera pas si je reste ici.

Colt comprenait leur logique. Pour des mafieux, laisser en vie quelqu'un qui s'était échappé et avait contribué à neutraliser deux de leurs membres serait mauvais pour leur réputation et leurs affaires. Sans parler de ce qu'elle pouvait savoir à leur sujet, des détails qui pourraient lui revenir en mémoire.

— Tu pars pour toujours ?

Elle évita son regard et il la vit déglutir péniblement. Elle ne parvint qu'à acquiescer d'un petit mouvement de la tête.

— Et est-ce que je peux partir moi aussi ?

Elle reporta vivement les yeux sur lui.

— Que veux-tu dire ?

— Je veux partir avec toi, Kacey.

— Avec moi ?

Elle se mit à secouer la tête, comme si elle refusait ne serait-ce que d'envisager cette possibilité.

Il en fut blessé. Profondément.

— C'est impossible. Ici, c'est chez toi. Tes frères vivent ici, ta mère aussi. Mes sœurs sont toutes chez elle, désormais. Tu devrais rester ici pour la soutenir et l'aider.

— C'est toi que je veux soutenir et aider.

— Colt, la seule chose sur laquelle nous nous sommes toujours opposés, c'est sur mon désir de partir et ton envie de rester ici.

— Je t'aime Kacey, dit-il, comme si cela pouvait tout expliquer.

Elle poussa un gémissement plaintif et se leva. Elle semblait animée du désir de partir en courant mais sans pour autant savoir où aller.

— Non, non, non, murmura-t-elle.

Elle serra Charlie contre elle mais ne put empêcher une larme de rouler sur sa joue. Puis d'autres la suivirent en un flot incontrôlé.

Il se leva également et la prit par les épaules pour qu'elle soit face à lui.

— Kacey, tu m'as entendu ? Je t'aime.

— Oui, j'ai entendu. Mais ça ne marchera pas. Tôt ou tard, tu finiras par souffrir d'être loin d'ici, et alors tu m'en voudras. Ici, c'est une part de toi-même, une part dont tu ne peux pas te priver.

— Je veux partir avec toi.

— Tu ne pourras plus jamais revenir.

— Je sais.

— C'est un prix trop lourd à payer.

— C'est à moi de prendre cette décision. Je veux seulement savoir si toi aussi tu m'aimes, Kacey. Si la réponse est oui, alors nous devons rester ensemble.

Les larmes de Kacey continuaient de couler.

— Tu me le reprocheras, dit-elle entre deux sanglots.

— Que pourrais-je te reprocher ?

— De t'avoir arraché à cette terre et à tes proches.

Elle baissa les yeux au sol.

— Tes frères et ta sœur te manqueront. Ta mère aussi. Tu souffriras de leur absence.

— Bien sûr qu'ils me manqueront.

— Et eux, ils me détesteront de t'avoir enlevé à eux.

— Ce n'est pas eux de nous juger. C'est notre décision.

Kacey s'essuya le visage de la main.

— Kacey ?

Il lui posa deux doigts sous le menton pour qu'elle lève la tête et le regarde.

— Je peux me passer de tout, sauf de toi.

Elle enfouit son visage contre son épaule, et il les entoura, elle et Charlie, de ses bras.

— Laisse-moi venir avec toi, Kacey, reprit-il tout bas. Laisse-moi t'aimer, t'épouser et devenir un père pour Charlie. Bâtissons ensemble une vie nouvelle, loin de ceux qui nous font du mal. Je serai là pour te protéger, et toi, tu seras mon peuple, ma tribu.

— Oh ! Colt, c'est tellement difficile !

Il la berça doucement, déposa un baiser sur sa tempe.

— Le plus difficile serait de te perdre.

Il sentit physiquement le moment où elle céda. Son corps se détendit, et elle se laissa aller contre lui. Il ferma les yeux, s'abandonnant à cette sensation.

— Charlie et toi, vous voulez bien devenir ma famille ? lui demanda-t-il.

— Oh ! je voudrais tellement que tu n'aies pas à faire ça !

— Pourquoi ? Parce que tu m'aimes ?

— Oui.

Il se redressa, sourit. Puis lui passa les pouces sur les joues pour chasser ses larmes.

— Tu as déjà une idée de l'endroit où nous irons ? demanda-t-il, désireux de se projeter dans l'avenir.

— Non, pas encore. Ils vont me proposer plusieurs endroits.

— Nous devrions nous marier avant de quitter la réserve. J'aimerais que ma famille soit là pour cet événement.

— Oui, moi aussi. Mais je pars demain.

— *Nous* partons.

— Oui, nous partons demain.

Colt lui passa un bras autour des épaules et prit la direction du bâtiment du conseil tribal.

— J'espère que nous n'irons pas à Hawaï.

— Pourquoi ?

Il désigna Bear Den d'un mouvement de la tête.

— J'ai entendu dire que Bear Den devait aller là-bas avec sa fiancée pour la présenter à la famille de son père.

— Ah oui, j'ai entendu parler de ça. Son père est hawaiien ?

— Il paraît. C'est peut-être pour ça qu'il ne s'entend pas avec tout le monde, ici.

— En tout cas, ça m'étonnerait qu'on nous propose d'aller vivre là-bas.

— Tu imagines Bear Den sur une planche de surf ?

Kacey tenta de se représenter le colosse en surfeur et éclata de rire.

— Ou en train de jouer du ukulélé ?

Colt se mit à rire à son tour.

— Je paierais cher pour le voir en chemise à fleurs et en paréo !

Ils atteignirent l'entrée du bâtiment.

— Pouvez-vous appeler l'agent Forrest ? Il y a un changement de plan.

— Quel changement ? demanda Ray Strong.

— Nous allons nous marier, répondit Colt.

Bear Den et Ray Strong restèrent silencieux, abasourdis.

— Ça ne va pas leur plaire, dit enfin Ray.

— Appelez-le, répéta Colt avant d'entrer dans le bâtiment pour parler à Kenshaw.

Quand ils lui eurent expliqué leur projet, celui-ci fut d'avis que le mieux pour eux était de faire au plus vite pour que le FBI se retrouve devant le fait accompli et ne puisse pas s'opposer à leur départ ensemble. D'autant que, dans la réserve, pour se marier, les formalités étaient simples : il leur suffisait de trouver un témoin.

La cérémonie eut lieu le soir même. Le chaman les unit en présence de leurs familles et de la tribu. Colt demanda à Ty de signer le certificat et Kacey à Hazel Trans.

Le lendemain matin, ils présentèrent les documents légaux au FBI. Cela souleva des protestations mais le mariage était valide et des dispositions furent prises en conséquence.

— Je regrette vraiment que tu doives quitter Turquoise Canyon, dit encore une fois Kacey à Colt. Je sais que tu adores vivre ici.

— Ce n'était pas vraiment ce qu'on peut appeler vivre,

Kacey. Avant ton retour, j'étais là, à attendre que le temps passe. C'est toi qui m'as ramené à la vie, à ma famille. Tu m'as rendu mon intégrité. Et je compte bien passer le restant de mes jours à te montrer ce que tu représentes pour moi.

Ils furent transférés à Phoenix. Colt eut l'impression que, pendant une partie du trajet, une moto les suivait, mais il ne dit rien. Six jours plus tard, à l'aéroport, alors qu'ils s'apprêtaient à monter à bord d'un avion sous leur nouvelle identité, il reconnut un visage familier dans la file d'attente.

Il se demandait comment Ty avait réussi à apprendre quels vols ils prendraient mais quand, à leur arrivée à Seattle, il réapparut, débarquant du même avion, Colt sourit. Il n'avait rien fait qui aurait pu compromettre leur nouvelle identité ou leur nouveau lieu de résidence ; ce n'était pas sa faute si Ty était un meilleur pisteur que ne l'aurait cru le FBI.

Lorsque, enfin, ils atteignirent leur destination finale, Anchorage en Alaska, Colt chercha Ty du regard. Il ne le vit pas mais eut la conviction qu'il était là, tout près.

— Je suis déjà inscrite à l'université, annonça Kacey qui, du doigt, désigna le campus sur le plan dans le hall de l'aéroport. Je vais commencer à la reprise du semestre de printemps. C'est tout près de la maison où nous allons habiter.

— Parfait, dit-il.

— Toi, tu ne commenceras pas à travailler avant la fonte des glaces, reprit-elle. Tu ne vas pas t'ennuyer ?

Le FBI s'était arrangé pour que Colt soit engagé comme guide de chasse et de pêche dans une société locale. Il avait toutes les compétences requises et devrait seulement s'habituer aux spécificités de la pêche au saumon.

— D'ici là, je connais un petit gars dont j'aimerais bien m'occuper quand sa maman sera en cours, répondit-il.

— Tu parles de Taylor, fit Kacey qui en profitait pour s'habituer au nouveau nom qui avait été donné à Charlie.

— C'est cela, Kalyn, lui dit-il avec un clin d'œil.

— Nous sommes presque arrivés, Cash, répliqua-t-elle sur le même ton complice.

Sous le regard vigilant de l'agent du FBI qui était venu les accueillir, ils se dirigèrent vers la jeep mise à leur disposition. Colt lui ouvrit la portière. Elle prit place et attendit qu'il monte à son tour. Puis le policier se mit au volant.

— Ceinture de sécurité, madame Tsosie, dit Colt tout en installant Charlie dans son siège bébé.

Durant le trajet, ils continuèrent à s'amuser à s'appeler par leurs nouveaux noms pour s'y habituer. Cash et Kalyn Tsosie, accompagnés de leur fils, Taylor, roulaient en direction de leur nouvelle maison et de leur nouvelle vie.

Au cours des semaines à venir, ils auraient d'autres habitudes à prendre. Leur escorte leur avait expliqué que Tsosie était un nom relativement courant parmi les natifs d'Alaska et que leur peau sombre et leurs cheveux noirs leur permettraient de se mêler plus facilement à la population locale qu'ailleurs.

La route montagneuse sur laquelle ils roulaient leur offrait de magnifiques vues sur Anchorage, en contrebas.

Kacey songea qu'elle n'oublierait jamais ceux qu'elle avait laissés à Turquoise Ridge, mais elle était prête à prendre un nouveau départ. Malgré toutes les difficultés, toutes les souffrances, la vie lui offrait enfin ce qu'elle désirait depuis longtemps.

Colt se redressa pour contempler la maison à flanc de colline vers laquelle ils venaient de bifurquer.

— Ça ne peut pas être là, lâcha-t-il, incrédule tant il était émerveillé.

— Si, c'est bien là, annonça l'agent du FBI qui était au volant.

Kacey eut un sourire radieux. Avec Colt et Charlie, elle avait trouvé ce qu'elle avait toujours souhaité.

— Regarde, lui dit Colt, les yeux pleins d'étoiles.

— Oui. Nous sommes chez nous.